10
18

12, AVENUE D'ITALIE. PARIS XIIIe

Sur l'auteur

Jean d'Aillon, né en 1948, vit à Aix-en-Provence. Docteur d'État en sciences économiques, il a fait une grande partie de sa carrière à l'université en tant qu'enseignant en histoire économique et en macro-économie, puis dans l'administration des Finances, avant de démissionner en 2007 pour se consacrer à l'écriture. Il a reçu en 2011 le Grand prix littéraire de Provence pour l'ensemble de son œuvre.

JEAN D'AILLON

UNE ÉTUDE EN ÉCARLATE

Les chroniques d'Edward Holmes sous la régence du duc de Bedford et durant la cruelle et sanglante guerre entre les Armagnacs et les Bourguignons

INÉDIT

10
18

Grands détectives

créé par Jean-Claude Zylberstein

Du même auteur
aux Éditions 10/18

ISBN 978-2-264-06549-0

QUELQUES PERSONNAGES

Pierre Baille, un des trésoriers du Louvre
Isabeau de Bavière, reine de France
Jacques Bonacieux, receveur des amendes, taxations et forfaitures de la Ville
Constance Bonacieux, sa femme
Charles VI, roi de France
Charles, dauphin, son fils
Aleaume Chouart, archer
Tanneguy du Châtel, ancien prévôt de Paris, Armagnac
Jean Chuffart, chanoine de Notre-Dame
Raoul le Courtois, voleur
Clément de Fauquembergue, greffier du parlement de Paris
Clément Girard, drapier
Gilles Girard, son fils
Ralph Grey, chevalier anglais
Guillaume Haussecul, boucher
Edward Holmes, clerc et intendant du baron de Roos
Henri V, roi d'Angleterre
Jacques L'Aigle, cloutier et archer de la ville
Michel de Lallier, maître des comptes, changeur
Henry Langlay, fils de l'intendant du baron de Roos
Jean L'Archer, lieutenant criminel

Arnaud La Roche, routier au service de lady Agathe Mortimer
Jean Le Clerc, chancelier de France
Louis Le Pontonnier, boucher
Jean de Louviers, drapier, bourgeois de Paris
Robert de Lusignan, ancien lieutenant du prévôt de Paris
Clément Moreau, beau-frère du secrétaire de Pierre Baille
Agathe Mortimer, héritière du trône d'Angleterre avec son frère
Laurent Moulinet, charpentier
Thomas Pigache, changeur
Martin Thibert, boucher
Gower Watson, archer anglais

Vendredi 27 juin 1421

« En ce temps, à la porte Saint-Honoré, fut vue dessous le pont en l'eau une source comme de sang un peu moins rouge, et fut aperçue le jour Saint-Père et Saint-Paul, et dura jusques au mercredi ensuivant ; et en furent les gens qui y allaient moult ébahis. »

Mémoires d'un bourgeois de Paris

Voilà une vingtaine d'années, je tombai en arrêt devant la vitrine d'un marchand de livres anciens, rue de l'Odéon. Au milieu de quelques Jules Verne et Paul d'Ivoi, rutilants de leurs ors, trônait l'ouvrage : *Moi, Sherlock Holmes*, de W.S. Baring Gould.

Intrigué, j'entrai et feuilletai le livre qui se révéla être une biographie du célèbre détective. Pour soixante-huit francs, j'achetai ma découverte.

C'est alors que le libraire, petit bonhomme grisonnant, me dit avec un sourire sarcastique :

— Vous vous intéressez à Holmes ?

— Comme tous les amateurs de romans policiers.

— Et à Conan Doyle ?

— Bien sûr, c'est le Maître !

— J'ai peut-être ici quelque chose qui vous plaira.

Il sortit d'un pupitre une lettre manuscrite soigneusement protégée par une enveloppe de cellophane.

— Une lettre authentique, avec sa signature.

Il me montra le paraphe. On distinguait en effet les mots : Conan Doyle.

— Il s'agit d'une lettre adressée à sa tante. Sans grand intérêt, je vous l'accorde, mais le paraphe est fort beau.

Avoir la signature de sir Arthur me tentait, je l'avoue.

— Combien ?

— Soixante-huit francs.

J'achetai la lettre et le livre.

C'est de retour à mon hôtel que je lus et traduisis la missive, écrite bien sûr en anglais. Il s'agissait effectivement d'une lettre dans laquelle le jeune médecin qu'était Doyle racontait à une tante de petits événements dans sa vie, tous sans grand intérêt. Pourtant, cette phrase attira mon attention :

« … J'ai acheté aujourd'hui chez Albert Jackson and Sons[1] un curieux ouvrage que je vous montrerai. Il s'intitule : *The Chronicles of Edward Holmes Under the Regency of the Duke of Bedford.* »

Conan Doyle n'en disait pas plus.

Je regardai la date : 1884. Qui pouvait être cet Edward Holmes ?

Rentré chez moi, en Provence, je me plongeai dans *Souvenirs et aventures*, les Mémoires que Conan Doyle avait écrits. Page 103, il citait la lettre de l'éditeur Ward, Lock et Cie qui acceptait son manuscrit : « A Study in Scarlet » et proposait de le payer vingt-cinq livres. Ce courrier était daté de 1886.

Deux ans avant la publication de la première aventure de Sherlock Holmes, Conan Doyle connaissait donc un Edward Holmes. Pourtant, dans ces mêmes Mémoires, ne déclarait-il pas :

« Je choisis (comme nom) Sherringford Holmes, puis Sherlock Holmes. Ne pouvant narrer lui-même ses exploits, il devait avoir un camarade assez neutre pour lui servir de repoussoir, instruit, homme d'action capable, tout à la fois, de l'assister dans ses entreprises et de les raconter. À cet homme, sans éclat, il fallait

1. Bouquiniste de Charing Cross Road à Londres. La boutique date de 1875.

un nom gris et tranquille. Watson ferait l'affaire. Ainsi j'avais mes deux protagonistes. J'écrivis mon *Étude en rouge*. »

Je dois dire que dès lors je me passionnai pour ces mystérieuses *Chronicles*...

J'écrivis à tous les marchands de livres rares que je connaissais, mais sans succès. Personne n'en avait entendu parler. À l'époque, Internet n'existait pas, ou si peu, aussi m'avouai-je battu et, peu à peu, cette petite énigme disparut de mon esprit.

Quelque dix ans plus tard, lors d'un voyage à Londres, je décidai de rechercher à nouveau le livre mystérieux. Entré chez Foyles[1], j'interrogeai un vendeur, lequel, miracle, me répondit :

— Nous possédons un exemplaire de ce livre, monsieur, voulez-vous que je vous le montre ?

J'acquiesçai et le vendeur gravit l'une des échelles du magasin pour redescendre avec un petit ouvrage in-octavo relié en cuir. Il me le tendit.

Je l'ouvris. La page de garde, que j'ai sous les yeux puisque le livre n'a jamais quitté ma bibliothèque depuis, est la suivante :

1. 113-119 Charing Cross Road.

THE CHRONICLES OF EDWARD HOLMES

UNDER THE REGENCY OF THE DUKE OF BEDFORD,

WRITTEN DURING THE REIGN OF HENRY VI

CONTAINING MANY CURIOUS ANECDOTES RELATIVE TO
THE BLOODY AND CRUEL CIVIL WAR
BETWEEN THE HOUSES OF ORLEANS AND BURGUNDY IN
PARIS

FIRST PUBLISHED FROM THE ORIGINAL

LONDON
CHARLES KNIGHT & CO, LUDGATE STREET

M.DCC.LXXXVI.

— Combien ? demandai-je.
— Quatre-vingts livres, monsieur.
J'achetai sans discuter.
Rentré à mon hôtel situé près du British Museum, je commençai la lecture de ce livre dont sir Arthur Conan Doyle avait possédé un exemplaire. Il s'agissait effectivement des Mémoires d'un clerc anglais à Paris, Edward Holmes, durant la régence du duc de Bedford. Il gagnait sa vie en écrivant des lettres de rémission et avait été mêlé à plusieurs affaires criminelles de son temps.
Le premier chapitre s'intitulait, en français : « Une étude en écarlate ». Au début de ce journal, le clerc racontait comment il avait fait la connaissance de Gower Watson et partagé sa chambre chez un bourgeois, maître Bonacieux.
Edward Holmes avait donné un titre à chacune des affaires dont il avait eu à s'occuper. Après « Une étude en écarlate » suivaient : « Le Chien des Basqueville », « Les Quatre Signes », « Le Rituel », « Le Rat géant de l'hôtel Saint-Pol », « Le Problème du pont de Montereau » et bien d'autres.
Mais il narrait ces affaires avec une grande platitude et un manque de détails que je regrettais. Pourtant, l'une d'elles aurait pu modifier le cours de l'Histoire : sa rencontre avec une jeune femme venant de Domrémy, prénommée Jeanne, qui avait bouleversé sa vie. Seulement le peu d'éléments que fournissait le clerc ne rendait guère ce récit utilisable.
Aucun historien n'aurait accepté une telle source.
Or, depuis quelques mois, j'écrivais des romans. Je décidai alors de développer moi-même les récits de Holmes sous cette forme, tout en restant au plus près de ce qu'il racontait.

Mais, occupé par d'autres histoires, par mon héros Louis Fronsac, puis par Olivier Hauteville, Trois-Sueurs et Guilhem d'Ussel, je ne pus mener rapidement à bien ce projet.

Je m'y attelai finalement en cette année 2014.

Voici le premier résultat.

Jean d'Aillon

LE COMPLOT

1

En cette fin du mois de mars de l'an de grâce 1421, le froid, la maladie et la misère triomphaient dans Paris. Debout devant la fenêtre aux verres en losanges sertis par un filet de plomb, Edward Holmes regardait tomber la neige dans la rue du Coq. De lourds flocons qui étouffaient tout s'accrochaient en silence aux archivoltes et aux pinacles de la façade.

Il frissonna. Pourtant, il portait une épaisse robe noire en drap de laine anglais, bien doublée, avec, par-dessus, une houppelande à manches évasées au col de petit-gris. Sa tonsure de clerc disparaissait sous un bonnet sombre à bord relevé. Les chausses de ses bas étaient aussi fourrées. Enfin, le feu qui brûlait continuellement dans la cheminée dispensait une douce chaleur, s'il ne se tenait pas trop éloigné du foyer.

Holmes songeait à son demi-frère, John, septième baron de Roos, parti depuis plus d'une dizaine de jours avec son autre frère, William, et l'armée de trois mille hommes rassemblée par le duc de Clarence. Le frère du roi et gouverneur capitaine de Paris s'en était allé affronter les Écossais, désormais alliés de ces maudits Armagnacs, ou Orléanais, qui prétendaient que Charles, leur maître, était dauphin de France.

Une imposture, bien sûr, puisque l'année précédente, par le traité de Troyes, signé par la reine de France Isabeau et Philippe de Bourgogne, il avait été convenu que le roi de France Charles VI aurait pour successeur son beau-fils le roi d'Angleterre, Henri V[1].

Le prétendu dauphin avait perdu tout droit à la couronne pour avoir commandité l'assassinat de Jean sans Peur, père du duc de Bourgogne Philippe le Bon. De plus, chacun savait que ce onzième rejeton d'Isabeau de Bavière, réfugié à Bourges, n'était qu'un bâtard tant sa mère jouait du serre-croupière avec tous les hommes qui lui plaisaient depuis que son mari, le roi Charles VI, était devenu fol.

Holmes n'était nullement inquiet quant au dénouement de l'affrontement entre les deux armées. En admettant que l'estourmie ait lieu car, en général, les Armagnacs et leurs maudits alliés préféraient piller les campagnes et massacrer les pauvres gens que combattre sur un champ de bataille. Depuis la victoire d'Azincourt[2], les Anglais n'avaient jamais été vaincus.

En revanche, le clerc s'inquiétait davantage des conditions de vie de ses frères. Il neigeait sans cesse depuis deux semaines, le froid était atrocement mordant et le voyage vers la Loire avait dû être terriblement éprouvant avec des rivières glacées à traverser à gué, de la boue partout et des escarmouches incessantes. Pourvu que John ait trouvé chaque soir une table bien garnie et une maison bien chauffée pour se reposer.

Holmes n'ignorait rien de l'effroyable misère qui régnait entre la Loire et la Seine. Les bandes de fredains[3] pillaient, robaient, massacraient les paysans,

1. Henri V de Lancastre avait épousé la fille de Charles VI.
2. 1415.
3. Scélérats.

esforçaient femmes et filles et même les nonnes. Partout enfants et enfantelets mouraient de faim et de maladie quand ce n'étaient pas les loups qui les dévoraient ou les routiers qui les clouaient sur les portes.

Dans les villes, la nourriture était hors de prix. Intendant de l'hôtel de son frère à Paris, maître Holmes se trouvait chaque jour confronté à un niveau de dépenses qu'il n'avait jamais connu ni même envisagé. Un quartier de mouton coûtait vingt-quatre sols parisis[1], le pain vingt deniers, le setier de bon blé valait trente-deux francs, un œuf quatre deniers. De plus, la monnaie de Paris était sans cesse modifiée et la valeur du gros[2] tournois baissait régulièrement. À cela, il fallait ajouter les taxes décidées par le duc de Clarence : douze deniers par livre sur le bétail à pied fourché ou sur le poisson de mer débité aux Halles, sans compter les droits exigés sur le bois de chauffage.

Pourquoi tant de détresse, tant de malheurs alors que tous les Parisiens croyaient à la paix et au retour de la prospérité avec le début de la régence anglaise ? Quand, le 1er décembre 1420 – à peine plus de trois mois auparavant –, Henri V avait fait une entrée triomphale dans la capitale, avec près de lui le roi Charles VI et Philippe de Bourgogne, jamais la ville n'avait retenti de plus vives acclamations. Les cris « Noël ! » et « Vive le régent ! » dominaient le carillon des cloches. Après avoir traversé la capitale, le roi d'Angleterre s'était rendu à Notre-Dame en compagnie du recteur de l'uni-

1. Monnaie d'argent frappée à partir de Saint Louis et qui valait à l'origine un sou, puis qui a varié entre douze et seize deniers suivant la taille au marc d'argent. Les monnaies médiévales ne portaient aucune marque de valeur, il était donc facile d'en changer le cours par simple acte royal ou de l'émetteur.

2. Deux monnaies circulaient alors : le sol et le denier tournois, et le sol et le denier parisis.

versité de Paris, Pierre Cauchon. Il y avait remercié Dieu avant d'aller au Louvre où il logerait.

Partout les Parisiens jetaient des fleurs par les fenêtres ou dansaient dans les rues. Ils semblaient avoir adopté les Anglais comme maîtres.

Certes, Edward Holmes n'avait jamais cru que la seule régence de son roi transformerait la vie des gens. Quand, venant de Rouen, il s'était rendu dans la capitale un mois auparavant avec quelques hommes d'armes, il avait été frappé par la désolation dans la campagne autour de Paris. Maisons incendiées, bétail décimé, vilains pendus ou écorchés, enfants livrés à eux-mêmes et affamés.

La ville elle-même paraissait avoir été désertée par les plus fortunés de ses habitants. Quant aux pauvres, beaucoup étaient morts et, chaque jour, on allongeait des dizaines de corps dans les fosses des Saints-Innocents.

Cette détresse présentait cependant un avantage pour l'intendant qu'il était. Les hôtels et les logis vides étaient innombrables et les loyers restaient faibles. Il avait ainsi trouvé, pour une rente de trois livres par trimestre, un prix très raisonnable, une vaste maison à trois pignons dans la rue du Coq, à quelques pas du Louvre. À l'enseigne de la Corne-de-Cerf, la demeure appartenait au couvent des Célestins et les frocards avaient consenti à la louer entièrement meublée.

Son frère en avait été satisfait. Avec une belle façade à clochetons, arcatures, pignons, voussures et statues de saints sous des dais magnifiquement ornés, l'hôtel comprenait trois corps d'habitation, chacun de trois toises deux pieds de largeur avec trois étages. Le rez-de-chaussée formait une grande salle à travées ogivales. Une cuisine, une chapelle, un jardin et des écuries complétaient l'ensemble.

Edward Holmes disposait d'une belle chambre avec un large lit de bois au matelas de laine, fermé sur trois côtés par des panneaux ciselés et un lourd rideau pour pénétrer à l'intérieur, d'un bahut à dossier dont les panneaux étaient finement sculptés d'arcatures, d'un siège à coussins garni de bras et d'une armoire à huit panneaux peints de scènes bibliques. Un meuble bien utile pour ranger les objets de valeur du baron, car il aurait fallu forcer toutes les serrures des portes pour s'emparer du contenu de chacun des casiers.

Toujours à la fenêtre, Edward Holmes songeait maintenant à sa sortie matinale dans Paris.

La veille au soir, il avait reçu un billet d'un maître artilleur qui vendait habituellement des arbalètes. L'homme lui disait avoir déniché ce qu'il cherchait. Très agité à l'idée de posséder enfin l'objet désiré, Edward s'était rendu en mule rue de la Heaumerie, venelle située entre la rue de la Vieille-Monnaie et la rue Saint-Denis. C'est là que se situaient les boutiques de lormiers[1], cuirassiers, heaumiers ou fourbisseurs. Beaucoup étaient fermées, mais peu importait au clerc puisqu'une seule l'intéressait.

Tout le long du chemin, il avait dû fermer son cœur à la pitié. De petits enfants le suivaient sans cesse en criant : « Messire, j'ai faim. » Sur les tas de fumier, qui dégageaient un peu de chaleur, se rassemblaient garçons ou filles mourant de faim et de froid et se lamentant pour recevoir un peu de nourriture. Parfois, il distinguait des cadavres de malheureux morts dans la nuit et partiellement recouverts de neige.

Dans la rue de la Heaumerie, il avait laissé sa mule dans une pauvre écurie et poursuivi son chemin à pied.

1. Fabricants de mors et d'éperons.

Bien sûr, cette ruelle n'était pas pavée. L'égout s'écoulait au milieu et les trous puants étaient nombreux. Avec la neige et le gel recouvrant ces cloaques, grand était le risque d'enfoncer son pied dans un fossé plein de déjections. Avant de partir, il avait chaussé des guêtres de cuir qui protégeaient de la gadoue, mais, par chance, un mendiant lui avait proposé de le guider et il était arrivé chez le maître artilleur sans avoir souillé sa pèlerine.

Maître Guiot se tenait dans son ouvroir qu'un petit poêle s'efforçait difficilement de chauffer. Rien n'était exposé sur l'étal à cause de la neige. Les badauds étaient rares et l'artisan avait immédiatement reconnu la longue silhouette de plus de six pieds de son client.

De surcroît, on ne pouvait oublier maître Holmes quand on l'avait croisé. Le clerc affichait un visage maigre et étroit avec un front haut et des sourcils sombres et épais. Son nez crochu comme le bec d'un oiseau de proie, ses lèvres fines et sa robe noire le faisaient vaguement ressembler à une corneille.

L'armurier avait ouvert la porte de sa boutique et, en s'inclinant, avait proposé à son visiteur d'entrer.

— J'ai hâte de voir cette haquebute, maître Guiot ! avait dit Holmes d'une voix au débit rapide.

L'artisan avait détaché et abaissé le volet supérieur de son auvent, puis relevé la tablette afin de fermer la boutique.

— Allons dans ma chambre, messire. Je l'ai mise à l'abri.

La pièce se trouvait derrière l'ouvroir. Un lit à courtines pour le maître et sa femme, un grabat à sangles pour son compagnon, mais inutilisé car ce dernier était mort de la peste au début de l'hiver, tout comme l'épouse.

L'armurier avait alors sorti un long objet d'un coffre de bois où il serrait ses richesses.

— Elle vient de Cologne, avait-il dit avec fierté en la tendant à Edward Holmes.

Il s'agissait d'un fin canon en fer forgé facetté à huit pans. Du côté opposé à la sortie des balles, il se terminait par une sorte de croc rivé à un manche de bois.

Holmes l'avait longuement examiné de ses yeux gris et perçants. Il avait déjà vu nombre de canons et bombardes, mais jamais une arme d'une si petite taille. Certes, il savait qu'il en existait, et c'est pour cette raison qu'à peine arrivé à Paris il avait demandé à plusieurs artilleurs de lui en trouver une. Seulement les haquebutes étaient pour la plupart forgées en Allemagne et on en voyait peu en France.

— C'est par cet orifice que se fait la mise à feu ? avait-il demandé en montrant le trou à l'extrémité du canon.

— Oui, messire. J'ai rangé dans ce coffret de bois le nécessaire : des mèches soufrées, des billes de plomb et de fer de la taille du tube, et ce sac de poudre que m'a vendu un salpêtreur. Voulez-vous que je vous montre comment cela fonctionne ?

— Montrez.

L'armurier avait repris la haquebute.

— Tout d'abord, il faut glisser un morceau de mèche soufrée dans l'orifice de mise à feu. Ainsi. Ensuite, vous videz de la poudre au fond du tube.

Il avait pris un petit entonnoir et versé une quantité mesurée dans un godet d'étain.

— Après quoi, on doit serrer la balle métallique dans un morceau d'étoffe. Je vous en ai préparé quelques-uns. Vous introduisez l'ensemble dans le canon de cette manière.

Il avait utilisé une baguette de bois pour pousser le paquet au fond du tube.

— Voilà ! Le bout de tissu empêchera la balle de glisser quand vous porterez la haquebute. Vous pouvez dès lors l'utiliser quand vous le désirez, en veillant à ne pas mouiller la mèche et la poudre.

— Peut-on l'essayer chez vous ?

— Si vous voulez. D'ici je peux faire un tir dans mon jardin. Contre le mur de clôture.

— Faites-le.

L'armurier était allé allumer une branchette au foyer de son poêle. Il avait alors saisi la haquebute et avait appuyé le manche de bois sur son flanc.

— Vous pouvez la tenir comme vous voulez mais il faut bien la caler car, lors de la mise à feu, le canon va reculer brusquement. Certains posent le manche du canon sur leur épaule.

Il avait approché le brandon de la mèche et l'avait enflammée. Le temps de compter jusqu'à trois et une déflagration plus forte qu'un coup de tonnerre avait éclaté, provoquant le retrait de Holmes de quelques pas. Une âcre et épaisse fumée avait envahi l'ouvroir.

— La balle a dû se perdre dans le mur de mon jardin, voulez-vous aller voir ?

— Pas avec cette boue et cette neige ! Je vous crois volontiers. Combien en voulez-vous ?

— C'est une arme très rare.

— Je vous propose dix gros de douze deniers en bel argent bien titré.

Il avait sorti les pièces de sa bourse pour les étaler sur une tablette.

— Comme on ne trouve que des deniers noirs[1] à Paris, vous en tirerez bien plus.

L'armurier avait grimacé. Il espérait une plus forte somme car il avait acheté la haquebute vingt-quatre

1. Pièces d'argent à bas titre.

beaux deniers d'argent à la veuve d'un mercenaire flamand.

— Désolé pour vous, mais je n'ai rien de plus. Je vous donnerai un denier supplémentaire pour le coffre et la poudre, ajouta Edward.

— Entendu ! avait accepté le marchand avec un air accablé, mais il savait qu'en ces temps difficiles il aurait du mal à trouver un autre acheteur à Paris.

Il avait pris un grossier sac de chanvre et glissé le coffre à l'intérieur, y rajoutant le petit pot mesureur en étain et l'entonnoir. Holmes lui avait remis les pièces puis avait saisi la haquebute sans dissimuler son plaisir.

Après qu'ils se furent serré la main, l'armurier l'avait conduit à sa porte. Dehors, le mendiant attendait.

Avec son aide, maître Holmes avait regagné l'écurie. Il avait donné une obole à son guide et était revenu rue du Coq.

Le clerc abandonna la fenêtre et se dirigea vers la huche. La haquebute et le coffre à munitions étaient posés dessus. Il saisit l'arme et en caressa le canon de ses longs doigts fins. En même temps, il songeait à la folie qu'il venait de commettre. S'il vivait confortablement grâce à son frère, il ne possédait quasiment rien à part des vêtements de bonne étoffe car il appréciait les habits confortables et élégants. Sa fortune devait représenter quelques livres en pièces d'argent, et un noble à la rose. Pourtant de grosses sommes passaient dans ses mains afin de payer le loyer, les gages aux serviteurs et domestiques, ceux des hommes d'armes et surtout acheter vivres et boissons pour la maisonnée. Mais il ne possédait que ce que son frère lui donnait chaque trimestre et, maintenant, il venait d'acheter une arme inutile puisqu'il ne se battait jamais.

Seulement, cette haquebute n'était pas pour lui. Il se réjouissait par avance de la joie de son frère quand il la lui offrirait pour son anniversaire, le 7 mai. John, bien que préférant férir à coups de hache ou de masse d'armes, était toujours curieux de découvrir de nouveaux moyens de navrer les ennemis du roi Henri et de l'Angleterre.

Pour l'heure, songea le clerc, il devait nettoyer ce canon. L'armurier lui avait expliqué qu'il fallait passer un chiffon à l'intérieur du tube à l'aide de la baguette et surtout bien récurer l'orifice de la mèche.

Il s'y attela. Après quoi, il chargea la haquebute comme il l'avait vu faire.

Il songeait à un endroit où l'essayer, chose impossible dans sa chambre entièrement lambrissée de panneaux de bois, quand on gratta à la porte. Intrigué, car les serviteurs étaient peu nombreux en l'absence du maître, il donna l'ordre d'entrer.

Accompagné d'un valet et du chapelain de la maison, il vit entrer Richard Gregers, l'un des coutiliers de son frère. Il resta stupéfait.

John était parti avec deux douzaines d'hommes : trois écuyers, dont le plus âgé était son lieutenant, une enseigne, un chirurgien, dix hommes à pied avec guisarme ou vouge, le reste étant des archers et des arbalétriers à pied. Et enfin Richard Gregers, le coutilier.

Les coutiliers n'étaient guère appréciés de leurs compagnons car ils ne se battaient pas, ayant le rôle ingrat d'achever les blessés.

Holmes fit quelques pas, le cœur battant. Gregers se trouvait dans un triste état. Sa pèlerine à capuchon était couverte de taches et déchirée. Il manquait un morceau de la croix de Saint-Georges rouge cousue sur sa brigandine renforcée de lames d'acier. À cet endroit, un trou révélait une trace sanglante. Le valet d'armes tenait son chapel de fer à la main et avait perdu sa coutille à double tranchant. Un de ses brassards de métal était brisé au niveau du coude.

— Où est mon frère ? s'enquit Edward.

L'autre eut un regard éperdu avant de baisser les yeux sans répondre.

— Mais parle donc ! cria le clerc qui pressentait la mauvaise nouvelle.

— Battus, nous avons été battus, maître Holmes, murmura Gregers.

— Comment ça, battus ?

— Ça s'est passé samedi dernier, maître Holmes. Sa Grâce le duc de Clarence n'avait pu pénétrer dans Angers. Nous campions sur une colline, dans la neige et la boue, quand des prisonniers que nous avions faits révélèrent que le capitaine du Mans, les Écossais du comte de Buchan et une petite troupe du maréchal de La Fayette s'étaient rassemblés et marchaient sur Baugé pour nous surprendre. Le frère du roi a fait armer en hâte la chevalerie pour leur tomber dessus par surprise. Nous voulions tous nous battre tant nous avions froid ! Nous avons marché toute la nuit, transis et grelottants et nous sommes arrivés sur l'ennemi avant l'aube.

» Il fallait franchir la rivière et le pont était étroit. Sa Grâce le duc est passée en premier avec des archers et une partie de nos gens mais ils sont tombés dans une embûche et les Armagnacs ont brisé le pont après eux. Nous avons dû faire un détour pour traverser la rivière à gué, seulement les maudits avaient tout prévu et nous attendaient sur une hauteur dans un cimetière, déjà massés en ordre de bataille. Pour les atteindre, nous avons traversé un bois dans lequel plusieurs de nos compagnies ont été taillées en pièces.

» Furieux, les chevaliers ont lancé la charge avec messires vos frères, le comte de Suffolk, messire Huntington et tous nos meilleurs chevaliers.

— Sans faire intervenir les archers auparavant ?

— Non, c'était une erreur car l'Armagnac se trouvait plus haut que nous, mais la colère avait rendu les nôtres insensés. Tous les chevaliers du premier rang ont été mis à terre par un puissant jet de viretons et les flèches des Écossais. Les gens du prétendu dauphin nous ont alors pris par-derrière et les flancs et, très vite, ce fut un carnage…

— Mes frères ? s'enquit Holmes de sa voix haut perchée.

— Hélas, seigneur…

— Non !

Pris d'un tremblement incontrôlable, Holmes s'affala sur la huche proche et mit sa tête entre les mains, n'arrivant pas à réaliser le malheur qui le frappait.

— La bataille s'est cependant poursuivie, nos gens ont tenté de reprendre vos frères mais les Écossais ont préféré les tuer. Peu de survivants et de prisonniers sont restés. J'ai fait le mort au milieu d'un monceau de cadavres et, comme je ne portais rien de valeur, les pilleurs m'ont ignoré. J'ai juste reçu un coup de pique (il montra le trou dans sa brigandine), mais le fer a glissé. Je crois toute l'armée perdue, bien que j'aie entendu dire, en revenant à pied, que les comtes d'Exeter, de Somerset et de Huntingdon avaient été capturés.

— Pour messire le baron, es-tu certain ?

— Hélas, seigneur, dans la bataille nous étions près de lui. Un carreau d'arbalète avait percé son plastron, mais sans traverser les mailles par-dessous. Cependant le choc l'a fait chuter et un coutilier lui a enfoncé une hast sous sa braconnière.

Dieu tout-puissant ! songeait Holmes. La même tactique et la même victoire qu'à Azincourt, mais inversée ! Pourquoi le duc de Clarence n'a-t-il rien appris de son frère[1] ?

Il commença à prier pour l'âme de John.

Gregers attendait, ne sachant que faire.

Finalement, Edward Holmes se ressaisit. Regardant le valet d'armes, il lui demanda :

— Comment es-tu rentré ?

— La nuit suivante, j'ai découvert un cheval abandonné près de la rivière. Je n'ai rien mangé en chemin.

— Va à la cuisine, fais-toi servir ce que tu veux et repose-toi. Nous parlerons demain.

1. Henri V de Lancastre, roi d'Angleterre, avait vaincu les Français à Azincourt avec une armée de neuf mille hommes, moitié moins nombreuse que celle des Français. La bataille avait débuté par une charge de chevaliers, mais les flèches anglaises firent tomber cavaliers et montures qui furent massacrés.

2

Rejoint par le chapelain dans la chapelle, Holmes pria une partie de la nuit pour l'âme de ses frères. Le lendemain, il fit venir le coutilier.

— Richard, j'ai réfléchi. Sans maître ici, nous n'avons plus de raison de rester. Voici ce que j'ai décidé : tu as mérité de rentrer en Angleterre. J'ai écrit deux lettres, l'une au frère de John, messire Thomas, qui est désormais le nouveau baron de Roos, même s'il ne le sait pas encore. L'autre à lady Margery, la noble épouse de notre maître. Tu partiras aujourd'hui pour Helmsley Castle[1] et les leur remettras. Notre cuisinier et le chapelain, seuls Anglais restants de la maisonnée, t'accompagneront.

— Et vous, maître ? s'inquiéta l'homme d'armes.

— Dès que j'aurai reçu des ordres de messire Thomas, je ferai ce qu'il me dira. Sans doute rendrai-je cette maison. Je renverrai les domestiques et rentrerai en Angleterre à mon tour. Mais auparavant, j'ai plusieurs affaires à régler.

Gregers prit les lettres que lui tendait le clerc intendant et promit de partir avant none[2].

1. La propriété familiale des Roos.

2. La désignation des heures de la journée que nous utilisons est celle de Froissart, qui vécut au XIVe siècle. Prime correspond à

Resté seul, Holmes s'installa devant le foyer, sur la chaise, le seul endroit où il parvenait à se réchauffer. Laissant son esprit vagabonder, il se remémora les événements de sa vie.

Son père, celui aussi de John, William et Thomas, usait de ses servantes comme de concubines. C'est ainsi qu'il était né de la chambrière de son épouse, Margaret Holmes. Impossible qu'il vive avec le reste de la mesnie légitime, aussi avait-il été placé dans un monastère. Il y avait appris très vite à lire et à écrire et le prieur avait signalé à son père combien son fils – sa bâtardise n'était un secret pour personne – était vif d'esprit. À l'âge de neuf ans, Edward avait été envoyé à l'University College d'Oxford. C'est à cette occasion qu'il avait rencontré son père pour la première fois.

William de Roos, bien que membre du conseil royal de Richard II, avait été un des premiers à rejoindre Henri Bolingbroke dans sa rébellion contre le roi. Cela, Edward le savait car il était né l'année précédant la révolte[1].

Comme tous les Anglais, il connaissait les dessous de la rébellion. Le roi Richard II, fils d'Édouard – surnommé le Prince Noir à cause de son armure – et petit-fils d'Édouard III, était devenu un despote dément. Or le Prince Noir avait deux cadets : Lionel et Jean de Gand. La noblesse anglaise ayant décidé de déposer

la sixième heure du matin. Les gens se levaient bien plus tôt, la journée de travail pouvant commencer avant cinq heures. Tierce se situe vers dix heures. C'est souvent l'heure du dîner. None se situe un peu avant midi, avec basse none peu après tierce et haute none pour midi sonné. Ensuite viennent vêpres ou la vêprée, vers quatre heures, le temps du souper. Cependant, à cette époque on commençait à utiliser la mesure du temps par les horloges.

1. 1399.

Richard II, Lionel aurait dû légitimement prendre sa place. Mais c'est Henri Bolingbroke, fils de Jean de Gand, qui avait été le plus rapide en se faisant couronner roi sous le nom d'Henri IV. Dès lors, William de Roos, fidèle soutien, était devenu son principal favori. À la mort d'Henri IV, il était naturellement passé au service de son fils, Henri V. Trésorier d'Angleterre, lord, le baron avait aussi en charge la surveillance des lollards, une secte religieuse redoutable.

La réussite de William de Roos s'expliquait par son esprit fin, sa clairvoyance et sa perspicacité. À partir de quelques informations, il était capable d'appréhender avec pertinence l'ensemble d'une situation. C'étaient ces talents qui l'avaient fait rejoindre Henri Bolingbroke dans sa prise du pouvoir. Or, à son grand déplaisir, il n'avait observé aucune de ces qualités chez ses enfants. Sauf chez son bâtard.

— Tu deviendras clerc, Edward, lui avait-il dit. Travaille jour et nuit, je veux que tu deviennes l'homme le plus savant d'Angleterre.

— Je vous le promets, mon père, avait-il répondu.

— Ne me déçois pas ! Je viendrai chaque année me rendre compte de tes progrès. À dix-huit ans, tu viendras habiter Helmsley Castle dont tu deviendras le majordome ainsi que celui des domaines de notre famille. En qui pourrais-je avoir plus confiance qu'en mon fils ?

Le cœur gonflé de bonheur, Holmes s'était jeté dans le travail et les études. Comme son père le lui avait dit, il était venu chaque année de 1410 à 1414, toujours accompagné de son aîné, John. Holmes et lui avaient sympathisé. John était un garçon enjoué, particulièrement vigoureux, n'aimant rien autant que manier l'estramaçon ou la hache. Seulement, d'un caractère fort lucide, il savait qu'il ne serait jamais aussi habile que son père. La perspective d'avoir un frère clerc fort savant pour le seconder lui convenait parfaitement.

Mais à la fin du mois de septembre 1414, John était venu seul. Il affichait un visage défait.

— Père est mort, avait-il dit à Edward.

— Dieu tout-puissant ! Que lui est-il arrivé ?

— Un mal fatal. Aucun médecin n'est parvenu à le soigner. Je viens te chercher.

— Mais je n'ai pas terminé mes études, mon noble frère.

— Peu importe, j'ai besoin de toi. Je suis désormais le baron de Roos et tes conseils me seront précieux.

Holmes avait obtempéré et découvert sa mesnie. William, d'abord, le cadet, qui ressemblait à John en plus fruste et qui ne lui marquait aucune hostilité sans pour autant faire preuve de la moindre chaleur. Le puîné suivant, Thomas, l'ignorait totalement, considérant qu'un bâtard valait moins que rien. Enfin les benjamins, Richard et Robert, étaient trop jeunes pour émettre une opinion. Quant à ses trois sœurs, Margaret devait se marier et Béatrice et Elizabeth se montraient distantes envers le fils d'une chambrière. Enfin sa belle-mère, Margaret Fitzalan, lui avait fait comprendre qu'il n'était pas le bienvenu, tout comme le vieil intendant et son fils Henry Langlay.

Mais peu importait. John était le baron, le chef de la famille et chacun lui obéissait sans discuter aucunement.

Plus tard, John avait épousé Margery Le Despenser et été appelé par le roi Henri V qui voulait ses fidèles près de lui. Il se trouvait au côté du roi à Azincourt. Edward Holmes avait suivi son frère. À Caen, il s'occupait de tout pour le baron et ses gens de guerre : de leur logis, de leurs dépenses, de leurs vêtements, de leurs montures et de leurs harnois. Il veillait aussi à ce que Margery et les Langlay envoient régulièrement les sommes répondant aux exigences d'un favori royal.

En janvier 1419, Henri V avait pris Rouen et Holmes y avait trouvé un logement pour son frère et ses gens d'armes. Il suivait de près les développements de la politique en France, se demandant jusqu'où irait son roi. Paris, le nord et l'est du royaume de France étaient tenus par le duc de Bourgogne Jean sans Peur. Le reste se trouvait sous la coupe des Armagnacs et du prétendu dauphin. Le roi de France Charles VI, fol, vivait en reclus à Paris, sous la surveillance de Jean sans Peur.

Chacun des deux partis semblait prêt à s'allier à l'Anglais pour détruire l'autre. Puis tout avait basculé quand le dauphin avait fait assassiner Jean sans Peur lors d'une entrevue de paix[1] sur un pont à Montereau.

Dès lors, tout s'était précipité. Le fils de Jean, Philippe le Bon, nouveau duc de Bourgogne, avait scellé une alliance avec Henri, le roi d'Angleterre, et Isabeau de Bavière, la reine de France. Par le traité de Troyes, Henri V, époux de la fille d'Isabeau et de Charles VI, devenait régent et héritier du royaume de France.

En décembre, le nouveau régent était solennellement entré dans Paris et, depuis quelques semaines, Holmes avait trouvé un logis pour son frère devenu maréchal d'Angleterre.

C'est à ce moment-là que son cadet William l'avait rejoint.

Edward savait que désormais sa vie ne serait plus jamais la même. Margery l'accepterait-elle à Helmsley Castle ? Rien n'était moins sûr. Le nouveau baron, Thomas, lui ferait-il une place près de lui ? Il en doutait. Thomas avait quinze ans et s'était toujours

1. Septembre 1419.

montré d'un tempérament fort influençable. Or, les Langlay, l'intendant et son fils, semblaient avoir pris un fort ascendant chez les Roos et ces deux-là feraient tout pour l'écarter.

Holmes ne possédait rien. Ni terre ni fortune, sinon une centaine de livres que son père lui avait laissée à sa mort et avait soigneusement placée chez un juif de Londres.

Ne devrait-il pas entrer au service d'une autre famille ? Il exclut provisoirement cette question, songeant qu'il devait avant tout s'occuper de la maison et des biens de son maître avant de décider de son avenir.

En quittant sa chambre, il emprunta la galerie qui reliait les trois corps de logis. Le premier était réservé à ses frères, chacun disposant d'une grande chambre, John au premier étage et William au second. Le deuxième corps de l'hôtel servait aux hommes d'armes et le troisième, où se trouvait son logement, était celui des domestiques.

Il pénétra dans l'appartement de son frère. Glaciale, la pièce était à peu près semblable à la sienne, bien que plus richement meublée. De larges et épaisses tentures représentant des scènes de chasse pendaient le long des boiseries.

Contre un mur se trouvait un coffre de fer à trois serrures. Holmes prit le trousseau de clefs attaché à sa taille et le déverrouilla. La huche contenait plusieurs objets de valeur, des dagues ornées de pierres précieuses, des casques et des pièces d'armure de parade. Holmes les écarta pour s'emparer d'un coffret caché au fond. Il en avait aussi la clef.

À l'intérieur, plusieurs sacs de velours emplis de pièces d'or et d'argent. D'ordinaire, Edward en connaissait exactement le contenu, son frère lui faisait entièrement confiance. Mais, pour l'ost, John avait emporté une partie de sa fortune et le clerc ignorait combien.

Il s'installa à une petite table où se trouvaient des feuillets de papier et une mine de plomb, vida les sacs et entreprit de dresser un inventaire complet des pièces de monnaie, puis des objets contenus dans le coffre.

Quand il eut terminé, il remit tout en place, referma soigneusement et revint chez lui. Il ne pouvait faire la même chose chez William, car celui-ci avait conservé ses propres clefs. Il devrait donc faire venir un serrurier et un notaire avant de rentrer en Angleterre.

Une fois dans sa chambre, Holmes recopia le document à l'encre, puis le data et y apposa son cachet avant de le ranger. Il se fit alors porter son manteau, ses gants de fourrure et demanda qu'on prépare sa mule.

La neige tombait toujours, de gros flocons paresseux qui dissimulaient impudemment ordures et cadavres sous un manteau immaculé, rendant la ville aussi attirante qu'une vieille sorcière vêtue d'hermine.

Remontant l'étroite et déserte rue du Coq, Holmes dirigea sa mule vers la Grande-Rue-Saint-Louis[1], qu'on appelait aussi la rue ou le chemin Saint-Honoré, puis il fila vers le levant.

Passé la Croix du Trahoir où un corps blanc et gelé se balançait à la potence, il suivit un dédale de ruelles jusqu'à la Grande Boucherie dont plusieurs des étals étaient fermés.

Holmes connaissait l'histoire de la confrérie bouchère, la plus puissante de Paris. N'était-ce pas grâce à elle que son roi Henri V était entré dans la

1. Appelée ainsi à cause de l'hôpital des Quinze-Vingts établi par Saint Louis, situé devant la porte Saint-Honoré.

capitale ? Cependant, il ne pouvait s'empêcher d'éprouver un profond malaise en traversant ces lieux.

Les troubles parisiens avaient commencé dès l'avènement du jeune roi Charles VI, une quarantaine d'années plus tôt. Son père, Charles V, avait déjà connu la rébellion des bourgeois alors qu'il n'était que dauphin, mais il avait fermement rétabli son autorité et laissé à son fils un royaume solide, malheureusement au prix d'une fiscalité écrasante.

À son avènement, Charles VI avait dû convoquer les états généraux et la première revendication des députés avait été d'exiger une diminution des impôts. Devant son refus, la populace avait massacré les collecteurs de taxes avec les maillets de fer servant à la défense de Paris. Mais les insurgés avaient été matés et la révolte s'était terminée par les pendaisons et les noyades des rebelles jetés en Seine cousus dans des sacs.

Quelques années plus tard, Charles VI était devenu fou. Dès lors ses oncles, associés à son frère Louis d'Orléans, avaient assuré la régence. En vérité, ils pillaient le royaume, augmentant sans cesse les impôts à leur profit. Le plus dépensier était justement Louis d'Orléans qui s'était attribué la direction du conseil royal.

Il avait cependant trouvé face à lui le nouveau duc de Bourgogne, Jean sans Peur, fils d'un oncle du roi qui, par démagogie, se faisait le chantre de la baisse de la fiscalité. Celui-ci avait alors fait assassiner Louis d'Orléans quand il sortait de la maison de la reine Isabeau[1]. Mis en accusation, Jean sans Peur avait été contraint de quitter Paris. Mais, soutenu par

1. L'endroit où le meurtre eut lieu est marqué d'une plaque, rue Vieille-du-Temple près de la porte Barbette, au n° 50.

la bourgeoisie, il était pourtant revenu dans la capitale pour devenir maître du gouvernement royal.

Le fils du duc d'Orléans avait alors rassemblé contre lui une ligue regroupant les oncles du roi. Ce dernier, dans un moment de lucidité, avait tenté la réconciliation des factions bourguignonne et orléaniste, convoquant même les états généraux afin de consacrer les moyens du royaume à la lutte contre les Anglais qui occupaient l'Aquitaine. Mais craignant une paix à son détriment, Jean sans Peur avait provoqué des émeutes conduites par le boucher Caboche qui exigeait « la dictature du tranchelard ». Durant un mois, les bouchers avaient massacré les proches du dauphin qui avait rejoint la faction d'Orléans qu'on appelait désormais les Armagnacs à cause de leur chef, l'énergique comte Bernard d'Armagnac dont la fille était mariée au fils de Louis d'Orléans.

Voulant assurer leur pouvoir, les bouchers cabochiens avaient réuni le corps de ville et l'un d'eux avait déclaré à la Maison aux Piliers[1] : « Il y a des gens qui ont trop de sang et qui ont besoin qu'on leur en tire avec l'épée. » Mais ils avaient été mis en minorité par la bourgeoisie terrifiée qui s'était à son tour ralliée au parti d'Orléans. Une nouvelle fois, Jean sans Peur avait été contraint à quitter Paris tandis que les Armagnacs devenaient les maîtres de la capitale ; le roi fou étant enfermé dans son hôtel Saint-Pol.

Si la défaite d'Azincourt avait affaibli la faction armagnac, son chef Bernard, devenu connétable, s'était arrogé tous les pouvoirs à la mort du dauphin[2]. Il avait

1. Maison de la place de Grève où se réunissaient les échevins. Elle deviendra l'Hôtel de Ville.

2. Trois dauphins s'étaient succédé durant cette courte période : Louis de Guyenne, mort en 1415, Jean, mort en 1417, et enfin

ainsi décidé la destruction de la Grande Boucherie afin de punir la confrérie fidèle aux Bourguignons. En même temps, il écrasait d'impôts les Parisiens et les maintenait dans l'obéissance par la terreur. Face à ceux qui criaient qu'on les écorchait avec les emprunts forcés et les taxes, il répondait :

« Par le sang Dieu, vous le ferez, veuillez ou non, sans qui, sans qua, sans quo, malgré vos dents et vos visages ! »

Pendaisons et noyades dans des sacs jetés en Seine étaient devenues quotidiennes. Beaucoup regrettaient Jean sans Peur. Or ce dernier avait noué une alliance avec le nouveau roi d'Angleterre, Henri V, qui venait de débarquer en Normandie. Ne risquant plus d'être pris à revers, Jean sans Peur était revenu à Paris avec son armée.

Mais les portes de la ville lui restaient obstinément fermées jusqu'au jour où un de ses fidèles, Périnet Leclerc, parvint à prendre la clef de la porte de Buci et à faire pénétrer une troupe bourguignonne commandée par le capitaine de L'Isle-Adam.

Sous le commandement de Capeluche, bourreau de Paris et instrument des familles de la confrérie bouchère qui voulaient leur revanche, un épouvantable bain de sang s'ensuivit. Bernard d'Armagnac fut tué et, durant un mois, les maisons de ses affidés furent pillées et leurs habitants horriblement massacrés. Pataugeant dans le sang de leurs victimes, haches et couteaux en main, Capeluche et les bouchers étaient partout à l'œuvre, criant : « La paix ! Vive le roi, vive Bourgogne ! » Pour s'emparer des biens de son voisin et esforcer sa femme, il suffisait de dire : « Voilà un Armagnac ! »

Charles, dauphin de notre roman, qui deviendra roi sous le nom de Charles VII.

Plus de quatre mille Parisiens perdirent la vie dans l'insurrection. Le sang ruisselait dans les rues et, aux environs du Châtelet, on en avait « jusqu'à la cheville du pied ». Si Tanneguy du Châtel, capitaine armagnac et prévôt de Paris, n'avait pas réussi à enlever le dauphin et à lui faire quitter la capitale, l'héritier du royaume aurait aussi trouvé la mort.

Au retour de Jean sans Peur, les bouchers, fidèles alliés des Bourguignons, demandèrent leur récompense : la reconstruction de la Grande Boucherie. Les travaux avaient commencé en septembre 1419, coûté trente mille livres tournois et n'étaient toujours pas terminés, ce qui expliquait le faible nombre d'étals ouverts. Néanmoins, ce bâtiment neuf, devant le Grand-Châtelet, siège de la justice prévôtale, affichait l'arrogance et la fortune de la puissante confrérie.

Songeant à ces massacres, Edward Holmes s'interrogeait. Pour l'heure, les Anglais, qui n'avaient en rien été mêlés aux horribles carnages, vivaient en bons termes avec la population parisienne. Pourtant tous ces morts, pour la plupart innocents, ne provoqueraient-ils pas tôt ou tard des actes de vengeance qui se retourneraient contre la nation anglaise ?

Le clerc fut tiré de ses sombres pensées par des cavaliers qui galopaient vers la rue Saint-Antoine. La bannière de l'enseigne portait les lions d'Angleterre et les fleurs de lys. Les armes d'Henri V. La troupe venait donc du Louvre et certainement se rendait-elle à l'hôtel Saint-Pol, peut-être pour informer la reine Isabeau de la défaite de Baugé.

Peu après, lui-même arriva place de Grève où se dressait la Maison aux Piliers choisie par Étienne Marcel comme le siège de la prévôté des marchands et que beaucoup appelaient la Maison de Ville. La place était couverte de neige et la Seine, en contrebas, en partie gelée, charriait d'énormes glaçons dans un vacarme impressionnant. Des lumières dans la Maison aux Piliers prouvaient que des gens s'y trouvaient.

Holmes poursuivit par la rue du Pet-au-Diable et atteignit la rue Saint-Antoine. Là, la plupart des boutiques étaient ouvertes, mais il y avait peu de gens. Les plus nombreux demeuraient les mendiants et les miséreux qui l'interpellaient sans cesse afin d'obtenir une obole.

Enfin il aperçut la Bastille. La porte Saint-Antoine, mitoyenne, devait être ouverte car il croisa plusieurs chariots de matériaux et quelques-uns de blé, escortés par des troupes du prévôt de Paris pour éviter qu'on ne les pille.

Il longea les bâtiments disparates et les tours de l'hôtel des Tournelles où avait vécu un temps la reine Isabeau et où logeaient nombre des chevaliers anglais fauchés à Baugé, ce qui le fit douloureusement penser à ses frères.

Un peu avant la bastille Saint-Antoine qui fermait la rue, il emprunta la voie à main droite qu'on nommait la rue des Célestins.

Cette fois, c'était l'hôtel Saint-Pol qui se trouvait à dextre. Holmes ne s'y était jamais rendu. Il savait seulement que le palais était immense, qu'il contenait plusieurs bâtiments séparés par des jardins et des arcades et que c'était là que vivaient le roi fou et sa femme, la reine Isabeau, chacun dans son hôtel personnel.

Poursuivant son chemin, il déboucha devant l'enceinte de pierre qui masquait la rivière. À senestre se trouvait le portail du couvent des Célestins. Beaucoup de princes français y étaient inhumés, dont Louis d'Orléans après son assassinat à l'instigation de Jean sans Peur.

Holmes demanda au concierge portier qu'il lui fasse rencontrer le prieur et le cellérier. Le moine le conduisit dans une salle voûtée en ogive qui servait de parloir. Le clerc patienta jusqu'à l'arrivée du prieur revêtu de la tunique blanche et du scapulaire noir des Célestins. Dans ses pas suivait le cellérier.

L'Anglais mit un genou au sol.

— Que le Seigneur vous garde, vénéré prieur.

— Loué soit Jésus, qu'Il vous conserve aussi à jamais, répliqua le religieux d'un ton égal, lui faisant signe de se relever.

Holmes se tut un instant avant de déclarer :

— Je suis porteur d'une mauvaise nouvelle, mon père.

— Baugé ?

— Vous savez ?

— Nous venons d'être avisés de la défaite et surtout de la mort du noble frère du régent, notre bien-aimé gouverneur.

— Hélas, il n'est pas la seule victime de cette estourmie. Mon maître et son frère y ont aussi laissé la vie.

Le prieur resta silencieux, mais ses lèvres remuaient. Il priait.

Puis il embrassa la croix qu'il portait au cou.

— J'avais rencontré le baron de Roos. Je l'ai jugé homme honorable et le Seigneur l'a certainement accueilli près de Lui dans Son paradis.

— Je le sais, mon père.

Il soupira.

— Je suis désormais sans maître. J'ai prévenu le nouveau baron, mais celui-ci n'a que quinze ans et ne viendra certainement pas à Paris. Je vais donc rentrer en Angleterre.

— Quand repartirez-vous ?

— Dès que j'aurai reçu un courrier de mon nouveau maître. Au plus tard, dans une quinzaine. Je vous préviendrai pour qu'un profès vienne reprendre les clefs.

— Le loyer était payé jusqu'à Pentecôte, observa le cellérier.

— Vous le garderez.

— Entendu, dit le prieur, malgré tout contrarié de perdre une ressource.

Mais il se doutait que d'autres Anglais arriveraient à Paris – on parlait même de la venue du roi Henri – et qu'il trouverait aisément d'autres locataires.

— Grand merci d'être venu nous prévenir, dit-il.

— Que Dieu vous bénisse, vénéré père, fit Holmes en s'inclinant.

L'entretien était terminé.

Holmes revint à l'hôtel et donna leurs gages aux domestiques français, les prévenant qu'il n'avait plus besoin d'eux. Ceux qui ne savaient où aller pourraient rester jusqu'à l'abandon de l'hôtel. Il ne conserva que le concierge, un garçon pour s'occuper des bûches, du feu et de sa mule, et une servante avec un marmiton pour préparer les repas.

L'après-midi, il se rendit au Louvre où il connaissait quelques officiers, intendants et clercs. Tous savaient pour la maudite défaite. Il leur annonça la mort de ses frères et l'un de ses interlocuteurs, un trésorier, lui apprit que messire Thomas Beaufort, duc d'Exeter et comte d'Harcourt[1], oncle légitimé du roi d'Angleterre

1. Troisième des quatre enfants de Jean de Gand, duc de Lancastre, et d'une maîtresse. Légitimé, il fut chancelier d'Angleterre puis duc d'Exeter après la bataille d'Azincourt. En 1421, il était capitaine de Paris.

et lieutenant du duc de Clarence, avait été capturé. Un héraut d'armes venait d'apporter sa demande de rançon. Elle serait rassemblée rapidement et, dans moins d'un mois, Beaufort serait libéré et assurerait le gouvernement de la capitale.

3

Une semaine s'écoula. La maison de la Corne-de-Cerf était désormais déserte. Holmes ne savait que faire et restait des heures à lire les quelques livres qu'il possédait, ou simplement à méditer sur son avenir. Cette langueur forcée lui pesait, lui qui avait toujours été occupé, tant au service des Roos qu'à Oxford quand il étudiait. Les jours passant, le besoin d'agir devint pressant et irrépressible.

Au début de la deuxième semaine, il décida de sortir de Paris pour s'exercer au tir avec sa haquebute. Certes, jardins et enclos abandonnés étaient innombrables en ville et il aurait pu s'introduire dans n'importe lequel, mais il ne tenait pas à attirer l'attention avec le bruit assourdissant de l'arme.

Chaque matin, il quittait donc la maison de la Corne-de-Cerf, puis suivait la Grande-Rue-Saint-Louis jusqu'à la porte Saint-Honoré.

Depuis Charles V, une muraille et un talus, lui-même renforcé d'un fossé, protégeaient la capitale, cette fortification ayant remplacé l'ancienne enceinte de Philippe Auguste. On la franchissait par des portes, massifs bâtiments crénelés flanqués de tours et au passage défendu par des herses et des vantaux cloutés.

Même surveillées par la milice, ces portes restaient les points faibles de la capitale. N'était-ce pas en subtilisant les clefs de la porte de Buci à son père – capitaine de la milice bourgeoise – que le jeune Périnet Leclerc avait fait entrer les Bourguignons de L'Isle-Adam dans Paris la nuit du 29 mai 1418, provoquant le massacre de milliers de Parisiens ?

Pour ces raisons, la plupart de ces passages avaient été murés et condamnés. Sur la rive droite ne restaient franchissables que la porte Saint-Denis, la porte du Temple, la porte Saint-Honoré et la porte Saint-Antoine. Cependant, dès la défaite de Baugé connue, les herses avaient été baissées et les vantaux clos et renforcés par des barres. Piétons et cavaliers pouvaient toujours emprunter une poterne, mais ils étaient longuement questionnés par la milice urbaine. Quant aux marchands approvisionnant habituellement la ville, on levait à moitié la herse à leur arrivée et on ouvrait le portail ensuite. Ainsi aucun coup de main n'était possible.

La porte Saint-Honoré était une des mieux protégées de la capitale, avec ses tours rondes qui l'encadraient, son pont-levis et sa barbacane. La première fois qu'Edward Holmes demanda à la franchir pour sortir de Paris, les gardes de la milice marquèrent leur étonnement, voire leur méfiance. Où allait ce clerc dans une campagne dévastée ?

Il n'avait pas dissimulé la vérité. Montrant la haquebute, il avait dit vouloir s'entraîner à l'utiliser, car ce petit canon serait bien plus utile qu'une arbalète pour défendre la ville si une attaque armagnac se produisait. Ses explications avaient satisfait le capitaine de la porte, d'autant plus qu'il était anglais.

Un audacieux coup de main des routiers qui pillaient la campagne en se disant au service du prétendu dauphin restait la principale crainte des Parisiens. De telles incursions étaient fréquentes. Ainsi, en février, Villeneuve, place forte surplombant la Seine et qui verrouillait le passage entre le duché de Bourgogne et Paris, était tombée aux mains des Armagnacs. Le capitaine bourguignon de L'Isle-Adam n'avait pas réussi à la reprendre en dépit de l'utilisation d'une bombarde et, depuis, les mercenaires du dauphin ou des gens sans aveu étendaient leurs rapinages et leurs pillages jusqu'aux portes de Paris. L'arroir[1] le plus redouté était celui de Rodrigue de Villandrando, un mercenaire espagnol qui avait fait ses armes avec L'Isle-Adam.

Villandrando était maintenant à la tête de sa propre compagnie d'aventuriers, truands, ribauds[2] et gueux qu'il entretenait par roberie des pauvres gens, traînant dans sa horde une nuée de femmes et de filles volées devenues ses esclaves. Craint comme le diable, l'Espagnol faisait pire que les meutes de loups qui pourtant s'attaquaient elles aussi hardiment aux fermes isolées. Or, on disait que ce démon venait de prêter allégeance au dauphin.

C'est que, vidée en partie de ses habitants, la capitale du royaume paraissait bien mal défendue. De plus, la plupart des hommes d'armes du duc de Bourgogne l'avaient quittée, Philippe le Bon préférant désormais se consacrer à ses terres bourguignonnes et flamandes. Dès lors, les habitants de Paris comptaient surtout sur les Anglais pour les défendre. C'était une des raisons pour lesquelles ils avaient si joyeusement fêté l'arrivée d'Henri V, leur futur roi.

Holmes savait tout cela et n'hésitait jamais à faire connaître son origine bien qu'il parlât français parfaitement. Il savait cependant que les Parisiens se

1. Troupe d'hommes d'armes.
2. Débauchés, vagabonds, soldats pillards.

trompaient en misant sur les hommes d'armes anglais. Ceux-ci étaient peu nombreux et la défaite de Baugé en avait effroyablement réduit les effectifs.

Après avoir passé une fontaine construite entre le fossé et le talus, Holmes s'éloignait de la porte sans aller cependant trop loin, car il aurait pu tomber sur un parti de fredains en maraude. Il longeait quelques maisons en ruine, un couvent épargné par les pillards, puis passait devant des moulins brûlés. Sur la porte de l'un d'eux, un homme avait été crucifié des semaines plus tôt par les gens de Villandrando et on reconnaissait vaguement sa silhouette enneigée. Holmes saluait toujours la dépouille avec politesse. Ensuite, dans un champ vide de toute culture et bordé par un bois de chênes, il s'entraînait avec la haquebute en tirant sur le mur d'un autre moulin incendié.

Au bout de plusieurs jours, il en vint à manier l'arme facilement et il parvenait même à atteindre une cible pas trop éloignée.

Une grosse heure plus tard, il revenait. À la porte Saint-Honoré, il restait un moment à parler avec les bourgeois de la milice, sombres et pleins d'inquiétude.

On n'avait jamais vu une désolation pareille, tant de famine et de misère, se lamentaient-ils. Les épidémies sévissaient et les prêtres ne suffisaient point à donner les sacrements et à célébrer les messes funèbres. Plusieurs disaient avec désespoir qu'ils ne comptaient plus que sur la miséricorde de Dieu.

Edward cherchait à les réconforter, sans savoir lui-même ce qu'il allait devenir.

Ensuite, il reprenait la Grande-Rue-Saint-Louis. Plusieurs venelles croisaient ce chemin qu'on appelait aussi la Chaussée du Roi. Celle du Coq était la cinquième à dextre. Juste avant se situait la rue Champfleuri. Les deux voies aboutissaient à la rue de Beauvais, large chemin qui longeait les jardins et la muraille septentrionale du Louvre.

Bien que proches, les rues du Coq et Champfleuri ne se ressemblaient guère : la première était pavée en bois et bordée de maisons de qualité, tandis que la seconde, au sol en terre avec un égout coulant au milieu, était l'une des cinq rues de la capitale que Saint Louis avait réservées aux filles de joie.

Sur la Chaussée du Roi, entre ces deux venelles, se dressait une maison à deux pignons dont la partie basse était construite en bonne pierre et l'étage et le solier en colombages. La bâtisse avait pour enseigne une coupe d'or et sa salle basse, qui s'étendait dans les deux corps de logis, servait de cabaret, tandis qu'en haut des chambres se louaient aux hôtes de passage.

Compte tenu de sa proximité avec le Louvre, l'établissement était fréquenté par des Anglais, des clercs, des hommes d'armes et des hommes de loi travaillant au Palais. Le reste des clients était des artisans besognant aux alentours et, bien sûr, quelques garcelettes en quête de bonne fortune.

Holmes s'y arrêtait toujours avant de regagner son logis. Pour quelle raison ? Tout simplement parce qu'il savait qu'une fois dans la maison de la Corne-de-Cerf, il s'ennuierait à mourir et ressasserait un heureux passé disparu pour toujours.

Ce jour-là, deux semaines après avoir appris la mort de ses frères, Edward pénétra dans la salle basse et s'installa à la table d'un groupe d'Anglais qu'il connaissait plus ou moins. La plupart venaient du Louvre. Il s'agissait de valets d'armes, de secrétaires, de maîtres de chambre et de clercs argentiers.

Habituellement, il bavardait peu avec eux, préférant écouter les nouvelles qu'ils rapportaient. Depuis des jours, ils parlaient surtout de la défaite de Baugé, de la mort de leurs compagnons, de leurs maîtres et de celle du duc de Clarence. Plusieurs assuraient que le roi Henri viendrait sous peu et tous le souhaitaient.

Une meschinete[1] lui porta un pot de bière, unique boisson du cabaret.

De moins en moins de vin entrait dans Paris, aussi cette boisson était-elle hors de prix, d'autant plus qu'une taxe, le quatrième, enchérissait encore son coût. Pour ces raisons, les Parisiens avaient pris l'habitude de boire une mauvaise cervoise fermentée à partir de méteil[2].

Mais à *La Coupe d'Or*, l'hôtelier soignait sa clientèle. Il se fournissait auprès d'un Anglais qui avait apporté les recettes de la bière de son pays, faite à base d'orge. La présence de ce breuvage expliquait d'ailleurs le nombre de compatriotes d'Edward qui se retrouvaient là.

Comme il en avait l'habitude, Edward s'assit à côté d'un truculent archer anglais, roux comme un renard. D'une taille inférieure à la sienne de près d'un pied, l'archer devait avoir quelques années de plus que lui et sa solide bedaine pouvait s'expliquer par les innombrables pots de bière qu'il vidait.

Tous deux s'étaient rencontrés là pour la première fois peu après Noël. À cette époque, Holmes venait rarement à la taverne mais, ce jour-là, il devait y retrouver Guillaume L'Anglois, le cervoisier qui alimentait l'auberge en bonne bière, car son frère le baron désirait une barrique du breuvage.

1. Jeune fille.
2. Mélange de blé, de seigle et parfois d'orge.

— Dieu vous garde, l'ami ! avait-il lancé au rouquin en s'installant en face de lui.

— Vous aussi, mon maître, avait répondu l'autre en le dévisageant car il ne se souvenait pas de l'avoir vu. Êtes-vous du Louvre ?

— Pas plus que vous, ami archer.

— Que moi ? Et comment sauriez-vous ça ? D'ailleurs, comment avez-vous appris que je suis archer ?

Le ton était suspicieux, presque agressif.

— Vos cals sur le pouce et l'index, seuls les bons archers gardent de telles marques. Tout comme la rougeur à votre poignet gauche, due à la corde qui vous a éraflé un jour où vous avez oublié de passer votre brassard.

Machinalement, le rouquin avait regardé ses doigts en plissant le front.

— Je pourrais être au service d'un seigneur du Louvre, avait-il observé.

— J'en doute. Je vous ai déjà aperçu dans le quartier. Vous boitez légèrement.

— Un malheureux coup d'hast, c'est vrai. Reçu à Azincourt au service de notre bon roi.

— C'est tout à votre honneur, ami archer.

— Finalement, n'importe qui aurait pu découvrir tout cela de moi, avait plaisanté l'Anglais.

Holmes avait réprimé un sourire en balançant de la tête.

— Ce « n'importe qui » saurait-il que vous êtes au service d'un bourgeois qui craint pour sa maisonnée ?

Décontenancé, l'archer roux avait à nouveau froncé les sourcils.

— Et qui serait ce bourgeois, maître Je-sais-tout ? avait-il demandé pour se donner une contenance.

— Le greffier de la ville, maître Bonacieux, qui habite la maison du Gros-Tournois, rue Champfleuri.

— Par les cornes de Belzébuth, êtes-vous donc sorcier, mon maître ? s'était inquiété l'Anglais.

— Nenni ! avait répliqué Holmes en riant. Voulez-vous que je vous explique comment je le sais ?

— Par saint Dunstan, je le veux !

— Voilà trois mois, une nuit, un gamin affamé mais fort agile a gravi la façade de la maison de la Corne-de-Cerf où je loge. Sans doute aurait-il fait pénétrer une bande de gueux s'il avait réussi. Mais en brisant un carreau, il a réveillé un des hommes d'armes de mon maître, lequel l'a frappé de son épée, le renvoyant dans la rue où il s'est brisé le cou. Le lendemain, je me suis rendu au Grand-Châtelet pour en informer un examinateur[1], mais on m'a répondu qu'un officier ne se déplaçait pas pour si peu. J'ai finalement parlé à un greffier civil et criminel qui sortait de la salle d'audience et qui m'a conseillé de faire jeter le corps dans la rivière.

» Or, il y a un mois, j'ai revu le même greffier qui descendait de sa mule devant la Maison aux Piliers, place de Grève. Vous vous trouviez avec lui, armé d'une bonne et belle épée. J'ai deviné que vous l'escortiez et, d'un naturel curieux, j'ai demandé au valet s'occupant de la monture qui il était. L'autre m'a répondu : C'est maître Bonacieux, le nouveau receveur des amendes, taxations et forfaitures de la ville.

» Mon greffier du Châtelet avait donc certainement acheté cette charge, plus honorable.

— Bien observé, l'ami ! avait reconnu l'archer après un moment de réflexion durant lequel il avait vainement recherché une repartie. Mon nom est Gower Watson, si vous l'ignorez.

1. Qui deviendront les commissaires de police.

— Et moi, je suis Edward Holmes, intendant du baron de Roos, maréchal d'Angleterre.

» Ainsi, vous avez été blessé à Azincourt ?

— Oui. Boiteux, je n'ai pas trouvé de nouveau maître car ceux qui nous engagent nous demandent de marcher pendant de longues étapes. Sans argent ni famille en Angleterre, je suis d'abord resté à Rouen où j'ai survécu avec les gages qui me restaient. En novembre, quand j'ai appris que notre bien-aimé roi devenait régent du royaume, je suis venu à Paris. Je savais que beaucoup de chevaliers y montaient leur maison et j'espérais un emploi comme concierge. C'est dans cette taverne que j'ai rencontré Jacques Bonacieux. Greffier au Châtelet et zélé partisan bourguignon, il craignait pour ses biens avec tous les truands qui s'en prennent aux maisons la nuit.

— Je le comprends.

— Il s'inquiétait d'autant plus que lui-même avait participé au pillage des maisons armagnacs, voilà quatre ans, quand Périnet Leclerc avait ouvert une porte aux Bourguignons, avait ricané l'archer.

— Il s'agissait de maisons d'Armagnacs, donc ce n'était pas un crime, avait observé Holmes.

— C'est vrai. Bref, Bonacieux était bien placé pour savoir la police du Châtelet impuissante. Or, chaque nuit des maisons bourgeoises étaient attaquées par des gueux prêts à tout pour de la nourriture. Seulement ils ne se contentent pas de prendre des vivres, ils en profitent pour massacrer ou torturer le bourgeois et esforcer les filles de la maisonnée. Bonacieux cherchait à engager un garde, mais les hommes d'armes sont rares. On a lié connaissance et, finalement, il m'a pris à son service bien qu'anglais et boiteux.

— Je pourrais parler de vous à mon maître, il vous engagerait sans difficulté, avait proposé Holmes.

— Surtout pas ! Pour rien au monde je ne quitterais la maison Bonacieux ! Je suis confortablement logé au troisième étage dans une belle chambre. Chauffé gracieusement, je mange à la table de mon maître.

— Et les gages ?

— Pas de gages, avait répondu Watson plus sombrement. Mais mon arc y remédie.

— Comment cela ?

— Connaissez-vous la guilde des archers ?

— Non.

— Il existe deux guildes de tireurs à Paris. La plus riche et la plus puissante est celle des arbalétriers qui possède le Champ des Arbalétriers[1], un grand terrain et une tour que le roi lui a donnés entre la vieille rue du Temple et la culture Sainte-Catherine. Commandée par un grand maître, un capitaine et un connétable, la confrérie bénéficie de toutes sortes de privilèges, d'exemption de taxes et d'aides.

» La guilde des archers, aussi ancienne, est bien moins riche. Son terrain d'entraînement se situe près de la porte de Buci. On le nomme le *Jardin des archers* de la ville. Placée sous le patronage de saint Sébastien et commandée par un connétable, la confrérie est formée de cent vingt hommes qui ont les mêmes avantages que les arbalétriers, mais qui ne reçoivent que deux sous par jour en campagne alors que les arbalétriers en perçoivent trois.

» Tous les samedis après-midi, les archers de la guilde se réunissent pour s'entraîner et ceux qui ne sont pas confrères peuvent les défier. Beaucoup de bourgeois et de seigneurs viennent assister aux joutes et les paris sont nombreux. Lorsque je l'emporte,

1. On y accédait par une allée dont il reste l'impasse des Arbalétriers qui menait aussi à l'ancien hôtel Barbette.

ceux qui ont parié sur moi me reversent une partie de leurs gains.

— Cela n'agace-t-il pas leur connétable qu'un archer anglais soit aussi adroit que ceux de la ville ?

— Certes, aussi m'a-t-il proposé de rejoindre la guilde, mais cela ne se fera qu'en janvier, pour la Saint-Sébastien, par un vote des membres entériné par le prévôt de Paris et le prévôt des marchands.

— J'irai vous voir un jour prochain, avait promis Holmes.

— Je m'entraîne aussi sur le talus de l'enceinte, car pour Pentecôte aura lieu un tournoi des archers. L'abbesse de Montmartre offre comme premier prix une écuelle d'argent et comme second prix un gobelet d'argent. Si je l'emporte, j'aurai de quoi venir me rincer le gosier ici pendant des mois !

Il avait éclaté de rire.

— Joli ! avait siffloté Holmes.

L'archer s'était alors penché vers l'intendant du baron pour ajouter à voix basse :

— Et puis… Il y a Constance Bonacieux.

— Comment cela ? avait demandé Holmes en souriant, devinant une intrigue amoureuse.

— C'est la plus belle femme de Paris, elle déteste son rustaud de mari et… Je ne lui suis pas indifférent… Mais, chut !

Edward avait hoché la tête.

— Si j'étais allé à Baugé, les choses se seraient passées autrement, intervint soudain Watson, d'une voix embrumée par les vapeurs de la bière.

— Il aurait fallu que tu y arrives, à la Loire, avec ta jambe folle, ricana Pierre Baille, un des trésoriers du Louvre.

C'est lui qui avait renseigné Holmes sur le retour prochain du duc d'Exeter.

— Avec un cheval, j'aurais bien montré de quoi j'étais capable, grommela l'archer.

— Je ne crois pas que ceux de Baugé ont failli, intervint Holmes. Simplement à Azincourt, ami Watson, votre capitaine était le roi Henri, et à Baugé c'était son frère. Or, le talent ne se répartit pas de façon équitable dans les familles.

Un lourd silence s'installa autour de la table. Tous pensaient la même chose : le duc de Clarence avait été un mauvais gouverneur, laissant la misère s'installer à Paris, et un mauvais capitaine, ayant perdu la fine fleur de la chevalerie anglaise par son incapacité à conduire l'armée.

— Avez-vous des nouvelles du baron de Roos, maître Holmes ? demanda Watson pour mettre fin au malaise.

— Aucune. Je ne sais que faire.

— Rentrerez-vous en Angleterre ? questionna le trésorier.

— Certainement, dès que je le pourrai.

Quelques regards envieux passèrent sur lui. Beaucoup auraient donné cher pour retrouver leur pays et abandonner cette ville maudite où les épidémies vous conduisaient en trois jours au royaume des taupes. Certes, la peste sévissait aussi à Londres, mais ils restaient persuadés que Paris avait été condamné par le Seigneur depuis les abominables massacres commis par les bouchers, même si ces criminels étaient leurs alliés.

Holmes but encore une savoureuse gorgée de sa bière, observant désormais les clients de la salle. Il vit entrer deux garcelettes au manteau blanchi. Les jeannetons soufflaient dans leurs doigts pour les réchauffer.

La neige s'était remise à tomber. Décidément, l'hiver ne finirait jamais dans cette ville livrée au démon.

Il termina sa bière et dit à Watson :

— Il neige, je dois rentrer chez moi avant que les rues ne deviennent impraticables.

Il était à pied, ne prenant pas la mule pour se rendre à son champ de tir.

Comme il saisissait sa haquebute posée sur la table, l'archer lui demanda en la désignant :

— Faites-vous des progrès ?

— Un peu.

— Je suis sûr que je peux tirer vingt flèches le temps que vous lâchiez un coup !

— Sans doute, mais à courte distance, cela vous serait-il utile ?

— Il faudra essayer ! s'esclaffa le rouquin.

Holmes salua la compagnie et sortit. Il fit quelques pas avant de tourner à dextre, dans la rue du Coq.

Il remarqua immédiatement la lumière vacillante derrière une des fenêtres de la chambre du baron de Roos. Or, aucun domestique n'avait le droit de s'y rendre. Qui avait osé ?

Contrarié, il se pressa. Le porche était ouvert, ce qui n'arrivait jamais. Jetant un coup d'œil dans l'écurie, il aperçut une douzaine de montures et une mule jaune sable à côté de la sienne.

Plus grande que sa propre monture, plus vigoureuse aussi, elle était visiblement bien nourrie, contrairement aux mules parisiennes qui ne recevaient qu'une maigre paille. De plus, l'animal était encore sellé avec un harnachement en cuir rouge décoré de ciselures argentées.

Des visiteurs ? Forcément des Anglais, conclut Holmes.

Intrigué et soucieux, il ouvrit la porte débouchant dans la grande salle. Une poignée d'hommes d'armes l'occupait, parmi lesquels il reconnut un sergent croisé à Helmsley Castle. Ce dernier l'ayant vu entrer s'avança vers lui.

— Maître Langlay vous attend à l'étage.

4

De petite taille et légèrement bossu, avec une tête en forme de citrouille et des mains larges comme des battoirs, on ne pouvait oublier Henry Langlay, le fils de l'intendant de Helmsley Castle, quand on l'avait rencontré. Pour l'heure, aidé par un valet que Holmes ne connaissait pas, il fouillait avec application la chambre du baron de Roos.

— Vous voilà enfin ! dit-il sèchement en se retournant à l'entrée de Holmes. Où étiez-vous ?

— Cela vous regarde-t-il ?

— Sans doute pas, en effet. Ou plutôt sans doute plus. Je suis envoyé par Sa Grâce le baron de Roos. Vous n'êtes plus à son service et vous pouvez vider les lieux.

— C'est tout ? s'enquit Edward Holmes en s'efforçant de maîtriser son cœur qui battait le tambour.

— Non. Je n'ai pas trouvé la cassette de messire John.

— Elle n'est pas ici. Je l'ai rangée à l'abri des prédateurs.

Sous l'insulte, l'autre eut une brève crispation de la bouche. La grimace l'enlaidit encore plus.

— Portez-la-moi ! ordonna-t-il.

— Pas avant que vous m'ayez signé une décharge sur son contenu, ainsi que sur tous les biens de mon frère qui se trouvent dans cette maison. J'ai préparé ces actes en double exemplaire dans le but d'en faire un inventaire, vérifié par un notaire avant mon départ pour l'Angleterre. Mais ce sera inutile puisque vous êtes là et que vous vous en chargerez.

— Vous plaisantez ? Signer pour reprendre les biens dont je suis l'intendant ? ricana le bossu en haussant les épaules. Jamais !

Il ajouta avec un méchant sourire :

— Je peux vous faire saisir et vous faire parler.

— Essayez ! bluffa Holmes. J'ai beaucoup d'amis à Paris et au Louvre, et vous n'avez pas bonne réputation.

— Comment cela ?

— Vous l'apprendrez. Au demeurant, ce que je vous demande n'est point déshonorant. Je me retire et vous laisse tout ce dont j'avais la garde. Il est normal que vous me signiez ces actes. Vous n'aurez qu'à remettre vos exemplaires à messire Thomas avec les biens que vous ramènerez à Helmsley Castle.

Le bossu réfléchit un moment. Cela le contrariait fort de céder, mais, pour des raisons qui lui étaient propres, il ne tenait pas à se faire remarquer des officiers du Louvre. Au bout d'un moment, il hocha la tête, se réservant le droit de se venger plus tard.

— Les actes sont chez moi, dit Holmes, l'invitant à le suivre.

Le valet n'avait pas bougé durant l'altercation, gardant un visage impassible. Il resta seul dans la chambre.

Langlay était certainement déjà venu dans l'appartement de Holmes car il se dirigea droit vers la chaise et s'assit. Le clerc, qui se posait mille questions, alla chercher les parchemins rangés dans un des casiers de son armoire et les lui remit.

Le fils de l'intendant de Helmsley Castle commença à les lire avec attention, reconnaissant intérieurement la qualité du travail et combien cette liste lui faciliterait la tâche. Il examina plus longuement la répartition des espèces.

— Je n'ai rien sur messire William, dit-il enfin.

— Sa chambre est close, je n'y suis pas allé. Je vous conseille de faire venir un notaire et un serrurier.

— Où sont les plumes, l'encre et la cire ?

Le clerc lui désigna la table.

Langlay se leva et s'installa. Il tendit à Holmes une bougie pour qu'il la lui allume au foyer. Ce dernier s'exécuta sans mot dire.

Ensuite, le bossu parapha chaque acte avant d'y apposer son sceau avec un cachet qu'il portait au cou, attaché à une chaînette d'argent.

L'opération requit un certain temps.

— Prenez donc vos exemplaires, dit-il d'un ton méprisant quand il eut terminé.

Holmes obtempéra, puis alla ouvrir d'un tour de clef l'une des cellules de l'armoire. Il en sortit le coffret, qu'il remit à Langlay, ainsi que son trousseau de clefs. Il n'en aurait plus besoin.

— Vérifiez ! dit-il.

Le bossu le fit avec beaucoup de soin, ouvrant chaque sac et comptant minutieusement les pièces.

— Avant de m'en aller, vous devez me payer mes gages du trimestre, ajouta Holmes. Dix livres.

— Dix livres ! Vous vous gaussez, maître Holmes.

— Non, répliqua froidement le demi-frère du baron.

— Mon père en reçoit huit, vous n'aurez pas plus.

Il sortit des deniers et des esterlins, fit des piles et calcula.

— Voici votre compte. Je le rajoute sur cet acte et vous le signerez.

Holmes rassembla les pièces et les mit dans son escarcelle, avant d'obtempérer.

— Autre chose, fit alors Langlay en souriant avec méchanceté, dévoilant une belle collection de dents pourries. Cette houppelande au col de petit-gris que vous portez sous votre manteau. Je l'ai vue sur votre frère. Je m'en souviens. Vous l'avez prise ?

— Il me l'a offerte à Noël.

— Prouvez-le ! cracha le fils de l'intendant.

Comme Holmes restait silencieux, Langlay ajouta avec une satisfaction évidente :

— Vous la laisserez ici. Et qu'est-ce que cette sorte de haquebute sur le lit ?

— Je l'avais achetée pour l'offrir à mon frère, à son retour. Mais il n'en aura pas l'usage, là où il est.

En même temps, il songeait avec tristesse à la sépulture de John. Sans doute quelque fosse anonyme près de la Loire.

— Nous n'avons plus rien à nous dire, laissa tomber Henry Langlay. Disparaissez de ma vue et faites que je ne vous revoie jamais.

Holmes n'était pas d'un caractère fanfaron, mais il savait déjà qu'il reverrait Langlay et lui ferait rentrer ses provocations dans la gorge. Seulement, l'heure n'était pas venue. Placidement et sans se presser, il ôta son manteau, retira la houppelande et la déposa sur le lit puis sortit de son coffre les quelques vêtements qu'il possédait : deux autres robes, des chainses, des chausses, des soliers et des guêtres, plusieurs bonnets, une dague et un couteau, une petite écritoire portable et le coffret contenant poudre et balles. Il rassembla le tout dans deux grosses sacoches de cuir déjà utilisées lorsqu'il était venu. Il remit son manteau, plaça les sangles des sacoches sur son épaule, récupéra la haquebute et quitta la chambre sans le moindre regard pour Langlay.

Il ne voulait rien laisser paraître de ses sentiments, mais il se sentait désespéré, misérable, abandonné. En un mot : perdu.

Il descendit dans la grande salle et la traversa dans l'indifférence des hommes d'armes. Le sergent lui lança cependant un regard chaleureux et Holmes lui sourit par reconnaissance.

Il sortit et franchit le porche. La nuit tombait et il neigeait toujours.

Allait-il passer la nuit dehors ? Il frissonna à cette idée, songeant à son confortable lit clos qu'un serviteur venait chauffer chaque soir avant qu'il ne s'y couche. S'il restait dans la rue, il était mort.

L'auberge de *La Coupe d'Or* était-elle encore ouverte ? Il savait qu'on y louait des chambres.

Il hâta le pas. Personne dans la Grande-Rue-Saint-Louis, illuminée par le manteau blanc de la neige qui recouvrait le sol.

Il distingua un brin de lumière vacillante à une fenêtre de *La Coupe d'Or* ! Soulagé, il poussa la porte.

La salle était vide. L'aubergiste, qui changeait la paille du sol, le considéra avec stupéfaction.

— Maître Holmes ?

Puis il remarqua les sacoches et devina :

— Vous avez quitté la maison de la Corne-de-Cerf !

— On m'a mis dehors ! annonça Holmes en déposant ses sacs et la haquebute sur une table. Avez-vous une place pour la nuit ?

— Dans un des lits de l'étage, oui. Voulez-vous manger ? Je n'ai plus de soupe, mais il reste du pain et du pâté.

— Volontiers, avec votre bonne bière.

Il s'assit, l'esprit en désordre.

Jamais il ne s'était trouvé dans une telle situation, sans famille ni maison. De plus, loin de son pays. Il avait fait l'arrogant devant Langlay, mais il n'en menait pas large. Qu'allait-il devenir ? Forcément, retourner en Angleterre au plus vite. Mais comment ? Marcher jusqu'à Rouen, jusqu'à la mer ? Il serait dépouillé par les fredains bien avant d'arriver. Sans oublier l'hiver, le froid, le gel, la neige, la glace. Acheter une monture ? On n'en trouvait plus beaucoup à Paris et il n'avait pas les moyens de se payer un cheval ou même une mule. Non, la bonne solution serait de se joindre à une troupe partant pour la Normandie, ou à un convoi de marchands. Peut-être même trouverait-il une place assise dans un chariot. Il se rendrait au Louvre le lendemain pour se renseigner.

Mais après ? Il avait quitté l'Angleterre depuis cinq ans. Il n'y connaissait plus personne. Où irait-il ? Trouver une charge d'intendant sans la moindre recommandation serait impossible. Or, il ne savait rien faire, sinon lire, écrire et compter. Et réfléchir. Mais tant de clercs possédaient les mêmes capacités.

L'aubergiste déposa pain, pâté et bière, puis s'assit sur le banc en face de lui.

Dans la cinquantaine, crâne pelé comme un marron avec des taches de vieillesse, large poitrine et de taille moyenne, teint sanguin mais de caractère prudent, c'était un homme jovial. Pourtant, Holmes avait deviné qu'il ne révélait jamais le fond de sa pensée. C'était peut-être la raison pour laquelle il avait survécu à quinze ans de guerre civile.

— Peut-être voulez-vous parler de ce qui se passe, dit-il.

— Mon maître, et demi-frère, est mort, vous le savez. Le nouveau baron de Roos ne me connaît pas.

Son intendant me hait et a envoyé son fils pour me chasser.

L'hôtelier hocha la tête, comprenant parfaitement la situation.

— Qu'allez-vous faire ?

— Rentrer en Angleterre.

— Avec ce temps ? Avec Rodrigue de Villandrando qui rôde ? Quelle folie !

— Rester à Paris serait tout autant fou. De quoi vivrais-je, et où ?

— Vous pouvez rester quelque temps ici.

— Merci, maître Frachon. Je vous rendrai un jour votre hospitalité.

— Je n'en doute pas, mais vous savez qu'elle n'est pas gratuite. Je ne peux me le permettre. Le lit dans la chambre chauffée est à un denier, cependant je vous le ferai à moitié prix. En revanche, vous savez comme moi le prix de la nourriture. Le pain d'orge et de seigle, le moins cher (il montra la tranche), est officiellement à douze deniers et le pain brun à seize, mais on ne les trouve pas à moins de vingt deniers. Quant à la viande de mouton, le quartier de devant est légalement à cinq sols mais aucun boucher ne le vend à moins de vingt-quatre sols parisis.

Holmes opina du chef.

— Un repas comme celui-ci vous coûtera trois deniers, bière comprise. Et c'est un prix d'ami.

Holmes fit vite le calcul. Ses huit livres lui permettraient de vivre un demi-mois. S'il ajoutait le reste de sa fortune, il tiendrait un mois complet, mais il n'aurait plus les moyens de rentrer en Angleterre.

Cependant, pour l'heure, il n'avait pas le choix. Il paya le prix demandé et l'hôtelier retourna à ses activités, ajoutant seulement :

— Quand vous aurez terminé votre repue, je vous montrerai la chambre. Deux autres clients sont dans le lit, ne les réveillez pas.

Resté seul, Holmes dévora son repas. S'efforçant d'ignorer le lendemain, il se mit à penser à Langlay. Une question lui taraudait l'esprit : pourquoi le fils de l'intendant était-il venu à Paris ? Seulement pour le chasser ? Il aurait été plus adroit et moins coûteux pour le nouveau baron de le faire après son arrivée à Helmsley Castle. Quel était l'intérêt d'envoyer le fils de l'intendant, avec une troupe armée d'ailleurs bien insuffisante, surtout en ce moment, avec ce froid abominable et la famine et la maladie qui régnaient ? Langlay ne connaissait rien au pays, à ses dangers, à sa langue et aurait très bien pu disparaître en route. Ce qui pourrait d'ailleurs bien lui arriver durant son retour. À cette idée, Holmes éprouva un bref sentiment de plaisir.

Il devinait cependant qu'il n'aurait sans doute jamais la réponse à ces questions. Après tout, c'était peut-être Langlay qui avait demandé à venir, uniquement pour jouir de son humiliation. Une bien déraisonnable vengeance, songea Holmes, mais il savait aussi combien les hommes pouvaient se comporter de façon irréfléchie.

Il termina son assiette, ne laissant rien au fond, et se leva.

L'aubergiste lui fit signe, prit une coupelle supportant une chandelle de suif et le précéda dans l'escalier.

— Vous dormirez dans le dernier lit, fit-il. Si vous restez je vous donnerai la clef d'un coffre pour vos affaires.

Le grenier n'était pas totalement sombre car des braises se consumaient dans une cheminée. Il contenait trois lits gigantesques mesurant jusqu'à douze pieds de large, mais sans colonnes ni courtine. Holmes ôta son manteau et garda sa robe, enlevant seulement ses soliers. Il poussa l'homme qui ronflait en prenant trop de place et se coucha, relevant la couette sur lui.

Curieusement, il passa une bonne nuit et fut réveillé à l'aurore par ses voisins qui bavardaient. Ses compagnons de lit étaient des tonneliers sans travail qui partaient à la recherche d'un engagement. Il se leva et se passa la main sur le visage. Sa peau était rugueuse. Il s'était fait raser voilà deux jours et irait donc chez un barbier dans la journée, décida-t-il. Il fouilla dans une de ses sacoches et en sortit un peigne avec lequel il remit en ordre ses cheveux autour de sa tonsure qui avaient aussi besoin d'un barbier. Impossible de se laver en l'absence d'eau. Il en serait donc quitte pour les étuves. Il enfila son manteau.

La faim se faisait sentir et il chercha un coffre vide pour y ranger ses sacs. La clef étant sur la serrure, il l'empocha avant de descendre.

En bas, la salle se remplissait d'ouvriers du quartier venant prendre un brouet et quelques chopines de bière ou de cervoise avant de commencer leur travail. Holmes se fit servir un tranchoir[1] couvert de bouillon.

Rassasié, il prévint l'aubergiste pour le coffre et sortit. Il se rendit dans la ruelle des Vieilles-Étuves-Saint-Honoré, toute proche. Déjà le crieur lançait son appel :

— Li bains sont chauds, c'est sans mentir !

Il entra dans celle qu'il fréquentait habituellement, partageant un bain avec plusieurs hommes. Puis il se fit raser avant de reprendre le chemin de *La Coupe d'Or*.

Il n'avait pas cessé de réfléchir à ce qu'il allait faire et maintenant sa décision était prise. Le soleil qui

1. Tranche de pain.

brillait au-dessus de lui, pour la première fois depuis des mois, avait empli son cœur de courage.

Il ne fit pas de halte à *La Coupe d'Or* et emprunta la rue Champfleuri. Les garcelettes étaient déjà là et l'interpellèrent, ignorant qu'il était clerc ; ce qui ne les aurait peut-être pas retenues.

Rue de Beauvais, l'enceinte du palais royal occupait tout l'espace devant lui. La grande courtine blanche avec ses larges créneaux et ses tourelles ne dissimulait rien de la forêt de tours couronnées qui surgissait derrière, immaculées elles aussi et percées de plusieurs rangs de hautes fenêtres avec un dernier étage fendu d'archères. Les toits des bâtiments, celui des tours en poivrières et surtout celui de l'immense donjon construit par Philippe Auguste brillaient de leur ardoise bleue marquée de plaques de neige. Les croix dressées au faîte des toitures et les innombrables cheminées rondes transformaient le château en une sorte de grandiose cathédrale.

Comme à chaque fois, Holmes s'arrêta un instant devant ce palais d'une beauté à couper le souffle, si différent de la sinistre Tour de Londres. Cependant, n'ayant pas de temps à perdre, il se remit en marche rapidement et pénétra dans le vaste jardin qui précédait le fossé et l'enceinte. Tout restait enneigé et le silence régnait. Peu de traces sur le chemin sinon celles de quelques oiseaux et les pas d'un garde ou d'un jardinier. Il s'efforça de placer ses pieds dans ceux-ci, craignant la présence de trous dans lesquels il s'enfoncerait jusqu'au genou.

Le pont dormant précédant le pont-levis était baissé et il franchit la porte de la courtine. Les gardes connaissaient l'intendant du baron de Roos, maréchal d'Angleterre, et le laissèrent passer en lui lançant quelques mots aimables. Il parcourut ensuite l'étroite cour conduisant à la porte du château et aperçut des lièvres cherchant une vaine nourriture sous la neige. Ensuite, il s'engagea dans la porte principale flanquée de tours rondes.

Là, dans le passage couvert, un sergent lui demanda où il allait. Il souhaitait rendre visite au trésorier Pierre Baille, expliqua-t-il, et on le laissa passer.

Il traversa une salle où se tenaient quelques serviteurs qu'il connaissait de vue et emprunta un escalier en viret construit dans l'épaisseur de l'enceinte.

Au deuxième niveau courait une galerie de défense avec de profondes embrasures pour les archères tous les quatre pieds. Deux hommes d'armes, arbalète à l'épaule, montaient la garde. Ils l'ignorèrent tandis qu'il allait frapper à l'une des portes en face.

Pierre Baille vint lui ouvrir et marqua sa surprise en écarquillant les yeux.

— Maître Edward ! Loué soit Jésus de vous voir aujourd'hui !

— Que le Seigneur Dieu vous garde, ami Pierre.

Bayle lui fit signe d'entrer en ajoutant :

— Laissez-moi deviner. Vous voulez retourner en Angleterre ?

— Oui, dit Holmes en pénétrant dans la chambre.

Il s'agissait d'une belle pièce avec un lit à courtines, un long pupitre, un coffre, un bahut dans lequel étaient soigneusement rangés des rouleaux de parchemins et des registres, et surtout une cheminée, hélas bien insuffisante pour réchauffer les lieux. C'est dans cette chambre que le trésorier, veuf sans enfants, vivait et travaillait. Son pupitre était d'ailleurs encombré de registres, de chartes roulées, de cornes d'encres colorées, de jetons pour les calculs, de plumes, de mines de plomb, de grattoirs et de canivets.

— Asseyez-vous sur le lit, vous savez que je n'ai que cette chaise. Qu'est-ce qui vous a décidé si vite ?

Holmes raconta la venue de Langlay et expliqua au trésorier qu'il souhaiterait partir avec un convoi se rendant à Rouen, ce qui lui faciliterait le voyage.

— Votre Langlay ne vous a remis aucun document ? s'enquit le trésorier d'un ton préoccupé.

— Non, aurait-il dû ?

— J'ai été avisé ce matin d'un décret qu'a pris notre roi et qui sera crié dès aujourd'hui aux carrefours de Paris. Sa Grâce a édicté la peine de mort contre les Anglais coupables de repasser la Manche sans sa permission. Vous ne pouvez quitter Paris tant qu'un nouveau gouverneur n'est pas nommé et qu'il ne vous a pas accordé l'autorisation de partir.

5

La nouvelle ébranla Holmes. Ainsi, il se retrouvait enchartré à Paris ! En un instant, il évalua les conséquences. Elles étaient catastrophiques.

— Impossible d'obtenir un laissez-passer rapidement ?

Le trésorier grimaça en signe d'ignorance.

— Je ne sais pas qui pourrait vous en délivrer un. Si vous aviez vos entrées auprès de la reine Isabeau, elle peut-être…

— Inutile, je n'en ai pas.

— Quand la rançon de sir Thomas Beaufort[1] sera versée, il viendra à Paris et assurera le gouvernement de la capitale, mais pas avant un mois.

— Mais me recevra-t-il vite ? Il aura autre chose à faire ! Je ne suis même plus intendant du maréchal d'Angleterre.

— Il vous faut donc attendre la venue du roi et de son frère Bedford.

— Cet été ?

— En juin ou en juillet. Mais ce ne sont que des rumeurs.

Holmes compta mentalement. On était le 13 avril. Il avait au moins douze semaines à passer dans cette ville maudite. Et à peine de quoi vivre un mois.

1. Le duc d'Exeter dont nous avons déjà parlé.

Il se leva, essayant de masquer son désarroi.

— Merci pour ces nouvelles, maître Bayle.

— Passez quand vous voulez. Au demeurant, nous nous verrons certainement à *La Coupe d'Or*.

— Certainement, ajouta Holmes.

Il quitta le Louvre en méditant sombrement. En dépit de l'interdiction, pouvait-il tenter de partir sans attendre ? Mais de toute façon, il se trouverait ramené aux mêmes nécessités. Sans monture, gagner Rouen à pied serait impossible avec les compagnies de routiers qui faisaient régner la terreur. Et s'il se faisait prendre par des prévôts anglais, il serait pendu.

Donc il devait trouver un gîte à Paris. Et surtout un métier.

Après tout, il savait compter et écrire. Pourquoi ne pas dénicher un emploi de plumitif chez quelque bourgeois ? Pour embaucher les valets, cuisinier, palefreniers, concierge et filles de chambre de l'hôtel de son maître, il s'était adressé à un placier, sis près de Saint-Jacques-de-la-Boucherie. Existaient aussi des bureaux de placement, mais la plupart dépendaient des corporations. Pourquoi ne pas se proposer comme secrétaire, ou même intendant ?

Cette idée lui remonta le moral. Il franchit allègrement le jardin du château et il s'engagea dans la rue Champfleuri.

Il se trouvait à mi-chemin de la porte Saint-Honoré quand il reconnut la silhouette qui se dirigeait vers lui. C'était Gower Watson avec son grand arc gallois de huit pieds à la main et une trousse de flèches à sa ceinture.

Watson l'aperçut aussi et s'arrêta avant de le héler.

Holmes se pressa en levant les yeux vers l'enseigne sous laquelle l'archer l'attendait : un gros denier tournois en bois doré avec écrit autour « Maison du Gros-Tournois ».

— Ami Holmes, que Dieu te garde !

Ils se tutoyaient depuis quelques jours.

— Que le Seigneur soit avec toi, ami Watson. Reviens-tu de ton entraînement ?

— Oui, je suis allé tirer sur le talus de l'enceinte. Où en sont tes affaires depuis hier ?

— Le fils de l'intendant du nouveau baron de Roos est arrivé et m'a chassé.

— Chassé ?

— Comme un valet. Je reviens du Louvre où je me suis renseigné pour trouver un convoi de marchands ou de soldats afin de regagner l'Angleterre, mais le roi vient d'interdire aux Anglais de quitter Paris sous peine de mort. Il faut donc que je trouve un logis et un moyen de survivre.

Watson resta un moment silencieux face à cette avalanche de nouvelles.

— Ne restons pas dehors, viens donc chez moi.

Il désigna la maison devant laquelle il était.

— Je loge au troisième étage.

Avec sa propre clef, il ouvrit la porte, précédant son ami.

Par un ostevent, sorte de double porte empêchant le froid d'entrer, ils pénétrèrent dans une longue et étroite salle aux murs en torchis où on venait de dresser la table. La pièce était assombrie par la fumée de la cheminée. Maître Bonacieux, debout près du foyer, plissa le front en reconnaissant l'intendant rencontré au Grand-Châtelet.

Au fond, par une porte entrebâillée, on entendait des femmes caqueter.

— Loué soit Jésus de vous voir, maître Bonacieux, fit Holmes chaleureusement en examinant les lieux avec curiosité.

Peu de meubles, quelques pièces d'argenterie sur un dressoir. Pas de lambris ni de tapisserie. Un haut coffre. Des bancs de part et d'autre de la table montée sur tréteaux. Les Bonacieux n'étaient pas fortunés.

— À jamais soit-il, mon maître, répondit le receveur, restant sur la réserve.

— J'ai à parler avec mon ami Holmes, expliqua Watson. Je monte avec lui dans ma chambre.

— Vous connaissez donc maître Holmes, messire Watson ?

— Depuis toujours, répondit l'archer d'un ton d'évidence.

À cet instant, une femme passa la porte du fond. Holmes resta interdit tant sa beauté le stupéfia. Brune coiffée en truffeaux[1], un visage ravissant entouré d'une touaille, un nez légèrement retroussé et une petite bouche aux dents d'ivoire, un teint de rose, un maintien admirable, une gorge bien taillée, un front large et des yeux bleus aux longs cils d'où s'échappait un regard doux et perçant. Elle portait une robe en laine vert-de-gris avec un corsage lacé et un tablier clair.

— Messire Watson, dit-elle d'une voix chantante, le repas sera servi dans un moment, ne tardez pas !

Découvrant Holmes, elle fit un pas vers lui mais il la devança.

— Dame Bonacieux ? s'enquit-il en s'inclinant.

— C'est moi, messire, dit-elle avec le plus charmant sourire du monde.

— C'est trop d'honneur de m'appeler messire, gente dame, je suis clerc. Mon nom est Edward Holmes. J'ai déjà eu l'occasion de rencontrer maître Bonacieux.

— Que Dieu vous conserve en Sa sainte et digne garde, maître Holmes, dit-elle en pliant un genou.

1. Chevelure rassemblée en deux lobes sur les tempes.

— Maître Holmes est l'intendant de messire le baron de Roos qui occupe la maison de la Corne-de-Cerf, rue du Coq, annonça pompeusement maître Bonacieux.

Le regard d'Edward passa de la femme à l'homme. Aucun couple n'aurait pu être plus mal assorti, jugea-t-il. Elle n'avait pas vingt ans, lui en avait le double. Petit, bedonnant, le teint jaune, un nez camus et surtout un regard exprimant un mélange de médiocrité satisfaite et de profonde bêtise.

— Excusez-moi, dame Bonacieux, mais j'ai à parler à mon ami, intervint Watson, faisant signe à Holmes de monter. Je ne serai pas long.

Ils empruntèrent l'escalier dont les marches étaient particulièrement étroites. Au premier palier, Watson désigna la porte :

— Voici la chambre de maître Bonacieux. Il loge avec son valet et dame Bonacieux occupe la pièce de dessus avec sa chambrière.

Donc ils vivaient séparés, conclut Holmes sans rien dire.

— La mienne est au troisième étage. La cuisinière dispose d'un lit à sangles dans la cuisine et le concierge a sa couche dans le solier. Les latrines sont dans le jardin.

Ils entrèrent dans le logement de Watson, une chambre toute simple aux murs de torchis avec des colombages apparents. Un très grand lit à courtines, deux coffres avec, posée sur l'un, une brigandine brodée aux armes d'Angleterre. Il y avait aussi une petite table et une desserte sur laquelle se trouvaient un broc de terre et une bassine. Dans un angle, une chaise percée. Pas de cheminée mais le chauffage était procuré par un conduit qui traversait la pièce.

Ayant embrassé les lieux du regard, Holmes s'assit sur le coffre comme le lui proposait l'archer.

— Raconte-moi ce qui s'est passé.

Le clerc s'expliqua, précisant qui étaient Langlay et le nouveau baron.

— Pour l'instant, je loge à *La Coupe d'Or*, conclut-il. Mais ma fortune ne me permettra pas d'y demeurer. Il faut que je trouve un emploi de secrétaire. Je vais m'y atteler dès maintenant.

Watson médita un moment, comme s'il peaufinait un plan qui trottait dans sa tête depuis quelque temps.

— On va faire autrement, dit-il enfin…

Ayant expliqué son idée, ils descendirent. En bas, la mesnie était rassemblée.

Watson s'adressa à son logeur en écartant les mains, comme s'il était désolé de ce qu'il s'apprêtait à annoncer.

— Je vous quitte, maître Bonacieux.

— Quoi !

— Mon ami Holmes a renoncé à sa place d'intendant. Nous allons prendre logis ensemble. Quantité de logements sont abandonnés et nous n'aurons aucun mal à en trouver un à bas prix.

— Mais… mais j'ai besoin de vous, messire Watson ! gémit Bonacieux, brusquement désespéré. Qui nous défendra si la maison est attaquée ?

— Bah, vous trouverez quelqu'un d'autre.

— Vous savez que c'est impossible, surtout après cette effroyable défaite de Baugé !

— Je suis désolé pour vous, maître Bonacieux, mais je reste avec mon ami et compatriote.

— Pourquoi ne pas loger messire maître Holmes ici, avec messire Watson ? suggéra soudain Constance Bonacieux.

— Mais oui ! approuva son mari d'un ton soulagé. Vous pouvez partager votre chambre, messire.

— Possible, en effet, admit Watson, d'un ton hésitant. Mais pour le couvert ?

— Comment cela ?

— Si maître Holmes a le gîte ici, il faut aussi qu'il ait le couvert.

— Mais... Vous plaisantez, messire Watson ! Vous connaissez comme moi le prix des vivres ! Je ne peux nourrir une bouche supplémentaire !

— Pourquoi ? s'enquit dame Bonacieux. Nous avons quatre domestiques et nous sommes trois. Une personne de plus comptera peu.

— Je pourrais participer aux frais, maître Bonacieux, suggéra Holmes.

— Ah ! Ça changerait tout ! sourit suavement le receveur.

— N'avez-vous pas besoin d'un secrétaire ?

Le maître de maison fronça les sourcils, ne s'attendant pas à cette question et espérant plutôt des pécunes.

— Vous devez avoir beaucoup de besogne comme receveur des amendes, taxations et forfaitures de la Ville. J'ai une grande habitude du calcul, peut-être pourrais-je vous être utile.

Bonacieux se passa la main sur le menton. Ce Holmes venait d'aborder une difficulté qui le turlupinait depuis des jours et des jours. En 1418, il avait engraissé sa cassette en pillant quelques biens armagnacs. Il avait ensuite recherché une charge plus profitable que celle de greffier au Châtelet, chose difficile car Charles VI, opposé à la vénalité des charges, exigeait que les offices royaux soient pourvus par élection ou par décision de son chancelier.

Cependant, avec le désordre régnant, la corruption était revenue. Malgré cela, pour qu'un office puisse être cédé, il fallait que son possesseur le résigne auprès de la Chambre des comptes. Sinon, après sa mort, la charge revenait toujours à la Couronne. Or, Bonacieux avait appris qu'un receveur des amendes et taxations de la ville était atteint de la peste. Il avait donc proposé à la future veuve le rachat de l'office de son mari pour cent livres, alors que la charge en valait le triple. La malheureuse avait refusé à ce prix dérisoire, aussi lui avait-il rappelé cyniquement qu'après la mort du pestiféré l'office reviendrait à la Couronne s'il n'y avait renoncé de son vivant.

La femme avait cédé.

Le greffier au Châtelet avait donc fait une bonne affaire. Seulement le commis du receveur avait lui aussi été emporté par la maladie et, pour l'heure, Bonacieux était perdu dans des registres et des documents auxquels il ne comprenait goutte. Il n'en dormait plus la nuit, car il savait les possesseurs de charges financières responsables sur leurs biens propres. S'il commettait des erreurs, il le paierait fort cher, peut-être même finirait-il ses jours au bout d'une corde. Cela était déjà arrivé.

— En effet, laissa-t-il tomber. J'ai justement ici quelques registres et des actes plutôt abscons…

— Vous me les montrerez et, si je peux vous aider, je le ferai, proposa aimablement Holmes.

— Jacques, on peut donc considérer que maître Holmes est engagé. Passons donc à table ! déclara Constance Bonacieux.

Le repas ne fut pas exceptionnel, car maître Bonacieux était fort chiche de ses deniers. Cependant, la soupe aux pois et au lard, copieuse, était délicieuse sur le pain de seigle. Ce n'était pas ce à quoi était habitué Holmes, mais, après les craintes qu'il avait éprouvées, aucun dîner n'aurait pu être meilleur.

Durant la repue, dame Bonacieux demeura muette. Holmes observa qu'elle échangeait parfois un bref regard avec Watson et en conclut que le maître de maison avait peut-être du souci à se faire. Celui-ci, indifférent aux œillades, posa de nombreuses questions à l'ancien intendant, voulant surtout savoir pourquoi il ne l'était plus. Holmes lui révéla la vérité : un autre intendant, nommé par le nouveau baron, venait de le remplacer. Il songeait à rentrer en Angleterre, mais ce serait impossible sans une autorisation du nouveau gouverneur, précisa-t-il.

Bonacieux hocha la tête, somme toute satisfait par la tournure des choses.

Il aborda ensuite les difficultés de sa charge.

— Savez-vous en quoi consiste l'office de receveur des amendes, taxations et forfaitures, maître Holmes ?

— Je suppose qu'il s'agit d'encaisser les amendes infligées lors des procès.

— Pas seulement. Ma charge a été créée par monseigneur Jean sans Peur. Il s'agissait de vendre les biens confisqués à ceux qui ont pris parti pour Bernard d'Armagnac et celui qui se dit dauphin, ainsi que leurs complices perturbateurs de la paix. Les confiscations se poursuivent, à l'instigation du prévôt de Paris, généralement sur dénonciation car le dénonciateur reçoit le cinquième des forfaitures. On me porte le rôle des confiscations et le montant des amendes à payer. Je fais vendre les biens et je verse la somme à l'Épargne en gardant de quoi payer mes frais. Seulement, deux fois par an, je dois adresser un registre de mes confiscations à la Chambre des comptes. Et si les magistrats y trouvent des erreurs, je suis condamné à payer. En cas d'infraction plus lourde, je peux même être jugé et finir à Montfaucon[1]. Voilà pourquoi j'ai besoin de vous : pour vérifier mes registres et les transmettre en ordre parfait à la Chambre.

1. Les potences de Paris.

— Vous pourrez compter sur moi, assura Holmes.

— Mon ami Edward possède une haquebute à poudre, intervint soudain Watson. Savez-vous qu'avec lui vous disposerez de deux gardes ?

Bonacieux sourit stupidement. Une haquebute ? Il n'en avait jamais vu.

— Pourquoi ne pas aller sur la butte de l'enceinte cet après-midi ? proposa Watson à Holmes. Nous pourrions faire une petite joute, toi avec ta haquebute et moi avec mon arc.

— Entendu, j'irai la chercher à *La Coupe d'Or* et, par la même occasion, je ferai porter mes bagages ici.

Le repas terminé, ils partirent donc ensemble, Watson emportant avec lui son arc et ses flèches.

— Mon ami, je ne sais comment je te revaudrai cela. Grâce à toi j'ai gîte et couvert, des bienfaits que je n'espérais plus, lui dit Holmes comme ils venaient de quitter *La Coupe d'Or*.

— N'est-il pas normal de s'entraider en tant qu'Anglais ?

— Certes...

Il ajouta après un moment :

— ... Maître Bonacieux ne m'a jamais fait bonne impression, et aujourd'hui encore moins.

— Je plains beaucoup dame Constance, confirma Watson. Bonacieux est chiche-face, sournois et calculateur. Méchant avec sa femme, dur avec ses serviteurs, il a même tenté de me commander et s'est vite ravisé quand j'ai levé la main sur lui.

— C'est un zélé partisan bourguignon.

— Surtout un fervent partisan de lui-même. Tu l'entendras te répéter qu'il faisait partie de ceux qui ont accompagné Périnet Leclerc pour ouvrir la porte de Buci, mais rien n'est plus faux. On m'a raconté comment il s'est terré durant les massacres, et qu'il ne s'est montré qu'une fois l'estourmie terminée, ce qui ne l'a pas empêché de pénétrer dans quelques-unes des maisons pillées. Dans l'une d'elles, il aurait trouvé un sac de deniers d'argent, à l'origine de son aisance relative.

À main droite de la porte Saint-Honoré, au coin du collège des Bons-Enfants, un escalier constitué de marches en pièces de chêne à peine dégrossies permettait d'accéder au sommet du talus de l'enceinte. En haut se dressait un rempart protégé par un mur de contrescarpe.

Charles V avait fait construire cette nouvelle fortification à deux cent cinquante toises au-delà du vieux rempart de Philippe Auguste. Il s'agissait d'un massif remblai de terre obtenu par le creusement d'un profond et large fossé du côté de la campagne, lequel était empli d'une eau stagnante et puante provenant de la Seine et des égouts. Sur ce remblai de plus de dix toises de large se dressait la muraille, elle-même couronnée d'un hourd. Les travaux, commencés soixante ans plus tôt, venaient à peine d'être terminés.

Arrivés au sommet du talus, Holmes et Watson suivirent un moment le chemin de ronde du côté de l'escarpe jusqu'à un espace libre, sorte de placette servant de lieu de rassemblement de la milice urbaine en cas d'alerte.

Gower Watson alla chercher une planchette de bois brut d'une épaisseur de un pouce qui se trouvait sous l'escalier conduisant au chemin de ronde supérieur de l'enceinte.

— Voici ma cible, expliqua-t-il à son compagnon. Tu sais comment se passent les jeux organisés par la guilde des archers et des arbalétriers ?

— Comme en Angleterre, je suppose. Un oiseau en bois qu'il faut atteindre en haut d'un mât.

— C'est cela. J'aurai droit à trois flèches. Faute de mât, ici, je vais attacher cette planchette au hourd. Il n'y a personne en ce moment sur le rempart.

Il grimpa jusqu'au sommet et, à l'aide d'une cordelette, il attacha le morceau de bois à l'une des poutres du hourd qui courait en haut du chemin de ronde.

Revenu près de Holmes, qui en avait profité pour charger sa haquebute, Watson prépara son grand arc, tendit la corde, enfila son gant et son brassard, puis choisit trois flèches. Ensuite, il s'éloigna aussi loin qu'il le put, Holmes restant sur place à le regarder.

Gower Watson plaça une flèche et tendit l'arc. Le trait partit dans un sifflement et se ficha dans la planchette qui vibra sous le choc. L'archer recommença avec les deux autres flèches qui atteignirent le bois quasiment au même endroit.

— Qu'en dis-tu ? demanda-t-il à son compagnon.

— Que tu vas gagner le prix.

— J'y compte bien ! Pentecôte est dans six semaines[1] et personne ne sera mieux entraîné que moi ! Mais toi, es-tu capable de toucher la cible ?

— Elle est loin, observa Holmes.

— Tu peux tirer de plus près. Je vais récupérer mes flèches.

Il reprit l'escalier, arracha ses flèches et redescendit. Pendant ce temps, Holmes avait pris position un peu moins loin que lui. Il s'agenouilla, plaça le manche de bois du tube sur son épaule car il avait observé que l'arme était plus stable ainsi, puis demanda à Watson d'allumer son briquet. Quand ce fut fait, il lui désigna du regard la mèche qui s'enfonçait dans le canon.

1. 26 mai.

Holmes s'arrêta de respirer et se transforma en statue, ignorant la mèche qui grésillait. Il tenait la haquebute fermement, le canon orienté vers la planchette.

Brusquement, le coup partit avec un bruit de tonnerre et la fumée envahit la place, faisant tousser les deux hommes. Quand elle se fut un peu dissipée, Watson leva les yeux. Le morceau de bois avait disparu.

Il le chercha un moment et en découvrit des débris en bas de l'escalier. L'épaisse planchette avait éclaté sous la violence du plomb.

L'archer se gratta la tête, ne s'attendant pas à ce résultat.

— Tu l'as brisée…

C'est tout ce qu'il sut dire.

— Je ne suis pas aussi rapide que toi, mais tu vois que ce tube est redoutable.

— Très redoutable, reconnut Watson. La prochaine fois, j'amènerai une plate de fer. Mes flèches ni des viretons d'arbalète ne peuvent les percer. Je serais curieux de savoir si ta haquebute y parvient.

6

Mercredi 16 avril 1421

Clément Girard, honorable drapier et bourgeois de Paris, prud'homme à la Maison aux Piliers, habitait une belle bâtisse à deux pignons rue de la Draperie, à quelques pas de la rue de la Court-du-Roi, devant le Palais.

Tenues par son fils Étienne, la femme de celui-ci et ses valets, ses boutiques se situaient en bas du corps de logis. Lui-même ne s'en occupait plus depuis son veuvage, préférant rechercher les meilleurs tisserands, tondeurs, foulons, teinturiers et tailleurs qui lui permettaient de maîtriser toute la fabrication de ses draps. Du moins, ceux qu'il faisait fabriquer sur place, car il en avait aussi longtemps importé de Flandre jusqu'à ce que la guerre ruine ce commerce prospère.

Même s'il restait un des plus riches bourgeois de Paris, Clément Girard souffrait. Son commerce se délabrait, les acheteurs se faisaient rares et l'approvisionnement devenait impossible. Même l'hôtel Saint-Pol, qui se fournissait exclusivement chez lui, ne lui avait plus acheté d'étoffe depuis trois mois. On disait la reine Isabeau ruinée et, quant au roi fol, personne ne s'occupait de le vêtir correctement. De surcroît, quand il recevait des commandes, maître Girard était incapable de les satisfaire tant le nombre d'artisans travaillant pour lui se réduisait chaque jour un peu plus, les ouvriers étant emportés par la famine et les maladies, quand ils n'avaient pas été tués dans les massacres de 1418. Ainsi, sur les quatre cents tisserands que comptait la ville, il en restait à peine dix !

Girard avait fait partie des conjurés ayant poussé Périnet Leclerc à ouvrir la porte de Buci à la compagnie du capitaine de L'Isle-Adam. S'il avait sincèrement cru que les troupes bourguignonnes se contenteraient de chasser les Armagnacs et leur apporteraient la paix, il avait vite été détrompé par les massacres et le bain de sang qui avaient suivi. Après avoir tué les partisans du dauphin, les bouchers et leur chef, le bourreau Capeluche, s'étaient attaqués aux riches maisons bourgeoises. Lui-même, protégé par Périnet Leclerc qui habitait rue du Petit-Pont, avait échappé aux tueries. Cela n'avait pas été le cas de son voisin dont toute la mesnie avait été sauvagement assassinée. Capeluche, riant comme un dément, avait ouvert le ventre de sa femme grosse pour en sortir son enfantelet afin de le détrancher.

Ensuite, sous le pouvoir écrasant des Bourguignons de Jean sans Peur, les taxes avaient doublé, prétendument pour engager une armée afin de défendre Rouen contre les Anglais. Mais les troupes n'avaient jamais été recrutées et Rouen s'était rendu après la mort horrible de plusieurs milliers de ses habitants.

Dès lors, Girard et ses amis avaient placé beaucoup d'espoirs dans les tractations entre Jean sans Peur et le dauphin. Le duc de Bourgogne assurait ne pas souhaiter s'allier aux Anglais mais, au contraire, avoir pour but de les bouter hors de France. Il reconnaissait même Charles comme dauphin et le voulait à Paris. C'est

Tanneguy du Châtel qui avait conduit les négociations à la suite desquelles le dauphin et Jean s'étaient rencontrés sur un pont de bois à Montereau. Mais, lors de la deuxième entrevue, du Châtel, désireux de venger la mort d'Armagnac, avait porté un coup de hache au visage du duc au cri de « Tuez, tuez[1] ! ».

Le crime avait définitivement jeté les Bourguignons dans les bras des Anglais, sans pour autant améliorer le sort des Parisiens.

À Noël, l'année précédente, après l'accord entre Henri V, Philippe de Bourgogne et Isabeau, le roi d'Angleterre était entré dans Paris et ses premières mesures avaient été d'augmenter encore les prélèvements et de baisser simultanément la valeur de la monnaie.

Le commerce avec les pays brabançons était désormais impossible depuis la prise de Villeneuve par les Armagnacs. Le second fils de Girard, Gilles, l'aventurier de la famille, avait bien tenté de forcer le passage avec un de ses valets, mais en vain, ayant même dû payer une rançon aux routiers du capitaine Villandrando.

Ce soir-là, toute la mesnie était réunie pour le repas familial. Les serviteurs, les valets de draperie, les enfants affectés aux menues tâches dans la boutique, les teneurs d'écritures, le chapelain et bien sûr les deux fils du maître, Étienne et Gilles, ce dernier avec sa jolie femme et ses enfants. Tous étaient d'humeur sombre et mangeaient en silence. Clément Girard, lui, gardait l'esprit occupé par l'étrange messager reçu dans l'après-midi.

Il travaillait dans sa chambre avec le notaire qui suivait ses affaires quand le concierge lui avait annoncé la venue d'un individu voulant lui parler. Girard avait demandé de qui il s'agissait, mais le portier n'en savait

1. Septembre 1419.

rien. Selon lui, il s'agissait d'un routier. Intrigué, le drapier avait fait venir l'homme et éloigné le notaire.

Le visiteur était un colosse avec une courte barbe et un visage balafré. Quasiment pas de cou, des mains comme des pelles et des épaules aussi larges qu'une armoire. Sa face, son mufle plutôt, ressemblait à celle d'un dogue avec une dentition impressionnante quand il ouvrait la bouche. Il portait une sorte de longue cuirasse de buffle maclée de pièces de fer et un camail rabattu sur les épaules. D'épaisses chausses en tissu rembourré et de hautes bottes de cuir complétaient sa tenue. À sa taille, une lourde épée, un marteau d'armes à la tête crénelée et une miséricorde certainement tranchante.

Mais le fredain – personne n'aurait pu douter qu'il en était un – connaissait les bonnes manières car il s'inclina poliment devant Clément Girard en lui souhaitant la protection du Seigneur.

— Maître, ajouta-t-il, je viens vous annoncer pour ce soir, à la nuit tombée, la venue de ma maîtresse qui souhaite vous parler.

— Je… Je connais cette dame ?

— Nullement. Mais elle sera accompagnée d'un homme que vous avez rencontré à plusieurs reprises.

Il le nomma.

— En effet ! Je lui ai acheté de bonnes quantités de laine voilà quelques années, fit Girard rassuré davantage.

Cela s'était passé avant la révolte de Caboche et de ses bouchers. En ce temps-là, la violence de la guerre civile n'était pas aussi intense et, comme les drapiers des Flandres, Girard achetait de la laine anglaise pour la faire ensuite tisser à Paris. Trois années de suite, il s'était rendu en Angleterre où il avait fait affaire avec celui qui allait venir ce soir-là. Il en avait un bon souvenir, le vendeur s'était avéré un homme de parole.

Que l'un de ses visiteurs fût cet honorable négociant le tranquillisait.

— Savez-vous ce que me vaut la venue de ces gens de qualité ? demanda-t-il quand même.

— On ne m'a pas ordonné de vous le dire, seulement de vous prévenir qu'ils viendront et que vous devrez les écouter.

Le drapier crut distinguer une ombre de menace dans le ton de la réponse et son inquiétude revint. Mais déjà le routier avait tourné les talons.

Le repas terminé, il prévint le concierge de faire venir les visiteurs dans sa chambre sans que personne les rencontre. Mieux valait être prudent.

L'obscurité s'étendait et il resta longtemps assis devant la fenêtre qui donnait sur la rue de la Draperie. En face, des charpentiers travaillaient toujours à la maison d'un des chanoines de Saint-Éloy. Il avait entendu dire que ce religieux voulait y habiter pour l'Ascension et les ouvriers travaillaient tard le soir, à la lueur de lanternes.

La nuit était tombée quand il entendit parler dans la rue, puis qu'on tirait la chaîne de la clochette. La porte d'entrée grinça légèrement.

Girard se mit debout, attendant les visiteurs avec un mélange de curiosité et d'agitation.

On gratta à la porte et il fit entrer. Le concierge ouvrit et pénétra un homme ressemblant à celui qui lui avait vendu la laine, mais ce n'était pas lui. Une dame couverte d'une grande houppelande à capuchon l'accompagnait. On ne distinguait que les traits du bas de son visage, ceux d'une femme dans la vingtaine.

De plus en plus surpris, le drapier s'inclina fort bas, puis fit sortir le portier d'un regard impérieux.

— Dieu soit avec vous, noble et gracieuse dame. Que Dieu vous garde aussi, honoré seigneur.

— Et qu'Il vous bénisse, maître Girard, fit l'homme tandis que la femme rabattait sa capuche, dévoilant un air sévère et des traits anguleux et marqués.

Le drapier présenta les deux bancs sculptés recouverts de coussins, invitant ses hôtes à s'asseoir. Sur une desserte, il avait fait porter du vin chaud à la cannelle et des gobelets d'argent.

Ils s'installèrent et Girard servit la boisson.

— Messire, votre messager m'avait parlé de…

— Pas un mot de plus ! Il l'a fait à ma demande afin de faciliter cette entrevue. C'est à mon père que vous achetiez de la laine.

Girard s'expliqua alors la ressemblance entre les visages bien que cet homme fût fort différent de son vendeur. Il hocha la tête.

— Laissez-moi tout d'abord vous présenter lady Mortimer, dit alors l'Anglais.

Le drapier hocha à nouveau le chef. Ainsi la dame était anglaise…

— Que savez-vous d'Henri V ? s'enquit abruptement le fils du vendeur de laine.

— Heu… Qu'il est votre roi et qu'il sera bientôt le nôtre.

— Je veux dire, de sa légitimité ?

— Son père Henri IV était roi d'Angleterre, répondit prudemment Girard.

— Ne tournons pas autour du pot, mon maître ! Savez-vous ou non qu'Henri IV était un imposteur ?

Girard grimaça.

— J'ai certes entendu des rumeurs, murmura-t-il en baissant les yeux.

— Il ne s'agit pas de rumeurs ! intervint brutalement la femme.

Girard la regarda, surpris par ce ton. Le dur visage de l'Anglaise lui parut effrayant et il ne put se retenir de frissonner malgré la proximité de la cheminée.

— Laissez-moi donc vous expliquer ce qu'il en est, poursuivit-elle. Édouard III, huitième Plantagenêt, a eu un fils aîné, Richard, que l'on nommait le Prince Noir, ainsi que deux cadets : Lionel et Jean, ce dernier étant duc de Lancastre.

» Richard n'a pas vécu assez longtemps pour monter sur le trône, c'est son fils Richard qui est devenu roi.

Girard hocha la tête, sachant tout cela.

— Richard n'ayant pas d'enfants, Lionel, premier cadet, aurait dû devenir roi à sa mort. Seulement Lionel disparut trop tôt. Le trône revenait alors à sa fille qui avait épousé messire Edmond Mortimer.

— Un parent à vous, milady ? demanda le drapier, soudain terrorisé par ce qu'il devinait.

— Mon père. Je suis lady Agathe Mortimer, l'arrière-petite-fille d'Édouard III et la descendante directe de Guillaume le Conquérant.

» C'est mon frère Edmond[1] qui est l'héritier légitime du trône d'Angleterre.

Le cœur de Girard battait le tambour. Craignant d'avoir commis de malencontreux impairs et comprenant qu'il était sur le point de se compromettre dans le plus dangereux complot qui soit, il s'agenouilla et baisa le bas de sa robe.

— Relevez-vous et écoutez la suite.

» Richard fut un mauvais roi, au point que les barons anglais voulurent le déposer. Ma mère et mon père auraient donc dû devenir souverains. Mais le fils de

1. Edmond, comte de March, né en 1391, était le fils de Roger Mortimer et le petit-fils de Philippa Plantagenêt, fille du second fils d'Édouard III, Lionel.

Jean de Lancastre, Henri Bolingbroke, s'est imposé par la force, violant les lois divines du royaume. Il est monté sur le trône sous le nom d'Henri IV. Henri V, fils de cet imposteur, n'a aucun droit au trône d'Angleterre.

— Maintenant, venons-en aux raisons de notre présence, intervint l'Anglais. Nous vous proposons un pacte, ou plus exactement un marché.

— Un pacte ? À moi, humble drapier parisien ? s'enquit Girard d'un ton faussement persifleur car, en vérité, il aurait donné la moitié de sa fortune pour ne pas avoir reçu cette visite qui pourrait le condamner aux plus effroyables tortures si le roi d'Angleterre l'apprenait.

Il avait décidé de refuser toute proposition. Après tout, que risquait-il en éconduisant ces deux-là ?

— Pas exactement à vous, maître drapier. À vous et à vos amis bourgeois parisiens. Je ne connaissais que vous, aussi suis-je venu avec Son Altesse. Mais ce sera à vous de transmettre notre proposition à vos pairs.

Girard réprima une grimace. Cependant, au point où il en était, pourquoi ne pas entendre leurs intentions ? Il serait toujours temps de refuser ensuite.

— En juin, Henri V viendra à Paris installer son frère Bedford comme gouverneur, poursuivit l'homme.

Le drapier l'ignorait, mais certainement ces Anglais disposaient-ils d'informations qu'il n'avait pas.

— Il fera son entrée par la rue Saint-Denis ou par la Grande-Rue-Saint-Louis. Les nôtres s'arrangeront pour qu'il passe par la porte Saint-Honoré. Ensuite, il se rendra au Louvre, poursuivit le fils du marchand de laine d'un ton sans réplique. Vous et vos amis aurez de votre côté trouvé un archer adroit et une maison vide avec une fenêtre sur le passage du cortège royal. L'archer tirera deux flèches, l'une sur Henri l'imposteur et l'autre sur Bedford. Cela prendra seulement le temps de la première strophe d'une patenôtre. Puis il fuira par un jardin.

Girard secoua la tête, ébahi, n'ayant pas imaginé une seconde une telle abomination.

— Et... Et pourquoi moi, ou mes amis, commettrions-nous un tel crime ? demanda-t-il, la voix nouée par l'émotion.

— On vient de vous le dire, maître drapier, intervint sèchement lady Mortimer. C'est un marché. En contrepartie, sœur du nouveau roi d'Angleterre, je vous fais le serment que les Anglais quitteront Paris et la Normandie, Rouen incluse. Mon frère n'ayant aucun droit sur la couronne de France, il vous laissera libres de choisir votre roi.

— Un marché à notre désavantage, Votre Grâce, observa Girard qui avait repris son sang-froid, car, vous partis, nous serons à la merci des Armagnacs qui prendront la ville et la pilleront.

— Non ! Car vous et vos amis rencontrerez auparavant le dauphin. Attention, seulement le dauphin, ou ses plus proches conseillers ! Vous lui parlerez de ma proposition. Charles l'acceptera à coup sûr et vous signerez un pacte avec lui. Ses troupes n'auront qu'à se rapprocher de la capitale et, à la mort des usurpateurs, vous leur ouvrirez les portes. Si le dauphin entre dans une ville qui s'offre à lui, il n'exercera pas de représailles. Ce sera enfin la paix dans ce pays et le Seigneur Dieu sera satisfait de cette union ayant permis de vaincre le démon.

Girard était ébranlé. Ce plan semblait aussi insensé que ce qui traversait la tête de son pauvre roi Charles, mais il ne lui paraissait pas irréalisable. Qu'il réussisse et la prospérité reviendrait à Paris et dans le beau royaume de France.

— Admettons, dit-il, mais vous semblez avoir oublié le duc de Gloucester[1].

— Nos amis en Angleterre s'occuperont de lui.

— Et les sœurs du roi[2] ?

— Ce sera la même chose.

— Je peux parler à mes amis, acquiesça enfin le drapier. Mais je ne peux m'engager sur leur réponse.

— Nous nous reverrons dans sept jours.

— Entendu.

— Encore deux choses, dit l'Anglais. Ce sera la seconde fois que des gens loyaux tenteront d'éliminer l'imposteur.

— Ah ! s'inquiéta à nouveau Girard.

— La première tentative a eu lieu voilà trois ans à Southampton. L'affaire a échoué et ceux qui y ont participé ont été exécutés. Écartelés et éviscérés pour certains.

Le tailleur devint livide.

— Une fois que vous vous serez engagé, il est donc exclu que nous échouions. Si vous tentez de nous tromper, nous vous dénoncerons. Lady Agathe Mortimer est aimée d'Henri V. Il la croira, et pas vous.

— Si moi et mes amis nous engageons, nous serons loyaux, soyez-en assurés, répliqua le drapier d'une voix blanche

— Connaissez-vous Rodrigue de Villandrando, maître Girard ? interrogea alors l'Anglaise d'une voix douce et chantante.

— Qui ne connaît pas ce démon, milady ?

— Vous avez eu la visite de son ancien lieutenant Arnaud La Roche, cet après-midi. Arnaud, qui m'escorte et garde ma monture, a beaucoup appris de

1. Dernier frère du roi.
2. Blanche et Philippa.

Rodrigue de Villandrando. Au cas où vous nous trahiriez, lui et ses gens prendraient votre maison et feraient subir à votre mesnie ce que Rodrigue pratique habituellement. Si vous aimez vos serviteurs, vos enfants et leur famille, pensez-y.

Blanc comme plâtre, le drapier songeait, un peu tard, qu'il venait de signer un pacte avec le diable, et que le démon avait pris l'apparence de cette méchante femme.

— Je ne vous trahirai pas, affirma-t-il à mi-voix.

Les Anglais se levèrent.

— Et si l'archer ne les tue pas ? demanda alors le drapier. Ou si le tir est impossible à cause de leur armure ?

— Henri et Bedford seront en habit de parade, donc sans armure. Peut-être porteront-ils une jaque de mailles ou un haubert fin, mais à courte distance, avec un arc de sept pieds, n'importe quelle flèche bien aiguisée les percera.

» Venez me porter votre réponse et celle de vos amis dans une semaine. Je loge dans l'hôtel des abbés du Bec.

7

En sortant de la maison du drapier, lady Agathe Mortimer et son compagnon retrouvèrent l'ancien routier Arnaud La Roche qui gardait son cheval et la mule de la noble dame.

Lady Agathe, ou plutôt son intendant, avait loué l'hôtel des abbés du Bec, rue du Temple, un grand logis ayant appartenu à Tanneguy du Châtel, le prévôt de Paris qui avait sauvé la vie du dauphin quand Périnet Leclerc avait ouvert la porte de Buci à Villiers de L'Isle-Adam et ses Bourguignons. Alors que la populace commençait à piller les maisons armagnacs, Tanneguy du Châtel s'était précipité à l'hôtel Saint-Pol et avait saisi le fils du roi, l'enveloppant dans le drap de son lit, afin de le conduire en toute hâte dans la bastille Saint-Antoine dont il était gouverneur.

Ensuite, le sire Tanneguy avait conduit le dauphin à Melun. Évidemment, il n'était plus retourné dans son hôtel qui avait été confisqué par les Bourguignons. C'est ainsi que lady Mortimer avait pu le louer.

De la rue de la Draperie à la rue du Temple, il fallait franchir la Seine par le pont au Change, puis, une fois passé la voûte du Grand-Châtelet, filer vers la place de Grève.

Ils se mirent en route, Arnaud La Roche avait pris en croupe le vendeur de laine anglais et la mule de lady Agathe restait dans ses pas. Le routier tenait une lanterne de corne qui éclairait suffisamment pour reconnaître le chemin.

La neige ne tombait plus, mais l'épaisse couche gelée crissait sous les pas des montures. Le silence régnait. Personne ne se trouvait dans les rues à cette heure.

Ils longèrent un moment l'enceinte du Palais, puis s'engagèrent sur le pont au Change, désert lui aussi. On entendait par instants le fracas des blocs de glace charriés par les flots qui heurtaient les piles du pont.

Arrivés sur l'autre rive, elle aussi dépeuplée, ils passèrent devant la chapelle Saint-Leufroy et s'engagèrent sous la voûte du Grand-Châtelet.

Charles le Chauve avait fait édifier un premier châtelet sur la rive droite du fleuve pour défendre l'île de la Cité contre les Vikings. En ce temps n'existait qu'un pont permettant le franchissement du bras de la Seine. On le nommait le Grand Pont, nom que l'on donnait toujours au pont au Change bien que celui-ci fût décalé par rapport au pont primitif. Ce passage se situait exactement au débouché de la rue Saint-Denis.

Louis VI, le Batailleur, avait transformé le châtelet en une véritable forteresse mais, avec la construction du Louvre et de la nouvelle enceinte par Philippe Auguste, l'ouvrage avait perdu son rôle défensif. Louis IX l'avait agrandi et Philippe le Bel en avait fait le siège de la Prévôté de Paris et y avait installé la cour de justice criminelle.

Sinistre, sombre, fétide, humide, le Grand-Châtelet regroupait les institutions judiciaires d'appel des justices seigneuriales, maintenait la sécurité et la salubrité publiques, luttait contre la sédition et réglementait les corporations et métiers. En sous-sol, ses prisons abritaient les marauds arrêtés en flagrant délit qui attendaient là leur instruction, leur jugement ou leur exécution.

Pour pénétrer dans le Grand-Châtelet ou le franchir, il fallait emprunter une profonde voûte traversant le bâtiment de part en part. Là, à main gauche, un grand escalier grimpait vers les salles d'audience et une grille avec un guichet donnait accès à une cour intérieure. À l'extrémité de la voûte, devant la Grande Boucherie, se tenait la barrière des sergents, un poste de garde où des hommes d'armes veillaient toute la nuit.

Aleaume, Aubry et Cornu, respectivement archers au Châtelet et sergent à verge, avaient pris leur service à la barrière des sergents dès l'heure des chandelles allumant. Une longue veillée en perspective les attendait. À cause du froid glacial, ils se rendraient à tour de rôle dans la grande salle du tribunal où un maigre feu restait allumé. Ils se réchaufferaient aussi en buvant une cervoise tiède, mais, malgré tout, ils passeraient une mauvaise nuit.

Assis sur un banc de pierre, manteau remonté jusqu'à la salade[1] qui couvrait leur tête, ils ne discutaient même pas tant ils grelottaient.

Soudain leur parvint un grincement de roues. Les trois hommes tendirent l'oreille. Une charrette passait lentement derrière la Grande Boucherie. À cette heure, c'était louche !

Ils se levèrent, satisfaits de faire un peu d'exercice. Les deux archers saisirent leur arbalète et tendirent la corde avec le crochet, Cornu saisit sa hallebarde et ils

1. Casque de fer rond.

se dirigèrent tous trois vers la rue Saint-Denis, longeant la halle aux viandes.

Le grincement devint plus audible et, en dépit de l'obscurité, les gens d'armes distinguèrent la charrette à bras tirée par deux individus en manteau de drap et chaperon. Certainement des fraudeurs qui profitaient de la nuit pour régler leurs affaires ! devina Cornu.

— Halte ! cria-t-il.

Le grincement des roues cessa et les gardes du Châtelet s'approchèrent. Comme le sergent l'avait deviné, la charrette transportait des tonneaux attachés par des cordes, certainement du vin d'après l'odeur qu'ils dégageaient.

— Où allez-vous ?

— Chez moi, répondit l'un des hommes, visiblement terrorisé.

D'après leur apparence, il s'agissait du père et du fils. Sans doute des cabaretiers ayant récupéré ce vin auprès de quelque marinier l'ayant introduit en barque.

— Et ça ? ricana Aleaume en montrant le contenu de la charrette.

Pétrifiés, les fraudeurs ne répondirent pas. Ils se savaient pris. Leur marchandise serait confisquée et ils passeraient une journée ou deux au pilori avec en prime quelques rudes coups de fouet. S'ils n'étaient pas pendus.

— Pitié, messire, murmura alors le plus âgé.

— Suivez-nous au Châtelet, ordonna martialement Cornu, bien décidé à goûter le breuvage.

Cela faisait deux ans qu'il n'en avait pas bu.

— On pourrait s'arranger, mes seigneurs, murmura le fraudeur.

— Comment ? s'enquit Aleaume.

— Que gagnerez-vous à nous faire pendre ? Je peux vous porter une belle bourse pleine de deniers d'argent si vous nous laissez passer.

Cornu n'hésita pas. Ce ne serait pas la première fois qu'il fermerait les yeux sur un petit délit en échange de quelque avantage.

— Peut-être, fit-il en regardant ses deux compères.

Les autres hochèrent la tête. La vie était si dure ! Avec ces deniers, ils auraient de quoi se nourrir un peu mieux et surtout se chauffer.

— Entendu, cinquante deniers ! Et un tonnelet de vin !

— Cinquante ! Je ne les possède pas, seigneur. Et je n'ai que ces trois tonneaux.

— Combien as-tu ? demanda Aubry, qui craignait que l'affaire ne se fasse pas.

— Je peux revenir vous porter trente deniers, messire, dès que j'aurai mis ce vin chez moi, proposa le fraudeur d'un ton soumis tout en se disant que, s'ils le laissaient partir, ils ne le reverraient pas.

— Entendu, mais je t'accompagne, car je ne crois pas que tu reviendras ! Et tu nous donneras aussi une bonne outre de vin bien pleine pour nous avoir dérangés.

Aubry partit donc avec les cabaretiers tandis que l'archer et le sergent revenaient prendre leur poste, fort satisfaits de la tournure des événements. Du vin ! Ils allaient bellement se goberger !

Peu après, Aubry revint, une grosse outre de peau sur l'épaule, son arbalète dans l'autre main. Il sifflotait joyeusement.

— Voilà, mes compères ! Qui veut boire ? lança-t-il, hilare.

— Je suis sergent, je bois le premier, décida Cornu d'un ton contrarié. Et donne-moi la bourse !

Il avait deviné qu'Aubry n'avait pas résisté au plaisir de goûter le vin. Sa gaieté n'était pas naturelle et, d'ailleurs, il empestait.

Cornu avala plusieurs goulées, le bec de l'outre enfoncé dans sa bouche. Quand il fut gavé, il passa le vin à Aleaume qui piaffait d'impatience.

Lui aussi but jusqu'à plus soif, et ce fut à nouveau le tour d'Aubry.

En peu de temps, l'outre fut vidée. Les trois hommes s'affalèrent sur le banc, prêts à s'endormir.

C'est alors qu'ils entendirent les sabots de chevaux provenant de l'arche sous le Châtelet.

Titubant, le sergent à verge se leva et se mit au milieu du passage, tenant plus ou moins fermement sa hallebarde.

— Halte ! cria-t-il en voyant arriver le cheval et la mule.

Surpris, Arnaud La Roche obtempéra et déclara :

— J'escorte une dame de qualité jusqu'à son hôtel.

— Une dame ? ricana une voix avinée.

C'était l'archer Aleaume. L'ivrogne s'approcha en titubant, tenant maladroitement son arbalète.

— Et qui est cette dame de qualité ? demanda le sergent, d'un ton aussi suspicieux qu'incrédule.

Il savait bien qu'à cette heure aucune dame de qualité ne se déplaçait en ville ! Il avait devant lui un fredain et un petit bonhomme, sans doute un courtier en fesses. Quant à la femme, c'était une puterelle qui se rendait à quelque débauche. Ceux-là allaient payer un octroi, décida-t-il.

— Lady Agathe Mortimer.

Le sergent cracha au sol :

— Une catin anglaise ! plaisanta-t-il.

— J'ai jamais vu d'Anglaise de près, railla la voix avinée d'Aleaume.

— Moi non plus, il paraît qu'elles sont aussi rousses que les sorcières ! se gaussa une troisième voix d'un ton inquiétant.

— Il faudrait voir ! ricana le sergent.

— Montre ta louvière[1], l'Anglaise, on a envie de te connaître ! ordonna Aleaume.

— Et tes tétins ! renchérit le sergent.

Arnaud La Roche tira son épée et la brandit en criant :

— Par les cornes de Belzébuth, écartez-vous, conchieurs, ou vous paierez cher vos insultes !

Aubry apparut alors dans la lumière de la lanterne. Il menaçait le mercenaire de son arbalète à l'arc tendu avec un vireton glissé sous la fausse corde[2].

— Ne bouge pas, mon compère !

Le routier évalua rapidement la situation. Aleaume avait placé son pied dans l'arceau de son arbalète et tendait le câble. Le sergent barrait toujours la route. Dans son dos, l'Anglais tremblait de peur et ne lui apporterait aucune aide. La Roche se sentit impuissant. Seul, il aurait chargé, mais il ne pouvait risquer la vie de lady Mortimer. En même temps, il avait du mal à admettre de se retrouver dans une telle situation. Comment se pouvait-il qu'ils soient ainsi agressés dans une ville anglaise ? De plus par des gens d'armes du Châtelet.

Quant à la cousine du roi d'Angleterre, elle avait compris l'effroyable danger devant lequel elle se trouvait. Elle donna un double coup de talon à la mule afin de la faire avancer, mais la bête réagit à peine, détestant être brusquée, comme toutes les mules.

Aleaume s'approcha alors de l'animal et saisit le mors, empêchant la bête de bouger.

— La godon, descends ! Je vais te montrer comment les Parisiens jouent du serre-croupière et tu me montreras tes mamelles !

1. Le sexe féminin.

2. La fausse corde, tendue entre les deux branches de l'arc, tenait le carreau pour qu'il ne puisse glisser.

Les deux autres éclatèrent à rire. Terrorisée, lady Agathe hurla.

Alors, tentant le tout pour le tout, le routier donna un coup d'éperon, faisant bondir sa monture. Surpris, Aubry appuya sur la clenche de son arme et le vireton se planta dans le cou de l'animal qui s'affala. Arnaud La Roche roula au sol, ainsi que l'Anglais qui se retrouva dans la neige, étourdi par la chute.

En tombant, le routier avait lâché son estramaçon. Quand il tenta de se relever, la pointe d'une hallebarde s'appuyait sur sa poitrine.

— Ne bouge pas, maudit bâtard ! menaça le sergent.

Cependant, dans les brumes du vin, Cornu prenait conscience que lui et ses compagnons s'étaient mis dans une sale posture et se demandait comment ils allaient en sortir. Il n'était pas dans leur rôle de s'en prendre ainsi aux gens qui n'avaient pas violé la loi.

De nouveau, lady Mortimer hurla et appela à l'aide. Mais même si on l'avait entendue des maisons voisines, qui serait sorti de chez lui en pleine nuit dans le dessein de la secourir alors que les truands faisaient la loi dans Paris ?

Pourtant, une voix essoufflée résonna, venant de la voûte du Châtelet.

— Que se passe-t-il ici ?

Bien que surpris, Cornu ne bougea pas, laissant la pointe de la hallebarde sur le torse de son prisonnier car il devinait que le routier n'attendait qu'une occasion pour se relever. En revanche, Aubry s'avança vers le passage sous la forteresse. Il avait dégainé son épée.

Un jeune homme surgit, suivi d'un second individu plus âgé. Le premier portait une hache, le second un sac d'outils. Il s'agissait apparemment de charpentiers rentrant chez eux après avoir quitté tard leur chantier.

— Vous deux, passez votre chemin ! lança Aubry.

— Cette dame a crié ! répliqua le jeune homme.

— C'est pas une dame ! C'est une bordelière ! Et nous on est des gens du roi ! Tu vois pas nos casaques fleurdelisées ?

— Ces hommes sont des ivrognes ! cria l'Anglaise. Je me nomme lady Mortimer et je suis la cousine du roi d'Angleterre ! Je vous en prie, aidez-nous ! Vous recevrez une royale récompense !

À ces paroles, Cornu ressentit une bouffée d'inquiétude qui provoqua chez lui un instant d'inattention. La Roche en profita et lui donna un violent coup de pied qui le fit trébucher. Quant au charpentier, séduit à l'idée de la récompense, il menaça Aleaume de sa hache, lui ordonnant de lâcher la bride de la mule et de s'écarter afin de laisser passer la dame.

Tout se passa très vite : Aubry prit conscience que les choses tournaient mal. Si la fille disait vrai, ils finiraient les tripes à l'air en place de Grève.

Il fallait donc se débarrasser des témoins et jeter la donzelle dans la rivière. Dans l'eau glacée, elle se noierait vite et si on la retrouvait, on croirait à un accident.

Il brandit son épée et se précipita vers le charpentier pour le frapper en premier.

Au même moment, La Roche se releva. La brette du routier étant enfouie dans la neige, il tira sa dague. Cornu prit peur et recula en brandissant la hallebarde afin de se protéger. Mais le mercenaire ne cherchait pas le combat, il voulait sauver lady Mortimer et l'Anglais. De sa main libre, il attrapa ce dernier encore étourdi par la chute et le releva, puis il cria :

— Lady Mortimer, filons !

Aleaume aurait peut-être pu empêcher la fuite, mais un autre drame s'était noué. En voyant Aubry se jeter sur lui épée haute, le charpentier avait brandi sa hache pour se défendre. L'archer reçut le fer sur le front et son crâne éclata dans un grand jaillissement de sang.

Ignorant l'affrontement, La Roche avait saisi la bride de la mule et l'avait tirée avec une telle force que la rétive bête accepta de se mettre au trot. De son autre main, le menaçant de sa dague, le routier empêchait le sergent à verge d'approcher.

Cependant, celui-ci n'en avait aucunement l'intention. Brusquement dégrisé en voyant son compagnon s'écrouler et la neige devenir rouge, il restait pétrifié. Quant à Aleaume, qui tenait encore son arbalète, il était trop effaré par ce qui venait d'arriver pour en faire usage.

— Pierre ! Qu'as-tu fait ? hurla le plus âgé des charpentiers.

Le jeune restait immobile, épouvanté par son geste, gardant sa hache sanglante à la main. Il réagit pourtant :

— Père, partez ! Fuyez ! Je me débrouillerai.

— Non !

— Tripes de Dieu, partez ! hurla le garçon.

Cette fois le vieux charpentier obtempéra et fit demi-tour. Il s'enfuit par la voûte sous le Châtelet.

Le nommé Pierre resta seul, complètement désemparé. Puis il décida de fuir à son tour.

Entraînée par le routier qui courait aussi vite qu'il le pouvait, la mule était déjà loin. L'Anglais suivait, péniblement. Ayant repris ses sens, Aleaume songea à tirer un vireton sur eux, mais il ne pouvait les tuer tous trois. Il se retourna donc vers le nommé Pierre qui avait lâché sa hache encombrante et s'apprêtait à faire demi-tour afin de déguerpir sous la voûte.

— Arrête-toi, maraud, ou je tire !

Pierre obtempéra.

Le sergent d'armes se précipita et le frappa du manche de la hallebarde. Le charpentier tomba à genoux et tenta de se protéger. Aleaume arriva à son tour et le roua de coups de pied.

Pierre s'écroula, visage en sang, et perdit conscience. Aleaume continuait à frapper, décidé à le tuer sous les coups, mais son sergent l'arrêta :

— Ce serait un châtiment trop doux ! Il a tué un archer du roi ! Notre ami ! Il doit le payer cher !

— On va le jeter dans la rivière, décida Aleaume.

— Non, on le conduit dans les prisons. On va l'enchartrer dans la Fin d'Aise.

— Mais… il parlera…

— Dans la Fin d'Aise, tant qu'il veut ! Et après trois jours au fond, il aura perdu la raison, qui le croira ? Je veux le voir dépecer vivant !

— Tu as raison, approuva Aleaume qui ajouta :

» Mais pour la fille et les autres ?

— Ça m'étonnerait qu'ils se manifestent. Que faisaient-ils dehors en pleine nuit ? S'ils témoignaient, ils devraient le raconter, et je crois bien qu'ils n'en ont pas envie.

8

Jeudi 17 avril 1421

Rue de la Bretonnerie, Michel de Lallier, bourgeois de Paris et maître de la Chambre des comptes, occupait une grande maison peinte en vert avec trois niveaux en encorbellement et aux solives magnifiquement sculptées à leur extrémité de têtes de saints et de diables.

Personnage considérable de la bourgeoisie parisienne, le changeur Michel de Lallier s'était particulièrement enrichi quand il avait reçu une part du bail du nouveau pont Saint-Michel, après la débâcle de 1407 qui l'avait détruit. Ayant financé sa reconstruction, il possédait la majeure partie de ses maisons. Fidèle au roi, même fou, et par là à la reine Isabeau, Lallier, comme tous les bourgeois de Paris, penchait naturellement pour la faction bourguignonne. Changeurs et banquiers ne pouvaient se passer de Bruges, capitale financière de l'Europe. Les drapiers commerçaient étroitement avec la Flandre et le commerce du vin de Bourgogne était l'un des plus prospères de la capitale, faisant vivre non seulement les négociants mais aussi les transporteurs. De plus, la Seine communiquait avec nombre de rivières navigables et le transport par l'eau restait le moyen le plus économique et le plus sûr pour faire des affaires. Pour toutes ces raisons, il avait soutenu Jean sans Peur, d'autant plus hardiment que le duc s'opposait à la fiscalité confiscatoire qui frappait les plus riches.

Mais, lucide et pragmatique, il avait accepté le pouvoir armagnac puisque son roi, dans ses moments de lucidité, l'avait soutenu. Michel de Lallier avait même dénoncé un complot conduit à Pâques 1416 par une poignée de fidèles du duc de Bourgogne et quelques bourgeois parisiens qui visaient à occire le prévôt de Paris – Tanneguy du Châtel –, le chancelier, le duc de Berry et la reine Isabeau. C'était sa maîtresse, qui partageait la couche d'un conjuré, qui l'avait renseigné et il avait immédiatement prévenu le prévôt.

Les chefs comploteurs avaient été arrêtés et exécutés, certains jetés dans la Seine dans des sacs cousus. Cette loyauté l'avait encore plus rapproché d'Isabeau qui savait pouvoir compter sur lui et, quand la reine avait été exilée et enfermée par les Armagnacs, il était intervenu auprès de Jean sans Peur afin qu'il la libère.

Après l'entrée des Bourguignons dans Paris en 1418, il avait sincèrement cru à la paix quand le dauphin Charles et Jean sans Peur avaient décidé de négocier, mais les gens du dauphin, en premier lieu Tanneguy du Châtel, avaient traîtreusement assassiné le duc. Depuis, son fils Philippe le Bon, le nouveau duc, s'était allié aux Anglais pour venger son père.

Convaincu par la reine Isabeau que l'alliance anglaise apporterait la paix, Michel de Lallier s'était rendu en Angleterre porter au roi Henri la soumission de la capitale. Il avait même approuvé le traité de Troyes qui pourtant faisait fi de la loi salique et offrait le trône des lys à l'Angleterre. Mais, même loyal, Lallier demeurait lucide. La défaite de Baugé venait de porter un rude coup à l'Angleterre et à son parti. Les Armagnacs et les gens du dauphin, ou plus exactement de celui qui se disait tel bien qu'il ne fût qu'un bâtard, allaient sortir renforcés. Les routiers écorcheurs se rapprocheraient encore de Paris et la misère s'aggraverait.

Il n'avait jamais connu une désolation pareille, tant de famine et de malheur. Après des années de guerre, Michel de Lallier ressentait une profonde lassitude, devinant qu'aucun camp ne pourrait l'emporter.

Il avait choisi l'Angleterre, espérant qu'elle apporterait la paix, et il s'était fourvoyé. Il ne savait plus dans quelle direction se tourner. Parfois même, il se demandait s'il ne devrait pas prendre langue avec le dauphin. Après tout, son propre frère, Guillaume, l'avait fait.

Or, la veille, il avait reçu un billet de son ami drapier Clément Girard, porté par un des enfants de la boutique. Girard avait d'importantes informations à lui communiquer. Il souhaitait que soient aussi présents Jean de Louviers et Thomas Pigache, deux échevins avec qui il discutait souvent des opportunités de paix.

Voilà pourquoi, ce matin de l'Ascension, les quatre hommes se retrouvèrent dans la chambre de Michel de Lallier. Par prudence, le maître des comptes avait demandé à ses domestiques et à sa famille de quitter l'étage.

Chacun avait pris place, Louviers sur un coffre, Pigache sur une banquette, Girard sur le lit à courtines. Lallier, lui, s'était installé sur sa chaire. Un valet de chambre avait laissé des échaudés[1] et un pot de ce vin de Montmartre devenu rare. C'est Lallier lui-même qui avait servi ses amis, ensuite Clément Girard avait raconté la visite et la proposition criminelle d'Agathe Mortimer.

Quand il eut terminé, un lourd silence s'installa. Les quatre hommes gardaient les yeux baissés, pesant

1. Sortes de beignets.

l'offre de celle qui se disait héritière du trône d'Angleterre. En ne dénonçant pas le complot, ils en devenaient les complices et chacun en mesurait les conséquences.

— Nous savons tous qu'Henri de Lancastre a succédé à son oncle Richard en faisant fi des lois du royaume d'Angleterre, mais son coup d'État a eu lieu voilà vingt ans. Je croyais les Lancastre définitivement établis, acceptés par tous, et que le trône d'Henri V était aussi solide que la Sainte-Chapelle, intervint Louviers, drapier comme Girard.

Il avait dépassé la quarantaine et la bonne chère en avait fait un homme bedonnant, ayant même du mal à se déplacer à cause de la goutte.

— Apparemment, ce n'est pas le cas, observa Pigache.

Ce dernier était un des plus riches changeurs de Paris, mais son commerce périclitait à cause des modifications incessantes du cours des monnaies royales.

— Reste à savoir si cette dame Mortimer a les moyens de son dessein.

— Hier, mon fils s'est discrètement renseigné sur elle. Elle est arrivée à Paris il y a quelques jours et occupe l'ancien hôtel de Tanneguy du Châtel, non loin d'ici. Sa maison serait très importante.

— Je savais l'hôtel occupé par des Anglais, mais j'ignorais par qui, observa Lallier.

Il considéra à tour de rôle ses compagnons :

— Que décidons-nous ?

— Il est certain que la réussite d'une telle entreprise ramènerait la paix et la prospérité, convint Pigache.

— Avec un risque énorme si nous échouons.

De nouveau le silence, un mortel silence car ils savaient tous les effroyables supplices qu'ils subiraient s'ils étaient pris.

— Mais avons-nous le choix ? demanda Girard d'un ton inquiet. Les Anglais attendent ma réponse dans quelques jours. Ils m'ont menacé. Cet Arnaud La Roche est certainement capable des pires atrocités.

— Il serait prudent que tu engages des gardes, dit Pigache.

— Encore faut-il en trouver, mon ami ! Je risque surtout d'enrôler des coquins qui ouvriront la porte aux truands une nuit ou l'autre.

— Nous devons accepter la proposition de lady Mortimer, décida Lallier. Nous n'aurons peut-être plus jamais pareille occasion.

— Sans doute, mais peut-on faire confiance à ses promesses ? déclara Louviers.

— De ce côté-là, il ne me semble pas qu'il y ait le moindre risque. Si nous… éliminons le roi et son frère, le royaume d'Angleterre tombera dans un tel chaos que le frère de lady Mortimer sera occupé pendant plusieurs années. Nul doute que les Anglais quitteront Paris, intervint Michel de Lallier.

— Avec le risque d'y voir entrer les routiers de Rodrigue de Villandrando, grimaça Pigache.

— Lady Mortimer a raison, si nous décidons de participer à cette conspiration, nous devons obtenir avant tout l'accord du dauphin. Nous lui ouvrirons les portes dès la mort du roi d'Angleterre, avec en contrepartie la garantie qu'il n'y aura aucun pillage. Nous obtiendrons aussi des récompenses à la hauteur des risques que nous aurons pris.

Chacun y pensait. Non seulement le retour du dauphin ramènerait la paix, mais ceux qui l'auraient favorisée bénéficieraient de charges fécondes. Lallier visait depuis longtemps celle de prévôt des marchands, les autres espéraient devenir maîtres des requêtes ou trésoriers généraux.

— Il faut aussi trouver un archer qui consente à risquer sa vie ! observa Girard. Or, j'ai eu beau y réfléchir, je ne vois aucun moyen de découvrir un tel fou, qui devrait en plus être particulièrement adroit et rapide !

— Et dénicher une maison vide dans la rue Saint-Honoré, ajouta Pigache.

— Cela ne devrait pas être trop difficile, dit Lallier. Quant à l'archer, puisque nous sommes juges au tournoi de Pentecôte de la guilde, nous devrions trouver notre homme là-bas. Il y aura les meilleurs tireurs à l'arc de Paris et il sera sans doute aisé de convaincre le vainqueur contre une coquette somme. La plupart de ces gens crèvent misère. Mais dans l'immédiat, le plus important est de rencontrer le dauphin.

— Il se trouve à Bourges ! se lamenta Girard.

— Il faut envoyer l'un de nous, dit Lallier.

Chacun regarda discrètement son voisin, espérant qu'il serait volontaire, mais personne n'envisageait un tel voyage dans un pays dévasté par les routiers et les brigands de grand chemin.

— Mon fils Nicolas ira, décida Jean de Louviers. Il a l'habitude des voyages en Flandre.

— Mon fils Gilles aussi, affirma Girard, qui ne voulait pas être en reste.

Les deux drapiers avaient aussi songé que si leurs enfants rencontraient le dauphin, et que ce dernier montait finalement sur le trône, leur fortune serait assurée.

— Je vous laisserai mes meilleurs hommes d'armes, proposa Pigache, dont plusieurs parmi ses valets étaient capables de défendre son échoppe de changeur.

— Dans ces conditions, c'est moi qui financerai l'expédition. Il faut acheter des chevaux, des harnois et des armes, précisa Lallier.

Il se leva pour aller à un bahut et en sortit plusieurs documents. Parmi eux, une carte représentant les environs de Paris.

— Aucune ville, aucune forteresse ne recevra nos envoyés, sauf peut-être Chartres. Ailleurs, les baillis et les capitaines ont tous ordre de ne laisser entrer personne, sauf ceux dont ils ont bonne connaissance.

Les autres opinèrent du chef. Quant à obtenir un laissez-passer de la reine Isabeau, c'était impossible.

— Ils pourront atteindre Chartres en une journée, observa Pigache.

— S'ils ne rencontrent aucun groupe hostile, grimaça Girard.

— Ils voyageront léger, avec de bons chevaux, et fuiront à la moindre alerte, anticipa le drapier Jean de Louviers. Mon fils l'a fait quand il se rendait en Flandre.

Girard l'approuva avec un brin de réticence. Lui et son fils s'étaient rendus trois fois en Flandre au cours des dernières années. Ils étaient tombés sur des partis armagnacs, mais les hommes d'armes, couverts de fer, n'avaient pu les poursuivre longtemps. Il suffisait de rester hors de portée des arbalètes. Seulement, tant d'autres malaventures restaient possibles. Gilles n'avait-il pas dû payer une rançon à Rodrigue de Villandrando ?

— Et une fois à Chartres ? demanda-t-il.

— On devrait les laisser pénétrer en ville sans difficulté s'ils se font connaître comme drapiers. La cité est bien défendue et le bailli accepte les étrangers s'il juge pouvoir leur faire confiance. Ils n'auront qu'à raconter qu'ils se rendent en Italie afin d'acheter de la soie. Ensuite, ils se renseigneront sur la présence de troupes du dauphin dans le pays. Éventuellement, ils gagneront Orléans qui est tenue par les Bourguignons. J'ai entendu dire que les troupes de Poton de Xaintrailles[1] et celles de Jacques d'Harcourt[2] se trouvent aux alentours. Il ne devrait pas être trop difficile d'entrer en contact avec elles. Xaintrailles les écoutera et plus encore messire d'Harcourt que je connaissais bien comme chambellan de Jean sans Peur et qui a rejoint le dauphin après le traité de Troyes.

— Possible, reconnut Girard, malgré tout inquiet. Mais il est certain que si mon fils et le tien (il s'adressa à Jean de Louviers) sont conduits directement à Bourges, tout sera plus simple.

En même temps il ne pouvait s'empêcher de penser que les rudes guerriers de Xaintrailles pourraient bien pendre leurs enfants avant même de les écouter.

— Je leur donnerai une lettre à l'attention de mon frère Guillaume, qui est conseiller au parlement de Poitiers. Il possède une maison à Bourges. Il devrait pouvoir introduire vos fils à la cour.

— Il faudra ensuite qu'ils rencontrent le dauphin seuls.

— Ce sera à eux de se débrouiller.

Le lendemain vendredi eut lieu une nouvelle réunion, cette fois en présence de Gilles Girard, de Nicolas de Louviers et de Pierre Monstrelet qui commandait les gardes du changeur. Monstrelet avait été arbalétrier à Azincourt. C'était un homme d'armes rude et expérimenté, sur qui on pouvait compter. Quant aux deux fils des drapiers, s'ils n'étaient pas des guerriers, ils savaient à peu près manier épée et arbalète.

Ensemble, ils améliorèrent le plan prévu. Monstrelet prendrait deux de ses hommes avec lui. Chacun

1. Gentilhomme gascon qui s'attachera à Jeanne d'Arc.
2. Fils du chambellan de Charles VI.

toucherait dix livres pour participer à l'expédition et serait équipé. La première des dépenses allait être les chevaux. L'intendant de Lallier avait trouvé cinq destriers, mais la veuve qui les possédait en voulait cent livres pièce, payées uniquement en marcs d'argent. Le marc valant vingt livres, cela représentait vingt-cinq marcs d'argent que Pigache avait apportés et que Lallier lui rendrait en saluts d'or de vingt-cinq sous et florettes et guénars d'argent de douze deniers. Quant au reste de l'équipement, ils avaient besoin d'arbalètes et de brigandines, des sortes de gambisons de peau renforcés de lames de fer cousues entre les étoffes qui restaient légers tout en protégeant des flèches. Là encore, Lallier finança ces harnois achetés rue de la Heaumerie.

Les cinq hommes partirent le dimanche matin, jugeant qu'en ce jour sacré les routiers ne marauderaient pas dans les campagnes. Effectivement, ils ne rencontrèrent aucune troupe sinon de petits groupes à pied qui ne les inquiétèrent pas.

À Chartres, ils purent entrer facilement en racontant leur fable sur un prétendu voyage en Italie. Gilles Girard et Nicolas de Louviers avaient emporté plusieurs lettres prouvant qu'ils étaient bien drapiers, et on ne s'étonna pas de leur équipement guerrier, compte tenu de l'insécurité des routes.

Dans l'auberge où ils passèrent la nuit, ils apprirent que Xaintrailles se trouvait près d'Alençon mais surtout qu'une troupe commandée par Jean de Dunois, le bâtard qu'avait eu feu Louis d'Orléans, avait été aperçu près de Châteaudun.

— L'approcher serait inespéré car il nous écoutera, déclara Gilles Girard.

Jean d'Orléans, ou de Dunois, avait été élevé avec son demi-frère, Charles, et avec le dauphin. À quinze ans, il faisait partie de la compagnie de Tanneguy du Châtel. Un an plus tard, chargé de garder la porte Saint-Germain-des-Prés, il avait été capturé lors de l'entrée des Bourguignons dans Paris et avait eu la chance de ne pas être massacré comme le comte d'Armagnac et bien d'autres. Il était resté emprisonné deux ans à Saint-Germain, protégé par les bourgeois de Paris qui ne voulaient pas qu'un nouveau membre de la famille d'Orléans soit assassiné. Libéré en 1420, il avait rejoint les troupes du maréchal de La Fayette et participé à la bataille de Baugé. En récompense de son courage et sa vaillance, il avait été armé chevalier à la fin des combats bien qu'il n'ait pas vingt et un ans.

Les autres en convinrent. S'ils se présentaient comme des bourgeois de Paris, Dunois les écouterait. Le fils bâtard du duc d'Orléans bénéficiait d'une réputation sans tache de droiture et d'honneur et il savait devoir la vie à la bourgeoisie parisienne.

Ils partirent le lendemain en direction de Châteaudun.

Cela faisait des heures qu'ils chevauchaient et ils s'approchaient de Vendôme, n'ayant rencontré que quelques bandes de gueux ou de vilains qui se cachaient à leur approche. Ils commençaient à désespérer quand ils entendirent sonner un cor. Le son venait d'une colline. Levant les yeux, ils aperçurent une sentinelle. Le jeune Girard brandissait depuis un moment une longue perche avec une étoffe blanche flottant au bout. Il l'agita et ils poursuivirent un moment sur le chemin, fort lentement et la peur au ventre. Soudain, une douzaine d'arbalétriers leur barrèrent le passage. Six d'entre eux les menaçaient de leurs balestres, de gros engins à manivelle. Les autres se tenaient derrière leurs pavois.

En même temps, un cavalier sortit des fourrés. En armure maculée de boue par places, il arborait sur sa cotte un blason d'azur à trois fleurs de lys d'or avec une barre transversale signifiant sa bâtardise. La visière de son heaume étant ouverte, on pouvait constater sa jeunesse.

Il s'agissait de Jean de Dunois.

Dans ses pas se tenaient un écuyer et un chevalier plus âgé. Ce fut ce dernier qui les interpella :

— Qui êtes-vous et où allez-vous ?

— Nous recherchons messire Jean d'Orléans, noble sire, répondit Girard d'une voix étreinte par la peur.

— Vous l'avez trouvé, répliqua le chevalier au blason d'azur.

— Nous sommes bourgeois de Paris, messire, en route pour Bourges. Pouvons-nous vous parler seul à seul ?

Les deux cavaliers se regardèrent un instant. Les arbalétriers tenaient toujours les nouveaux venus en joue.

Le Bâtard d'Orléans devinait que ces gens voulaient lui dire quelque chose qui ne devait pas être entendu. S'ils venaient vraiment de Paris, ce devait être important. Il hocha la tête avant d'ordonner :

— Déposez tous vos armes. Et vous (il désigna Girard), descendez de cheval et suivez-moi.

— Puis-je venir avec mon compagnon ? demanda humblement Girard. Nous sommes tous deux drapiers et associés dans notre députation.

— Lui ?

Dunois désigna Nicolas de Louviers.

— Oui, messire.

— Entendu mais n'essayez pas de dissimuler une arme.

Ils débouclèrent baudriers et ceintures. Gilles et Nicolas mirent pied à terre et suivirent Jean d'Orléans qui s'était éloigné, sous la surveillance de l'autre chevalier.

À une dizaine de toises, Dunois s'arrêta et les interrogea, du haut de son cheval couvert de fer :

— Qu'avez-vous à me dire ?

— Nous sommes envoyés par une assemblée de bourgeois de Paris, messire. Nous souhaitons rencontrer le régent du royaume de France afin de lui transmettre une proposition qui pourrait mettre fin à la guerre.

— Fin à la guerre ? Diable ! fit le chevalier avec un sourire.

Gilles observa alors combien le Bâtard d'Orléans avait les traits fins et le visage attentif.

— En cas d'accord, nous livrerions les portes de Paris au dauphin, déclara fermement Nicolas de Louviers.

Dunois resta impassible, mais ébranlé. Il savait que faire ouvrir les portes de la capitale restait le moyen le plus simple pour que son cousin monte sur le trône.

— Et les Anglais ? objecta-t-il.

— Il n'y aurait plus d'Anglais, messire. Mais, excusez-nous de ne pouvoir en dire plus. Nous avons déjà pris de grands risques, tant pour nous que pour nos familles. Nous ne pouvons révéler ce plan qu'au régent de France.

Jean d'Orléans resta silencieux. Il pouvait faire parler ces bourgeois aisément, mais la violence ne réglait pas tout. Il le savait et décida d'accorder une chance à la paix.

— Je ne peux vous conduire à mon cousin, j'ai une mission à accomplir ici.

Le jeune Louviers retint une grimace.

— Mais je vais vous donner un de mes sergents. Vous le prendrez en croupe car je n'ai pas suffisamment de chevaux. Il vous guidera dans le pays jusqu'à Bourges et vous fera entrer en ville. Là-bas, il vous conduira chez messire Tanneguy du Châtel qui a été blessé et se soigne. Vous lui expliquerez votre dessein et il décidera s'il vous fait rencontrer ou non le régent.

9

Dans les jours qui suivirent son installation dans la maison du Gros-Tournois, Edward Holmes débrouilla facilement plusieurs affaires de confiscation que maître Bonacieux trouvait impénétrables. Dès lors, le receveur lui proposa de l'accompagner régulièrement à la Maison aux Piliers afin qu'il s'occupe des opérations en instance auxquelles il ne comprenait goutte. Mais Holmes refusa, expliquant avoir consacré une part de son temps bien suffisante pour couvrir son gîte et son logis. Il devinait que Bonacieux cherchait à faire de lui son plumitif, une perspective qu'il se refusait à envisager.

Le receveur n'insista pas, craignant trop de perdre les deux Anglais qui, somme toute, ne lui coûtaient pas si cher au regard des avantages qu'ils lui apportaient.

Plusieurs fois par semaine, Holmes et Watson avaient donc la liberté de se rendre sur le talus du rempart pour tirer, qui à l'arc, qui à la haquebute. Lors d'une de ces séances, Watson avait apporté une plate de fer que le petit canon avait percée de part en part, comme il s'y attendait. Le samedi suivant, ils se déplacèrent au champ de tir des archers de la ville où Watson gagna un pari engagé par deux bourgeois venus assister aux entraînements. Ayant reçu six deniers, sa part de l'enjeu, l'archer proposa d'aller les dépenser à *La Coupe d'Or*.

Le repas eut lieu le lundi 21 avril. L'hiver avait repris l'offensive et il neigeait à nouveau. À leur table se tenaient quelques artisans du quartier qui avaient fermé boutique, des officiers du Louvre, un écuyer du Palais et un sergent d'armes. Les compagnons habituels de Watson. À une autre table s'étaient réfugiées une poignée de puterelles et les hommes lorgnaient régulièrement vers elles.

Holmes écoutait vaguement leurs conversations, l'humeur sombre et le regard absent. Il songeait à la morne routine qu'il suivait depuis une semaine. En vérité, il s'ennuyait. Son esprit refusait cette inaction. Il avait besoin de s'occuper autrement qu'en passant ses journées sur le talus de l'enceinte et à *La Coupe d'Or*. Il devinait qu'il ne pourrait supporter longtemps une telle vie sans intérêt. Pourquoi ne pas rentrer en Angleterre, malgré les risques courus ? s'interrogeait-il.

La porte de l'auberge s'ouvrit et trois hommes entrèrent avec un courant d'air glacial. Holmes reconnut le sergent d'armes qui l'avait salué à la maison de la rue du Coq, le soir où il en avait été chassé. Il était accompagné d'un garde inconnu et du valet qui se trouvait avec Langlay dans la chambre du baron. Edward s'attarda un instant sur lui. De taille médiocre, le serviteur paraissait particulièrement robuste. Blond avec un visage carré, un nez camus et des yeux gris, il émanait de lui une impression de brutalité et d'audace.

Ainsi Langlay n'avait pas quitté Paris. Cela surprit le clerc. Holmes ne s'était plus intéressé à la maison de la Corne-de-Cerf depuis qu'il l'avait quittée, persuadé qu'elle était vide. Il s'était donc trompé.

Pourquoi Langlay restait-il à Paris ? Il songea à nouveau aux raisons de sa présence. Pourquoi le fils de l'intendant de Helmsley Castle était-il venu en personne lui ordonner de vider les lieux ? Peut-être devrait-il s'attacher à ce petit mystère, au moins pour s'occuper l'esprit, se dit-il.

— Et comment va la belle épouse de maître Bonacieux ?

Holmes se tourna vers le sergent d'armes qui venait de parler. Chacun à la table retenait un sourire et Watson devint aussi rouge que sa chevelure.

— Dame Bonacieux va très bien, balbutia l'archer, et quiconque lui manquerait de respect aurait affaire à moi, ajouta-t-il plus sèchement.

— Ne te fâche pas, ami Watson, fit le sergent en levant une main conciliante. Loin de moi l'idée de manquer de respect à cette digne dame. Simplement je me demande comment elle peut supporter son mari !

— C'est une sainte femme, se contenta de dire Gower Watson.

Entendant pouffer les puterelles, Edward tourna la tête. Le valet et les deux hommes d'armes de Langlay s'étaient assis à une table derrière eux et les écoutaient.

Quatre jours plus tard, à l'occasion de la Saint-Georges[1], c'est Holmes qui invita Watson à dîner à *La Coupe d'Or*.

Voulant remercier son ami pour sa générosité, il demanda même à l'aubergiste de leur servir un pot de vin car il savait que, quelques jours plus tôt, ce dernier avait mis en perce un petit fût de vin de Beaune à la demande d'un riche officier du Louvre.

Les deux hommes s'installèrent à l'une des tables où se trouvaient déjà quelques bourgeois du quartier. En dépit de la cherté des denrées, il commanda

1. Vendredi 25 avril 1421.

un brouet aux cailles et aux pois, du ragoût de lièvre, du boudin, des bécasses fricassées et des échaudés. Ce copieux repas les changerait de la maigre nourriture de la maison Bonacieux.

Ils avaient terminé les viandes et fini le pot, quand entra maître Baille, le trésorier du Louvre. Ce dernier, en épais manteau au col fourré, était accompagné d'une femme rondelette au regard triste et perdu et d'un jeune homme dont les oreilles démesurées sortaient de son bonnet.

Holmes connaissait vaguement le garçon, valet de chambre du trésorier aperçu plusieurs fois avec lui. Quant à sa compagne, il ne l'avait jamais vue, mais le valet et elle se ressemblaient étrangement, même front bas aux sourcils épais et même nez en marmite. Une coiffe couvrait la chevelure, le cou et les épaules de la femme et Holmes ne pouvait distinguer ses oreilles, mais il aurait juré qu'elles étaient aussi grandes que celles du garçon.

Dès qu'il les vit, Baille se précipita vers Holmes et Watson. En faisant déplacer leurs voisins, les trois nouveaux venus purent s'asseoir à leur table.

— Loué soit Jésus-Christ de vous trouver ici, maître Holmes ! Je l'espérais, sans en être certain.

— Que Jésus soit loué à jamais, mon ami. J'ai trouvé à loger chez mon ami Watson, la maison du Gros-Tournois, rue Champfleuri.

— Chez Bonacieux ?

— C'est cela.

— Un homme important, maître Bonacieux, observa le trésorier d'un ton égal. Par l'achat de la charge de receveur de la ville, il devrait fort s'enrichir. Il a grande ambition.

— Je le lui souhaite, répliqua Holmes avec indifférence. Donc vous me cherchiez, maître Baille ?

— C'est cela, mais laissez-moi vous présenter ceux qui m'accompagnent : Martin est mon valet de chambre, je crois que vous l'avez déjà rencontré.

Holmes hocha la tête.

— Dame Renée Moreau est sa sœur.

Il se tut un instant avant d'ajouter :

— Son mari a été arrêté pour meurtre et sera pendu sous peu.

La femme éclata en sanglots.

Holmes se sentait embarrassé, s'interrogeant sur les raisons pour lesquelles le trésorier tenait tant à lui présenter ces deux personnes. Qu'un homme soit pendu à la suite d'un crime était chose normale et cela ne le regardait en rien.

— Qu'a-t-il fait ? demanda-t-il pourtant.

— Je vais y venir, mais je voulais d'abord vous expliquer pourquoi je suis venu vous trouver.

Edward opina du chef.

— Clément Moreau n'a pas encore été jugé. Il a été interrogé devant le prévôt, le lieutenant criminel et les examinateurs. Il a confessé avoir tué, mais en défendant sa vie. Après la délibération, il n'y a pas eu d'unanimité quant à son interrogatoire sur le petit tréteau[1]. Le prévôt a décidé de surseoir à la décision mais à la séance suivante nul doute qu'il sera condamné à mort. Cependant, tant que le jugement n'est pas prononcé, le pardon du roi est possible sous la forme d'une lettre de rémission.

Holmes connaissait le procédé, de telles lettres de grâce étant aussi utilisées en Angleterre. Pour les obtenir, il fallait présenter un mémoire au roi, insistant sur l'absence d'intention criminelle dans les cas

1. La question préalable se donnait en faisant avaler six pots d'eau au prévenu attaché sur des tréteaux.

de meurtre. Si le monarque reconnaissait le bien-fondé de la requête, il demandait à son chancelier une lettre de rémission, laquelle était accordée moyennant finance. Le présumé coupable était alors libéré et les poursuites abandonnées.

— Votre mari a-t-il présenté une demande de rémission au roi, ma dame ? demanda-t-il.

— Non, maître, sanglota-t-elle. Notre bon et bien-aimé roi est fol, vous le savez. Personne ne peut l'approcher.

Holmes haussa les sourcils et fit la moue afin de marquer son impuissance.

— Laissez-moi vous en dire plus, maître Holmes, intervint le trésorier. Habituellement, les mémoires de rémission sont présentés lors de joyeux événements, comme les entrées du roi en ville ou les fêtes. Sa Majesté les accorde presque toujours si les crimes ne concernent pas des assassinats prémédités. Elles sont, bien sûr, rejetées pour ceux qui se louent et s'engagent à tuer ou à outrager à prix d'argent, ceux qui battent les magistrats, officiers et sergents royaux faisant actes de justice, ou encore pour les coupables de rapt commis avec violence.

— Je vous l'accorde, dit Holmes.

— L'acte doit être préparé par un homme de loi, un clerc, un notaire ou un avocat. Il peut l'être en latin ou en français et doit présenter l'accusé sous le jour le plus favorable possible.

Edward Holmes se tourna vers dame Moreau :

— Vous n'aurez aucun mal à trouver un avocat qui préparera votre supplique.

— Ce n'est pas certain, attendez de connaître l'affaire, tempéra le trésorier. Mais, ce n'est pas le plus important, car il faut surtout présenter le mémoire au roi.

— Pourquoi ne pas le donner au roi d'Angleterre lors de son entrée dans Paris ? Ne m'avez-vous pas dit qu'il viendra avant l'été ?

— Mon mari sera pendu avant, sanglota la femme.

— Avec l'incapacité du roi, c'est la reine Isabeau qui assure ses fonctions, intervint à nouveau le trésorier. Or, il n'est pas très difficile de l'approcher dans l'hôtel Saint-Pol où elle se promène souvent dans ses jardins ou autour de la ménagerie.

De nouveau, Holmes plissa le front. Il se trouvait en France depuis suffisamment d'années pour connaître l'exécrable réputation de la reine Isabeau. Fille du duc de Bavière, elle avait donné douze enfants au roi. Quand les crises de folie de son mari étaient devenues incessantes, c'est elle qui avait gouverné le royaume en s'appuyant sur son beau-frère Louis d'Orléans. Très vite la rumeur populaire avait assuré qu'il était son amant. Puis Orléans avait été assassiné par Jean sans Peur, justement en sortant de l'hôtel Barbette où elle résidait. Était-elle responsable de ce crime ? Les médisants l'assuraient car elle était passée bien vite dans le parti et les bras du duc bourguignon. Elle était revenue dans la faction d'Orléans quand les Armagnacs avaient gouverné le royaume, mais Bernard d'Armagnac se méfiait d'elle et, en 1417, le prévôt de Paris Tanneguy du Châtel avait saisi son maître d'hôtel, réputé son amant. Torturé, le malheureux avait été cousu dans un sac et jeté dans la Seine avec l'inscription : *Laissez passer la justice du roi.* Quant à Isabeau, elle avait été exilée à Tours. Revenue dans la capitale avec les Bourguignons en 1418, elle avait à nouveau gouverné avec Jean sans Peur et, après l'assassinat de ce dernier, avait soutenu Philippe le Bon – le nouveau duc –, l'alliance anglaise et le traité de Troyes qui déshéritait son propre fils Charles et faisait du roi d'Angleterre l'héritier du royaume des lys.

Malgré cela, ceux qui l'aimaient assuraient qu'elle avait toujours œuvré pour la paix et le bonheur des Français. Mais rien n'y faisait. Elle restait l'étrangère, la Bavaroise, la débauchée à qui on reprochait ses goûts de luxe, ses infidélités et l'abandon dans lequel elle tenait son mari, enfermé dans son logis de l'hôtel Saint-Pol. Certains l'accusaient même d'avoir fait empoisonner les deux derniers dauphins, ses fils.

— Il suffit qu'un avocat la rencontre, poursuivit le trésorier.

— Laissez-moi deviner, maître Baille : vous avez songé à moi afin de préparer ce mémoire et le présenter à la reine Isabeau ?

— Exactement, maître Holmes.

— Mais, pourquoi moi ?

— Parce que vous êtes anglais ! Vous pourrez ainsi approcher plus facilement notre reine et elle vous écoutera.

Holmes ne répondit pas immédiatement, mais il savait déjà qu'il allait accepter. Cette affaire allait enfin le sortir de cette torpeur qui l'étouffait. Il avait eu l'occasion de conduire une fois une enquête sur un vol commis par un domestique dans la maison du baron. Ayant démasqué le coupable, il en avait éprouvé une immense satisfaction. Sauver un innocent de la pendaison lui procurerait certainement la même plénitude. De plus, connaître la reine Isabeau se révélerait utile s'il restait à Paris.

— J'ajoute que vous seriez payé comme un avocat, précisa maître Baille qui prenait ce silence pour de l'hésitation. En gage d'un mémoire de rémission, l'homme de loi reçoit une livre. Quant au suppliant, s'il obtient sa lettre de pardon, il doit payer deux livres à la chancellerie au titre du grand sceau de cire verte et le lacs[1] de soie rouge et verte.

— Trois livres en tout ? C'est une grosse somme, intervint Watson.

— Je peux payer, messire, assura la femme d'une voix inquiète. Dès qu'ils ont su, mes voisins ont collecté trente-huit sous dans notre quartier afin que je puisse acheter une lettre de rémission. Et je possède quelques économies.

— Racontez-moi ce qui s'est passé, lui demanda Holmes.

Elle eut un triste sourire, devinant qu'il allait s'occuper d'elle.

— Avec mon mari, nous possédons un petit enclos devant notre maison, près de la porte Montmartre. On y cultive un peu de blé et on élève quelques poules dont on vend les œufs, ce qui nous donne à peine de quoi nous nourrir avec nos enfants. Voilà quelques jours, on a entendu des caquètements de frayeur durant la nuit. Clément, mon pauvre époux, est sorti, craignant des voleurs. Comme nous ne possédons pas d'arme, il a pris la faucille qu'il utilise dans la coupe des blés.

» Deux hommes s'enfuyaient avec un sac dont, d'après les cris qui en sortaient, il devina qu'il contenait nos poules. La poursuite se termina à un carrefour où les fripons l'attendaient. Ils se sont jetés sur lui, l'ont frappé et battu avec des bâtons. Devinant sa mort certaine, à son corps défendant et pour se garantir des outrages, Clément a fait usage de la faucille et, sans le vouloir, a blessé un des voleurs à la gorge. L'autre a filé. Mon mari a tout tenté afin d'arrêter le sang

1. Ou lai : ruban ou lacet de soie qui fermait la lettre avec un sceau.

du coquin accidentellement navré, mais en vain, et le larron est mort dans ses bras. Seulement son complice est arrivé avec d'autres marauds. Ils ont saisi mon pauvre mari et l'ont conduit au Grand-Châtelet où il a été enfermé pour avoir soi-disant tué un passant innocent.

— Et les poules ? demanda Watson dont l'appétit revenait.

— J'avais suivi mon mari et j'ai pu reprendre le sac avant l'arrivée des marauds.

— Maître Holmes, hier, j'ai copié tous les détails de cette affaire sur ce feuillet, dit le trésorier en sortant un billet plié d'une poche intérieure de son manteau. Vous y trouverez les éléments nécessaires à la préparation d'un mémoire ; si vous consentez, bien sûr, à vous occuper du mari de dame Moreau.

Le clerc prit le papier, le déplia et le lut avec attention. Mis à part quelques détails supplémentaires, le récit était celui qu'il venait d'entendre. Il s'adressa alors à Watson :

— Qu'en penses-tu, mon ami ?

— Que dame Renée Moreau mérite d'être aidée. Il y a trop de marauds et de voleurs dans cette ville et son mari devrait être récompensé pour en avoir meurtri un au lieu de pourrir en prison.

— Entendu, je ferai ce mémoire. Reste encore à approcher la reine Isabeau. Quel serait selon vous le meilleur moyen ?

— Elle ne sort guère de l'hôtel Saint-Pol, répondit le trésorier. Mais elle reçoit facilement ses proches et ses serviteurs dans la salle Thésée, la galerie de cérémonie de son hôtel. Ce ne devrait pas être trop difficile pour vous de l'approcher. Encore faut-il qu'elle vous écoute s'il y a beaucoup de monde autour d'elle. Il serait plus adroit de l'attendre quand elle sort de sa chapelle. Dieu présent en son cœur, après les prières, facilitera votre requête.

— La chapelle se situe dans l'hôtel Saint-Pol ?

— On en trouve plusieurs dans l'hôtel, mais la plus vaste jouxte la salle Thésée. À l'occasion de l'Ascension, dans trois jours, c'est là que dame Isabeau entendra la messe.

Holmes resta à nouveau silencieux, songeant qu'il s'engageait dans une entreprise pour laquelle il manquait de beaucoup d'informations. Or, un faux pas pouvait tout faire échouer.

— Serait-il utile que je me rende auprès du prévôt de Paris ?

— À ce stade, non. Si la reine accepte votre supplique et décide d'une lettre de rémission, il faudra effectivement la faire entériner devant la juridiction royale du lieu où le crime a été commis, c'est-à-dire au Châtelet.

— Qui me remettra la lettre dans ce cas ?

— Le chancelier, après son enregistrement et paiement des frais de sceau.

— Et Clément Moreau sera libéré ?

— Non seulement libéré mais il ne pourra plus être poursuivi quant aux faits dont on l'accuse.

Holmes se tourna vers dame Moreau.

— Je vous ferai savoir si la reine m'a entendu.

Le frère et la sœur comprirent qu'il leur demandait de se retirer. Cependant, le valet de chambre lança un regard à son maître afin d'obtenir son consentement. Celui-ci opina du chef et ils s'en allèrent.

Le trésorier et les Anglais restèrent seuls à table.

— Avez-vous rencontré la reine Isabeau ? demanda Holmes à maître Baille.

— Plusieurs fois, quand elle est venue au Louvre, mais je ne me trouvais jamais au premier rang. Je ne l'ai donc jamais approchée.

— Quel genre de femme est-elle ?

Le trésorier lança un bref coup d'œil autour de lui, vérifiant qu'on ne pourrait l'entendre. Puis il se pencha vers Holmes, à côté de lui.

— Elle est arrivée en France à quatorze ans, ne parlant pas notre langue. Elle a certainement beaucoup aimé notre roi, mais hélas la folie a frappé Sa Majesté. Ses oncles ont alors pris le pouvoir et elle est restée dans l'ombre, craignant qu'on ne la renvoie dans son pays si notre roi décédait. Finalement Louis d'Orléans s'est imposé au conseil de régence. Elle y a vu une opportunité de redevenir la véritable reine. On dit qu'elle était sa maîtresse, que plusieurs des enfants royaux ne sont pas de Charles, mais de Louis. On dit aussi que Jean sans Peur en a été jaloux. Isabeau était belle et on rapportait que Bourgogne en était amoureux. Il aurait fait tuer Orléans à cause d'elle. Quoi qu'il en soit, c'est ensuite sur le Bourguignon qu'elle s'est appuyée jusqu'à son assassinat par Tanneguy du Châtel, il y a deux ans, même si Jean sans Peur avait envisagé de la faire disparaître en 1416[1].

— Mais est-ce une femme habile ou seulement sensuelle ?

— Habile, certainement. Elle a longtemps dissimulé, craignant qu'on ne la chasse. Au surplus, elle a été à l'école de la duplicité avec Jean sans Peur comme maître. Maintenant, elle est reine, même si Henri V va lui imposer sa régence. Elle peut désormais donner libre cours à ses penchants, à son avidité, à son besoin de pouvoir, à son goût du luxe. Je crois qu'elle est surtout tenace dans ses desseins. Elle a imposé Henri V comme roi de France et écartera tous ceux qui refuseraient les Anglais. Voilà pourquoi elle vous entendra.

1. Dans la conspiration de Pâques dont nous avons déjà parlé.

— Tout ce qu'on dit sur ses amants serait donc faux ?

— Qui le sait ? Elle a reconnu que le soi-disant dauphin Charles n'est pas son fils, et on lui attribue plusieurs petits bâtards qu'elle aurait fait disparaître à la naissance. On dit aussi, mais je ne suis pas allé voir, que le lit de sa chambre serait plus large que celui du roi qui mesure douze pieds de long sur onze de large, ce qui lui permettrait d'y loger plusieurs hommes !

» Elle est pourtant très pieuse et va à la messe et à confesse tous les jours. C'est la seconde raison pour laquelle elle vous écoutera plus facilement à la sortie de sa chapelle.

10

Le jeudi 1er mai, jour de l'Ascension, un peu avant tierce, Holmes et Watson se présentèrent devant le portail de l'hôtel de la Reine, cette partie de l'hôtel Saint-Pol que les Parisiens appelaient toujours l'hôtel des grands ébattements[1], nom que lui avait donné Charles V, le père du roi actuel.

C'est en effet ce dernier qui avait décidé, en 1361, de construire un nouveau palais afin d'y vivre avec sa famille et ses officiers loin des pestilences et du vacarme de Paris. Le Louvre était trop sombre, trop sale et trop sinistre. Quant au palais de l'île de la Cité, Charles refusait d'y loger depuis que, encore dauphin, Étienne Marcel et une troupe d'émeutiers protestant contre sa politique avaient assassiné ses conseillers Robert de Clermont, maréchal de Normandie, et Jean de Conflans, maréchal de Champagne, avant de le contraindre à porter le chaperon rouge et bleu aux couleurs de Paris[2].

1. L'hôtel Saint-Pol occupait l'espace compris entre la rue Saint-Paul, le quai des Célestins, l'Arsenal, les fossés de la Bastille et la rue Saint-Antoine.

2. Le roi Jean le Bon était alors prisonnier des Anglais et Charles assurait la régence.

Dans le dessein de ne plus vivre en ville, Charles V avait donc acheté plusieurs terrains et bâtiments hors de l'enceinte élevée par Philippe Auguste. Il avait construit là de nouveaux corps de logis réunis par des galeries, des jardins, des préaux et des cours. Dans cet immense parc fermé par une petite enceinte, il se trouvait enfin au calme.

Les aménagements s'étaient poursuivis sous le règne du roi actuel et de son épouse Isabeau. On distinguait désormais le corps de logis du Roi, auparavant l'hôtel des archevêques de Sens, dont la principale entrée se situait sur la rivière avec une décoration de lions en pierre, et l'hôtel de la Reine, ancien hôtel d'Étampes avec son entrée rue Saint-Paul. À ces deux logis de prestige s'ajoutaient nombre de bâtisses et d'appartements attribués aux enfants royaux et aux plus importants officiers de la couronne.

Pour se présenter devant la reine de France, Edward Holmes s'était fait raser de près et avait revêtu une belle robe fourrée de petit vair. Quant à Gower Watson, ayant fait couper en rondeau ses cheveux roux, il portait sa brigandine d'archer avec, par-dessus, une casaque aux armes d'Angleterre et une belle épée au côté. C'est lui qui menait le cheval qu'ils avaient loué, car il n'était pas envisageable qu'ils arrivent crottés ou boueux. Heureusement, il ne neigeait pas, même si le ciel restait noir et si les nuages cachaient le soleil.

En ce temps, il n'était pas très difficile d'approcher les grands du royaume ou même le roi. Au portail, Gower annonça qu'il accompagnait l'intendant du maréchal d'Angleterre (ce qui était vrai même si le maréchal était mort), lequel venait porter un mémoire à la noble et vénérée reine de France, dame Isabeau.

Un sergent d'armes, une dizaine d'archers en casaque bleue fleurdelisée et autant d'hommes d'armes porteurs de hallebardes gardaient l'entrée. Le sergent écouta Watson et lui fit signe de passer. Mais comme ce dernier expliquait n'être jamais venu et ignorer où se rendre, il appela un des domestiques en livrée qui demeurait dans une pièce attenante au passage.

Celui-ci, jeune garçon d'une quinzaine d'années couvert de taches de rousseur, proposa à Watson de le suivre.

Ils pénétrèrent dans une première cour qui précédait, leur dit le gamin, l'hôtel de la Reine. Dans ce préau se trouvait une écurie, sorte de grange obscure couverte en chaume, abritant les chevaux et les mules des visiteurs.

— Vous n'aurez à craindre ni la boue ni la pluie ou la neige, expliqua-t-il, car, à partir de cette cour, des passages abrités vous conduiront au sec partout à travers l'hôtel.

Leur guide leur désigna une longue galerie à colonnades qu'ils empruntèrent.

Le sol en dalles de pierre était couvert de paille et d'herbes sèches. Sur leur gauche s'étendait un parc enneigé agrémenté de tonnelles disposées entre les arbres à hautes ramures. Des cages apparaissaient entre les frondaisons.

— Ce sont les volières de notre noble reine, expliqua le garçon en les montrant du doigt. Chaque jour elle s'y rend pour écouter le chant des rossignols et des tourterelles. Parfois même, elle me parle quand elle me voit !

Il rougit de bonheur et de fierté en disant ces mots.

— Pourrons-nous l'approcher aisément ? demanda Holmes, mis en confiance par le garçon.

— Je le pense, mon maître. Pour l'heure, elle doit encore se trouver dans sa chapelle. Nous y serons dans un instant et vous l'attendrez sur le parvis. Vous y verrez d'autres gentilshommes et des bourgeois qui souhaitent lui remettre un placet. Elle les écoute toujours avec bonté et je ne l'ai jamais vue rejeter une requête. Notre reine est la bonté même.

Ils débouchèrent devant un immense corps de logis à la façade particulièrement ornée. Statues de saints sous des dais de pierre et hautes fenêtres en arc d'ogive s'y succédaient. Holmes devina qu'il s'agissait de l'hôtel de la Reine proprement dit. Au rez-de-chaussée, le garçon désigna une salle d'armes où veillaient nuit et jour des archers royaux. Il montra aussi les croisées des salles de réception de l'étage. Les plus vastes étaient la chambre Mathebrune, appelée ainsi parce que les aventures de cette sainte y étaient peintes sur les quatre murs, et la salle Thésée, décorée de la légende du héros grec. C'est dans cette dernière que la reine recevait ses amis et ses proches. À l'étage supérieur, Isabeau disposait de plusieurs pièces : chambres, garde-robe, grand cabinet, petit cabinet, chapelle privée et logis des chambrières.

Devant le porche flamboyant d'une belle chapelle jouxtant l'hôtel, une poignée d'archers surveillaient une douzaine de personnes qui attendaient. Holmes observa que plusieurs d'entre elles tenaient à la main des feuillets ou des parchemins.

Ils se joignirent au groupe et restèrent silencieux comme les autres. Holmes examinait discrètement les solliciteurs, essayant de découvrir leur origine. À la cour de Bourgogne, on se vêtait d'habits noirs ou de couleur sombre avec des formes ajustées tandis que les bourgeois préféraient les couleurs éclatantes et les vêtements étoffés aux épaules.

Il conclut qu'il y avait là trois officiers, un gentilhomme, à cause de son épée et de son rude visage balafré, et enfin huit bourgeois.

Soudain le portail s'ouvrit. Holmes risqua un coup d'œil à l'intérieur de l'église. Peinte de blanc et d'azur pour figurer le ciel et le jour, la voûte se prolongeait par des murs couverts d'une forêt de pommiers, de poiriers, de cerisiers et de pruniers chargés de fruits et entremêlés de lys, de roses et de toutes sortes d'autres fleurs. Ici et là, des enfants habilement dessinés cueillaient des fleurs et mangeaient les fruits de ce verger paradisiaque.

Plusieurs personnages sortirent lentement. D'abord un vénérable vieillard, en robe de velours noir et houppelande, avec un chaperon à bourrelets drapé sur la tête. Il tenait dignement un grand bâton doré. Puis ce fut une noble dame dans une lourde robe paonacée[1] brodée de losanges blancs. Les bords du vêtement étaient festonnés en créneaux et de gros bijoux ornaient le tissu. Une ceinture d'émail et de pierreries tombait sur ses hanches. Personne n'aurait pu douter qu'il s'agissait de la reine de France car elle portait sur sa robe un immense manteau doublé d'hermine et brodé de fleurs de lys. Deux dames de compagnie soutenaient sa traîne.

Des religieux en chasuble blanche et étole entouraient dame Isabeau, ainsi que des officiers de sa maison, en robe et garde-corps, noir ou feuille-morte, coiffés de chaperons à cornette ou de chapeaux de feutre à large calotte.

Quel que soit leur âge, tous ces personnages affichaient l'air important et arrogant de ceux qui disposent du pouvoir ou de la richesse. Aucun n'avait d'arme, sinon pour certains une courte dague richement ciselée. Tous gardaient escarcelle et trousseau de clefs à leur taille.

1. Bleu foncé.

Un peu plus loin suivaient quelques chevaliers et damoiseaux imberbes, la plupart aux cheveux rondis[1]. Ils arboraient de fins hauberts rutilants sous leur manteau et des épées ciselées, ornées de pierres rares, pendaient à leurs ceinturons.

Holmes avait aperçu Isabeau de Bavière lors de la grande entrée du roi à Noël, mais il se trouvait loin d'elle. Ici, il put observer son visage, ou tout au moins ce qui en apparaissait sous la guimpe surmontée d'une couronne fleurdelisée.

À la cinquantaine, sa peau n'était nullement ridée, mais ses traits irréguliers, avec une minuscule bouche, lui donnaient un air sévère compensé toutefois par un regard doux et avenant. De plus, un menton large et un nez trop gros lui ôtaient toute beauté. Mais surtout, usée par douze grossesses et un goût effréné pour la bonne chère, la reine était si corpulente qu'elle se déplaçait fort lentement, presque avec difficulté.

Elle avait près d'elle un vieil homme en houppelande noire doublée et bordée de fourrure fauve avec un chaperon orné d'une crête festonnée. Tous deux s'arrêtèrent sur le parvis. Se tenant bien droite, Isabeau eut un sourire bienveillant envers ceux qui attendaient. Un premier bourgeois s'approcha et, s'agenouillant, lui dit quelques mots en lui tendant son parchemin. Elle le prit avec un gracieux sourire et le donna à l'homme en robe. Le solliciteur remercia et s'éloigna, laissant la place à un autre.

Par trois fois, le même manège se reproduisit. Enfin ce fut le tour d'Edward Holmes.

— Noble et vénérée reine, dit-il, un genou au sol, je me nomme Edward Holmes. Je suis clerc et j'étais l'intendant de messire William de Roos, maréchal du royaume d'Angleterre…

1. Coupe au bol.

Si elle n'avait pas lâché un mot aux autres solliciteurs, elle interrompit Edward après ces premières paroles.

— J'ai rencontré à plusieurs reprises le baron de Roos ici même, dit-elle, et son décès est une grande perte pour le royaume de France.

— En effet, noble reine. Je pleure mon maître chaque jour.

— Je crois me souvenir qu'il m'a parlé de vous, n'êtes-vous pas son demi-frère ?

— C'est la vérité, noble reine. Je suis fort ému d'apprendre qu'il vous a parlé de moi.

— À plusieurs reprises, confirma-t-elle. Il louait votre perspicacité. Mais dites-moi plutôt quelle est la raison de votre présence ici.

Le regard de la reine était posé sur lui. Il ressentit chez elle un mélange de curiosité et de calcul.

— N'étant plus intendant, j'ai l'occasion de m'occuper des difficultés de mes semblables, noble reine. Une pauvre femme est venue me voir. Elle vit chichement avec son mari et ses enfants de quelques poules dans son enclos. Or, voilà quelques nuits, des voleurs se sont introduits chez eux et ont pris les volatiles. Son mari les a poursuivis, ayant juste emporté une faucille pour sa défense, mais les voleurs l'attendaient. Ils l'ont roué de coups et, en se débattant, il en a blessé un mortellement. L'autre est allé prévenir le guet, assurant mensongèrement avoir été attaqué intentionnellement. Depuis, mon malheureux vilain est emprisonné et menacé de la hart[1]. J'ai écrit ce mémoire dans le dessein de lui obtenir une lettre de rémission.

Isabeau resta silencieuse, songeant visiblement à tout autre chose. Holmes tenait deux feuillets à la main, ne sachant que faire.

1. De la pendaison.

Finalement, la reine les prit pour les donner à l'homme en robe.

— Je veillerai à ce que la justice royale soit rendue, promit-elle sans plus de précision. Accompagnez-moi, maître Holmes.

Elle se dirigea vers la grande entrée de son hôtel, ses serviteurs dans ses pas, Holmes et Watson à leur suite.

Ayant monté un bel escalier, ils pénétrèrent dans une vaste salle de construction gothique longue de plus de cinquante pieds, lambrissée de bois d'Irlande et pavée de pierre. La voûte était peinte en bleu et semée de fleurs de lys d'étain doré. De grands panneaux représentaient les exploits de Thésée. Partout des sculptures de bois précieux, des peintures et des pièces d'orfèvrerie.

Holmes et Watson suivaient la reine et le groupe qui l'accompagnait, jetant des regards curieux autour d'eux. Trois à quatre douzaines d'hommes et de femmes papotaient soit dans les embrasures des croisées, soit regroupés autour des chauffe-doux, ces énormes poêles de faïence qui venaient de Flandre. Un valet de lévriers surveillait ses chiens couchés par terre.

La reine s'approcha d'un homme revêtu d'une houppelande sombre au col d'hermine qui se tenait sous un tableau représentant quatre personnages : le roi Charles V, son oncle l'empereur, Jean le Bon son père et Édouard III roi d'Angleterre.

Dans la quarantaine, imberbe, les traits marqués, il portait un chapeau de feutre rond. Près de lui se tenait un religieux au visage avenant et ironique. Tous deux avaient cessé leur discussion dès l'apparition d'Isabeau de Bavière.

L'un des officiers de la reine fit signe à Holmes de s'avancer.

— Messire Le Clerc, dit alors l'épouse royale en s'adressant à l'homme en houppelande au col d'hermine, voici maître Holmes, ancien intendant du baron de Roos que nous avons eu le malheur de perdre à Baugé avec la fine fleur de la noblesse anglaise et française.

Ainsi cet homme était le chancelier de France, conclut Holmes.

Maître Baille l'avait renseigné à son sujet. Jean Le Clerc, garde des sceaux de la prévôté de Nevers, était devenu maître des requêtes en 1418. Fidèle aux Bourguignons, il avait été envoyé comme ambassadeur en Angleterre en 1419. Ayant apprécié son comportement loyal, la reine Isabeau l'avait élevé à la dignité de Chancelier de France, charge qu'il occupait depuis quelques semaines.

— Maître Holmes vient de me remettre un mémoire au sujet d'un pauvre homme qui a défendu ses biens contre des marauds. Le Châtelet l'a emprisonné et cela me déplaît fort car je veux que la justice règne dans le royaume de France. Maître Brulard (elle désigna celui qui tenait les placets et les requêtes) vous remettra le mémoire. Vous préparerez une lettre de rémission.

Elle s'adressa au clerc à côté du chancelier :

— Maître Chuffart, vous préviendrez maître Holmes dès que la lettre sera prête.

Le clerc s'inclina tandis que la reine saluait Holmes d'un léger mouvement de tête :

— Maître Holmes, j'espère avoir rapidement l'occasion de vous revoir.

Il s'agenouilla et elle lui fit signe de se relever, puis s'éloigna avec son chancelier.

Holmes et Watson restèrent en compagnie du clerc qui les considérait avec bonhomie.

— Notre bonne reine a marqué sa satisfaction de vous connaître, maître Holmes, mais dans sa distraction elle ne m'a pas présenté, persuadée que tout le monde me connaît.

Il émit un rire grinçant.

— Je me nomme Jean Chuffart, je suis chancelier et chanoine de Notre-Dame, et chancelier de dame Isabeau.

— Que le Seigneur Dieu vous protège et vous garde, messire.

— Et vous de même, logez-vous toujours chez le baron de Roos ?

— Non, mon père. J'ai quitté cette maison, le nouveau baron ne m'a pas gardé. J'habite désormais rue Champfleuri, au logis du Gros-Tournois, chez maître Bonacieux, avec mon ami Gower Watson, un des plus adroits archers d'Angleterre.

Chuffart salua chaleureusement Watson avant d'ajouter :

— J'aurai l'occasion de venir vous voir sous peu, dit-il.

La reine et le chancelier se dirigèrent vers un escalier en viret. Là, Isabeau quitta son manteau à traîne avec l'aide de ses servantes, puis gravit les marches, Jean Le Clerc sur ses talons.

Ils débouchèrent dans une vaste chambre où trônait le fameux lit de plus de onze pieds de large. Plusieurs servantes et chambrières vaquaient à toutes sortes d'occupations. Elles s'agenouillèrent devant le couple qui gagna son grand cabinet en les ignorant.

Isabeau laissa entrer Jean Le Clerc et ferma la porte derrière elle. La salle était entièrement lambrissée de panneaux ciselés.

La reine s'assit sur une chaise haute, devant la cheminée où se consumait un feu de braises. Elle fit signe à son officier de prendre place sur un siège bas tapissé, près d'elle.

— À l'occasion de cette lettre de rémission, renseignez-vous sur maître Holmes. Chuffart vous aidera. Je me demande si ce n'est pas le Seigneur Dieu qui me l'envoie.

» Il faudrait connaître un peu mieux le personnage, ajouta-t-elle.

— Comptez sur moi, ma reine vénérée.

— Maintenant, racontez-moi ce que vous avez découvert sur la présence de lady Mortimer à Paris.

11

Du jeudi 1er mai au samedi 3 mai 1421

Edward Holmes rentra satisfait de l'hôtel Saint-Pol. La reine Isabeau lui était apparue comme une femme de tête et il ne doutait pas qu'elle lui ferait parvenir la lettre de rémission demandée. Il aurait ainsi gagné une livre qui rejoindrait son petit pactole. Quant à Watson, il aurait aimé rester plus longtemps dans l'hôtel royal, en particulier afin de voir les lions car il ignorait à quoi ressemblaient ces bêtes, mais quand il avait demandé à leur jeune guide de les conduire, celui-ci lui avait répondu que personne ne pouvait les approcher sans l'autorisation de la reine.

Ils ramenèrent le cheval loué à l'écurie près de la porte Saint-Honoré et rentrèrent chez maître Bonacieux.

Durant le souper, Watson raconta leur rencontre avec la reine Isabeau et la remise par son ami d'un mémoire en vue d'obtenir une lettre de rémission. Bonacieux intervint avec suffisance, doutant que la rémission soit accordée car le crime de Clément Moreau avait été commis avec préméditation puisqu'il avait emporté une faucille dans ce but. Holmes resta silencieux, laissant l'archer décrire les merveilles aperçues dans l'hôtel de la Reine. Dame Bonacieux buvait ses paroles et les serviteurs écarquillaient les yeux d'admiration. Plus le repas avançait, plus maître Bonacieux s'assombrissait, visiblement contrarié du succès de son locataire, ce qui provoqua finalement chez Holmes un soupçon de satisfaction.

À la fin de la repue, le receveur tenta pourtant de rappeler son importance à sa mesnie en déclarant qu'il défilerait avec le corps de la ville lors de la Fête-Dieu, dans une dizaine de jours, juste derrière les échevins, mais cette déclaration ne suscita ni compliment ni même question.

Le lendemain, en dépit d'une bise glaciale, Holmes se rendit au Louvre.

Bien qu'il soit fort tôt, son ami Baille travaillait assis devant son pupitre. En épais péliçon entièrement doublé de fourrure, il écrivait avec des mitaines car, malgré la flambée, la chambre restait glaciale. Située juste sous les toits enneigés, elle était quasiment impossible à réchauffer.

Martin, le domestique, n'était pas là.

Holmes remarqua qu'une seule corne d'encre se trouvait dans les trous à cet usage, à l'extrémité du pupitre. Les autres étaient suspendues sur une crédence près du foyer pour éviter que leur contenu ne gèle.

Lui-même resta debout devant le feu, sans ôter son manteau, et raconta son entrevue avec dame Isabeau.

— Je prie le Seigneur que le chancelier fasse vite cette lettre. Martin est parti au Grand-Châtelet car j'ai eu de mauvaises nouvelles. J'ai appris hier que son beau-frère sera jugé lundi, et pendu aussitôt après. L'exécuteur a déjà été prévenu de dresser une potence là où Clément Moreau a frappé sa victime.

Holmes grimaça. Combien de temps prenait la rédaction d'une lettre de rémission ?

— Mais soyons optimistes, marmonna Baille. J'ai préparé les deux livres en florettes et doubles gros d'argent à remettre au chancelier si vous êtes appelés.

Il tendit une boursette bien ronde que Holmes prit et attacha soigneusement à la ceinture de sa robe, sous son manteau.

— Où habite le chancelier ? demanda-t-il.

— Rue Vieille-du-Temple, à l'enseigne de Notre-Dame.

— Si je n'apprends rien, je m'y rendrai demain.

Il rentra chez Bonacieux préoccupé. Le reste de la journée s'écoula sans aucune nouvelle. Peut-être son logeur avait-il raison et le chancelier avait-il rejeté sa requête.

Tandis que Watson partait seul s'entraîner, Edward resta dans la chambre à broyer du noir. Il s'était fortement impliqué dans cette affaire de lettre de rémission et l'échec qui se profilait l'abattait. De nouveau, il songea à rentrer en Angleterre. Cette idée en amenant une autre, il pensa à Langlay et la même question, lancinante, revint : que pouvait faire le fils de l'intendant de Helmsley Castle à Paris ?

Le lendemain bien avant l'aube, alors qu'il terminait le tranchoir du brouet matinal en compagnie de Watson et des gens de la maisonnée, la cloche de la porte carillonna.

C'était maître Jean Chuffart, emmitouflé dans une épaisse houppelande fourrée.

Comme tout le monde, Bonacieux se leva et s'inclina dans une attitude pleine de servilité. Il connaissait le chancelier de la reine Isabeau et paraissait le craindre.

— Maître Holmes, lança le chanoine de Notre-Dame, je vous apporte une bonne nouvelle. Messire

Le Clerc vous attend afin de vous remettre la lettre de rémission demandée.

Sans attendre, Holmes, qui avait gardé son manteau à table – car maître Bonacieux se montrait aussi économe en bois de cheminée qu'en viande pour les repas –, se dirigea vers la porte. Watson proposa de l'accompagner, mais le clerc l'assura qu'il pourrait se débrouiller seul.

Dehors, une mule et un valet grassouillet attendaient maître Chuffart. Le chanoine monta sur l'animal et Holmes marcha à côté de lui tandis que le domestique dirigeait la monture avec la bride.

En chemin, et tout en faisant attention aux plaques de glace qui recouvraient des trous puants, Holmes expliqua que Clément Moreau devait être jugé le lundi suivant.

— Vous obtiendrez sa libération sitôt que vous aurez la lettre. Je n'ai pu faire plus vite, un page du chancelier m'a avisé seulement hier soir que l'acte était prêt. Je préviendrai le prévôt de Paris en quittant la maison du chancelier et, pour gagner du temps, rendez-vous chez le lieutenant criminel Jean L'Archer. Il possède une maison à l'enseigne du chaudron à la porte Baudoyer. Vous lui montrerez la lettre et il fera immédiatement élargir votre homme.

Ils cessèrent de parler à partir de la Croix du Trahoir car le cheminement dans les rues boueuses et gelées demandait toute l'attention des piétons. Holmes marchait sur le haut du pavé, à peu près nettoyé par les occupants des boutiques, et soulevait le bas de sa robe et de son manteau dans les endroits trop boueux. Le valet marchait à côté de lui et la mule restait au milieu de la rue, éclaboussant les passants qui n'avaient pas eu la présence d'esprit de s'écarter.

Ce fut à partir de la rue de la Bretonnerie que le chanoine commença à poser des questions à Holmes.

Il l'interrogea sur les motifs qui l'avaient fait quitter sa charge d'intendant, puis sur les causes qui l'avaient amené à demander cette lettre de rémission. Holmes ne lui cacha rien. Ses réponses durent satisfaire le chancelier d'Isabeau car il lui révéla qu'il habitait une des maisons du cloître Notre-Dame et le recevrait volontiers, s'il avait des difficultés à venir.

Jean Chuffart lui fit aussi comprendre qu'il était un fervent bourguignon et avait toujours soutenu la faction des bouchers, lesquels défendaient le roi et la reine Isabeau contre les Armagnacs responsables, selon lui, de toutes les calamités qui désolaient Paris. Depuis un an, le chancelier d'Isabeau avait embrassé la cause anglaise et c'est à ce titre qu'il aidait Holmes dans ses démarches.

Ils remontèrent la rue du Temple jusqu'à une cour boueuse entourée de maisons à colombages peintes en rouge et en vert, avec des échoppes d'artisans au rez-de-chaussée. Au fond de ce grand préau se dressait un logis de pierre flanqué d'une tourelle sur laquelle grimpait une vigne effeuillée.

En été, l'endroit devait être plaisant, remarqua Holmes, mais le cloaque de boue, de neige et d'excréments qui formait une épaisse couche plus ou moins gelée sur le sol aurait repoussé n'importe qui.

Le valet du chanoine lui montra alors une succession de planches posées sur des pierres et qui permettaient de gagner la maison à tourelle. Avec précaution, Holmes s'y engagea, le valet devant lui et la mule marchant à côté.

— Jean Le Clerc n'est chancelier que depuis quelques mois, expliqua le chanoine. Il cherche un plus grand logis, surtout mieux situé, et notre reine bien-aimée lui a promis un des hôtels confisqués aux Armagnacs, mais la procédure d'attribution est longue.

Holmes hocha la tête. Le fait que le chancelier soit mal logé l'intéressait peu. Il avait surtout hâte de recevoir la précieuse lettre.

Devant la maison, maître Chuffart descendit de sa monture et le valet tira le cordon de la cloche. Un concierge vint ouvrir et les fit passer par un ostevent. À main gauche s'étendait une salle où s'activaient des serviteurs et des pages. Deux hommes d'armes clabaudaient sur un banc à dossier couvert de coussins. Le chanoine et Holmes grimpèrent un escalier de bois jusqu'à une grande chambre lambrissée avec un lit aux épais rideaux en damas écarlate à fleurs. Meublée de deux armoires sculptées en fenêtres d'église, de coffres tapissés de cuir rouge, et de bancs, la pièce était bien chauffée par un poêle hollandais. Dans l'embrasure d'une croisée trônait un prie-Dieu de six pieds de long sur deux de large.

En lourde robe noire avec grand chaperon à cornette, le chancelier de France se tenait sur une haute chaire. Un secrétaire notait ce qu'il dictait sur une tablette de cire. Deux autres, assis devant des pupitres chargés de registres et de liasses de parchemins, copiaient des actes avec des plumes d'oie qui crissaient doucement. Un dernier, installé à l'écart devant une petite table sur laquelle reposait un fourneau à huile, s'occupait des cires et découpait des lacs de soie de différentes couleurs.

— Ah ! Maître Chuffart ! Que le Seigneur vous garde et conserve notre gracieuse reine ! Je vous attendais ! Votre acte est prêt, maître Holmes, mais je suppose que vous le savez.

— Que Jésus-Christ soit loué et vous donne le bonjour, messire, dit Holmes en s'inclinant.

— Pierre, remets la lettre à maître Holmes.

Il se tourna vers le clerc anglais :

— Vous savez que vous devez payer le scel de cire verte ?

— Voici les deux livres, dit Holmes en détachant la boursette de Baille.

Il la remit au nommé Pierre qui la vida sur sa table et entreprit d'en vérifier le contenu avant de tendre un parchemin roulé et scellé.

— Le prévôt de Paris a été avisé. Vous pouvez aller chercher votre homme au Grand-Châtelet, poursuivit Jean Le Clerc. Au plaisir de vous revoir, maître Holmes. Maître Chuffart, restez un moment, j'ai plusieurs affaires à traiter avec vous.

Holmes salua le chancelier et le chanoine avant de se retirer.

Il retraversa la cour avec précaution et refit le chemin en sens inverse, ayant glissé la précieuse lettre dans son manteau.

À la porte Baudoyer, Holmes dénicha rapidement la maison à l'enseigne du chaudron.

L'Archer était un petit bonhomme sombre et désagréable, mais il changea d'attitude quand il lut la lettre. Il n'émit aucune réserve et ne posa aucune question. La rémission était un ordre ne pouvant être discuté.

N'ayant aucune envie de sortir à cause du froid, il proposa à l'Anglais que son secrétaire l'accompagne au Châtelet. Ce dernier écrivit un ordre de libération et le lieutenant criminel y porta son cachet.

Holmes repartit. Au Grand-Châtelet, dans la voûte qui traversait le château, le secrétaire se fit ouvrir le guichet des prisons. Les gardes le connaissaient. Ils traversèrent des salles obscures à peine éclairées par des torches fumantes et s'arrêtèrent devant une porte ferrée.

— Nous voici au bureau des écrous, expliqua le secrétaire.

Un greffier chenu vint lui ouvrir. Ayant lu l'ordre du lieutenant criminel, il appela un des geôliers qui se tenaient dans la pièce attenante et lui demanda d'aller chercher Clément Moreau. Ensuite, avec une plume mal taillée, il annota un grand registre en rayant le nom du prisonnier et en ajoutant un signe en marge. Holmes observait toutes ces opérations avec intérêt.

Un moment plus tard, le geôlier revint avec un homme marchant difficilement à cause des fers qu'il avait portés. Visage have, barbu, rougi par les piqûres de poux et de punaises, Moreau affichait un regard égaré et terrifié, bien que le geôlier lui ait dit qu'il était libre.

— Mon nom est Edward Holmes. J'ai obtenu une lettre de rémission vous concernant.

— De rémission… Comment avez-vous fait ?

— Vous remercierez votre femme, vos voisins et maître Baille. Mais sortons plutôt d'ici. Je n'aime pas ce lieu.

Moreau ne se le fit pas répéter. Serré dans son maigre manteau, il suivit le secrétaire du lieutenant criminel.

Une fois devant la barrière des sergents, Holmes lui demanda :

— Vous sentez-vous capable de rentrer chez vous ?

— Oui… Certainement… J'ai seulement faim, maître.

Holmes fouilla dans son escarcelle et en sortit un denier.

— Allez-vous acheter un morceau de pâté chez l'un des bouchers. Revenez me voir dans l'après-midi à l'auberge de *La Coupe d'Or*. Je vous remettrai votre lettre.

Il le laissa, remercia le secrétaire et fila rapidement vers la Chaussée du Roi. Son ventre criait de malefaim et il aurait donné une fortune pour un hanap de bière.

La salle de l'auberge était presque pleine mais Watson n'était pas présent. Holmes s'installa où il trouva une place et se fit servir une soupe. Avisant un des jeunes valets qui portaient du bois et changeaient la paille du sol, il lui demanda de trouver quelqu'un pour se rendre au Louvre. Le garçon avait un petit frère qui s'occupait des montures laissées dans la cour. Ce dernier accourut.

Holmes lui montra une obole de cuivre :

— Elle est à toi si tu files au Louvre à l'instant. Tu connais maître Baille, un trésorier qui vient souvent ici ?

— Oui, maître Holmes.

Le clerc était maintenant connu des domestiques de l'auberge.

— Fais-le prévenir, ou fais prévenir son valet qui se nomme Martin, de venir ici où je l'attends.

Le gamin attrapa la pièce et détala.

Edward venait de terminer le tranchoir et avait entièrement bu son pot de bière quand Baille arriva accompagné de Martin. On fit pousser quelques clients et ils s'assirent à côté de lui.

Le clerc sortit alors le parchemin de son manteau et le tendit au trésorier. Immédiatement, Baille comprit en découvrant le seau et les lais de couleur.

Quand il avait été prévenu par un homme d'armes de la commission du gamin, Baille s'était aussitôt précipité avec son valet. Pour le faire ainsi chercher, maître Holmes avait forcément une importante nouvelle à lui transmettre. Mais en était-ce une bonne ou une mauvaise ? Jusqu'alors, il ne savait que penser.

Rassuré par l'acte, il en commença la lecture, sous les regards intrigués de ses voisins.

Charles, par la grâce de Dieu roi de France, faisons savoir avoir reçu l'humble supplication de Clément Moreau, demeurant près de la porte Montmartre. La nuit du lundi 14 avril, étant chez lui et couché avec sa femme, sur l'heure de minuit, a entendu rumeur et tumulte dans l'enclos à l'intérieur duquel il élève des poules pour sa subsistance et celle de sa femme et de ses enfants. Devinant des voleurs, il est sorti, prenant en passant la faucille qu'il utilise dans la coupe des blés. Ayant vu deux hommes fuir avec un sac contenant ses poules, il leur a crié de s'arrêter mais les autres ont répondu par plusieurs blasphèmes exécrables contre le nom de Dieu.

À un carrefour, ses voleurs l'ont surpris aux cris de : « Tue, tue, à mort ! » Extrêmement effrayé et frappé de nombreux coups de bâton, le suppliant fut contraint, pour la juste défense de sa personne, contre son gré, en son corps défendant et pour se garantir des outrages et assauts desdits larrons, d'utiliser sa faucille, laquelle a percé la gorge de l'un d'eux. Par manque de soin rapide, car la blessure fortuitement et inopinément advenue était minuscule, ledit larron est décédé, au grand regret et déplaisir dudit suppliant qui n'a jamais été réprimé de justice ni fait aucun cas digne de répréhension, ayant toujours vécu au contentement de chacun,

Pour nous, ces choses considérées, voulant miséricorde être préférée à rigueur de justice, audit suppliant avons quitté et pardonné, et par la teneur de ces présentes, de notre grâce spéciale, pleine puissance et autorité royale, pardonnons le fait et cas du susdit avec toute peine, amende et offense corporelle, criminelle et civile,

Sur ce, imposons silence perpétuel à notre procureur général présent et advenir et à tous autres. Donnons en mandement par ces présentes aux gens tenants de notre prévôté de Paris et à tous nos autres justiciers, officiers qu'il appartiendra, que de nos pleines grâces, quittance, rémission et pardon, ils fassent, souffrent et laissent ledit suppliant jouir et user pleinement et paisiblement, sans lui faire ni permettre aucun empêchement, car tel est notre plaisir.

En témoin de ce, et afin que ce soit chose ferme, nous avons fait mettre à ces présentes notre scel.

Donné à Paris, au mois d'avril

L'an de grâce mil quatre cent vingt et un.

Scellé de cire verte pendant en lais de soie rouge et verte.

— Ainsi vous avez réussi ! s'exclama Baille quand il eut terminé.

Il se tourna vers son valet :

— Martin, on va chercher ton beau-frère au Châtelet !

— Inutile ! dit Holmes en levant la main et en retenant un sourire. Je m'en suis occupé. À cette heure, il doit se trouver chez lui et ne va pas tarder à arriver. Attendons-le en buvant un pot de bière.

— Maître Holmes, au nom de ma sœur, soyez certain que nous vous serons à jamais redevables de ce que vous venez de faire.

— J'ai toujours pensé que vous réussiriez, maître Holmes, fit Baille, euphorique.

— Sachez que cette affaire m'a passionné et m'a fait sortir d'une routine qui m'étouffait. Le monde est si lugubre, médiocre et ennuyeux. Hélas, je sens que je vais y replonger !

— Pourquoi ne pas traiter d'autres affaires similaires ? proposa Baille. Pourquoi ne pas devenir homme de loi ? Vous connaissez parfaitement le droit romain.

— Je ne peux être avocat ou procureur, vous le savez. Je n'ai pas de charge et ne pourrai en avoir.

— Qui parle de cela ? Tant de pauvres gens sont pendus après avoir été accusés à tort, leurs familles désespérées sont prêtes à tout pour obtenir de l'aide.

— Croyez-vous ?

— J'en suis certain. Que l'on vous présente quelque crime, et que vous soyez assuré de l'innocence du sujet emprisonné, vous avez le talent nécessaire pour préparer un mémoire, que ce soit à la reine Isabeau ou au chancelier. Et demain, pourquoi pas au roi Henri ?

Holmes resta silencieux, n'ayant pas jusqu'à présent envisagé de recommencer ce qu'il venait de faire.

— La chose mérite réflexion, dit-il enfin.

C'est à ce moment qu'arrivèrent Clément Moreau et sa femme. Immédiatement, ils se précipitèrent vers Holmes et s'agenouillèrent.

— Au nom du Ciel, asseyez-vous plutôt avec nous, dit le clerc gêné par leur geste car tous les regards dans la salle s'étaient tournés vers lui.

Demain, devinait-il, on ne parlerait ici que de son talent d'homme de loi !

Le couple Moreau obtempéra, les yeux pleins de larmes.

— Voici votre lettre de rémission, poursuivit-il. Gardez-la précieusement.

Dame Renée Moreau sortit alors une boursette de toile de son manteau et la poussa devant l'Anglais.

— Il y a là-dedans une livre en monnaie d'argent, gage de votre travail, mais ce que vous avez fait n'a pas de prix pour moi.

— Parlez donc de maître Holmes autour de vous, mes amis ! dit Baille jovialement. Je lui ai proposé qu'il fasse profession de sauver les pauvres gens de la pendaison. Il a désormais besoin de clients !

— Par Dieu, nous le ferons ! promit l'ancien prisonnier, déjà tous nos amis sont venus me voir et je n'ai fait que louer votre adresse.

— Vous voyez, maître Holmes, bientôt vous aurez trop de pratiques ! plaisanta Baille.

12

Dimanche 27 avril 1421

En 1361, Jean le Bon avait donné en apanage[1] à son fils cadet Jean la ville de Bourges et le Berry.

Rapace, féroce et mauvais capitaine, Jean de Berry, frère de Charles V, possédait pour seule qualité l'amour des arts et de la beauté. Amateur de luxe, il avait transformé la ville en y installant une cour somptueuse, faisant venir près de lui les plus éminents sculpteurs, verriers et graveurs du temps. En quelques années, Bourges était devenue la troisième ville du royaume avec plus de soixante mille habitants, une foire annuelle, de grands marchés et nombre d'activités artisanales autour de la forge, de l'industrie du drap et de la tannerie.

Jean de Berry avait aussi fait ériger de fastueux monuments tels le palais ducal, la Sainte-Chapelle et plusieurs châteaux autour de la ville.

Ayant épousé Jeanne d'Armagnac, fille du comte d'Armagnac, Jean de Berry avait rejoint le parti

1. L'apanage était une sorte d'usufruit. Le bénéficiaire possédait tous les droits sur le bien, sauf celui de le céder, et, à sa mort, le bien revenait à la Couronne.

d'Orléans contre Jean sans Peur. Après sa mort, c'est tout naturellement que le jeune dauphin Charles, ayant échappé aux massacres bourguignons, s'était réfugié à Bourges. Il en avait fait la capitale de son petit royaume, y installant une Chambre des comptes et un parlement dans la ville de Poitiers qui abritait aussi le Grand Conseil et la Cour des aides.

Le sergent du Bâtard d'Orléans fit entrer les bourgeois parisiens dans la ville sans difficulté aucune et leur servit de guide. Le frère de Michel de Lallier habitait près de l'église Notre-Dame-du-Fourchaud. C'est donc là qu'ils se rendirent en premier lieu, mais Guillaume de Lallier n'était pas présent, se trouvant ce jour-là à Poitiers. Ils se firent connaître auprès du maître d'hôtel et lui remirent une lettre de Michel de Lallier ; le majordome accepta de les loger durant leur séjour à Bourges.

Leur guide les conduisit ensuite chez Tanneguy du Châtel qui logeait rue de la Porte-Jaune, derrière le chevet de la cathédrale.

Issu d'une noble famille bretonne, chambellan du roi Charles VI, Tanneguy du Châtel, redoutable guerrier et puissant seigneur, s'était tout d'abord attaché au dauphin Louis, l'aîné de Charles. Nommé prévôt de Paris en 1413, puis maréchal et gouverneur de la bastille Saint-Antoine, il était devenu l'un des piliers du pouvoir armagnac. Averti de l'entrée des Bourguignons dans Paris par la félonie de Périnet Leclerc, il avait sauvé le dauphin Charles, dernier rejeton du sang royal, en le conduisant à la Bastille, alors même que Bernard d'Armagnac était assassiné avec des milliers d'autres partisans du parti d'Orléans.

Tanneguy du Châtel avait ensuite été un des négociateurs de l'entrevue de Montereau, en septembre 1419, entre le dauphin Charles et Jean sans Peur. Mais, en vérité, l'ancien prévôt de Paris voulait avant tout punir celui qui avait fait tuer le duc d'Orléans et le comte d'Armagnac. Aussi, dès que Jean sans Peur fut à sa merci, il lui fendit la tête d'un coup de hache, malgré sa foi jurée.

Ce meurtre déloyal s'était retourné contre lui et le dauphin. Charles, souillé du crime de Montereau, avait été écarté de la succession au trône de France par sa propre mère Isabeau, et les Bourguignons avaient définitivement choisi le parti de l'Angleterre. Les proches du dauphin, en particulier sa future belle-mère, Yolande d'Aragon, ulcérés par cet assassinat stupide, avaient conseillé à Charles de se séparer de Tanneguy du Châtel.

Bien qu'il sût tout ce qu'il devait au farouche et violent seigneur breton devenu son maître de l'hôtel, le dauphin l'écoutait maintenant de moins en moins.

L'ancien prévôt de Paris occupait une belle maison au soubassement de pierre dont les deux étages de pans de bois, desservis par un escalier à vis dans le mur côté rue, étaient entièrement garnis intérieurement de panneaux de menuiserie sculptés.

Le sergent d'armes fit emprunter aux visiteurs un passage conduisant à une cour intérieure avec un petit verger et des écuries mitoyennes. Ils y laissèrent leurs montures et leur guide se fit connaître aux concierges armés et aux gardes. On les fit pénétrer au rez-de-chaussée utilisé comme communs, lieu de cuisine et surtout salle des gardes car Tanneguy redoutait la vengeance des partisans de Jean sans Peur.

Un page ayant prévenu le seigneur du Châtel de la venue de visiteurs, on ordonna à Gilles Girard et à Nicolas de Louviers d'abandonner leurs armes, après quoi un chevalier les conduisit au premier étage par l'escalier en viret.

Ils entrèrent dans une grande chambre lambrissée. Sur une chaire, revêtu d'un pourpoint constitué de longs boudins cramoisis, laissant apparaître une épaisse chemise de drap vert, un homme imberbe et au front haut, coiffé d'un chapeau rond et porteur d'une lourde chaîne d'or, les attendait en compagnie d'une poignée de chevaliers.

Le jeune Girard reconnut l'ancien prévôt de Paris malgré la longue chevelure qu'il arborait désormais. Il s'agenouilla en même temps que Nicolas de Louviers.

— On m'a dit que c'est Dunois qui vous a fait conduire ici ? lança abruptement Tanneguy du Châtel.

— Oui, seigneur. Dans son immense bonté, la benoîte Vierge nous a fait rencontrer le sire d'Orléans alors que nous cherchions à gagner Bourges.

— Pourquoi ?

— Nous souhaitons rencontrer le régent de France.

— Pourquoi ? répéta Tanneguy un ton plus haut.

— Seigneur, balbutia Gilles Girard, nous ne pouvons le révéler.

— Alors vous serez pendus ! gronda l'ancien prévôt.

— Pitié, seigneur, nous sommes bourgeois de Paris et venus ici à travers de grands périls pour le bien du royaume de France et du noble dauphin, mais vous devez comprendre que notre ambassade est secrète.

— Vous ne verrez pas le régent de France si je ne sais pas ce que vous lui voulez ! Je suis le maître de son hôtel. J'accepte cependant par pure bonté que vous vous confiiez à moi seul.

Il s'adressa à ses chevaliers et aux quelques serviteurs présents dans la pièce :

— Vous autres, sortez !

La chambre se vida.

— Parlez maintenant ! rugit le Breton.

Gilles Girard et Nicolas de Louviers échangèrent un regard, afin de se donner du courage.

— Quelques bourgeois de Paris ont reçu une visite, messire. Il s'agit d'un haut personnage du royaume d'Angleterre qui assure qu'Henri V est un imposteur.

— C'est une vérité, son père ayant saisi le royaume anglais par la force sans y avoir droit.

— Cette personne a demandé à ces bourgeois d'agir contre Henri V quand il viendrait à Paris. En échange, le nouveau monarque d'Angleterre quitterait Paris. Les bourgeois ouvriraient alors les portes de la ville au régent de France, s'il y a promesse de ne permettre ni représailles ni pillage.

Tanneguy resta silencieux. Ayant connu nombre de complots, il était capable de mesurer l'étendue de cette conspiration, même en ne disposant que de peu d'informations.

— Mortimer ? Il s'agit de la famille Mortimer ? s'enquit-il.

— Oui, messire, mais on nous a fait jurer de ne rien révéler, supplia Girard.

— Ne craignez rien, compères ! Avez-vous rencontré Edmond Mortimer ?

Lui-même ne l'avait jamais croisé, il savait seulement que le garçon n'avait pas combattu à Azincourt mais qu'il s'était distingué durant la conquête de la Normandie.

Gilles Girard lança un regard désespéré à Louviers. Il ne pouvait mentir.

— Non, messire. Il s'agit de sa sœur.

— Lady Agathe Mortimer, la fille de Roger Mortimer ?

— Oui, messire, balbutia Girard.

Ainsi les Mortimer complotaient contre leur roi, alors que celui-ci les comblait de bienfaits, songea Tanneguy avec dérision. Ce sont toujours vos proches et amis qui vous trahissent, conclut-il avec dépit. En serait-il de même un jour pour lui ?

— Et comment comptez-vous agir contre Henri V ?

— Lady… Agathe, nous a suggéré un archer… bredouilla Nicolas de Louviers.

— L'avez-vous déniché ?

— Non, messire, pour l'heure, rien n'est fait, nous voulions d'abord en parler au régent.

— Ce ne sera qu'un meurtre de plus ! persifla Tanneguy dans un rire forcé. Après Orléans, Armagnac, Jean de Bourgogne et tant d'autres. Seulement Henri V a des frères…

— Son frère serait aussi… atteint par l'archer. Lady Agathe s'occuperait des autres, nous a-t-elle dit.

De nouveau, Tanneguy se plongea dans ses pensées. Ces béjaunes étaient à l'évidence incapables de réaliser un tel dessein, bien qu'ils aient fait preuve d'une belle hardiesse pour être venus jusqu'à Bourges, chose quasiment impossible avec les hordes d'estropiats présentes partout. Mais la proposition de la fille Mortimer était à prendre en considération. Après tout, si les crimes avaient lieu, ce seraient les bourgeois de Paris qui commettraient le régicide. Et ce serait eux qui paieraient en cas d'échec. Il devait donc en parler au dauphin, et tenter de le convaincre, car il se doutait que Charles allait refuser de se lancer dans cette méchante affaire.

— Où logez-vous à Bourges ?

— Chez maître Guillaume de Lallier, près de l'église Notre-Dame-du-Fourchaud, seigneur.

— Restez-y et attendez que je vienne vous faire chercher. Si messire le régent consent à vous recevoir.

Durant la journée suivante, ils ne reçurent aucune nouvelle et le découragement, puis l'inquiétude et la peur les gagnèrent. Il leur parut évident que le régent de France, déjà blâmé et condamné dans le meurtre de Jean sans Peur, avait refusé de s'engager dans un nouvel assassinat. Les deux fils de bourgeois en vinrent même à craindre d'être arrêtés et livrés à l'Angleterre, dans le cadre d'un accord de paix. Quelles horreurs leur infligerait-on alors ?

C'est donc pleins d'angoisse, et après une nuit sans sommeil, qu'ils reçurent le matin un chevalier à l'aspect sinistre, accompagné de plusieurs archers.

Vêtu d'un long pourpoint noir matelassé avec une jaque de mailles sans manches par-dessus et coiffé d'un chapeau rond, l'homme portait une lourde épée et une dague au travers de son baudrier. Il affichait aussi une écharpe blanche, signe des Armagnacs. Sa chevelure de neige se complétait par une épaisse barbe blanche alors que la mode était aux visages glabres. Surtout, il paraissait impossible de deviner son âge tant ses traits étaient marqués.

— Je viens chercher Gilles Girard et Nicolas de Louviers, annonça-t-il d'une voix sourde et autoritaire.

Pierre Monstrelet se mit prudemment à l'écart et les jeunes gens blêmirent. Les archers se tenaient devant la porte de la chambre. Ils n'avaient aucune échappatoire.

— C'est… nous, déglutit Girard en désignant son compagnon.

Le chevalier devina leur frayeur car il ajouta, plus conciliant et avec l'ombre d'un sourire :

— Vous allez rencontrer monseigneur le régent, suivez-moi.

À demi rassurés, ils prirent leur houppelande et obtempérèrent.

Dehors, Pierre Monstrelet les aida à préparer les chevaux. Comme ils montaient en selle, le chevalier à la jaque leur dit :

— Je me nomme Robert de Lusignan. Je suis à messire du Châtel. Quand il était prévôt de Paris, j'étais son lieutenant.

Nicolas de Louviers échangea un regard interrogatif avec Gilles Girard. Il se souvenait bien sûr du temps où Bernard d'Armagnac faisait la loi à Paris, quand Tanneguy du Châtel exerçait ses pouvoirs avec la plus grande rudesse. Tous les bourgeois avaient subi quantité d'avanies et de brimades. Plusieurs fois la maison de son père avait été fouillée, et, sous prétexte de les taxer, on leur avait volé leur orfèvrerie. Par contre, le nom de Robert de Lusignan ne lui disait rien, même s'il connaissait le lignage qui avait fourni des rois à Jérusalem et à Chypre au temps des croisades.

Cependant, ce n'était pas le cas du jeune Girard. Certes, il n'avait jamais approché Robert de Lusignan, mais il se souvenait de l'effroyable histoire que son père lui avait racontée.

Lorsque Périnet Leclerc avait ouvert la porte de Buci aux soldats bourguignons de L'Isle-Adam, Robert de Lusignan habitait dans la maison Mélusine, au coin du chemin de la porte Saint-Honoré et du chemin des Bons-Enfants. Le nom de son logis venait de la fée Mélusine dont la légende disait qu'elle avait épousé un comte de Poitiers, seigneur de Lusignan.

Alerté par un sergent de l'entrée des ennemis en ville, Lusignan avait laissé sa famille barricadée chez lui, jugeant qu'elle ne risquait rien puisque son hôtel jouxtait celui du comte d'Armagnac. Il avait filé chez Tanneguy du Châtel afin de le prévenir.

Le prévôt de Paris était aussitôt parti avec lui à l'hôtel Saint-Pol chercher le dauphin, ils l'avaient roulé dans un drap et conduit à la bastille Saint-Antoine dont Tanneguy était gouverneur, afin de le mettre à l'abri des Bourguignons.

Entre-temps, les massacres des Armagnacs et de leurs partisans avaient commencé. Lusignan, comme tant d'autres, n'avait pu quitter la forteresse. Au bout de quelques jours, Tanneguy du Châtel ayant emmené le dauphin à Meaux, les gens de la Bastille avaient tenté une sortie. L'affrontement avec les Bourguignons avait été un échec mais Lusignan, fou d'inquiétude, était parvenu à gagner son hôtel.

Hélas, les bouchers massacreurs y avaient pénétré. Lusignan avait découvert des pièces maculées de sang et, partout, des corps détranchés, éventrés, mis en pièces, dont ceux de sa femme, de ses filles et de son fils. Ivres de carnage, les furieux s'étaient acharnés sur les cadavres, les ayant dépouillés de leurs vêtements avant de les meurtrir.

Il se disait que Lusignan, éperdu de douleur, avait tenté de se défaire en se jetant depuis une fenêtre. Mais la mort n'avait pas voulu de lui et, finalement, presque fol, il avait gagné Bourges.

Il était alors devenu le plus formidable massacreur des Bourguignons, ne faisant jamais de prisonniers dans les combats, achevant les blessés ou tuant même ceux qui se rendaient. On disait qu'il était un de ceux qui avaient frappé à mort Jean sans Peur.

C'est cet homme qui les conduisait au dauphin.

Gilles Girard en était terrorisé.

Son inquiétude s'accrut quand ils sortirent de Bourges. Au bout d'un moment de chevauchée, le jeune drapier s'approcha de Lusignan afin de lui demander :

— Où allons-nous, messire ?

Le chevalier ne lui répondit pas.

Ils poursuivirent leur route. Girard se tenait maintenant près de Nicolas de Louviers.

— J'ai peur, lui glissa-t-il.

— Tu crois qu'on ne va pas voir le dauphin ?

— Je ne sais pas... J'ai peur de Lusignan... Je t'en parlerai plus tard.

Le chevalier les entendit-il ? Peut-être, car il se tourna vers eux et leur lança :

— Notre maître, le régent de France, se trouve à Mehun-sur-Yèvre, un château construit par le duc de Berry. Nous y serons dans une bonne heure.

Tanneguy du Châtel avait rencontré le dauphin l'avant-veille, dans la grande salle au plafond ogival et aux massifs piliers gothiques dans laquelle le régent de France recevait ses capitaines et ses proches.

Lambrissée de chêne foncé, à peine éclairée par des croisées situées au fond de profondes embrasures auxquelles on accédait par des marches, la pièce restait obscure même si le feu, dans la vaste cheminée au manteau chargé de bas-reliefs, fournissait une vacillante lumière.

Charles se tenait sur la haute chaire fabriquée pour son grand-oncle le duc de Berry et bien trop large pour son corps malingre. Le dauphin avait les jambes courtes, les genoux cagneux et une grosse face aux traits d'une grande laideur : un nez trop long, une bouche épaisse, une mâchoire forte et de petits yeux troubles. Son visage tourmenté exprimait le poids de sa trop lourde destinée.

Le teint pâle, revêtu d'un pourpoint cramoisi fourré de petit vair au col et aux manches, coiffé d'un chapeau rond de couleur noire brodé d'argent, il avait écouté son maître d'hôtel lui raconter la venue des bourgeois de Paris.

Le vieux Breton aimait Charles comme un fils et aurait donné sa vie pour lui, mais il le savait inapte à la guerre et incapable de supporter les fatigues et les dangers d'une campagne. Seuls les plaisirs faciles et la vie retirée lui convenaient. Tanneguy souhaitait donc que le dauphin le laisse faire. Pour cela, il avait longuement détaillé les desseins de Mortimer, expliquant au jeune homme qui était le comte de March et quels étaient ses droits à la couronne.

Le fils de Charles VI avait écouté, impassible, ce qui avait irrité l'ancien prévôt de Paris. Il connaissait trop bien cette attitude indifférente. Il savait le jeune prince de vingt ans incapable de prendre une décision, préférant laisser ses partisans agir par eux-mêmes, les autorisant – mais il ne pouvait s'y opposer – à mener une guerre de pillage et de brigandage. C'était cette liberté de commettre les pires atrocités et de s'enrichir sans vergogne qui avait attiré les grandes compagnies écossaises et milanaises.

Cette situation ne pouvait durer, jugeait le seigneur breton. Il fallait que Charles l'entende s'il voulait devenir roi !

— Nous en reparlerons, messire du Châtel, avait seulement laissé tomber le jeune régent à la fin du plaidoyer de son maître d'hôtel.

Tanneguy s'était retiré, dépité mais bien décidé à revenir à l'assaut dans le cours de la journée afin de convaincre le futur roi.

Il l'ignorait, mais Charles n'était pas seul. Derrière une tenture conduisant à une chambre, une personne avait tout écouté. Elle sortit après le départ de l'ancien prévôt.

Il s'agissait d'une femme. Vêtue d'une robe noire avec un voile de la même couleur. Petite, mince, le visage d'une beauté sévère, le regard calculateur, elle s'approcha du dauphin.

— Que dois-je faire, ma mère ? demanda craintivement celui qui avait encore le comportement d'un enfant.

Car le fils d'Isabeau était non seulement indécis mais perpétuellement inquiet et méfiant. À table, si parmi les convives il distinguait un inconnu, son sang se glaçait et il ne pouvait plus continuer son repas.

— Je n'ai aucune confiance en messire du Châtel, dit-elle tout de go.

— Je sais, mère, mais je lui dois tant.

— Tu lui dois surtout d'avoir été écarté du trône de France en acceptant le crime de Montereau, la mort de Jean sans Peur.

Il hocha la tête et balbutia :

— Je le regrette. Je prie tant le Seigneur de me pardonner.

— Pourtant du Châtel te demande de recommencer !

— Oui. Il ne faut pas, mais je n'ose lui dire.

Le silence s'installa.

— Ne décide rien, dit-elle enfin.

— Comment cela ?

— Quand il t'en reparlera, dis-lui qu'il fasse à sa façon. Que tu ne veux rien savoir. N'est-ce pas ainsi que tu agis d'habitude ?

— Mais je dois répondre à ces bourgeois, mère. Ils demandent un accord. Tanneguy veut même que je les rencontre.

De nouveau, elle resta silencieuse, aussi ajouta-t-il :

— Et s'ils réussissaient ? Dans trois mois j'entrerais dans Paris. Mes noces avec Marie pourraient se dérouler à Notre-Dame.

Marie était celle qu'il devait épouser, la fille de cette dame en noir. Cet argument fit-il mouche ? Sans doute, car la femme hocha lentement la tête.

— Tu diras aux bourgeois que tu ne veux rien savoir de ce qui les amène, mais que s'ils ouvrent une porte de Paris, il n'y aura aucun pillage. Tu leur feras une promesse écrite, s'ils la demandent. Et en gage de ta bonne foi, un homme de messire du Châtel les raccompagnera à Paris. Il restera là-bas et préviendra tes capitaines à l'ouverture de la porte.

— Qui puis-je envoyer ?

— Laisse faire ton maître d'hôtel. Ne t'en mêle pas.

— Comment convaincre les routiers des compagnies de m'obéir, de ne pas piller Paris ? Je ne possède pas d'armée.

— Tu as le Bâtard d'Orléans, du Châtel, Xaintrailles et tes troupes bretonnes, cela suffira.

Il lui sourit.

— Vous êtes bonne pour moi, ma mère.

Elle lui sourit à son tour et sortit.

Cette femme, c'était Yolande d'Aragon, la mère de Marie d'Anjou que le dauphin devait épouser dans les mois à venir. C'est elle qui avait élevé Charles depuis l'âge de neuf ans. Il la considérait comme sa véritable mère.

13

La troupe arriva en vue d'un donjon crénelé de mâchicoulis planté sur une éminence rocheuse et flanqué de trois tours rondes avec toitures en poivrière et clochetons. La forteresse était entourée d'eau.

De hautes fenêtres ogivales s'ouvraient sur la plus haute tour qui servait aussi de porte fortifiée. L'ouverture était protégée par une herse et un pont-levis.

Les hommes d'armes et les arbalétriers qui montaient la garde connaissaient Lusignan et avaient été prévenus de la venue de visiteurs car ils s'écartèrent afin de les laisser passer.

Ils pénétrèrent dans une cour intérieure. Abandonnant leurs chevaux, les deux Parisiens furent guidés par le chevalier jusqu'à un portail de pierre, orné d'un fronton gothique chargé des armoiries du duc de Berry. L'entrée d'une tour.

Ils montèrent au premier étage et débouchèrent dans une salle lambrissée. Une poignée de serviteurs et de chevaliers s'y tenaient avec quelques dames. Tanneguy du Châtel se dirigea vers eux dès qu'il les vit.

— Notre noble régent nous attend dans sa chambre, annonça-t-il.

Sur quoi, il se dirigea vers une tenture. Le garde armé d'une hallebarde qui barrait l'accès à la chambre s'écarta. Tanneguy passa le rideau et ils le suivirent.

Un jeune homme se tenait assis sur un grand lit couvert d'une tapisserie turquoise semée de fleurs de lys, occupé à tirer quelques tristes accords d'un luth. Il leva les yeux en entendant entrer du Châtel et les visiteurs.

Girard fut frappé par la grosseur de sa tête et son air vieillot et fatigué. Voûté, maigre, dans une robe qui flottait autour de lui, le dauphin paraissait écrasé par le poids de sa destinée. Il n'avait rien d'un futur roi, songea le drapier, déçu.

Tous s'agenouillèrent sur les nattes couvrant les carreaux de pierre blancs et noirs.

Charles se contenta de hocher la tête et leur fit signe de se relever.

— Très haut et gracieux sire et régent, voici les deux bourgeois de Paris dont je vous ai parlé.

De nouveau le roi opina du chef et leur fit comprendre qu'ils pouvaient parler.

— Que Dieu vous garde dans Sa sainte grâce, vénéré prince, et vous aide à retrouver le trône des lys, balbutia Gilles Girard.

Il entreprit alors de raconter la visite reçue par son père, précisant que ce dernier avait écouté la suggestion de lady Agathe Mortimer avec beaucoup de réticence et qu'il ne l'avait transmise à ses amis que contraint et menacé. Cependant, les bourgeois de Paris qu'ils représentaient, même s'ils jugeaient que la mort du roi d'Angleterre serait une damnable entreprise, reconnaissaient qu'elle apporterait la paix au pays. En cela, elle serait nécessairement approuvée par Notre-Seigneur Dieu qui voulait la fin de l'enfer régnant dans le royaume des lys.

Ce discours, soigneusement préparé, ne parut pas déplaire au dauphin car son visage ne trahit aucune contrariété. Il prit alors la parole.

— Si vos amis et mes fidèles sujets ouvrent une porte de Paris, je m'engage à protéger mon bon peuple. Il n'y aura ni pillage ni rétorsion. De surcroît, je ferai rémission de tous les crimes passés. Mon secrétaire et mon maître d'hôtel ont préparé un acte dans ce sens.

Il désigna une crédence sur laquelle était roulé un parchemin avec un sceau rouge serré par des lais de la même couleur.

Il fit un geste, qui signifiait à la fois que les bourgeois pouvaient emporter le document et que l'entretien était terminé.

Ils s'agenouillèrent à nouveau, puis Girard alla prendre le pli et tous sortirent.

De retour dans la grande salle, Tanneguy leur ordonna de les suivre, Lusignan et lui. Ils reprirent l'escalier en viret jusqu'à la cour, puis le maître d'hôtel du château les guida jusqu'à une seconde tour. Ils se rendirent au premier étage où se trouvait sa chambre.

Le Breton ferma soigneusement la porte.

— Vous repartirez demain, dit-il aux Parisiens. Robert de Lusignan vous accompagnera. Il se fera passer pour un de vos hommes d'armes.

— Mais... à Paris, il sera difficile de le cacher, messire.

— Il saura se débrouiller. L'un de vos amis l'aidera à trouver un logis s'il se dit domestique. Lusignan suivra votre entreprise et vous donnera les instructions nécessaires afin qu'il n'y ait aucune erreur.

— Entendu, messire.

— Il vous conseillera sur le choix d'un archer. De plus, il possède une maison dans la Grande-Rue-Saint-Louis.

Comme la pièce était sombre, Tanneguy du Châtel ne vit pas pâlir Girard.

— Ma maison est abandonnée depuis trois ans, déclara Lusignan. Plusieurs de ses fenêtres donnent sur la rue. Les tirs seront possibles par là.

Les deux Parisiens échangèrent un regard contrarié. Avec Lusignan, cela faisait une personne de plus qui connaissait leur dessein criminel.

Cependant, la maison serait un avantage, pour autant qu'elle était toujours inoccupée.

— Beaucoup d'hôtels et de maisons ont été confisqués par la ville, messire, intervint Nicolas de Louviers, peut-être que la vôtre est habitée en ce moment.

— Certainement pas, répliqua Lusignan d'un air sombre.

» Autant que vous l'appreniez maintenant. En 1418, j'étais lieutenant de messire du Châtel, alors prévôt de Paris. Au début des massacres, je suis resté avec lui afin de sauver le dauphin, il ne m'a pas été possible de m'occuper de ma mesnie. Quand j'ai pu regagner ma maison…

Il étouffa un sanglot et se détourna.

— Ils avaient tous été meurtris. Cette maison est maudite, on le sait, et personne n'aura cherché à y loger.

Girard ne savait que dire, aussi resta-t-il silencieux. Mais il ne pouvait s'empêcher de penser que si la maison était maudite, mieux vaudrait qu'ils ne l'utilisent pas. Avait-il un pressentiment des horreurs qu'il allait connaître ?

Nicolas de Louviers, lui, éprouvait une autre inquiétude.

— Pardonnez-moi de vous poser cette question, messire, mais puisque vous avez été lieutenant du prévôt durant cinq ans, des Parisiens vont vous reconnaître…

— Me reconnaître ? railla aigrement Robert de Lusignan. Soyez assuré que je ne crains rien ! Savez-vous quel âge j'ai ?

Comme Louviers n'osait répondre, le chevalier lui dit :

— J'ai trente-deux ans, et j'en parais cinquante. En une nuit d'horreur, ma chevelure a blanchi et mon visage est devenu celui d'un vieillard. Quand je me regarde dans un miroir, je ne me reconnais pas, alors qui pourrait le faire ?

Louviers baissa les yeux.

Ils repartirent le lendemain comme convenu. La même troupe qu'à l'aller, avec Robert de Lusignan en plus.

Tant qu'ils furent dans les contrées sous la coupe des grandes compagnies au service du dauphin, ils progressèrent sans difficulté. Lorsqu'ils étaient arrêtés par un arroir d'hommes d'armes, Lusignan se faisait connaître et ils passaient. Mais, près d'Orléans, ils apprirent la présence d'une troupe anglaise qui barrait la route de Paris. Ils restèrent donc quelques jours dans la ville et ne repartirent qu'une fois la voie libre.

Entre Orléans et Paris, ils retrouvèrent un pays dépeuplé où les seules personnes qu'ils apercevaient étaient des mercenaires couverts de fer venus pour le pillage. Les rares habitants qu'il restait, fous de misère et de désespoir, vivaient dans les bois comme des bêtes, disputant leur nourriture aux hordes de loups. Ceux qui se faisaient prendre par les routiers leur servaient d'amusement. Les plus chanceux étaient éventrés, les autres étaient écorchés vifs et pendus aux arbres. Les voyageurs en comptèrent des dizaines, la chair à vif dévorée par les corbeaux.

Ils entrèrent dans Paris le jeudi 8 mai après vêpres, heureux de se retrouver à l'intérieur de solides murailles et essayant d'effacer de leur mémoire les horribles scènes qu'ils avaient vues.

Lusignan, qui ne portait pas d'armure, fut dit homme d'armes des drapiers auprès du capitaine de la porte qu'ils franchirent.

Malgré leur impatience, Gilles Girard et Nicolas de Louviers ne s'arrêtèrent pas chez eux et se rendirent directement chez Michel de Lallier, laissant cependant leurs hommes d'armes prévenir leurs familles de leur retour.

Le maître des comptes s'apprêtait à passer à table quand les jeunes gens, accompagnés de Lusignan, se présentèrent chez lui. Il les reçut avec un immense soulagement. Ses amis et lui étaient dévorés d'inquiétude. Une angoisse grandissante depuis quelques jours, car ils avaient jugé qu'une semaine à peine serait nécessaire pour se rendre à Bourges et revenir.

Après de longues effusions, Girard et Louviers lui présentèrent le chevalier qui les accompagnait, puis firent un compte rendu de leur voyage et de leur entretien avec le dauphin.

En attendant l'arrivée des autres conjurés, Michel de Lallier étudia longuement l'acte remis par le régent de France. L'engagement écrit lui convenait, mais il observa qu'il n'était fait nulle mention de la mort du roi d'Angleterre. En cas d'échec, la tentative de régicide retomberait sur lui et ses amis. Il ne pouvait cependant que s'en contenter.

Lusignan lui expliqua alors les raisons de sa venue à Paris, indiquant que sa maison servirait à l'attentat contre le roi d'Angleterre. Bien qu'ayant déjà rencontré le chevalier quand il était le lieutenant de Tanneguy du Châtel, Michel de Lallier ne l'avait pas reconnu avant que Gilles Girard le lui présente. Il n'ignorait rien, bien sûr, de sa tragique histoire, et il savait où se trouvait son logis. L'endroit semblait effectivement favorable pour leur projet, encore fallait-il le vérifier, le prévint-il.

— Je vous laisse ces deux clefs, dit Lusignan en détachant un trousseau de sa taille. Sise au début de la ruelle conduisant aux Bons-Enfants, ma maison se trouve facilement car l'enseigne représentant Mélusine, la fée dont est issue ma famille, se voit de loin au-dessus de la porte.

Il se tut un instant, comme si ce qu'il allait dire était trop douloureux.

— Les bouchers ont brisé la poterne et la porte de l'hôtel. J'ignore si on les a remplacées, mais c'est vraisemblable, auquel cas je ne saurais comment les ouvrir. Heureusement deux autres passages existent dont voici les clefs.

» La première ouvre la portière permettant d'entrer dans le verger, à l'arrière de l'hôtel. On y accède par un cul-de-sac où se trouve une maison à pressoir et foulerie qui jouxte le collège. Une fois dans le jardin, l'entrée de l'hôtel peut se faire par la cuisine. On l'ouvre avec la seconde clef.

— Vous ne nous accompagnerez pas ?

— Je n'y retournerai jamais.

— Mais où logerez-vous à Paris ?

— Là où je me fondrai dans la populace. Il faudra seulement que l'un de vous me trouve une chambre et me présente comme un valet aux yeux du quartenier[1].

— C'est possible, en effet. Dans quel quartier voulez-vous habiter ?

— Entre le pont au Change et la place de Grève me conviendrait parfaitement.

— Maître Thomas Pigache s'en occupera. Nous en parlerons dès qu'il arrivera. Il est échevin, changeur, et a sa maison sur le pont au Change. Il connaît bien le quartenier et n'aura pas de difficulté. En attendant, ce soir, vous passerez la nuit chez moi.

— Entendu.

— Reste le plus important, poursuivit Michel de Lallier : trouver un bon tireur à l'arc. Demain, pour Pentecôte, se tient le concours annuel des archers de la ville. Moi-même et maître Girard nous y rendrons en tant que membres de la municipalité. Les meilleurs tireurs de Paris seront présents. La plupart sont pauvres et je pensais engager le vainqueur. Mais j'aimerais bénéficier de votre avis. Pouvez-vous venir avec nous ?

— Je viendrai, vous me ferez passer pour votre domestique.

Un peu plus tard arrivèrent Girard, Louviers et Pigache. Après d'émouvantes embrassades et la présentation de Lusignan, les deux jeunes drapiers recommencèrent leur récit. Il fut finalement convenu que, le samedi matin, Michel de Lallier, Clément Girard et son fils se rendraient à la maison Mélusine et que Pigache

1. Bourgeois parisien chargé de superviser la levée des taxes, de distribuer le blé en cas de disette, de transmettre les desiderata du peuple aux autorités royales, le quartenier devait aussi veiller au bon ordre dans son quartier.

trouverait un logis à Lusignan et le conduirait auprès du quartenier afin qu'il soit enregistré.

Située à l'angle du chemin des Bons-Enfants et de la Grande-Rue-Saint-Louis, en face du cloître Saint-Honoré, la maison Mélusine, comme on nommait l'hôtel de Robert de Lusignan, avait longtemps fait partie de l'hôtel d'Armagnac. C'était dans ce logis que Bernard d'Armagnac avait appris l'entrée des Bourguignons dans Paris le 30 mai 1418. Il l'avait quitté sous un déguisement, mais avait été pris et tué dès le lendemain.

Derrière l'hôtel d'Armagnac se dressait l'Hôpital-des-Pauvres-Écoliers qu'on appelait désormais le collège des Bons-Enfants, nom que l'on donnait aux jeunes gens qui se livraient à l'étude. Il s'agissait d'un des plus anciens collèges de Paris et il pouvait recevoir treize élèves pauvres. Cependant, en ce temps de misère il se trouvait quasiment à l'abandon et ne comptait plus que quatre collégiens.

Au-devant, entouré d'une enceinte crénelée, l'hôtel de Lusignan, maison de pierre à un pignon, disposait de cour et jardin avec poterne et porte charretière. Il possédait trois hautes fenêtres du côté du chemin Saint-Honoré.

Lallier et le père et le fils Girard s'y rendirent tôt le matin du samedi. Passant par le cul-de-sac où se situait la maison au pressoir, ils ouvrirent la poterne du jardin et entrèrent dans un verger envahi de broussailles enneigées. La serrure n'avait pas été changée, comme ils l'avaient craint un moment.

Se frayant un chemin entre les ronces et les taillis, ils se dirigèrent vers la cuisine fermée par une porte de chêne ferrée. Lallier introduisit la seconde clef dans la serrure dont le pêne joua en grinçant.

Ils entrèrent dans une salle avec une cheminée, un fourneau potager[1] et des tables en pierre sur lesquelles se préparaient les mets. Quelques plats cassés jonchaient le sol. Le lieu étant sans intérêt, ils passèrent dans la grande pièce attenante au sol couvert de pierres blanches.

La première chose qu'ils virent fut un vestibule en bois sculpté brisé à coups de hache. En face se dressait la tourelle d'un escalier à vis avec son ouverture en arc d'ogive richement ciselée. Autour de l'escalier, de larges taches brunissaient les dalles du sol.

Les trois hommes furent saisis par les effluves qui corrompaient l'air. L'endroit puait la mort, le malheur et la peur.

Ils se signèrent, devinant le sang dans les taches brunes. Girard murmura même une courte prière. Puis, dominant leur effroi, ils examinèrent longuement les lieux.

Chose curieuse, mis à part le vestibule, le mobilier semblait intact. De hauts sièges, des coffres, une armoire, des crédences. Aucun objet de valeur. La cheminée était remplie de feuilles mortes tombées par le conduit.

Une immense tapisserie que personne n'avait songé à emporter recouvrait le mur en face de la cheminée et de l'escalier. Elle représentait Mélusine sortant d'une rivière, devant un château. Sa queue de serpent était enroulée autour d'un homme qu'elle paraissait vouloir noyer. Le corps de la fée était aussi souillé de taches brunes.

De nouveau, ils se signèrent.

Les fenêtres, garnies de volets, donnaient sur la cour. Il n'y avait aucune vue sur la rue Saint-Honoré.

1. Foyer fermé pour faire mijoter les potages sur des braises.

Malgré leur répugnance, ils s'approchèrent de l'escalier. Dans la tourelle, l'escalier à vis permettait le passage vers l'étage et des caves. Comme les sous-sols ne présentaient aucun intérêt pour eux, ils montèrent.

Quand ils redescendirent, leurs visages fermés, aussi blancs que celui des dalles du sol, témoignaient des atrocités qu'ils avaient découvertes.

En bas, ils restèrent un moment désemparés, submergés par l'émotion.

— Cet endroit est un tombeau. Le démon nous prendra si nous y revenons, dit enfin le fils Girard d'une voix blanche.

— Nous n'avons pas le choix, mon fils. Ce qui s'est passé ici pourrait arriver chez nous, hélas.

— Des crimes effroyables ont été commis dans cette maison, mais il y en a eu tant et tant à Paris à ce moment-là... C'est pour éviter que tout ne recommence que nous agissons. Nous devons aller jusqu'au bout.

— Il faudrait nettoyer là-haut, sinon aucun archer ne voudra y mettre les pieds, observa Girard.

— T'en sens-tu capable, père ?

Le drapier secoua la tête.

— Peu importe l'état des chambres, l'archer regardera seulement la rue ! Nous ne toucherons donc à rien, décida Lallier.

— Que le Seigneur Dieu nous pardonne, laissa tomber le fils Girard.

Il se signa et entama un Je vous salue Marie.

Guy de Lusignan s'allongea sur son lit, une paillasse sur un châlit de bois dans une pauvre pièce au deuxième étage d'une maison branlante dressée sur la berge de la rivière. Pas de cheminée, seulement un peu de chaleur par le conduit de fumée venant de l'étage inférieur. Il n'avait apporté que peu de choses : quelques vêtements des plus simples, une dague, une épée, des couteaux.

Plus tôt dans la journée, Pigache l'avait conduit devant le quartenier, un boucher ayant étal à la Grande Boucherie.

— Pierre est un de mes nouveaux gardes, avait-il dit. Mais je n'ai pas de place pour le loger chez moi. La veuve Lenormand lui laisse une chambre en attendant.

Ils se trouvaient dehors, devant l'étal. Le boucher, son tranchoir à la main, avait vaguement examiné ce vieillard barbu à l'air stupide.

— Il devra participer aux patrouilles de la milice, avait-il dit.

— Évidemment.

— Je vous préviendrai, avait-il lancé à Lusignan avant de flanquer un coup de tranchoir au quartier de viande devant lui.

Maintenant, songeait le chevalier, il se trouvait dans la place. Cela faisait quatre ans qu'il attendait ce jour.

Le temps s'était arrêté à l'instant où il avait découvert sa femme et ses enfants mis en pièces. La vie aussi. Il se souvenait d'avoir repris conscience chez un serviteur du comte d'Armagnac. L'homme l'avait retrouvé dans la cour de la maison Mélusine. On l'avait cru mort, mais il s'était seulement assommé en se jetant de la fenêtre de la chambre où il avait découvert le carnage. Le serviteur avait enseveli les corps des membres de sa famille et l'avait aidé à quitter Paris. Ensuite il avait rejoint Tanneguy du Châtel et n'avait eu de cesse qu'il ne tue des Bourguignons. Mais ces morts ne lui apportaient aucun réconfort. C'était ceux qui avaient massacré les siens qu'il voulait étriper et torturer.

Tanneguy avait gardé quelques espions dans Paris. Grâce à eux, Lusignan avait appris que la bande qui s'en était prise à sa maison était celle qui avait aussi ravagé l'hôtel d'Armagnac. Trois hommes avaient été identifiés. D'honnêtes bourgeois de Paris : les bouchers Simon Haussecul, Martin Thibert et Louis Le Pontonnier.

Simon Haussecul était l'un des petits-fils de Guillaume Haussecul, le patriarche de la dynastie et l'un des plus riches bouchers de Paris avec Guillaume de Saint-Yon. Quant à Martin Thibert et Louis Le Pontonnier, il s'agissait des enfants des gendres de Guillaume de Saint-Yon.

Ces trois-là avaient moins de trente ans. Riches bourgeois respectés, ils avaient tout fait pour qu'on oublie les massacres auxquels ils avaient participé, assurant n'en être en rien responsables, que les crimes qu'on leur reprochait avaient en réalité été conduits par Capeluche, le bourreau de Paris qui commandait les bandes d'assassins.

Pourtant, Lusignan savait qu'on les avait vus au petit Châtelet où ils faisaient sortir les prisonniers les uns après les autres, les frappant de leur hache. Ils avaient ainsi tué les évêques de Coutances, de Senlis, de Bayeux et d'Évreux, les présidents du Parlement, des maîtres des requêtes, des gens de la Chambre des comptes et beaucoup de notables. Ensuite, ils s'étaient portés au Grand-Châtelet où ils s'étaient amusés à jeter des prisonniers par les fenêtres sur des fers de piques.

Mais après les massacres, comme Jean sans Peur avait décidé de punir les criminels, c'étaient eux qui avaient dénoncé Capeluche et incité le duc à lui faire son procès et à lui trancher la tête.

Cependant, comme beaucoup de monde, Lusignan savait que Capeluche n'avait été que l'instrument des bouchers, tout comme l'écorcheur Simon Caboche avait été leur exécutant durant les massacres de 1413.

Depuis, considérés comme d'honnêtes bourgeois, Simon Haussecul, Martin Thibert et Louis Le Pontonnier se montraient parmi les plus pieux du quartier, faisant moult dons à leur confrérie et à l'église Saint-Jacques-de-la-Boucherie. Ils le pouvaient, hurlait intérieurement Lusignan, car après avoir éventré et découpé en morceaux sa femme, ses enfants et ses serviteurs, ils avaient emporté tout ce qui avait de la valeur dans sa maison : l'orfèvrerie, l'argenterie, les coffrets, les robes et les étoffes.

Quand Tanneguy du Châtel lui avait parlé des bourgeois qui venaient d'arriver à Bourges et proposaient d'ouvrir une porte de la capitale, Lusignan avait tout de suite demandé à pouvoir les accompagner.

— Mais pourquoi donc ? Ce serait terriblement dangereux ! avait répondu le seigneur breton.

— Ces bourgeois ne savent rien de l'art de la guerre. Il faut sur place un homme d'armes fidèle à notre régent qui, à la fois, connaisse Paris et puisse agir judicieusement dans la panique qui suivra la mort d'Henri V. De plus, ils auront besoin de conseils dans les préparatifs de leur attentat. Et surtout, je peux leur laisser ma maison.

— Crois-tu qu'elle soit toujours inoccupée ?

— Elle l'est, je le sais.

Du Châtel avait réfléchi à la proposition et avait reconnu le bien-fondé de ces arguments. C'est ainsi que son départ avait été décidé.

Vêpres sonnèrent à Saint-Jacques-de-la-Boucherie.

Lusignan écouta longuement les cloches. Le Seigneur Dieu lui envoyait un message, devina-t-il. C'est l'heure de la vengeance qui sonnait.

14

Dimanche 11 mai 1421

En ce jour de Pentecôte, le printemps venait enfin de se manifester. Pour la première fois depuis longtemps, il ne gelait pas et le ciel d'aurore était clair.

Après avoir avalé leur soupe, Holmes et Watson partirent au *Jardin des archers*. Gower portait son grand arc de huit pieds et sa trousse de flèches était serrée à sa taille. Il les avait vérifiées une à une durant toute la semaine, corrigeant pour certaines quelque infime défaut. Toute la semaine, sous l'œil critique d'Edward, il s'était exercé sur le talus du rempart.

Les deux hommes suivirent le chemin Saint-Honoré jusqu'à la Croix du Trahoir, puis prirent la rue de l'Arbre-Sec et la rue de Saint-Germain-l'Auxerrois. Au Grand-Châtelet, ils passèrent sous la forteresse et Holmes montra à son compagnon les prisons où il s'était rendu la semaine précédente. Puis ils longèrent Saint-Leufroy et franchirent le pont aux Changeurs, autre nom du pont au Change, dont plusieurs boutiques étaient ouvertes.

Dans l'île de la Cité, ils suivirent l'enceinte du Palais jusqu'à la rue de la Calandre avant de franchir le Petit Pont, puis s'engagèrent dans la rue Saint-André jusqu'à la porte de Buci, un chemin boueux qui par le passé conduisait à l'abbaye Saint-Germain. Un long trajet pour Gower Watson qui traînait la jambe.

Le *Jardin des archers* de la ville se situait à l'intérieur de l'enceinte, entre la porte de Buci et l'hôtel de Nesle. Cet immense logis, qu'on appelait le Grand Nesle, avait appartenu au duc de Berry qui l'avait agrandi par un bâtiment situé de l'autre côté de l'enceinte : le Petit Nesle, auquel on accédait par une galerie, et un pont à arches. Mais les bouchers de Paris avaient ravagé les lieux en 1413 et, désormais, l'hôtel, ruiné et revenu à la Couronne, était vide.

Quant à la porte de Buci, terrassée et close, on ne pouvait plus la franchir depuis trois ans, aussi les seules personnes qu'ils voyaient se rendaient comme eux au champ de tir afin d'assister ou de participer au tournoi des confrères de Saint-Sébastien.

Quand ils pénétrèrent dans le jardin, vaste étendue bordée par un talus, l'enceinte, les murs de séparation de l'hôtel de Nesle et ceux du monastère des Grands-Augustins, la foule était déjà nombreuse. Il s'agissait principalement des archers de la ville, une cinquantaine d'hommes tous en habit écarlate avec chaperon rouge à bord vert. Tenant fièrement leur arc à la main, des tiges de bois plus cintrées que celle de Watson et surtout moins longues, ils clabaudaient bruyamment en plaisantant et en vantant leurs futurs exploits.

Watson s'approcha. Il connaissait la plupart des tireurs et tous se saluèrent à grand renfort d'accolades et de taloches dans le dos. Gower présenta son ami à ses compères, puis au connétable de la confrérie qui, avec le doyen, était chargé de vérifier les armes.

Ensuite, il se rendit à l'une des deux tours de l'enceinte. Ces fortifications avaient été données à la guilde par le roi Charles VI. À l'intérieur, un capitaine d'armes, assis devant une petite table à tréteaux, enregistrait ceux qui voulaient concourir. Pour cela, ils devaient payer un denier. Watson dut attendre son tour car une douzaine de candidats patientaient déjà ; parmi eux, quelques bourgeois, des domestiques et des hommes d'armes, dont un autre Anglais.

Pendant ce temps, Holmes circulait dans le jardin. Près des tours, on apportait des planches et des tréteaux nécessaires au repas. Le long des murs, attachés à de hauts poteaux, des bannières et des étendards aux armes de la ville de Paris et aux fleurs de lys royales claquaient au vent. Sur une estrade érigée contre le mur de l'hôtel de Nesle, une poignée de comédiens préparaient un mystère qui serait joué avant les joutes. À l'autre bout du jardin, le long de l'enceinte, se dressait un mât en haut duquel un acrobate installait les papegais à l'extrémité de perches transversales. Il s'agissait de grossiers oiseaux de bois de couleurs différentes mais tous avec des ailes bleu et vert. Au sol, des archers de la guilde lançaient des conseils sur la façon de disposer ces cibles. Cette partie-là du champ était fermée par des barrières qui délimitaient la lice où auraient lieu les joutes.

Enfin, le long du mur de séparation avec les établissements et jardins appartenant aux Grands-Augustins, de part et d'autre d'une porte ogivale, se dressaient des estrades à plusieurs gradins réservées aux notables, toutes décorées de riches tentures, de pavillons et de bannières. Des valets plaçaient des coussins sur les sièges les plus hauts qui seraient occupés par les notables les plus importants. Plus loin, un vendeur ambulant de cervoise avait calé un tonneau sur des tréteaux et débitait déjà des pots en chantant bruyamment afin d'attirer sa clientèle. À côté de lui, devant un fourneau, un oblayer[1] et son aide proposaient des échaudés et des oublies et un autre gargotier en tablier de cuir débitait des tripes qui cuisaient dans une grande marmite.

Le public était populaire, une badaudaille bigarrée d'artisans et de marchands tous bourgeois de Paris. Quelques-uns étaient venus avec femmes et enfants. Peu de religieux, aucun seigneur en armes. Le concours de tir était avant tout une joute roturière. Traînaient aussi quelques paltonières dévoilant leurs seins généreux et proposant des étreintes rapides dans les maisons abandonnées, ceci au grand déplaisir des bourgeoises présentes.

Avec un brin de surprise, Holmes vit alors arriver maître Chuffart accompagné d'officiers et de religieux qu'il ne connaissait pas. Le chanoine montait sa mule.

— Loué soit Jésus-Christ de vous rencontrer ici, messire le chancelier, dit Edward en s'approchant.

— À jamais, ainsi soit-il, répondit joyeusement le chanoine.

Il lança un regard circulaire, balayant le champ de la joute avant de déclarer :

— Je ne m'attendais pas que vous vous intéressiez à ces tournois, maître Holmes.

— Mon ami Gower Watson y participe.

— Un archer anglais ?

— Il s'est battu à Azincourt.

— Je serais intéressé d'observer ses tirs, fit Chuffart en descendant de sa monture.

1. Vendeur d'oublies, patisserie à mi-chemin entre la crêpe et la gaufre.

Ses compagnons, eux aussi à dos de mule ou de roncin[1], l'imitèrent et des palefreniers conduisirent les bêtes dans un enclos.

— Vous devez vous demander pourquoi je viens à ce tournoi, s'enquit le chanoine avec un petit sourire.

— Je n'osais poser la question, messire, plaisanta Holmes.

— En ce jour de Pentecôte se tient un grand nombre de cérémonies, de processions et de festivités en l'honneur de l'Esprit-Saint. Ma noble reine se rend à Notre-Dame, mais elle tient à honorer les autres rassemblements. Les archers de la ville ont toute sa considération, aussi c'est moi, son chancelier, qui la représente ici, avec quelques-uns de ses officiers. Elle offre d'ailleurs deux prix de vingt deniers d'argent au vainqueur du tournoi de la guilde et de celui des archers libres.

Un carillon se mit à sonner.

— Excusez-moi, la messe va commencer dans la chapelle des Grands-Augustins.

Tout le monde se dirigeait vers la porte ouverte entre le champ de tir et le couvent. Holmes imita l'assistance. Située au fond d'une cour, la chapelle était réservée aux gens de qualité. Le chanoine et ses amis y pénétrèrent, ainsi que le connétable de la guilde et quelques échevins, mais les autres spectateurs restèrent dans la cour d'où ils suivraient le culte par la porte ouverte.

Accompagné d'un archer de la ville – d'après son habit, son chaperon rouge et son arc –, Watson rejoignit Holmes.

— L'Aigle, voici mon ami Edward Holmes, le clerc le plus savant de Paris et de Londres ! dit-il en s'adressant à l'archer.

1. Cheval ordinaire.

— Peut-être pas, plaisanta Holmes.

— Jacques L'Aigle est le meilleur archer de Paris… après moi ! gloussa Watson.

Comme la messe commençait, ils firent silence tandis qu'Edward observait discrètement l'archer. Plus grand et plus large que Watson, ses bras musculeux semblaient à l'étroit dans sa casaque écarlate aux armes de Paris. Il portait une robe courte et des bas tricotés de couleur rouge.

Son arc était sensiblement de la même taille que celui de Watson. S'il visait juste, il serait certainement un redoutable concurrent.

La messe ne fut pas longue et, dès qu'elle fut terminée, la cour se vida de la foule qui emplit à nouveau le *Jardin des archers*. Le soleil brillait et maintenant une douce chaleur réchauffait les corps. Les groupes se formèrent, attendant que le connétable de la guilde et les échevins annoncent le début du tournoi. Plusieurs s'installèrent devant les vendeurs de cervoise, de pâtisseries et de tripes. Pour patienter, quelques archers se mesuraient sur une cible placée à une extrémité du jardin. Autour d'eux, quelques spectateurs pariaient bruyamment.

De l'autre côté, sur l'estrade, les baladins commencèrent à jouer le mystère de saint Sébastien, le saint patron des archers. Un comédien en cotte bipartie présenta la première scène où le centurion Sébastien était nommé capitaine de la garde prétorienne par l'empereur Dioclétien, lequel ignorait qu'il était chrétien.

Sébastien était vêtu d'une casaque aux armes de Paris et Dioclétien portait celles des Armagnacs, d'argent au lion de gueules. Une vêture qui suscita force cris et insultes de la part des spectateurs.

Holmes abandonna le spectacle et rejoignit Watson toujours à clabauder avec Jacques L'Aigle. Il lui montra le chancelier d'Isabeau installé sur l'estrade avec ses compagnons. Chuffart portait un garde-corps indigo à larges manches et un chaperon à bord dentelé de la même couleur. Autour de lui, d'autres bourgeois dont certains accompagnés de dames. Tous arboraient de beaux atours en velours ou en damas avec des péliçons ou des cols en petit-gris. Les hommes exhibaient des chaînes en argent et émail, des chaperons colorés avec de longues cornettes et les femmes des coiffes de soie en touaille ou en huve[1], l'une d'elles même était parée d'une coiffure à deux cornes brodée de fils d'or.

— Je ne connais personne, à part maître Chuffart, observa Watson sur un ton de dépit.

— Voulez-vous que je vous nomme ceux que j'ai déjà rencontrés ? proposa L'Aigle.

— Allez-y.

— Sur la seconde estrade, en hérigaud[2] vert pomme, se trouve le lieutenant criminel qui représente le prévôt de Paris.

Effectivement, Jean L'Archer était là et Holmes ne l'avait pas remarqué, mais il y avait tant de monde ! À côté de lui était assis le connétable de la guilde, en houppelande de drap cramoisi, avec une très belle femme portant ce voile cachant le menton et le cou et qu'on appelait la barbette.

— Celui près de messire L'Archer se nomme Michel de Lallier, c'est un maître de la Chambre des comptes. Changeur et riche bourgeois, on le dit très proche d'Isabeau et du roi d'Angleterre qu'il a même rencontré lors d'une ambassade.

1. Il s'agissait d'une résille couvrant les cheveux sur laquelle était posé un voile plissé.

2. Manteau très ample sans manches et fendu sur les côtés.

Holmes examina Lallier, lui trouvant un air sombre et préoccupé sans rapport avec la joie et la bonne humeur qui régnaient dans le *Jardin des archers*. Il remarqua la lourde chaîne d'or sur sa poitrine, signe de sa richesse.

— Un rang plus bas se tiennent les drapiers Clément Girard et Jean de Louviers. Louviers est échevin, comme son voisin Thomas Pigache qui est changeur. Ce sont tous trois des proches de maître Lallier. On dit qu'ils décident de tout à Paris, avec l'accord de dame Isabeau et du gouverneur de Paris, bien sûr. La dame coiffée d'une huve est l'épouse de maître Pigache. Celle aux tresses avec la templette est la dame de Jean de Louviers.

— Et au dernier rang, encore plus bas ? interrogea Holmes intrigué par la présence d'un vieillard à la barbe blanche.

Coiffé d'un chapeau de feutre noir et revêtu d'une garnache[1] sur un pourpoint feuille-morte capitonné, aux manches étroites et boutonnées sur l'avant-bras, avec un collet droit, il était difficile d'établir son statut social. Le vieil homme paraissait perpétuellement aux aguets, ses yeux voltigeant inlassablement dans toutes les directions. Le clerc connaissait cette attitude, l'ayant souvent observée chez certains rudes combattants de son demi-frère qui restaient sans cesse en alerte.

— Les deux jeunes gens sont Gilles Girard et Nicolas de Louviers, le fils du drapier et celui du changeur.

— Et l'autre ?

— Le barbu ? Jamais vu ! Certainement un de leurs serviteurs.

Holmes dut trop s'attarder sur cet inconnu qui l'intéressait, car celui-ci s'en aperçut. Tournant la

1. Manteau fendu sur le devant et les côtés.

tête, son regard croisa celui de l'Anglais. Un regard agressif, autoritaire et même menaçant. Assurément pas un regard de domestique. Mal à l'aise, Edward détourna les yeux et feignit de suivre le spectacle des comédiens.

Sur la scène, le mystère se terminait et le public vociférait toutes les menaces du monde contre Dioclétien qui venait de donner l'ordre de percer Sébastien de flèches. Ceux qui faisaient semblant de supplicier le prétorien, maintenant couvert de traits comme un hérisson, portaient les armes des Armagnacs sur leur surcot.

Quelques audacieux tentèrent alors de monter sur la scène dans le but de faire un sort à l'infâme Dioclétien, mais une rangée d'archers les en empêcha. Il était habituel que les comédiens soient ainsi pris à partie et les bateleurs demandaient toujours à être protégés afin de ne pas être battus à mort. Ce qui arrivait quand même parfois.

Dès lors, privé d'un spectacle réellement sanglant, le public se dispersa pour se rendre près des barrières de la lice ou aux étals des marchands.

Le chancelier d'Isabeau dit quelques mots à voix basse à un de ses serviteurs qui se rendit près du lieutenant criminel et du connétable. Ce dernier donna un ordre et les trompettes sonnèrent plusieurs fois. Alors le silence se fit dans la foule.

Le connétable fit un signe au héraut d'armes installé sur un échafaudage, devant la lice, et celui-ci annonça d'une voix de stentor :

— En ce jour saint et béni vont se tenir les épreuves des archers de la ville. Les tournois se dérouleront avant et après none. Ce matin verra les prouesses des tireurs de la confrérie de Saint-Sébastien. Les jeux seront jugés sur l'adresse, la vitesse et la force. À la relevée[1] suivront les joutes ouvertes à tous.

Il balaya du regard la foule attentive avant d'ordonner :

— Que nos preux entrent dans la lice !

Aussitôt, les soixante archers pénétrèrent par rang de trois, marchant martialement au son des trompettes. La foule enthousiaste les acclama longuement.

En dépit de la badaudaille qui se pressait, Holmes et Watson étaient parvenus devant la barrière et ainsi ne perdraient rien du spectacle.

Le héraut annonça le début de l'épreuve de sélection, car il était impossible que les soixante archers participent à l'ensemble des tirs. Des cibles de bois furent placées à l'extrémité de la lice, puis les candidats, s'avançant trois par trois, lancèrent chacun une flèche. Dix se fichèrent dans les buts et leurs archers furent sélectionnés, aux grands cris de dépit de ceux ayant parié sur les autres.

Jacques L'Aigle faisait partie des dix.

Puis vint l'épreuve d'adresse. Il s'agissait bien sûr de toucher les papegais, chaque archer disposant de trois flèches pour y parvenir.

Les tirs commencèrent et seuls deux candidats n'atteignirent pas les oiseaux de bois. Jacques L'Aigle fut le seul à en atteindre deux.

Si la populace marqua ses victoires par des acclamations, l'archer grimaça de déception. En effet, celui qui touchait par trois fois les oiseaux était exempt de toute imposition à vie. Un tel avantage l'aurait comblé car, comme beaucoup d'artisans, il croulait sous les impôts.

Ensuite ce fut un concours de vitesse. Avec des encres de diverses couleurs, un poursuivant d'armes[2] marqua

1. L'après-midi, ou après le dîner.
2. Arbitre.

les flèches des huit candidats restants. De nouveau, une cible de bois fut placée au bout de la lice. Au signal du héraut d'armes, les archers devaient tirer le plus rapidement possible autant de traits qu'ils le pouvaient. Le premier qui en placerait trois dans la cible serait proclamé vainqueur.

Les tirs, véritables pluies de flèches, se firent sous un vacarme infernal d'encouragements et de vociférations. Là encore, Jacques L'Aigle fut proclamé vainqueur.

Ayant raté la cible, quatre tireurs furent éliminés.

Restait l'épreuve de force. Il s'agissait de transpercer une planche dressée à courte distance des tireurs. Les archers lâchèrent leurs traits à tour de rôle, et trois d'entre eux parvinrent à traverser le bois. L'Aigle faisait une fois de plus partie des gagnants.

Le héraut d'armes et les poursuivants, qui avaient surveillé les tirs, se rendirent alors auprès du lieutenant criminel et des bourgeois pour recueillir leur avis. Ils allèrent ensuite consulter le chancelier d'Isabeau, puis le héraut revint à son poste. Les trompettes sonnèrent et, le silence s'étant installé, il déclara Jacques L'Aigle vainqueur.

Bien sûr, chacun s'y attendait, ce fut pourtant un délire de cris et d'applaudissements qui dura un temps infini.

L'Aigle alla chercher sa récompense remise par l'épouse de Jacques Lallier sous les vivats ininterrompus. Il s'agissait d'un gobelet d'argent et de la bourse de deniers offerte par la reine Isabeau. L'archer arrivé second reçut aussi une bourse, mais de moindre importance, ainsi qu'une bague.

Le héraut déclara alors la suspension des joutes qui reprendraient à la relevée.

Après quoi, par une porte de communication, les notables se retirèrent dans l'hôtel de Nesle. Pour l'occasion, Isabeau avait fait ouvrir le bâtiment vide. Une table avait été dressée dans une salle dépourvue de meubles, mais bien chauffée par un grand feu, et un repas simple et copieux fut servi aux participants. Le banquet était offert par le connétable de la guilde, comme c'était l'usage.

Dans le *Jardin des archers*, des tables avaient aussi été dressées pour les tireurs et si le dîner proposé fut des plus simples, les participants se retrouvèrent dans une joyeuse fraternité. Watson et Holmes avaient été invités à partager leur repas.

Les agapes terminées, les trompettes sonnèrent et chacun revint à sa place. La foule était encore plus nombreuse que le matin.

N'ayant pas accompagné les bourgeois, Robert de Lusignan était resté dans le jardin à observer le public. Installé près des gargotiers, il espérait apercevoir un des bouchers qu'il voulait punir, et peut-être trouver une occasion de le meurtrir avec le couteau qu'il gardait à sa taille. Mais il n'en vit aucun. En revanche, il remarqua un adroit voleur qui, à quelques pas de lui, trancha le cordon de la bourse d'un bourgeois et s'éloigna tranquillement avec l'escarcelle. C'était un garçon maigre, brun, aux traits marqués par le vice. Lusignan faillit donner l'alarme, mais se retint car cela aurait mis en péril son incognito. Après tout, quelle importance que ce voleur agisse ainsi ? N'était-ce pas sa place dans la société ? Ce genre de joute était une aubaine pour les coupe-bourses et ceux qui se faisaient rapiner n'avaient qu'à mieux protéger leurs biens.

Il suivit des yeux le larron et le vit quitter le *Jardin des archers*, à coup sûr satisfait de sa journée.

Puis Lallier et ses amis vinrent le rejoindre. Le maître des comptes lui glissa discrètement :

— Que pensez-vous de ce L'Aigle, le vainqueur du tournoi ?

— Il me paraît correspondre parfaitement à ce que vous cherchez.

— C'est mon impression, je vais lui faire remettre un billet afin de le rencontrer.

— Soyez prudent, il ne doit pas vous connaître.

— N'ayez crainte !

Chacun s'installa à sa place.

À l'appel des trompettes sonnant le début des joutes, Edward Holmes et Gower Watson se dirigèrent vers le portail de la lice. Ils demeuraient silencieux. Concentré sur ce qui allait suivre, Watson gardait son arc serré dans une main, l'autre posée sur son carquois. Ayant assisté aux exploits de Jacques L'Aigle, il savait combien l'archer parisien serait difficile à battre. N'importe qui pouvait participer aux joutes de l'après-none et les archers du matin allaient à nouveau concourir. L'Aigle en ferait partie, il l'avait dit à table, car il ambitionnait de remporter aussi le prix des archers libres.

C'est alors qu'Edward aperçut le valet de Langlay. À dire vrai, il vit tout d'abord le sergent d'armes qu'il connaissait. Un peu surpris, il chercha son maître du regard, s'interrogeant sur les raisons de la présence de Langlay à cette joute. C'est ainsi qu'il découvrit le valet, pot de cervoise en main, qui regardait avec attention les archers qui se préparaient. Sans raison précise, Holmes eut l'impression que cet homme avait été soldat.

Certes cela n'avait rien d'exceptionnel. Il poursuivit pourtant ses recherches un moment, sans cependant découvrir Henry Langlay. Apparemment, seuls les deux serviteurs étaient venus assister aux joutes, aussi se désintéressa-t-il d'eux.

Il s'attacha à Watson qui venait d'entrer dans la lice où on vérifiait qu'il avait bien payé le denier qui lui donnait droit de participer. Edward lui fit un signe d'encouragement tandis que le doyen de la guilde inspectait les arcs et les flèches des candidats.

Les trompettes retentirent et le héraut d'armes annonça les épreuves comme il l'avait fait le matin.

Ce devait être les mêmes, mais, comme les participants étaient beaucoup plus nombreux, le concours d'élimination fut bien plus long. Watson le passa brillamment et vint se ranger avec ceux retenus pour les tirs au papegai.

Les archers de la ville passèrent les premiers et, une fois de plus, L'Aigle toucha deux papegais, mais ne parvint pas à réaliser le triplet.

Les autres archers étaient moins adroits et la foule commençait à se désintéresser de l'épreuve quand vint le tour de Gower. L'Anglais visa avec grande attention, élevant l'arc de toute la longueur de son bras gauche jusqu'à ce que l'empennage de la flèche touche sa figure. Il lâcha la corde et le trait fendit l'air en sifflant, atteignant une des cibles avec une telle violence qu'il trancha en deux.

Le public resta un instant médusé, n'ayant jamais assisté à un tel exploit, puis éclatèrent vivats et exclamations.

Watson resta indifférent, prit une autre flèche dans sa trousse et visa avec la même attention. Le silence tomba sur la foule, chacun se demandant si l'Anglais allait renouveler sa prouesse.

Un deuxième papegai fut brisé par le trait.

Cette fois, une véritable folie s'empara de la populace et le vacarme fut tel que le connétable de la guilde dut faire sonner les trompettes afin d'obtenir le silence.

Le calme revenu, Watson visa soigneusement pour la troisième fois, et, comme précédemment, il brisa un autre oiseau de bois.

Le délire des acclamations parut ne jamais pouvoir s'arrêter. Depuis l'autre côté de la barrière, Holmes félicita son ami et celui-ci lui fit un signe de remerciement. Mais Edward remarqua aussi le dépit sur le visage de Jacques L'Aigle.

Les ovations apaisées, on annonça le concours de rapidité. Il restait dix candidats auxquels on marqua les flèches.

Au signal du héraut d'armes, les archers lâchèrent leurs traits sans le moindre intervalle. Cette fois, L'Aigle fut le premier à en placer trois sur la cible mais, dans l'instant où il réussissait, Watson faisait de même.

L'archer de la ville emporta cependant l'épreuve, à sa grande satisfaction.

Enfin, ce fut le tir sur la planche. Chacun savait que la victoire se jouerait entre l'Anglais et l'archer de la ville même si cinq autres concurrents disputaient la rencontre.

Vainqueur le matin, Jacques L'Aigle fut le premier à tirer et il perça facilement la planche. Parmi les autres archers, un seul y parvint. Ensuite, ce fut le tour de Gower Watson.

L'Anglais avait soigneusement choisi une flèche avec un fer acéré préparé pour l'occasion. Il tendit l'arc jusqu'à une courbure que Holmes n'avait jamais vue, puis la corde claqua et le trait partit dans un long sifflement.

Non seulement il perça la planche mais il la traversa entièrement, provoquant des cris de stupéfaction, suivis immédiatement d'un tonnerre d'acclamations.

Le visage de Jacques L'Aigle s'allongea, reflétant toute la déception du monde.

Les épreuves étaient terminées et les poursuivants d'armes, ayant constaté de près les résultats, rejoignirent le héraut d'armes avant d'aller ensemble discuter avec les juges. Mais le débat fut bref et Gower Watson fut proclamé vainqueur.

À son tour, il alla chercher son prix sous les vivats de la foule : une bourse de vingt deniers et une assiette en argent. Jacques L'Aigle reçut une plus petite bourse et le gobelet.

Les joutes étaient finies. La plupart des archers de la ville vinrent féliciter Watson et le connétable le déclara digne de porter les armes et le carquois de Paris, ajoutant qu'il espérait recevoir sa candidature pour devenir membre de la confrérie lors de la prochaine fête de la Saint-Sébastien. L'Aigle vint aussi le féliciter. S'il n'avait pas gagné le concours de l'après-midi, il rentrait chez lui malgré tout avec des prix de valeur.

Il se trouvait au milieu de la foule des archers quand il sentit qu'on lui tirait la manche. Il se retourna, craignant qu'un larron ne tente de lui couper sa bourse, mais ce n'était qu'un gamin.

— Monsor L'Aigle, dit l'enfant, on m'a donné ça à vous remettre.

Il tendit un papier plié.

L'archer le prit, interloqué, et l'enfant disparut entretemps.

Assistant à la scène, Holmes sourit. Sans doute quelque dame qui donnait un rendez-vous galant au bel archer.

Observant alors que le chancelier d'Isabeau s'en allait, il le rejoignit au moment où Chuffart et ses compagnons arrivaient à l'enclos des chevaux.

— Ah, maître Holmes ! Je dois dire que votre ami m'a stupéfié ! Je n'avais jamais assisté à pareil exploit !

— Je suis tout autant abasourdi que vous, messire, sourit Edward.

— Que le Seigneur Dieu soit avec vous, maître Holmes, poursuivit le chancelier en montant sur sa mule.

— Et qu'Il vous garde dans Sa sainte grâce, messire.

Le groupe s'éloigna, Holmes le suivit un instant des yeux, puis son regard glissa vers l'enclos. Il y découvrit avec surprise une mule qui, comme les autres montures, n'avait pas été dessellée. L'animal, de couleur jaune sable, plus haut et plus massif que les mules qu'on voyait à Paris, portait un harnachement rouge décoré de ciselures argentées. Il s'agissait de l'animal vu à la maison de son frère, le soir où il en avait été chassé.

Comment cette mule pouvait-elle se trouver là ?

Involontairement, il tourna la tête, cherchant du regard le sergent et le valet de Langlay. Il les aperçut rapidement, buvant tous deux un pot de cervoise.

Pensivement, il revint vers Watson qui affichait son contentement, car il venait d'encaisser une part sur les paris faits sur lui.

— J'ai hâte de rentrer, dit-il. J'espère que nous aurons un bon dîner chez maître Bonacieux.

— N'y compte pas trop, ironisa Holmes. Mais, en chemin, nous pourrions acheter quelques morceaux d'oie. J'ai vu un rôtisseur devant Saint-Leufroy.

— Bonne idée ! Partons !

— Laisse-moi encore attendre un moment.

— Pourquoi ?

— Certainement une bêtise, mon ami, mais j'aimerais savoir qui va monter sur une certaine mule qui attend dans l'enclos.

Watson écarquilla les yeux à ces paroles incompréhensibles.

— C'est important ?

— Je ne sais pas, peut-être ne s'agit-il que d'une vaine curiosité.

Il lança un regard vers l'enclos et vit alors la mule partir avec un cavalier sur le dos. Un moine, d'après sa robe.

Donc, il avait eu l'imagination trop fertile, se dit-il. Ce ne pouvait pas être le même animal.

15

Si vous vous rendez demain à prime à la maison à l'enseigne de Mélusine, chemin des Bons-Enfants, pour m'écouter, vous recevrez un agnel[1] *d'or. La poterne sera ouverte.*

Jacques L'Aigle avait relu le message des dizaines de fois et, ce lundi matin, lendemain de Pentecôte, il n'avait pas ouvert son échoppe de cloutier et s'était rendu directement dans la Grande-Rue-Saint-Louis.

Il se trouvait maintenant devant la poterne et hésitait encore à la pousser. Pourquoi lui avait-on fait passer ce message au *Jardin des archers* ? Que lui voulait-on ? Qui cherchait à le voir ?

L'attrait de la pièce d'or le décida. La porte était ouverte et il pénétra dans une cour.

Déserte.

Jacques L'Aigle habitait vers la bastille Saint-Antoine. Il ignorait tout de cette maison et de son histoire. Pourtant, il eut l'impression que des âmes mortes, des esprits en souffrance, l'observaient. Il frissonna et se retourna vers la poterne, décidé à s'en aller.

1. L'agnel est une monnaie d'or créée par Philippe le Bel avec, sur l'avers, un agneau pascal.

Mais, de nouveau, l'attrait de l'or le fit renoncer. Il s'aperçut alors que la porte du porche était entrebâillée. On l'attendait.

Il s'approcha, monta les quelques marches du perron et pénétra dans une grande salle à l'antichambre saccagée.

Il vit tout de suite les trois hommes debout près de la cheminée éteinte. Tous en robe noire. Stupéfait, L'Aigle remarqua qu'ils portaient une sorte de cagoule leur couvrant le visage, à l'exception des yeux.

— Qui êtes-vous ? demanda-t-il, posant la main sur la dague qu'il avait eu la précaution d'emporter.

Il constata cependant qu'aucun ne portait d'arme, ce qui le rassura.

— Peu importe. Nous sommes venus vous faire une proposition.

— Je suis venu pour l'agnel, répliqua L'Aigle d'un ton buté.

— Le voilà.

L'un des hommes s'avança et lui remit une pièce d'or qu'il gardait dans la main.

Le vainqueur du tournoi de la guilde la prit et l'examina. C'était bien un agnel d'or. Ce qu'il gagnait en un mois !

— Que me voulez-vous ?

Tout en parlant, il balaya la salle des yeux. Cette maison abandonnée le mettait mal à l'aise sans qu'il comprenne pourquoi.

— Vous faire une proposition, répondit l'un des hommes.

Jacques L'Aigle cessa de s'interroger.

— Je vous écoute.

— Quel est le prix d'un homme ?

— Le prix ? Je ne comprends pas.

Son regard glissa sur la tapisserie. Pourquoi était-elle suspendue là ? Cet hôtel paraissait inoccupé. Et ces taches… ne serait-ce pas du sang séché ?

— Nous l'avons estimé à cinquante pièces d'or, poursuivit son interlocuteur.

— Cinquante… balbutia l'artisan.

— Vous recevrez cinquante pièces d'or pour tirer avec votre arc sur quelqu'un.

Le silence s'abattit. Les questions se bousculaient dans l'esprit de Jacques L'Aigle. Pourquoi ce lieu ? Qui étaient ces gens ? Cependant, il commençait à comprendre pourquoi on l'avait fait venir. On avait besoin de son talent… pour assassiner. Quel complot préparaient ces trois-là ?

— Vous voulez que je tue quelqu'un ? demanda-t-il stupidement.

— Exactement. Nous avons besoin d'un bon archer, et vous l'êtes.

De nouveau le vainqueur du tournoi resta silencieux, ne sachant que dire. Meurtrir ainsi ? Prendre la vie d'un inconnu sans que celui-ci s'y attende, sans qu'il lui ait rien fait ? En était-il capable ? Ce serait un crime.

— Impossible, murmura-t-il en secouant la tête.

— Pourquoi ?

— Je ne suis pas un criminel, messire. Je suis un bon chrétien. Si je fais ce que vous me demandez, je serai damné durant l'éternité.

— Vous êtes un archer. Vous avez déjà tué à l'occasion de la défense de votre ville, et vous recommencerez !

— C'est différent, il s'agissait d'ennemis.

— Celui sur qui vous tirerez est un ennemi, intervint un second homme.

— Qui est-ce ?

— Vous ne le saurez que si vous acceptez. Vous jurerez alors d'être des nôtres.

— Je ne peux pas, je serai damné… déclara l'archer l'esprit en déroute, car il se sentait prêt à céder à l'appât du gain.

— Cinquante pièces d'or ! répéta lentement Michel de Lallier, comme pour instiller le venin de la tentation dans son esprit.

Brusquement, dans un geste fou, Jacques L'Aigle lui tourna le dos et s'enfuit en se bouchant les oreilles avec les mains.

Lallier et ses amis tentèrent de le rattraper mais il avait déjà passé la poterne. Impossible de le suivre dans la rue.

Les bourgeois revinrent sur leurs pas.

— Il faut filer, décida Lallier en retirant sa cagoule.

Les autres enlevèrent aussi leur masque avant de sortir dans la cour. Lallier ferma la porte à clef et ils allèrent à la poterne. L'un d'eux glissa un regard dehors. Quelques passages, mais pas de trace de l'archer. Ils sortirent, verrouillèrent la porte et remontèrent la ruelle des Bons-Enfants avant de se séparer.

Durant l'après-midi, Clément Girard se rendit à l'hôtel des abbés du Bec, rue du Temple. Il s'agissait de sa deuxième visite, la première avait eu lieu une semaine après la venue de lady Agathe. Il avait alors annoncé à l'Anglaise que ses amis avaient accepté sa proposition et envoyé des messagers au dauphin.

L'hôtel des abbés du Bec était une très vieille maison de pierre à deux pignons, dans l'angle d'un cul-de-sac, la rue Dorée[1]. Elle avait appartenu aux abbés de l'abbaye bénédictine normande du Bec-Hellouin. La maison possédait cour et jardin, deux corps de bâtiments,

1. À proximité de la rue de la Verrerie, aux 14 et 16 de l'actuelle rue du Temple.

des écuries et un puits. Un mur d'enceinte, avec un portail et une poterne sur la rue Dorée, la protégeait.

Durant la période où les Armagnacs avaient dirigé Paris, c'est dans cet hôtel qu'avait logé Tanneguy du Châtel. C'est là que Lusignan était venu prévenir le prévôt de l'entrée des Bourguignons dans Paris.

Ensuite, la demeure était demeurée vide, confisquée par le roi comme ancienne possession armagnac. Elle venait d'être louée à Agathe Mortimer.

Girard y vint seul, comme la fois précédente. Ses amis ne souhaitaient pas que les Anglais les connaissent, et le drapier les comprenait. Il avait d'ailleurs refusé que son fils l'accompagne. Moins lady Mortimer en saurait à leur sujet, moins elle pourrait leur causer du mal.

Après qu'on lui eut ouvert le portail, il attendit un moment dans la cour l'arrivée du majordome, à qui il donna son nom et précisa l'objet de sa visite. Le serviteur le fit entrer dans une antichambre, petite salle non chauffée meublée d'un simple coffre. Il attendit longtemps jusqu'à ce que le majordome vienne le chercher et le conduise dans la même grande chambre du premier étage où il avait déjà été reçu.

S'y trouvait lady Agathe sur une chaire, en robe écarlate chatoyante, coiffée de ce hennin à la mode formé de deux cornes à l'intérieur desquelles étaient serrés les cheveux. Son front, épilé très haut, lui donnait une allure altière et sévère.

Près d'elle se tenait l'inquiétant Arnaud La Roche, toujours dans sa cuirasse de cuir renforcé de pièces de fer. Une main posée sur sa lourde épée, il considérait le drapier comme s'il s'agissait d'une proie.

Frissonnant, Girard s'agenouilla.

— J'espère que vous m'apportez de bonnes nouvelles, maître Girard, fit l'Anglaise d'un ton presque aimable.

— Certaines, oui, mais nous avons aussi des difficultés.

— Expliquez-vous !

— Mes amis se sont rendus à Bourges et ont rencontré le dauphin.

— Bien.

— Le fils du roi a donné son accord à votre dessein.

— Lui avez-vous livré mon nom ?

— Non, mais messire Tanneguy du Châtel était présent. Il a posé des questions auxquelles il était impossible de ne pas répondre. Il vous a donc identifiée… ainsi que votre frère.

Elle grimaça, mais sans rien dire.

— Nous avons trouvé une maison vide disposant de fenêtres sur le Grand chemin de la porte Saint-Honoré.

Michel de Lallier lui avait demandé de ne pas parler de Lusignan.

— Bien, répéta-t-elle.

— Hier, nous nous sommes rendus à la joute des archers de la ville. Nous pensions avoir déniché le tireur adéquat : le vainqueur du tournoi. Nous l'avons rencontré ce matin, mais, en dépit d'une offre généreuse, il a refusé.

— Que lui avez-vous dit ?

— Rien d'important, sinon qu'il devrait lancer un trait mortel sur un homme. Nous étions masqués et il n'a pu nous identifier. Il nous a répondu ne pas pouvoir commettre cet acte, car il risquait la damnation.

— Il n'y a pas qu'un archer adroit au monde, observa Arnaud La Roche en ricanant.

— Pourquoi ne pas en avoir retenu d'autres lors de ce tournoi ? s'enquit lady Agathe.

— Nous étions persuadés que celui-là accepterait, et surtout il était bien meilleur que tous les autres, sauf un archer anglais qui l'a battu à la fin.

— Qui est cet archer anglais ?

— Il se nomme Gower Watson. Il a gagné le tournoi des archers libres, mais nous ne l'avons pas choisi, car il nous paraissait impensable qu'un Anglais consente à… meurtrir son roi.

— En effet, approuva lady Agathe, songeuse. Donc vous n'avez personne ?

— Personne.

Elle lança un regard interrogateur à Arnaud La Roche.

— Pouvez-vous trouver quelqu'un ?

— Peut-être, milady. Mais ce sera difficile.

— Nous en reparlerons. Où se trouve cette maison du chemin Saint-Honoré ?

— Au coin de la rue des Bons-Enfants, à l'enseigne de Mélusine.

— Messire Arnaud, vous irez la voir. Maître Girard, il me faut les clefs.

Le drapier hésita, car les clefs appartenaient à Lusignan. Mais finalement peu importait puisque Lusignan avait dit qu'il n'y retournerait jamais.

— Je vous les ferai porter ce soir, noble dame.

— J'y compte.

L'entretien était terminé, et Girard jugea qu'il s'était bien passé. Il n'avait rien révélé de compromettant, et peut-être que lady Mortimer allait désormais s'occuper du reste de cette sinistre entreprise.

Quand il fut parti, une troisième personne entra dans la pièce. Dissimulée derrière une tenture, elle avait tout entendu.

— Qu'en pensez-vous, messire Grey ? demanda lady Mortimer.

— Dommage pour l'archer. S'il avait acquiescé, la partie était gagnée. Je me demande quand même s'il ne sera pas possible de le faire changer d'avis.

— Croyez-vous ?

— Si nous ne trouvons personne d'autre, il faudra bien. Cet homme doit avoir de la famille. Menacer d'écorcher les siens devrait le convaincre.

— Je peux m'en occuper, gronda Arnaud La Roche.

— Il y a aussi cet archer anglais, encore plus adroit que le vainqueur de la ville.

— Croyez-vous qu'il pourrait accepter ?

— Si je trouve son point faible, pourquoi pas ? Mais vous, sire La Roche, à qui pensez-vous ?

— Je peux demander à Rodrigue de Villandrando de me trouver quelqu'un.

— Croyez-vous que ce mercenaire dispose de bons tireurs ? Son arroir n'est-il pas formé que d'écorcheurs ?

— Ses archers seront certainement moins bons que celui que maître Girard avait trouvé, mais ceux-là n'auront point de scrupules. Et après leur disparition, personne ne les recherchera !

— Avantage indéniable ! Quand pouvez-vous rencontrer Villandrando ?

— Je peux partir demain, si on me donne un laissez-passer.

— Je m'en occupe.

— Je peux revenir dans quelques jours avec notre homme. Il aura ainsi le temps de s'entraîner.

— Faisons ainsi, conclut Agathe Mortimer après un instant de réflexion. Reste à prendre une décision au sujet de Clément Girard. Nous n'avons plus besoin de lui désormais.

Le nommé Grey acquiesça dans un sourire.

16

Le mercredi 21 mai, none n'ayant pas encore sonné, Edward Holmes se trouvait à *La Coupe d'Or* avec Gower Watson. Ils y avaient dîné et, le repas terminé, Watson vidait un nouveau pot de bière avec deux compagnons bourreliers, par ailleurs archers de la ville. Avec la misère qui régnait dans Paris, leur maître se trouvait sans travail depuis des semaines et les laissait chômer. Comme l'artisan ne pouvait plus chauffer sa maison, les compagnons s'étaient réfugiés dans l'auberge où Watson, généreux, leur avait offert à boire.

Plus d'une semaine s'était écoulée depuis le tournoi et Holmes devenait chaque jour plus morose. Le regard terne et lointain, indifférent à tout, même aux plaisanteries de son ami qui comparait son arc à l'un de ses membres, rien ne le déridait. En vérité, il s'ennuyait mortellement.

L'archer anglais s'en rendait compte. Vivant avec le clerc, Gower Watson avait appris à connaître son caractère. Holmes avait besoin de faire travailler son esprit, de difficultés à résoudre ou d'exciter sa curiosité, sinon il tombait dans ce profond abattement d'où il paraissait incapable de sortir.

De surcroît, le temps n'arrangeait rien. Après la belle journée de Pentecôte, un brouillard jaunâtre et givrant s'étendait sur la ville depuis plusieurs jours, masquant maisons et boutiques et provoquant des toux continuelles.

— Combien en as-tu obtenu ? demanda brusquement Holmes, comme s'il se réveillait d'un long sommeil.

— De ? demanda Watson, surpris par la quasi-résurrection de son ami.

— De l'assiette d'argent, bien sûr ! Les orfèvres du pont au Change ne sont pas réputés pour leur générosité.

— Comment as-tu deviné que je suis allé au pont au Change, et que j'ai vendu mon assiette ? Je ne t'en ai pas parlé tant j'étais persuadé que cela ne t'intéressait pas !

— Je ne devine jamais, Gower. C'est une habitude détestable, qui détruit la faculté de raisonner. Mais je dois t'ennuyer avec mes balivernes.

— Point du tout ! J'attends au contraire tes explications !

— C'est pourtant la simplicité même. Tu es parti tôt ce matin, je sommeillais encore. En vérité, je ne dormais pas et je t'ai vu emporter ton assiette d'argent. Quand tu es revenu, tu paraissais satisfait et tu ne l'avais plus. J'ai observé des traces de boue rougeâtre à tes guêtres. Il n'y a pas de terre rouge à Paris, sinon dans les fossés vers Montmartre. Mais que serais-tu allé faire là-bas avec ton assiette ? En revanche, le sang des écorcheurs souille le sol autour de la Grande Boucherie depuis qu'elle a rouvert, or c'est le chemin obligé du pont au Change. Donc c'est là que tu t'es rendu.

— En effet… Présentés ainsi, les faits sont évidents. J'aurais dû y penser !

— C'est toujours ce que l'on me dit quand je donne des explications. Alors, combien t'a proposé l'orfèvre ?

— J'en ai tiré trois livres et quatre deniers.

— Un bon prix, me semble-t-il.

— Un bon prix, qui plus est payé en florettes d'argent de douze deniers et en quart de gros, ce qui me permet d'offrir à boire à mes amis…

Il frappa sur l'épaule d'un des bourreliers et allait poursuivre quand il fut interrompu par l'arrivée de Clément Moreau accompagné d'un vieil homme au visage ravagé. Moreau s'approcha respectueusement, son bonnet à la main.

— Maître Holmes, Dieu vous dit bonjour, fit-il avec déférence.

— À jamais, ainsi soit-il, maître Moreau. Avez-vous des soucis ? J'espère qu'il ne s'agit pas de votre affaire…

— Non, maître, grâce à vous. Mais un de mes voisins en a. Je l'ai accompagné, car il n'osait vous déranger.

— Qu'il prenne place avec nous. Vous connaissez mon ami Gower Watson…

— Oui. Merci, maître. Mon voisin se nomme Laurent Moulinet, il est charpentier.

Holmes considéra plus longuement le vieillard. La cinquantaine, les traits marqués, une barbe blanche de trois jours. Il lui manquait un doigt à la main droite.

— Laurent, explique ton affaire à maître Holmes, il t'écoutera.

— Il s'agit de mon fils, maître Holmes. Il se nomme Pierre et il est enfermé au Châtelet. Il sera étripé la semaine prochaine pour avoir tué un archer.

— Pourquoi a-t-il tué un archer ?

— Ce n'est pas sa faute, c'est l'autre qui s'est jeté sur sa hache.

Comme toujours ! ironisa Holmes pour lui-même.

— Racontez-moi ce qui s'est passé, s'enquit-il pourtant.

— C'était voilà trois semaines. Avec mon fils, nous travaillions à la maison d'un chanoine de Saint-Éloy, rue de la Draperie. Comme ce bon père voulait habiter avant l'Ascension, nous restions tard le soir. Mais quand il a fait trop sombre, nous sommes partis. Je portais nos outils et mon fils sa hache. Habitant près de la porte Montmartre, on a franchi le pont au Change, puis on est passés sous la voûte du Grand-Châtelet. C'est là qu'on a entendu des cris, des appels au secours.

— À la barrière des sergents ? demanda Watson.

— Oui, messire. C'étaient les cris d'une femme, des hurlements, plutôt. Mon fils, qui est un garçon hardi et généreux, s'est précipité sans même réfléchir. J'étais dans ses pas.

» À la lueur de la torche qui brûle toute la nuit devant la barrière, j'ai vu une dame sur une mule. Un archer de la ville tenait le mors de l'animal et voulait forcer la cavalière à descendre. Plus loin, un cheval abattu se débattait dans les affres de la mort. Son cavalier, couché au sol, était immobilisé par la pointe de la hallebarde d'un sergent à verge. Une troisième personne, étendue par terre, ne bougeait pas.

— C'étaient les archers qui avaient arrêté ces gens ?

— Oui. L'un d'eux nous a dit de passer notre chemin, mais mon fils a répliqué que la dame avait appelé à l'aide et qu'il voulait savoir pourquoi. « C'est pas une dame ! C'est une bordelière ! » a répondu l'archer.

— C'était le cas ? demanda Watson.

— Non, enfin je ne crois pas car la dame était richement habillée et sa mule une bête magnifique. Surtout, elle nous a crié que les archers étaient saouls et qu'elle était la cousine du roi d'Angleterre.

— La cousine du roi ! s'exclama Holmes, incrédule.

— Oui, c'est ce qu'elle a dit, j'en suis certain. Elle a ajouté s'appeler lady Mortimer et nous a promis une royale récompense pour la défendre ! Je le jure sur les Saints Évangiles, maître !

— Le roi Henri a-t-il une cousine de ce nom, Holmes ? demanda Watson.

— Oui… oui… Cette histoire est incroyable. Lady Mortimer et son frère Edmond sont les enfants de messire Roger Mortimer, le comte de March qui a épousé la petite-fille d'Édouard III. J'ai rencontré une fois son frère qui venait voir le baron de Roos.

À cause de la présence de Clément et du charpentier, il n'ajouta pas que les enfants March étaient les légitimes héritiers du trône d'Angleterre.

— Que s'est-il passé ensuite ?

— Tout est allé vite, maître. Ce n'est que plus tard que j'ai mis de l'ordre dans mes idées. Voici ce dont je me souviens : mon fils a menacé de sa hache l'archer qui avait traité la grande dame de bordelière, lui disant de lâcher la bride de la mule et de la laisser passer. Tandis qu'il parlait, l'homme au sol, celui menacé par la hallebarde, en a profité pour donner un coup de pied à son adversaire et l'a fait tomber.

» Immédiatement, un archer s'est précipité vers mon fils et s'apprêtait à le férir de son épée. Pierre s'est protégé avec sa hache et son assaillant, emporté par son élan, a reçu le fer sur le front.

» Au même moment, l'homme au sol a tiré sa dague, il a menacé celui à la hallebarde, puis s'est précipité vers la mule en attrapant son compagnon qui paraissait étourdi. Il a crié : “Lady Mortimer, filons !” Ce qui prouve que c’était bien le nom de la dame.

» Les deux archers n’ont pas cherché à le retenir ni à s’opposer à la fuite de la dame sur sa mule. Ils paraissaient pétrifiés par la blessure de leur compère. Mon fils aussi était épouvanté. Il m’a crié de fuir. Je ne voulais pas mais il a insisté et je suis parti.

— Votre fils est emprisonné, vous en êtes certain ?

— Oui, maître. Mes amis se sont renseignés auprès d’archers qu’ils connaissent. Il a d’abord été mis dans la Fin d’Aise, le pire des cachots. Un cul-de-basse-fosse inondé dans lequel on devient fou (il étouffa un sanglot). Par mes amis, j’ai pu rencontrer le geôlier et lui ai remis dix deniers afin qu’il donne à mon fils une couverture et du pain chaque jour. Mais je ne sais s’il l’a fait. Puis j’ai appris, voilà deux jours, qu’il avait été interrogé par le lieutenant criminel et les examinateurs. On lui a demandé qui était son complice et il a refusé de parler, aussi il a été interrogé sur le petit tréteau. Mais il n’a pas parlé et, en l’absence d’aveux, il doit subir la question ordinaire dans quelques jours. Je suis certain qu’il ne parlera pas de moi mais, comme il a reconnu les faits, il sera condamné à l’éventration pour avoir tué un archer du roi.

— Pourquoi lady Agathe ne s’est-elle pas plainte au prévôt dès le lendemain ? Elle aurait fait pendre ces archers, et votre fils aurait été libéré, objecta Watson.

— Je ne sais pas, messire.

Holmes n’intervint pas. Il pressentait que la présence de lady Mortimer cachait une affaire autrement plus importante que la mort de l’archer du Châtelet. La cousine du roi d’Angleterre devait avoir de bonnes raisons pour ne pas s’être plainte au prévôt. Certainement personne ne devait apprendre ce qu’elle faisait la nuit dans les rues de Paris.

— Vous-même n'avez pas cherché à la rencontrer ? demanda-t-il. À votre demande, elle aurait pu révéler au prévôt que votre fils l'avait sauvée.

— J'ignore comment la trouver, maître Holmes. Sans doute loge-t-elle à l'hôtel Saint-Pol, ou à celui des Tournelles. Peut-être même au Louvre. J'ai demandé autour de moi, mais personne ne la connaissait.

— Et ces deux hommes qui se trouvaient avec elle, que pouvez-vous en dire ?

— L'un était un homme d'armes, j'en suis certain. Il y avait une épée dans la boue. Il portait une brigandine. Le second, je ne l'ai pas bien vu, dans l'obscurité.

— Que voulez-vous de moi ?

— Clément m'a dit que vous avez reçu une lettre de rémission le concernant, j'espérais que vous pourriez en obtenir une pour sauver mon fils.

— Ce sera difficile.

— Je peux payer, maître. J'ai les deux livres pour la lettre et je vous donnerai une livre pour votre travail.

— Que savez-vous des archers qui se trouvaient là ?

— Il y en a un que je connais car je l'ai souvent vu. Un sergent à verge nommé Cornu.

— On va reprendre depuis le début, vous allez tout me répéter en essayant de vous souvenir de l'ensemble des détails.

Quand Laurent Moulinet eut terminé, et après quelques questions supplémentaires de Holmes et de Watson qui s'était piqué au jeu, le clerc se leva :

— Je vais tenter d'en découvrir plus. Venez me voir demain à vêpres, je loge avec mon ami Watson rue Champfleuri, la maison au Gros-Tournois. Mais ne gardez pas trop d'espoir. Votre fils a tué un officier du roi, et les lettres de rémission ne sont jamais accordées pour de tels crimes.

— Mais mon fils n'a fait que se défendre, et sans lui, la dame aurait connu mille violences. Certainement les trois archers l'auraient tuée. Le roi d'Angleterre aurait demandé une enquête…

Holmes hocha la tête et se tourna vers Watson qui s'était aussi levé.

— Veux-tu venir avec moi ?

— Évidemment !

Holmes jeta un regard rapide à la brigandine brodée aux léopards d'Angleterre que portait son ami sous son manteau.

— Alors, tu vas avoir un rôle à jouer dans la pièce.

Ils sortirent dans la brume glaciale.

— Où allons-nous ?

— Lady Agathe peut certainement innocenter le fils Moulinet, mais il faut la trouver ! Où loge-t-elle ? Maître Chuffart, le chancelier de la reine Isabeau, doit le savoir. On va donc se rendre chez lui et l'interroger, en espérant qu'il y soit. Mais auparavant arrêtons-nous au Grand-Châtelet, puisque c'est sur notre chemin, afin de rencontrer ce sergent à verge. Peut-être sera-t-il possible de le convaincre de reconnaître les faits et de faire libérer Pierre Moulinet sans aller plus loin.

— Ce sera une perte de temps, fit Watson avec une moue sceptique. Le témoignage de lady Mortimer suffira.

— Certes, seulement je ne suis nullement certain qu'elle reconnaisse la vérité. Mieux vaut connaître deux chemins pour atteindre sa destination.

Au tribunal-prison, ils gagnèrent la grande salle. S'y tenaient toujours des archers prêts à partir afin de faire respecter l'ordre public dans n'importe quel quartier de Paris. S'étant renseigné sur le nommé Cornu, on leur dit qu'il se trouvait dans la cour. Ils s'y rendirent et on leur désigna le sergent à verge qui parlait avec un conseiller en robe noire.

Ils s'approchèrent.

— Je cherche le sergent Cornu, dit Holmes.

— C'est moi ! répondit l'homme avec brusquerie.

Puis il découvrit la casaque aux léopards d'Angleterre de Watson et une ombre d'inquiétude – qui n'échappa pas à Holmes – traversa son visage.

— Peut-on parler tranquillement ? demanda Edward très sèchement.

L'homme en robe comprit qu'il était de trop.

— Je vous reverrai plus tard, dit-il au sergent avant de s'éloigner.

— Que me voulez-vous ?

La question du sergent était arrogante, sans un brin de politesse.

— Connaissez-vous lady Agathe Mortimer ?

À ces paroles, le garde perdit toute contenance et devint livide.

— N… non…

— Ne mentez pas ! Je suis clerc chargé des enquêtes par la couronne d'Angleterre. Vous avez tenté d'esforcer la cousine du roi avec vos deux amis. J'ai eu du mal à vous retrouver, maintenant il va vous falloir payer… Un prix élevé.

Le sergent recula et se mit à bafouiller.

— Miséricorde, monsor… Je n'ai rien fait… J'ai voulu les empêcher au contraire…

— Nous verrons cela durant les interrogatoires sur le tréteau. Où est emprisonné Pierre Moulinet ?

— Dans la Fin d'Aise, monsor.

— Faites-le sortir et donnez-lui une chambre chauffée et un bon dîner. Vous vous rendrez ensuite auprès du lieutenant criminel et confesserez votre mensonge. Vous révélerez la vérité : que Pierre Moulinet attaqué par votre archer n'a fait que se défendre.

— Je… je ne peux pas, monsor… Je serai pendu… si je dis la vérité.

— Si vous ne dites pas le vrai, vous ne serez pas pendu, on vous ouvrira le ventre et on vous sortira les boyaux avant de vous faire tirer par quatre chevaux. C'est au moins ce qu'exigera le roi d'Angleterre.

Cornu s'affaissa à genoux en sanglotant.

— Miséricorde… Miséricorde…

Holmes resta impassible, les bras croisés. Finalement, il laissa tomber :

— Je veux bien entendre vos remords. Lady Mortimer, qui est la bonté même et qui préfère la rémission aux rigueurs de la justice, pourrait garder silence sur votre comportement. Mais l'innocent doit être libéré et le vrai doit être reconnu. À vous de convaincre le lieutenant criminel. Je reviendrai demain ici même chercher Pierre Moulinet. Qu'il soit vif et sauf, auquel cas tout pourrait être oublié.

Il ajouta après un instant :

— À cause de vous, Pierre Moulinet a été interrogé sans raison et fort inhumainement sur le petit tréteau. Vous réparerez en lui payant une livre en deniers tournois.

Sans attendre la réponse, il tourna le dos au sergent et se dirigea vers le portail. Quant à Watson, il demeura un instant à regarder le sergent agenouillé, affichant un visage de composition particulièrement sévère.

Chanoine de Notre-Dame, Jean Chuffart avait acquis pour deux cents écus d'or une des plus belles maisons du cloître située non loin du port Saint-Landry. Il s'agissait d'une somme très élevée, mais les maisons canoniales, bien protégées par une enceinte et des portes fortifiées fermées la nuit, étaient fort recherchées en raison de leur calme. De plus la sienne possédait un jardin aboutissant à la rivière[1].

Près de Saint-Jean-le-Rond[2], les gardes du portail de l'enclos indiquèrent aux deux Anglais où se trouvait le logis du chanoine. Lorsqu'ils arrivèrent à la maison claustrale, qui portait pour enseigne une croix blanche, un valet les fit directement entrer dans une salle où travaillaient deux clercs. Le chancelier de la reine était chargé de la préparation de quantité d'actes, de plus, chancelier de Notre-Dame, il était aussi receveur des cens dus au chapitre.

Les deux Anglais se présentèrent et Holmes demanda si le chanoine était là.

— Oui, répondit le domestique, mais il s'apprête à partir à l'hôtel Saint-Pol.

Il demanda aux visiteurs d'attendre un instant, grimpa un escalier aux marches toutes gauchies et réapparut peu après.

— Maître Chuffart va vous recevoir, annonça-t-il.

À leur tour, ils montèrent au premier étage. Le chancelier, qui portait déjà son manteau, les attendait.

— Ah, maître Holmes ! Je ne pensais pas vous revoir de sitôt ! Vous a-t-on dit que je partais ?

— Oui, maître, et je ne vais pas vous importuner longtemps. J'ai juste besoin d'un renseignement.

1. Composé de maisons dévolues aux chanoines, chacune avec un jardin, le cloître était une petite cité entièrement close située près de Notre-Dame. Ses habitants y disposaient aussi d'un réfectoire, d'une bibliothèque et d'écuries.

2. Petite église près de Notre-Dame où se situait la porte.

— Lequel ?

— La cousine du roi d'Angleterre, lady Mortimer, est à Paris. Je souhaite la rencontrer, mais j'ignore où elle loge.

Le chanoine plissa le front, brusquement en alerte.

— Lady Mortimer ? Que lui voulez-vous ?

— Elle aurait été prise à partie par des archers avinés un soir, devant le Grand-Châtelet. Un homme l'a défendue et, dans l'action, a frappé à mort un des agresseurs. Il est emprisonné et va être exécuté pour avoir tué un officier du roi. Je souhaite le témoignage de lady Mortimer afin de le sauver.

— Incroyable ! Comment savez-vous cela ?

— Le père de l'emprisonné est venu me le raconter.

— J'ignore tout de cette histoire, en êtes-vous certain ?

— Je n'ai que des témoignages.

— Que faisait lady Mortimer dehors la nuit dans une ville si peu sûre ? N'avait-elle pas une escorte ?

— Deux hommes, mais qui ont été maîtrisés par les archers du Châtelet.

Chuffart garda alors le silence, réfléchissant à la signification de ce que venait de lui rapporter Holmes.

Lady Mortimer se trouvait à Paris depuis un mois et, à ses yeux, sans raison. Quelle Anglaise de qualité pouvait souhaiter venir vivre dans une ville pareille, où les épidémies sévissaient et où tout était hors de prix ? Cette attitude avait intrigué la reine Isabeau qui lui avait demandé d'en savoir plus, mais il n'avait rien découvert, bien qu'ayant réussi à placer un espion chez elle. Ce Holmes semblait en savoir plus que lui !

— Je sais où habite lady Mortimer, dit-il enfin. Elle est arrivée ici voilà quatre semaines et a rencontré notre reine, en ma présence, la veille du jour où vous êtes venu à l'hôtel Saint-Pol. Elle a justifié son voyage par son souhait de rencontrer plus souvent son frère qui lui manquait.

De nouveau, le silence s'installa, tandis que le chancelier observait Holmes de ses yeux mi-clos.

— Je souhaite vous engager, maître Holmes, dit-il enfin.

— M'engager ?

— Oui. Combien recevez-vous pour préparer une lettre de rémission ?

— Une livre, messire le chancelier.

— Je vous ferai remettre trois livres si vous me communiquez un mémoire sur tout ce que vous apprendrez sur lady Mortimer, à l'occasion de votre enquête.

— Entendu, messire. Mais je ne suis pas sûr de dénicher des faits bien intéressants.

— Tout m'intéressera, car ma reine et moi-même sommes désormais liés au roi Henri. Aussi ce que fait sa cousine à Paris ne peut nous être indifférent. Lady Mortimer habite dans l'ancien hôtel des abbés du Bec, rue du Temple. La maison qu'occupait messire du Châtel.

— Merci de votre obligeance, messire.

— C'est aussi mon intérêt, maître Holmes.

Ayant quitté le cloître, les deux Anglais revinrent sur leurs pas pour emprunter le pont Notre-Dame. C'est à cet endroit que Watson demanda à son compagnon :

— Je reste ébaubi par l'intérêt de Chuffart pour lady Mortimer.

— Il doit savoir, ou deviner, que le prétexte qu'elle a donné afin de justifier sa présence à Paris n'est qu'un leurre. Peut-être en sait-il plus qu'il ne le dit. Tu as observé combien il a marqué sa surprise en apprenant qu'elle se déplaçait discrètement la nuit.

Watson haussa les épaules.

— Il n'y a pas de quoi s'étonner ! C'est juste une femme qui se rendait chez un amant qu'elle ne peut pas recevoir chez elle !

— Possible. En attendant d'en savoir plus, voici ce qu'on va faire…

17

Rue du Temple, tout le monde connaissait l'hôtel des abbés du Bec et on leur indiqua où il se dressait. Edward Holmes étudia un moment ses abords avant de s'approcher du portail fermé. Cependant, un peu plus loin, une poterne étant ouverte, ils la franchirent pour pénétrer dans une cour pavée de bois. Une servante puisait de l'eau au puits. Un valet aux cheveux paille sortait de l'écurie. Les deux Anglais s'approchèrent pour lui demander d'aller chercher le chambellan ou un maître d'hôtel.

Le palefrenier acquiesça et se dirigea vers le corps de logis. Les visiteurs demeurèrent alors près de l'écurie. Curieux, Watson y pénétra et découvrit une dizaine de chevaux et deux mules.

— Edward ! appela-t-il.

Holmes fit quelques pas jusqu'au porche.

— Tu t'intéressais à une mule jaune sable, regarde donc celle-ci… poursuivit l'archer.

Le clerc entra et étudia la mule. D'après sa taille, sa corpulence et surtout la couleur de sa robe, il s'agissait bien de celle vue le jour où il avait rencontré Langlay, dans la maison de la Corne-de-Cerf. La même, apparemment, que celle présente au *Jardin des archers*.

Il se dirigea vers les chevalets sur lesquels reposait la sellerie. La selle rouge était là, ainsi que les brides argentées.

Qu'est-ce que cela signifiait ? Si cette mule appartenait à lady Mortimer, comment avait-elle pu se trouver chez Langlay ?

— Que faites-vous là, vous deux ?

La voix tonna dans leur dos, rude et désagréable. Aussitôt, les deux Anglais se retournèrent.

Un colosse au visage balafré se tenait devant le portail. Mufle de dogue, des bras comme des cuisses de taureau, il portait une longue cuirasse feuille-morte, des chausses rembourrées et des brodequins de cuir. Une lourde épée pendait à sa taille. Paupières mi-closes, regard irrité, il les considérait sans aménité.

— Je me nomme Edward Holmes, messire, et mon compagnon Gower Watson. Nous venons d'arriver et avons demandé à un palefrenier de prévenir votre intendant. Nous souhaitons rencontrer lady Mortimer.

— Nous sommes entrés ici admirer vos destriers, ajouta Watson, conciliant.

Le garde s'attarda sur les léopards brodés sur la casaque de Watson, puis son regard parcourut lentement le reste de l'étable comme pour vérifier que rien n'avait été dérobé.

— Venez ! ordonna-t-il à la fin.

Ils lui emboîtèrent le pas jusqu'à une petite salle glaciale meublée uniquement d'un long coffre de bois.

— Attendez ici ! ordonna le colosse.

Il tourna les talons et ils entendirent distinctement les verrous de la porte. Aussitôt, Watson tenta de pousser l'huis, vainement. Il rechercha ensuite un autre passage, mais il n'en existait aucun.

— Prisonniers ! gronda-t-il, dépité. Mais on peut forcer cette porte avec le coffre…

— Non, attendons.

Holmes n'éprouvait aucune inquiétude. Que pourrait-on leur reprocher ?

En effet, l'attente ne dura pas et un autre serviteur vint les chercher et les conduisit à l'étage par un vieil escalier de chêne ciré à la rampe richement ciselée. Là, ils pénétrèrent dans une chambre dont le lit trônait sur une haute estrade. Ses courtines écarlates, tirées, portaient les léopards d'Angleterre. Deux fenêtres, aux croisées à petits carreaux rouges et verts, délivraient une lumière tamisée. Un feu rougeoyant dans la cheminée, de nombreux tapis sur le carrelage noir et blanc et des tapisseries sur les murs dispensaient une agréable impression de chaleur. Holmes remarqua les blasons des March et de Lionel d'Anvers, fils d'Édouard III et arrière-grand-père de lady Agathe, suspendus sur la hotte du foyer.

Assise sur une chaire, habillée d'une robe écarlate au corsage rayé de blanc et de bleu – les couleurs des Mortimer – et au col en fourrure d'hermine, coiffée d'un hennin à deux courtes cornes, une jeune femme les attendait. Près d'elle se tenait le colosse en cuirasse, main menaçante posée sur la garde de son épée.

Edward et Gower s'approchèrent et mirent genou au sol.

— Maître Holmes, que me vaut l'honneur de votre visite ? demanda-t-elle en anglais d'un ton distant.

Le clerc fut frappé par son visage dur et anguleux.

— Noble dame, je suis homme de loi à Paris et m'occupe d'affaires que le prévôt de Paris n'a pas le loisir d'examiner.

Elle plissa légèrement son haut front, signe de perplexité ou d'impatience.

— Un pauvre homme se trouve emprisonné au Grand-Châtelet et sera exécuté la semaine prochaine pour avoir meurtri d'un coup de hache un archer devant la barrière des sergents, voilà trois semaines environ.

— En quoi cela me concerne-t-il ? s'enquit-elle, glaciale.

— Le père de cet homme prétend qu'il vous a défendue contre les sergents du Châtelet.

— Absurde ! ironisa-t-elle.

Holmes gardant le silence, elle ajouta :

— Est-ce tout ?

— Oui, milady. Vous seule pouvez sauver ce pauvre homme en reconnaissant son secours.

— Je le ferais volontiers, mais j'ignore tout de ces fadaises. Voulez-vous me faire commettre un parjure, maître Holmes ?

— J'en appellerai donc à la reine Isabeau afin d'obtenir une lettre de rémission, annonça Edward en écartant les mains.

— Damné pourceau, menaces-tu lady Mortimer ! gronda le colosse en s'avançant, faisant mine de dégainer.

Immédiatement, Watson passa devant son ami et posa lui aussi la main sur la garde de son arme.

— Arrête, La Roche ! ordonna lady Agathe.

Chacun resta sur sa position. Holmes baissa les yeux dans une attitude soumise, à nouveau silencieux.

— Croyez-vous que la reine Isabeau s'intéressera à vos extravagances ? demanda l'Anglaise, mélangeant l'ironie et le mépris.

— Je l'ignore, ma noble dame, mais je ne laisserai pas commettre cette injustice.

— Admettons que j'aie envie de sauver ce pauvre homme, bien qu'il ne me soit rien, déclara-t-elle après un nouveau silence. Que pourrais-je faire ?

— Est-il vraiment intervenu pour vous venir en aide, milady ?

— Maître Holmes, vous vous mêlez de ce qui ne vous regarde pas, asséna-t-elle sèchement. Et vous posez des questions qui dépassent votre condition.

— J'ai l'amour de la justice, milady. Mais je ne souhaite en rien vous causer du tort ni la moindre gêne. Je pourrais peut-être sauver ce prisonnier sans que vous apparaissiez nulle part... Et sans demander de lettre de rémission à la reine.

Elle hocha lentement la tête, marquant sa satisfaction.

— Mais je n'ai que la parole de son père sur ce qu'il s'est passé. J'ai besoin de connaître la vérité. Vous a-t-il aidée, milady ?

Elle soupira en hochant la tête.

— Il l'a fait, je le reconnais, mais je ne lui demandais rien et mon fidèle La Roche maîtrisait parfaitement la situation. Cet homme a tué un archer de sa propre volonté. Ce qui lui arrivera ne me regarde pas.

— Mais il voulait vous protéger, il a cru bien faire, milady. Si je ne parvenais pas à le tirer de là, consentiriez-vous à rapporter au lieutenant criminel le comportement insultant des archers du Châtelet envers vous ?

— Peut-être, répondit-elle après une longue hésitation.

— Je ne vous demande rien d'autre, milady, et vous supplie de me pardonner pour vous avoir importunée.

— Il n'y aura pas de lettre de rémission ?

— Il n'y en aura pas, si je parviens à le sauver, éventuellement avec votre aide.

Moyennement satisfaite, elle gratifia le clerc d'un sourire factice et fit un signe de la main à son garde afin qu'il raccompagne les visiteurs.

Mais à peine étaient-ils sortis qu'une amère expression de rage envahit son visage.

— Messire Grey ! cria-t-elle.

L'homme que nous avons déjà rencontré après la visite du drapier Girard souleva la tenture et pénétra dans la chambre.

— Vous avez entendu ? Je n'ai jamais été aussi humiliée ! siffla-t-elle. Ce Holmes et ce Watson doivent disparaître.

— Difficile, milady, observa le nommé Grey.

— Pourquoi ? Trouvez où ils vivent et payez quelques truands qui entreront chez eux une nuit ! N'ont-ils pas des femmes qui pourraient attirer des gueux ?

— Je sais où ils logent, milady, et ils ont en effet une hôtesse qui satisferait les sens des ribauds, mais cela me gênerait de perdre ce Watson.

— Lui ?

— Il s'agit de l'archer qui a remporté l'un des tournois de la guilde. Je vous en ai parlé.

— Mais vous m'avez dit qu'il n'accepterait jamais de meurtrir le roi.

— Sans doute, néanmoins il serait dommage que j'élimine quelqu'un qui pourrait malgré tout nous être utile.

— Que proposez-vous, alors ? Ce Holmes est trop curieux et en sait trop !

— Je préparerai une entreprise contre lui, milady. Mais seulement contre lui.

— Je vous fais confiance.

Une fois dans la rue, Edward et Gower prirent la direction de la rue Saint-Honoré.

— Nous aurions pu éviter cette désagréable visite, observa Watson. Le sergent Cornu suffira à faire libérer Pierre Moulinet. Avec la frousse qu'il avait, notre ami Pierre doit déjà se trouver au chaud devant un bon souper !

— Je l'espère, mais contrairement à toi, je ne pense pas que cette visite ait été inutile, d'abord à cause de la mule…

— Pourquoi cet animal t'intéresse-t-il tant ?

— Pourquoi une mule vue chez maître Langlay se trouve-t-elle chez lady Mortimer ?

— Il la lui aura vendue ! Il est anglais comme elle et nous. Intendant du nouveau baron, ils ont dû se rencontrer.

— Possible. Mais pourquoi l'animal était-il dans l'enclos du *Jardin des archers*, alors que j'y ai vu un valet et un sergent de Langlay ?

— Tu m'as dit toi-même que la mule était partie alors que ces serviteurs y demeuraient encore. Il ne s'agissait donc pas de la même mule.

— C'était la même ! Je me demande si ces deux-là n'ont pas remarqué que j'avais vu leur mule et voulu éloigner les soupçons en demandant à quelqu'un de la ramener chez Langlay.

— Bien tortueux ! De plus, pourquoi un simple valet et un sergent seraient-ils venus au *Jardin des archers* en montant cette belle mule ?

— Bonne question à laquelle je n'ai pas encore la réponse. Mais admettons que j'aie raison, auquel cas Langlay n'avait pas vendu sa mule à la Pentecôte.

— En effet.

— Il sera peut-être possible de le vérifier. Maintenant, dis-moi, rien ne t'a étonné chez lady Agathe ?

— Ma foi, c'est une grande dame qui paraissait fort courrouée contre nous. Ses paroles évoquaient toutes sortes de menaces…

— Je te parle plutôt de ce qu'elle n'a pas dit. Nous sommes anglais, comme elle. Ne crois-tu pas qu'elle aurait dû nous questionner sur notre présence à Paris ?

Elle a seulement déclaré : « Maître Holmes, que me vaut l'honneur de votre visite ? »

— Nous sommes de trop petites gens pour elle, proposa Watson en évitant un trou puant.

— À coup sûr ! Mais j'ai une autre explication : elle me connaissait. Voilà pourquoi elle m'a appelé maître Holmes.

— Bien sûr qu'elle te connaissait ! Le routier venu nous chercher dans l'écurie lui a donné nos noms que tu venais de lui livrer !

— Nos noms seulement. Je n'ai rien dit d'autre. N'aurait-elle pas dû penser que tu étais mon maître, et moi ton serviteur, ton clerc ? Tu portes une épée, tu arbores les armes de l'Angleterre. Or, qui suis-je, moi ? Rien. Elle est noble, voyant un homme d'armes comme toi, elle aurait dû s'adresser à toi.

Watson ne répondit pas. Son ami avait raison. Il n'avait rien d'un simple garde ou d'un mercenaire. Il portait une bonne vêture et de belles armes. D'ailleurs, quand il escortait maître Bonacieux, plusieurs fois des gens l'avaient pris pour un seigneur et le receveur pour un commis, au grand dam de ce dernier.

— Comment t'aurait-elle connu ?

— Langlay.

— Comment cela ?

— La mule se trouvait chez le baron de Roos, chez Langlay, donc. Or, l'animal est maintenant chez elle. Je veux bien qu'il la lui ait vendue, or dans ce cas ils se connaissent.

— Ce serait une étrange coïncidence que nous allions voir lady Mortimer au sujet d'une certaine affaire et qu'elle sache justement qui tu es. Peut-être a-t-elle seulement entendu ton nom rapporté par un serviteur de Langlay. Et c'est ainsi qu'elle nous connaît.

— Peut-être, admit Edward sans y croire vraiment.

Ils poursuivirent leur chemin en silence jusqu'à ce que Holmes déclare :

— Tu as tout de même remarqué que lady Mortimer ne voulait pas que la reine Isabeau prenne connaissance de cette affaire. Que craint-elle ?

— La honte, peut-être. Elle n'a pas été forcée, mais cela a failli arriver. Aucune femme ne tient à ce que cela se sache. Encore moins une princesse.

— Non. Elle craint que la reine ou d'autres ne découvrent qu'elle s'était rendue quelque part dans Paris entre soleil couchant et jour saillant.

Au bout d'un moment, il ajouta :

— Mais nous, nous le savons. Et cela, elle ne le supportera jamais.

— Que veux-tu dire ?

— Soyons prudents.

18

Le lendemain, jour de la Fête-Dieu, Holmes et Watson se rendirent au Grand-Châtelet. L'archer, qui portait son épée et une dague, avait revêtu sa casaque aux plaques de fer cousues dans la doublure et prêté à Holmes une jaque de mailles et une autre dague. La méfiance s'imposait désormais.

Depuis trois ans, la Fête-Dieu était fêtée par des processions auxquelles participaient les gens du roi, les conseillers au Parlement et au Châtelet, aussi le tribunal-prison était-il presque désert quand ils y arrivèrent, à basse none. Ils demandèrent après Cornu et quelqu'un proposa d'aller le chercher.

Au bout d'un moment d'attente dans la grande salle, ils virent arriver le sergent, traînant la jambe et les yeux baissés.

— Où est Pierre Moulinet ? demanda Holmes sans douceur.

— Dans une cellule, maître, mais chauffée, comme vous me l'avez demandé.

— Nous avons rencontré lady Mortimer, hier. Elle est prête à oublier dès qu'il sera libre. Vous êtes-vous confessé auprès de messire Jean L'Archer ?

— Oui, hier soir... Je suis allé voir le lieutenant criminel avec l'archer qui se trouvait avec moi, ce soir-là... Nous avons avoué qu'Aubry avait bu, qu'il s'en était pris à une dame avec son escorte, qu'on avait tenté de l'empêcher mais qu'il avait passé outre et avait frappé Pierre Moulinet qui passait par là. Qu'on avait eu peur d'avoir des ennuis et qu'on avait arrêté Moulinet, mais qu'on regrettait car il était innocent.

Il resta silencieux, gardant les yeux baissés, avant de murmurer :

— Messire L'Archer nous a mis à l'amende mais nous a épargné le fouet.

— Allez chercher Moulinet ! ordonna Edward.

Le sergent s'absenta longtemps et les deux Anglais s'en inquiétaient quand ils le virent revenir avec un gaillard amaigri, le visage mangé par la barbe, mais qui marchait encore droit. Les effroyables conditions de son cachot ne l'avaient pas brisé, à moins que ce ne soit les dernières heures dans un endroit plus vivable qui lui avaient rendu quelques forces. Il était enveloppé dans son manteau.

— Les formalités d'écrou ont été plus longues que prévu, s'excusa le sergent.

Le charpentier s'adressa à Edward Holmes avec un mélange de déférence et d'émotion :

— Est-ce à vous que je dois ma libération, monsor ?

— À moi, à messire Watson, à lady Mortimer et à votre père, répondit Holmes. Nous allons vous raccompagner chez vous car j'ai des questions à vous poser.

Il se tourna vers le sergent :

— Vous avez une livre à payer à Pierre Moulinet en dédommagement.

— Je n'ai pu réunir que cent dix deniers parisis, maître. Mais j'aurai le reste demain, je vous le jure.

Il tendit un sac à Holmes qui l'ouvrit et le vit plein de petites pièces noirâtres. Le clerc le passa à l'ancien prisonnier.

— Je ne peux partir sans ma hache ! On me l'a prise ! s'exclama le charpentier en s'emparant du sac.

— Où se trouve la hache ? demanda Watson au sergent.

— Chez moi, monsor, répondit Cornu. J'avais peur qu'on la vole en la laissant ici.

— Rapportez-la demain avec la somme que vous devez, ordonna Holmes. Maître Moulinet viendra la chercher.

Le sergent ayant acquiescé, ils se hâtèrent d'emprunter le grand escalier, pressés de quitter les lieux.

— Comment avez-vous fait pour me sortir de cet enfer, monsor ? demanda le jeune charpentier en frissonnant de froid. Je vous en serai éternellement reconnaissant ainsi qu'au Seigneur Jésus et à sa mère la très Sainte Vierge Marie que j'ai priée tous les jours. Pourtant j'ignore votre nom. Êtes-vous anglais ? Messire votre compagnon porte les armes anglaises…

— Mon nom est Holmes, Edward Holmes. Lui, c'est Gower Watson. Votre père est venu me trouver afin que je demande une lettre de rémission à Sa Majesté, mais finalement le sergent à verge Cornu a reconnu ses torts. J'ai aussi interrogé dame Mortimer, celle que vous avez sauvée.

— J'irai la remercier, promit Pierre.

— Je vous le déconseille. Je crois qu'elle ne veut plus entendre parler de cette affaire. Maintenant, je dois parler à votre père, où peut-on le trouver ?

— Les artisans comme nous ne défilent pas pour la Fête-Dieu, il est certainement en train de travailler à la maison de l'échevin que nous devions finir avant l'Ascension. Le pauvre doit abattre un double travail sans moi.

— Rue de la Draperie ?

— Oui, je peux vous guider.

— Je craignais de vous trouver en bien mauvaise santé après trois semaines dans la Fin d'Aise. On m'a dit qu'on devient fou en quelques jours dans ce cachot.

— J'ai eu de la chance, maître. Le cachot n'était pas inondé à cause du gel. On m'avait laissé mon manteau et un geôlier m'a donné une couverture et du pain payé par mon père. Sans lui, je serais mort.

— Vous avez fait preuve d'un grand courage en vous attaquant aux archers du roi, observa Watson tandis qu'ils approchaient du pont au Change.

— Je ne sais pas ce qui m'a pris, messire. Si j'avais réfléchi, j'aurais passé mon chemin, ironisa le jeune homme.

— C'est aussi cela le courage, ne pas calculer les conséquences de son geste.

— Ce fut surtout un enchaînement de circonstances. L'un des archers m'a déclaré que la femme était une bordelière. Or il mentait car je l'avais vue auparavant et je savais qu'il s'agissait d'une dame de qualité. Cela m'a décidé à agir.

— Vous l'aviez déjà vue, dites-vous ? interrogea Holmes, brusquement intrigué.

— Oui, maître. Devant la maison où nous travaillions, et où nous nous rendons à présent.

— Qu'y a-t-il donc là ?

— Le logis de maître Girard.

— Clément Girard ? s'enquit Holmes qui se souvint du nom donné par Jacques L'Aigle quand l'archer lui avait désigné les notables sur l'estrade, lors de la joute au *Jardin des archers*.

— Oui, c'est l'un des drapiers les plus riches de la ville.

— Lady Mortimer se trouvait-elle chez lui ?

— Je l'ai vue arriver à l'heure des chandelles allumant. Elle montait une mule escortée d'un garde à cheval. Un second homme se tenait sur ce cheval. Intrigué par cette visite nocturne, car je n'avais jamais vu personne circuler ainsi la nuit dans cette rue où je travaille depuis deux mois, et encore moins une noble dame, je suis resté un instant à regarder. Elle est entrée chez le drapier avec celui en croupe derrière l'homme d'armes. Ce dernier est resté dehors à garder les montures. Ensuite, j'ai repris ma besogne. Mais plus tard, ayant entendu du bruit dans la rue, je suis retourné voir : la dame était ressortie et montait en selle. Peu après, mon père a jugé qu'il faisait trop sombre et on est partis à notre tour. Ensuite, j'ai revu lady Mortimer à la barrière des sergents.

Holmes comprenait mieux le déroulement des faits et les raisons de l'intervention du jeune charpentier. Plus important, il venait de découvrir où s'était rendue lady Mortimer.

Ayant franchi le pont au Change, Edward jeta un regard à l'horloge installée sur la tour carrée du Palais. Elle marquait une heure de l'après-midi.

Les trois hommes empruntèrent le début de la rue Saint-Barthélemy et pénétrèrent dans la rue de la Draperie.

— Qu'avez-vous observé d'autre ? s'enquit alors le clerc.

Pierre resta un moment à réfléchir, mais il avait l'impression d'avoir tout révélé.

— Il faisait nuit, maître, s'excusa-t-il en fin de compte. Ce que j'ai distingué, c'était grâce à la lanterne suspendue devant la porte de maître Girard.

— Décrivez-moi les deux hommes…

— Le garde armé était un colosse, maître. Un routier sûrement avec sa cuirasse et son camail. Barbu, il portait une lourde épée et un marteau d'armes.

— Peut-être celui qui nous a surpris dans l'écurie, remarqua Watson à l'intention de son ami.

— Et l'autre ?

— Je l'ai mal vu, mais j'ai eu l'impression qu'il était bossu.

Bossu ! Immédiatement, Holmes pensa à Langlay au dos contrefait. Sa présence conforterait le lien entre lui et lady Mortimer.

Il songea alors à la mule de lady Mortimer.

— Avez-vous remarqué la monture de la dame ?

— Une mule, maître…

— Rien de particulier ?

— Peut-être plus grande que les mules habituelles que l'on voit dans Paris, maître.

— Sa robe ? Sa selle ?

— Couleur jaune sable, je m'en souviens, et une selle rouge.

Holmes lança à Watson un regard entendu avant de lui dire :

— Donc à ce moment-là, la mule appartenait à dame Mortimer. Près de trois semaines avant que je ne la voie au *Jardin des archers*.

— C'est important, maître ?

— Non, juste une discussion entre nous.

— Nous voici arrivés. Je cours prévenir mon père.

Il fila devant les Anglais et entra dans une bâtisse par une porte ouverte. Avant de le suivre, Holmes et Watson s'arrêtèrent devant la maison du drapier. Certainement la plus opulente de la rue avec ses sculptures peintes aux extrémités des sablières. Pourquoi lady

Mortimer et Langlay étaient-ils venus rendre visite à ce bourgeois ? s'interrogeait le clerc.

Puis ils entrèrent dans le corps de logis en travaux et découvrirent le père de Pierre qui se précipitait vers eux suivi de son fils. Le vieil homme se jeta en larmes aux pieds d'Edward.

— Merci ! Merci du fond du cœur ! bafouilla-t-il d'une voix étranglée par l'émotion. Comment avez-vous fait ? Clément Moreau m'avait dit que vous étiez un mage ! Il avait raison !

— Je ne suis rien de tel, vous m'avez seulement donné les bons renseignements. Relevez-vous plutôt.

— Comment avez-vous obtenu si vite une lettre de rémission, maître ?

— Pas de lettre de rémission. Votre fils a été innocenté et c'est le lieutenant criminel lui-même qui a ordonné sa libération. Le sergent à verge qui l'accusait a reconnu ses torts.

— Je vous remettrai les deux livres de paiement de la lettre au chancelier en plus de vos gages, promit le charpentier.

— Non, vous me remettrez uniquement mes gages. En revanche, vous pouvez m'aider à votre tour.

— Je ferai tout ce que vous me demanderez.

— Votre fils vient de nous dire qu'il avait vu lady Mortimer peu avant que vous ne la rencontriez au Grand-Châtelet, aux prises avec les archers. Elle s'était rendue chez le drapier d'en face.

— Je l'ignorais ! dit le père en regardant son fils.

— Oui, père, elle est arrivée à la nuit tombante et repartie un peu avant nous. Voilà pourquoi je n'ai pas cru l'archer quand il a affirmé qu'il s'agissait d'une puterelle.

— Avez-vous remarqué quelque chose de particulier chez ce drapier ? demanda alors Holmes au charpentier.

— Non… non, mais je n'ai guère de temps pour m'intéresser à ce qui se passe dans la rue.

Il s'arrêta et déclara brusquement :

— Si ! Je me souviens maintenant d'un fait qui m'a étonné ! Le dimanche suivant l'arrestation de Pierre, je suis venu travailler, n'ayant pas le cœur à rester chez moi. J'étais allé prier à Saint-Éloy et je revenais quand j'ai vu des cavaliers devant la maison du drapier Girard. Quatre, tous solidement armés avec brigandines et salade ou barbute. Il y avait un cinquième cheval et je suis resté un instant à les regarder tant j'étais surpris car on voit rarement de troupes ainsi équipées dans cette rue. La porte des Girard s'est alors ouverte et j'ai vu sortir le fils aîné, lui aussi armé comme pour la guerre. Il a salué ses compagnons et est monté en selle, puis ils sont partis.

— Étonnant… Mais peut-être partait-il en expédition jusqu'en Flandre afin d'acheter des draps, suggéra Watson.

— Le fils aîné ? S'agit-il de Gilles Girard ? intervint Holmes.

— Oui, maître.

Gilles Girard se trouvait aussi sur l'estrade lors des joutes, à côté de ce vieillard à la barbe blanche qui semblait perpétuellement aux aguets et qui l'avait regardé agressivement.

— Vous ne connaissiez pas les autres ? demanda Holmes.

— Non, maître. Mais en y réfléchissant, j'ai peut-être vu l'un d'eux devant l'échoppe de maître Pigache, sur le pont au Change par lequel je passe chaque jour.

— Le changeur Thomas Pigache ?

— Oui, maître. Un très honorable échevin de la ville.

Désigné par Jacques L'Aigle, Thomas Pigache se trouvait aussi sur l'estrade le jour des joutes, songea Edward Holmes. Décidément, tous les protagonistes de cette intrigue se trouvaient au *Jardin des archers* à Pentecôte ! Incroyable coïncidence ?

— Avez-vous revu le fils Girard ?

— Le lendemain de la Pentecôte, il se tenait dans l'échoppe où il servait des clients.

Holmes réfléchit à d'autres questions, mais n'en trouva pas. Il avait déjà obtenu beaucoup des deux charpentiers et avait besoin de mettre de l'ordre dans ses idées. Il prit donc congé, Laurent Moulinet lui promettant de venir le voir le soir même à la maison du Gros-Tournois afin de lui remettre ses gages.

Les deux Anglais s'attardèrent un moment dans la rue de la Draperie, Holmes souhaitant faire part à Watson de ses déductions.

— Langlay n'est pas venu à Paris pour me chasser, c'était surtout dans le dessein d'approcher ou d'accompagner lady Mortimer.

— Ils auraient pu plus facilement se retrouver en Angleterre, objecta Watson.

— Certainement, mais c'est à Paris qu'ils devaient être, car ils voulaient rencontrer le drapier Girard.

— Pourquoi ? En quoi ce drapier les intéresse-t-il ?

— Il s'agit d'un mystère pour l'instant. D'autre part, je ne vois pas pourquoi Langlay serait venu en France avec la mule couleur jaune sable, afin de la vendre à lady Mortimer. Cette mule appartient donc à lady Mortimer. Ce qui signifie que le valet vu à la maison à la Corne-de-Cerf assure la liaison entre lady Mortimer et Langlay. Et s'il peut utiliser la mule de sa maîtresse, c'est qu'il occupe un rang élevé parmi ses domestiques.

— Possible, reconnut Watson. Mais que faisait-il au *Jardin des archers* ?

— Voilà un second mystère. D'autant plus que le drapier, son fils et le changeur Pigache s'y trouvaient aussi.

— Cela s'explique parce qu'ils sont d'éminents bourgeois. Ils devaient distribuer les prix.

— Peut-être. Pour en être certains, il faudrait savoir où s'est rendu le fils du drapier avec l'homme d'armes de Pigache.

— Mon cher Holmes, tout ceci est certainement passionnant, mais en quoi est-ce que cela nous regarde ? Le jeune charpentier est libre, Au diable la Mortimer et ses manigances !

— Impossible, ami Watson ! Oublies-tu que j'ai été ignominieusement chassé par Langlay ? J'ai une revanche à prendre et, si je peux contrarier ses desseins, cela m'apportera une belle satisfaction.

— Ne vous vengez point vous-même, mon ami. À moi la vengeance, a dit le Seigneur, objecta Watson.

— Crois-tu que Langlay me veuille du bien ? N'as-tu pas appris qu'il faut se méfier d'un ennemi proche ? De plus, j'ai de meilleures raisons pour vouloir m'intéresser à ce mystère. En premier lieu, la nécessité d'occuper mon esprit. Sinon, je retomberai dans un mortel ennui, tu le sais. Ensuite, souviens-toi que maître Chuffart m'a demandé de lui révéler tout ce que j'apprendrai sur lady Mortimer…

En pensant au chanoine, il lança un regard songeur vers le cloître de Notre-Dame et le port Saint-Landry situés à quelques pas.

— Je me demande si le chancelier ne pourrait pas me renseigner sur le drapier Girard. Pourquoi ne pas aller voir s'il est chez lui ? Il habite tout près.

Le chancelier de la reine Isabeau rentrait de la procession de la Fête-Dieu. Il reçut avec intérêt ses deux visiteurs et Holmes lui raconta comment il avait fait libérer le charpentier.

— Vous êtes adroit, maître Holmes. Très adroit ! Qu'avez-vous découvert d'autre sur lady Mortimer ? Si elle ne voulait pas reconnaître les faits, c'est qu'elle avait quelque chose à cacher.

— Le soir où on s'en est pris à elle, elle s'était rendue chez un drapier de l'île de la Cité qui se nomme Girard.

— Clément Girard ! Voilà qui est fort intéressant…

— Lequel Girard se trouvait au *Jardin des archers* lors des joutes.

— C'est exact, avec ses amis Jean de Louviers, Thomas Pigache et Michel de Lallier. Les quatre bourgeois les plus influents de la ville.

— Que savez-vous d'autre sur eux ?

— Tous quatre ont tôt rallié Jean sans Peur et la faction cabochienne, plus afin d'obtenir une réduction des impôts que par conviction. D'ailleurs ils se sont ensuite facilement accommodés des maudits Armagnacs. Plus tard, après l'entrée du capitaine de L'Isle-Adam en ville, en 1418, ils sont redevenus bourguignons.

— Ils changeraient donc facilement de parti ?

— Comme beaucoup de marchands qui jugent ne pas avoir de suzerain, seulement des clients au gré des circonstances, persifla Chuffart. Cependant Michel de Lallier reste sincèrement attaché à dame Isabeau et au roi, aussi ai-je une certaine estime envers lui. Il s'est d'ailleurs rendu en Angleterre afin de prêter hommage à Henri V et a approuvé le traité de Troyes.

— Ceci pourrait pourtant ressembler à un complot contre notre roi, intervint Watson.

— Possible. Aussi je renouvelle mon offre afin que vous en appreniez plus, maître Holmes.

— Offre que j'ai acceptée. Vous recevrez déjà un premier mémoire sur ce que j'ai appris.

— Et je vous ferai passer vos gages et les remerciements de dame Isabeau. Et plus tard sans doute de votre roi.

— J'en serai flatté, je suis avant tout au service de l'Angleterre, mais puisque Henri V, mon roi, sera le prochain roi de France, je me trouve au service du royaume des lys.

19

Le lendemain vendredi, Edward resta seul dans sa chambre. Watson avait accompagné maître Bonacieux à la Maison aux Piliers et Holmes lui avait demandé d'en apprendre plus sur Pigache et le jeune Girard. Peut-être quelqu'un savait-il où s'était rendu le fils du drapier.

Allongé sur son lit, Edward assemblait toutes sortes de combinaisons entre les amis de Michel de Lallier, Langlay et lady Mortimer sans parvenir à aucun résultat satisfaisant. Il lui manquait trop de renseignements. Combien de temps le jeune Girard s'était-il absenté ? Pourquoi ? Qui était ce vieil homme au regard si agressif qui se trouvait avec lui sur l'estrade du *Jardin des archers* ? Était-ce un serviteur des drapiers ? Un mercenaire ? Il en avait l'allure. Dans quel dessein cependant ?

Il s'attarda sur cette hypothèse, se persuadant qu'il devait en savoir plus sur cet individu singulier. Mais comment ?

À basse none, dame Bonacieux vint prévenir que le dîner était prêt. Pendant le repas, pris avec les serviteurs, Holmes, toujours plongé dans ses pensées, demeura silencieux.

L'après-midi, il se rendit au Louvre afin de rencontrer son ami Baille. Il l'interrogea sur Girard, espérant que le trésorier connaîtrait les raisons du voyage du fils du drapier, mais ce dernier n'en savait rien. Holmes rentra donc chez lui et commença à écrire un mémoire destiné au chancelier d'Isabeau.

Seulement, il tournait en rond. Il ne distinguait aucune opportunité lui permettant d'en savoir plus.

C'est alors que Watson revint.

— Je n'ai rien appris sur Girard, annonça-t-il, mais figure-toi que j'ai rencontré Jacques L'Aigle à la Maison aux Piliers. Il m'a demandé un service.

— Lequel ?

— Il veut te parler.

— Va-t-il venir ici, ou préfère-t-il *La Coupe d'Or* ?

— Ni l'un ni l'autre. Pour tout te dire, il s'est montré très… secret, méfiant… Inquiet, peut-être. Il m'a juste abordé un instant et m'a déclaré qu'il serait demain au *Jardin des archers*.

— Pourquoi là-bas ?

— J'ai l'impression qu'il veut garder secrète la rencontre avec toi. Il doit juger que, là-bas, personne ne fera attention à nous.

— Possible, fit Holmes, songeur.

Il pensait au billet que l'on avait remis à L'Aigle à la fin des joutes. Son contenu pouvait-il avoir un rapport avec les craintes de l'archer ?

— J'irai m'entraîner demain, tu auras l'occasion de parler avec lui pendant ce temps.

Satisfait, Holmes hocha la tête. Décidément, se dit-il, lui qui craignait de s'ennuyer, voilà une nouvelle affaire qui se présentait !

Un peu plus tard, les deux charpentiers arrivèrent. Le père remit à Holmes dix doubles gros d'argent[1] et

1. Le double gros valait vingt-quatre deniers (c'est-à-dire deux sous).

le remercia une nouvelle fois. Le clerc en profita pour leur décrire le vieillard barbu vu avec le fils Girard, mais les deux artisans ne purent l'identifier.

Samedi 24 mai 1421

Ils arrivèrent parmi les premiers au *Jardin des archers* tant Edward Holmes avait hâte de rencontrer Jacques L'Aigle. Mais celui-ci ne s'y trouvait pas encore. Certes, le samedi, le commerce de détail cessait dans presque tous les quartiers de Paris, aussi le vainqueur du tournoi n'ouvrait-il pas sa boutique de cloutier, néanmoins sa femme le houspillait pour qu'il fasse toutes sortes de travaux dans leur logis. Il arriva donc à haute none, quand les deux Anglais venaient de terminer de dîner dans une gargote près de la porte de Buci.

Tous trois s'installèrent à l'extrémité du jardin, près de la porte faisant communiquer le champ de tir avec l'hôtel de Nesle. Seule une poignée d'archers s'exerçaient et personne ne s'intéressa à eux.

— Maître Holmes, ma boutique se trouve assez loin de la porte Montmartre, pourtant savez-vous qu'on ne parle que de vous là-bas ?

— À cause de cette lettre de rémission ?

— Et de la façon dont vous avez innocenté Pierre Moulinet. Je l'ai appris avant-hier soir, comme tout le monde dans le quartier, et c'est ce qui m'a décidé à parler à messire Watson hier, quand je l'ai rencontré à la Maison aux Piliers où je me rendais en tant que syndic de mon métier.

Edward Holmes hocha du chef, attendant la suite.

— Depuis une semaine, je ne sais que faire, que décider. J'ai besoin de conseils et je ne vois que vous qui puissiez m'aider.

— Vous aider à quoi ?

L'archer fouilla dans sa ceinture et en sortit un papier qu'il lui tendit. Edward le prit et le lut :

Si vous vous rendez demain à prime à la maison à l'enseigne de Mélusine, rue des Bons-Enfants, pour m'écouter, vous recevrez un agnel d'or. La poterne sera ouverte.

— On m'a donné ce papier samedi dernier, à la fin des joutes.

Holmes tendit le pli à Watson.

— Bien sûr, j'étais intrigué, un peu inquiet aussi, mais on ne refuse pas un agnel d'or, surtout seulement pour écouter ! J'y suis donc allé.

— Tu connais cette maison à l'enseigne de Mélusine, Watson ?

— Non, mais on pourra aller voir.

— L'endroit est abandonné, sinistre. J'ai découvert une poterne ouverte. Je suis entré dans une cour. Tout était délaissé. À l'évidence, cela faisait des années que les lieux étaient inoccupés. J'ai vu un porche et une porte. J'y suis allé et je suis entré dans une salle. Trois hommes masqués m'attendaient.

— Masqués ?

— Oui, avec de grandes cagoules. L'un d'eux m'a dit ce qu'il attendait de moi : contre cinquante pièces d'or, il voulait que je tue quelqu'un avec mon arc.

— Un meurtre ?

— C'est cela, maître. Je vous confesse que j'ai hésité, que j'ai vraiment été alléché. Cinquante pièces d'or ! Mais le Malin parlait par la bouche de cet homme. Le Seigneur Dieu m'a aidé à surmonter la tentation et j'ai fui pour ne pas être séduit par le serpent.

— Tu as surtout perdu cinquante pièces d'or ! ironisa Watson. Pas sûr que j'aurais agi comme toi !

Holmes jeta un regard perçant à son ami.

— Tu viens de soulever une nouvelle question, Watson. Pourquoi ces trois-là n'ont-ils pas fait appel à toi ? Après tout, tu as battu Jacques dans le tournoi de l'après-midi.

Watson en resta interloqué.

— Conclusion : ils ne voulaient pas de toi pour une raison que j'ignore.

— Peut-être cherchaient-ils un Parisien ? suggéra L'Aigle.

— Qui connaisse la ville ? Ou sa victime ? Possible. Vous ont-ils dit qui vous deviez tuer ?

— Non, maître. Je l'ai demandé, mais ils m'ont répondu que, pour l'apprendre, je devais accepter leur proposition et jurer de ne pas les trahir.

— Vous ne savez pas plus où et quand devait avoir lieu le crime ?

— Non, maître.

— C'est grand dommage. Voilà une étrange affaire et qui soulève bien des questions. N'avez-vous rien remarqué chez ces trois individus ?

— Non, maître. Ils portaient une robe, leur visage était caché. J'ai pourtant observé leurs mains, ce n'étaient ni des ouvriers ni des artisans comme moi. De plus, l'un d'eux était plus jeune que les autres.

— Selon vous, il s'agissait de bourgeois, de gueux, de seigneurs ?

— Plutôt des bourgeois, maître. Des marchands, même.

Le silence s'installa. Évidemment, Holmes songeait à Girard et à son fils, à Pigache, tous présents à la joute, donc capables d'avoir fait remettre le pli à L'Aigle. Mais pourquoi ces bourgeois voudraient-ils tuer quelqu'un ? Et quel rapport avec lady Mortimer ?

C'est alors qu'une évidence le frappa comme un coup de masse. Il lui revint en mémoire le complot de Southampton, dont son demi-frère lui avait parlé. Des proches du père de lady Mortimer, le comte de March, s'étaient réunis à Southampton afin de préparer l'assassinat d'Henri V et de ses frères. C'est le comte de March lui-même qui avait dénoncé le complot au roi et envoyé ainsi ses amis au bourreau. Il s'était par là même innocenté. On disait que le roi le suspectait et qu'il n'avait trouvé que ce moyen pour sauver sa tête.

Se tramait-il à Paris un complot avec le même dessein ? Mais pourquoi des bourgeois s'impliqueraient-ils dans une si méchante affaire ?

— Que voulez-vous que je fasse ? demanda-t-il à Jacques L'Aigle.

— J'ai pensé à tout rapporter au prévôt, mais j'ai peur d'être mis en cause. Seulement, si je ne dis rien et que ce crime soit commis, ne serai-je pas damné pour ne pas l'avoir dénoncé ?

— Ne dites rien. Vous m'en avez parlé et cela suffit. Je vais m'en occuper et vous éviterez ainsi la damnation.

— Dieu soit loué, et qu'Il vous protège à jamais ! Vous aussi, ami Watson, adversaire et si bon compagnon.

— Dieu vous bénisse aussi, maître L'Aigle, dit Holmes. Essayez d'oublier cette triste histoire.

Il se tourna vers Watson :

— Si tu as fini ton entraînement, nous pourrions aller voir cette maison Mélusine.

À peine avaient-ils quitté le jardin que Watson prit la parole :

— Quand Jacques L'Aigle a parlé de bourgeois, j'ai pensé à ceux qui m'ont remis mon prix, à Lallier, Girard et les autres. Pas toi ?

— Bien sûr, mais rien ne nous permet de les incriminer. Et rien ne dit que nous découvrirons qui sont ces hommes, ni même de quel attentat il s'agit.

Gower trouva son ami bien défaitiste. N'avait-il pas jusqu'à présent réussi tout ce qu'il avait entrepris ? Aussi fut-il un peu déçu par sa pusillanimité.

En vérité, Edward ne souhaitait pas lui faire part de ses soupçons. Attenter contre un roi était puni des plus effroyables tortures, et connaître un tel projet sans le dénoncer sur-le-champ était considéré comme une marque de complicité sanctionnée des mêmes châtiments. En ne révélant rien à Watson, Holmes le sauvait. Certes, il aurait pu lui-même dénoncer cette méchante affaire, mais à qui ?

Car, de quelque côté qu'il se tournât, il ne voyait personne à qui faire confiance. Divulguer tout au prévôt de la vicomté de Paris, au lieutenant criminel, au président du Parlement ? C'était courir le risque de s'adresser tout simplement à un complice de la conspiration. Quant au chancelier Chuffart ou même la reine Isabeau, quel crédit devait-il leur accorder ? Pourquoi s'intéressaient-ils à Agathe Mortimer ? Parce qu'ils la surveillaient ou parce qu'ils la soutenaient ?

Son frère John l'aurait écouté, mais il n'était plus.

Les deux Anglais marchaient en silence et ils approchaient du Petit Pont quand Gower reprit la parole.

— J'ai bien réfléchi, dit-il.

— À quoi ?

— Au dessein criminel de ces bourgeois, peut-être de ce Lallier et de ses amis.

— Et alors ?

— Cinquante pièces d'or pour le meurtrier ! Il ne s'agit pas d'un crime ordinaire.

— Certainement.

— Même un officier royal ne vaut pas ce prix. La victime ne peut être que le duc d'Exeter. Les bourgeois doivent savoir qu'il va encore augmenter les taxes déjà imposées par le duc de Clarence. Ils en ont assez de payer.

Holmes ne répondit pas tout de suite. Et si Gower avait raison ? Non, impossible ! Lady Mortimer ne pouvait en vouloir qu'à Henri V.

— Peut-être, se contenta-t-il de répliquer.

Arrivés à la ruelle des Bons-Enfants, ils trouvèrent vite la maison Mélusine, reconnaissable à son enseigne : un panneau de fer qui commençait à rouiller représentait la fée sortant de l'onde, gorge découverte, et agitant ses ailes. Les deux hommes essayèrent d'ouvrir la poterne et le portail, mais en vain. Ils longèrent alors le mur d'enceinte, à la recherche d'un autre passage, et entrèrent dans une ruelle en cul-de-sac où se trouvait un pressoir. Là, ils découvrirent une autre porte qui devait donner dans un jardin, mais elle aussi était verrouillée.

— Pourquoi choisir cette maison pour rencontrer L'Aigle ? dit Holmes après un moment de réflexion.

— Elle appartient à l'un des bourgeois et c'était donc un lieu de rencontre facile, suggéra Gower.

— Le comploteur serait facilement identifiable…

Il regarda autour de lui afin de se renseigner mais ne vit aucune boutique. En revanche, de l'autre côté de la ruelle se trouvait le cloître Saint-Honoré.

— Allons poser des questions là-bas.

À la porte du cloître, ils tirèrent la cloche et un moine portier vint ouvrir.

Holmes désigna la maison Mélusine.

— À qui appartient cette maison, mon père ?

Le religieux se signa.

— L'hôtel est maudit, fermé, abandonné, messire.

— Le propriétaire n'a pas payé son cens ? plaisanta Gower.

Son mot d'esprit ne fit pas sourire le portier.

— Il appartenait au seigneur de Lusignan. Mélusine est l'ancêtre de sa famille, mais la fée n'a pas protégé les siens. Voilà quatre ans, tous ceux qui vivaient là ont été épouvantablement navrés par les bouchers de Paris.

— Comment cela ?

— Cela s'est passé quand les Bourguignons de L'Isle-Adam sont entrés dans Paris. Les bouchers de Capeluche s'en sont pris aux maisons armagnacs. Ils ont pillé celle du comte (le portier la désigna), puis celle-ci, car Lusignan était le lieutenant du prévôt du Châtel. Ils ont massacré toute la mesnie.

Un lourd silence s'installa un instant.

— Qui l'occupe depuis ? finit par demander Edward.

— Personne, vous ai-je dit !

Voyant que ses interlocuteurs demeuraient sans voix, le religieux referma la porte.

— Nous voilà renseignés ! lâcha finalement Watson, à demi satisfait. La maison est abandonnée !

— Dans ce cas, comment ces bourgeois ont-ils eu la clef ? lui demanda Edward.

— Facile ! répondit l'archer en souriant et en haussant les épaules. Ces bourgeois sont les bouchers qui ont massacré les habitants. Ils ont gardé la clef.

Les bouchers ? Holmes n'y avait pas pensé. Mais pourquoi pas ? Seulement la confrérie de la Grande Boucherie soutenait les Anglais et approuvait le traité de Troyes. Donc la future royauté d'Henri V.

Pourquoi voudraient-ils le faire disparaître ? Leur faction poursuivait-elle un autre dessein ?

Ils rentrèrent à la maison du Gros-Tournois. Holmes se remit à l'écriture de son mémoire en décidant cependant de ne pas y évoquer Jacques L'Aigle et les trois bourgeois masqués. Ensuite, il commença l'écriture d'un autre document qu'il avait à cœur.

En le voyant noircir des pages et tailler régulièrement sa plume d'oie, Watson, qui préparait de nouvelles flèches, fut intrigué.

— Tu as tant à écrire dans ce mémoire ?

— Je l'ai terminé, je fais autre chose.

— Puis-je savoir quoi ?

— J'ai décidé de raconter ma vie à Paris, et les événements survenus depuis que j'y suis arrivé.

— Qu'en feras-tu ? demanda l'archer, étonné.

— Rien ! L'idée m'en est venue après que le chancelier Chuffart m'a avoué relater chaque jour ce qui se passe dans la capitale. Il appelle cela son « Journal d'un bourgeois de Paris ». Je donnerai mon récit au collège d'Oxford où j'ai fait mes études. Leur bibliothèque possède de nombreux récits du même genre.

— Je n'en vois guère l'utilité, mais pourquoi pas ! Et vas-tu donner un titre à ton histoire ?

— Bien sûr, regarde…

Il tendit le premier feuillet à Watson qui lut :

Les chroniques d'Edward Holmes durant la cruelle et sanglante guerre entre les Armagnacs et les Bourguignons.

— Engageant ! Si je savais écrire aussi bien que toi, peut-être ferais-je pareil. Moi aussi je pourrais raconter bien des choses, ne serait-ce que la bataille d'Azincourt.

— Je pourrai t'aider si tu veux.

Chacun reprit sa besogne et le souper fut servi un peu plus tard.

Maître Bonacieux paraissait de bonne humeur. Grâce à Holmes, il avait encaissé le paiement de plusieurs maisons armagnacs saisies depuis des années et abandonnées. Comme il recevait le denier quinze sur les ventes[1], sa fortune s'était arrondie et il annonça avoir des vues sur un bel hôtel du quartier, ce qui lui permettrait de quitter cette rue malfamée dans laquelle les puterelles étaient trop nombreuses.

Curieuse, Constance Bonacieux interrogea son mari. À plusieurs reprises il lui avait déjà parlé de son souhait de quitter la rue Champfleuri, mais elle savait qu'il n'en avait pas les moyens. Il ne possédait même pas la maison qu'ils occupaient. Où se trouvait donc l'hôtel qu'il visait ?

— Pas très loin, répondit-il. Mais je n'en dirai pas plus !

— Au sujet des maisons du quartier, fit Holmes, peut-être que vous pourriez me renseigner...

— Certainement, je les connais toutes ! assura Bonacieux avec suffisance.

— Il s'agit d'un petit hôtel, rue des Bons-Enfants. Une maison à l'enseigne de Mélusine.

Il n'échappa pas à Holmes que les Bonacieux changaient de visage.

— Vous la connaissez ? insista le clerc.

— Qui ne la connaît, répondit Constance d'une voix blanche. La maison maudite !

Maître Bonacieux restait pétrifié tandis que les serviteurs assis à la table se signaient.

1. Le denier signifiait la partie d'une somme.

— On nous a dit qu'elle appartenait à un Armagnac et qu'on a tué ses habitants lors de l'entrée des Bourguignons, mais ce fut le cas dans bien d'autres maisons de Paris, observa Edward.

— Pas de cette façon. L'hôtel appartenait effectivement au seigneur de Lusignan, le lieutenant du prévôt Tanneguy du Châtel, dit Constance. Un officier qui se montrait impitoyable envers tous ceux qui soutenaient la cause bourguignonne. Je n'étais pas mariée alors et vivais chez mes parents, partisans de Jean sans Peur, aussi nous avons tous approuvé l'arrivée du capitaine de L'Isle-Adam avec ses troupes grâce à Périnet Leclerc. Mais nous n'imaginions pas les horreurs qui allaient s'ensuivre.

Elle essuya une larme.

— Lusignan est allé prévenir le prévôt dès qu'il a su la porte de Buci ouverte. Des bouchers l'ont appris et, en son absence, ont brisé les portes de sa maison et ont massacré tous les occupants. Dame Lusignan, ses filles, son fils et les domestiques ont tous subi d'effroyables supplices avant d'être libérés par la mort, entaillés et détranchés par les bouchers conduits par Capeluche.

» J'habitais plus loin, dans la Grande-Rue-Saint-Louis. Quand les massacres furent terminés, nous avons aidé un vieux serviteur du comte d'Armagnac, épargné car habitant depuis toujours le quartier, à mettre en terre les corps. Vous ne pouvez imaginer ce que les bouchers avaient fait. Depuis, la maison est abandonnée et on dit que les âmes de ceux qui y ont souffert les hantent. Personne n'oserait y entrer…

— Arrête, femme ! cria soudain maître Bonacieux.

Elle se tut.

— Pourquoi vous intéressez-vous à cette maison, maître Holmes ? demanda alors le bourgeois d'un ton rogue.

— Nous pensions la louer, répondit Watson en se moquant. Les morts ne me font pas peur !

— Certainement pas ! lança alors Bonacieux qui se leva de table et quitta la pièce sous les regards sidérés des convives.

LA MAISON MÉLUSINE

20

Le lendemain, dimanche, quand dame Bonacieux descendit de sa chambre, elle apprit de la cuisinière que son mari était déjà sorti. Il n'avait dit à personne où il allait. Peut-être se tenait-il une assemblée bourgeoise à la Maison aux Piliers, pensa-t-elle.

Mais ce n'était pas le cas. Maître Bonacieux s'était rendu au coin de la rue de la Bretonnerie et de la rue Pernelle-Saint-Paul. Là se dressait une vaste maison aux colombages magnifiquement décorés. Elle était occupée par Philippe de Morvilliers, le premier président du parlement de Paris, et certainement l'homme le plus important de la capitale, après le roi.

Avocat au Parlement et zélé partisan du duc de Bourgogne, Philippe de Morvilliers avait été banni après avoir été compromis dans la conspiration de Pâques 1416. Il avait alors été nommé par le duc de Bourgogne président du parlement de Picardie. Après l'entrée des Bourguignons à Paris, Jean sans Peur l'avait choisi en juillet 1418 au poste de premier président du Parlement, après la révocation du précédent. Ensuite Morvilliers n'avait plus quitté le duc et se trouvait à Montereau lors de son assassinat, s'échappant d'ailleurs à grand-peine. Une fois au service du nouveau duc Philippe le Bon, il s'était rendu ensuite en Normandie afin de rencontrer le roi d'Angleterre et était devenu l'artisan du traité de Troyes qui offrait la couronne de France à Henri V grâce à son mariage avec Catherine de Valois.

À Paris, le président Morvilliers était détesté à cause de sa férocité et son avidité. Commis à la police de la ville, il punissait ses ennemis et ses détracteurs avec la plus extrême sévérité, faisant percer les langues et exposer au pilori pour la moindre faute. Ses jugements étaient d'une rare cruauté, si terribles et si épouvantables que nul homme n'osait parler contre lui. Dans les cas les plus doux, il imposait des peines d'amende extravagantes, s'enrichissant par la même occasion.

Car tout était bon afin d'accroître sa fortune. Il avait la haute main sur les confiscations des biens armagnacs et possédait lui-même bon nombre d'hôtels et de maisons.

C'est à ce titre que le receveur des amendes, taxations et forfaitures venait le voir.

Le concierge le fit entrer dans une minuscule antichambre meublée d'un simple banc.

Le maître barbier s'occupait de messire le premier président qui se trouvait sur sa chaise percée, expliqua fort solennellement le serviteur. M. de Morvilliers partirait ensuite à la messe car le dimanche était consacré à la louange du Seigneur.

C'était une fin de non-recevoir.

Bonacieux insista tant que le serviteur lui demanda de patienter, le temps qu'il aille interroger son maître.

Finalement, après une longue attente, on vint chercher le receveur de la ville qui fut conduit au premier étage dans une immense chambre lambrissée de panneaux de bois richement ciselés. Le premier président, en robe à col de martre, dictait des instructions à deux secrétaires.

— Ah, c'est donc bien vous, Bonacieux ! Ne pouviez-vous venir me trouver au Palais demain ?

Aucune salutation, aucun souhait de bienvenue. Le ton était empreint de reproches et surtout Morvilliers rappelait à Bonacieux l'immense distance qui les séparait.

— Pardonnez-moi, messire le premier président, il s'agit d'une affaire qui me tient fort à cœur. J'ai cru qu'il me serait plus facile de la régler en vous rencontrant chez vous.

— Soit ! Dépêchez-vous, je n'ai guère de temps !

— Dans le cadre de mon travail de receveur, je prépare les ventes des maisons confisquées. L'une d'elles a attiré mon attention car je suis fort chichement logé. J'ai donc fait une demande d'achat, en respectant toutes les règles, et je vous l'ai transmise. Mais je n'ai jamais reçu de réponse.

Morvilliers fronça les sourcils.

— Rappelez-moi quelle était cette maison ?

— La maison Mélusine, à l'angle du chemin de la porte Saint-Honoré et de la ruelle…

— Inutile de me dire tout ça ! le coupa brusquement Morvilliers. Tout le monde connaît l'hôtel qui appartenait à Lusignan. Vous voulez vraiment acheter cette bâtisse, après ce qu'il s'est passé à l'intérieur ?

— Oui, messire.

Morvilliers prit un air chafouin.

— Combien en proposez-vous ?

— J'avais pensé… Compte tenu de la baisse des loyers depuis trois ans… de la difficulté de trouver des acheteurs solvables… du nombre de maisons abandonnées par leurs propriétaires…

— Au diable les maisons abandonnées ! Cessez de tergiverser ! Combien ?

— Cinquante livres, monsor, murmura Bonacieux.

Morvilliers plissa le front pour marquer sa surprise avant d'éclater d'un rire tonitruant.

— Par le corps de saint Marc ! Vous plaisantez, mon maître ! L'hôtel de Tuilières, rue de l'Arbre-Sec, a été acheté quatre cents livres.

— Une partie de l'hôtel seulement, monsor le premier président, et encore, garni de ses meubles.

— Je vous l'accorde, mais l'hôtel de Lusignan ! Une bâtisse qui a appartenu à l'une des plus vieilles races du royaume ! Songez qu'en possédant cette maison vous pourrez vous faire appeler Bonacieux de Lusignan dans quelques années ! Non, je ne peux brader les biens de la Couronne ainsi ! D'ailleurs, d'autres offres m'ont été faites.

— Des Anglais ? ne put se retenir de demander Bonacieux.

Si Morvilliers fut surpris par la question, il n'en laissa rien paraître.

— Des Anglais, en effet, et d'autres… Mais, parlons franc, avec les propositions que j'ai, vous ne l'aurez pas à moins de deux cents livres.

— Deux cents livres ! C'est impossible, messire ! Où trouverais-je pareille somme !

Morvilliers faillit mettre fin à la conversation. Mais il savait que personne ne voulait acheter cet hôtel maudit, alors pourquoi ne pas le céder à ce sottard ?

— Je vais être bon prince, parce que vous êtes un ami ! Ce sera cent livres tournois et vous me verserez un donatif de trente livres. Je ne descendrai pas au-dessous.

— Entendu ! approuva Bonacieux après avoir dégluti.

— Évidemment, le donatif sera payé en écus d'or à trente sols tournois.

Bonacieux pâlit. Il disposait pour toute fortune de cent livres tournois en petits deniers parisis noirs. Il était incapable de payer pareille somme. Mais il voulait tellement l'hôtel Lusignan qui allait lui passer sous le nez si ces deux Anglais l'achetaient. Et ça, il ne pourrait le souffrir. Il aurait préféré mourir. Il emprunterait donc, il mettrait en gage tout ce qu'il possédait, mais il aurait cet hôtel. Il se rattraperait en exigeant plus sur les amendes et les taxations.

— Bien sûr… murmura-t-il.

— Dans ce cas, je vais envoyer un pli à Clément de Fauquembergue. Allez le voir lundi au Palais. Il aura préparé les actes et se sera procuré les clefs. Vous verserez la somme au trésorier et vous laisserez le donatif à maître Fauquembergue.

En quittant le président du parlement de Paris, Bonacieux se rendit chez un Lombard de ses connaissances qui avait échoppe rue de la Buffetterie. Maître Bonacorso avait bien sûr sa boutique close, mais il accepta de recevoir le visiteur un instant avant de se rendre à la messe. Bonacieux lui expliqua ses besoins et le banquier consentit à lui prêter cinquante livres en or à condition qu'il lui en rende soixante à Noël. En garantie, le receveur apporterait sa vaisselle d'argent et signerait un acte devant notaire promettant de céder son office s'il ne pouvait rembourser.

Satisfait, Bonacieux rentra chez lui. Tout le monde était parti assister au service religieux à Saint-Honoré, ce qui lui permit de choisir les pièces de son argenterie qu'il remettrait au banquier. Plus tard, au retour de sa mesnie, il resta dans sa chambre et, lors du souper, il n'adressa la parole ni à sa femme ni à ses locataires.

En vérité, il se délectait d'avance de la surprise qu'il ferait le lendemain à Constance en lui annonçant qu'il possédait la maison Mélusine, et du mécontentement des deux Anglais qu'il aurait bien roulés dans la farine.

Le lundi avant que le jour ne saille, il rassembla une aiguière, un plat et une coupe, les trois plus grosses pièces d'argenterie qu'il possédait. Sa femme s'en inquiéta et lui demanda pourquoi il mettait leur orfèvrerie dans un sac, lui rappelant d'ailleurs que l'aiguière faisait partie de sa dot. Maître Bonacieux lui répliqua alors vertement que la dot lui appartenait désormais et qu'il faisait ce qu'il voulait de ses biens. Comme il menaçait de la corriger pour son insolence, Constance partit pleurer dans la cuisine.

Watson et Holmes assistèrent à l'algarade en silence. Ce qui se passait dans le couple ne les regardait pas, d'autant plus qu'ils savaient que Bonacieux avait raison. En dépit de quoi, Watson bouillait d'intervenir et, sans son ami qui l'en empêcha, il se serait certainement mis dans une mauvaise affaire.

Dès que Constance eut disparu, le maître de maison s'adressa à l'archer :

— Je vais au Palais avec une grosse somme. En chemin, je m'arrêterai chez un Lombard. Vous allez m'accompagner afin de me protéger, et soyez bien armé !

— Puis-je vous demander ce que vous avez en tête, maître Bonacieux ? demanda Gower.

— Non ! Je vous loge et vous nourris pour m'escorter. J'ai besoin de vous maintenant et c'est tout !

Watson échangea avec Holmes un regard furieux, mais, d'un clignement de paupières, son ami lui fit comprendre que la docilité s'imposait, aussi l'archer se leva-t-il.

— Prenez ce sac avec mon argenterie ! ordonna Bonacieux, satisfait d'avoir muselé le soldat anglais.

Toi (il s'adressa à son valet), va seller ma mule ! Tu m'accompagnes aussi.

Il monta dans sa chambre et saisit le sac de pièces d'argent qu'il avait préparé.

Peu après, escorté de son valet qui tenait la mule et de Watson quelques pas derrière, Bonacieux prit le chemin de la rue des Lombards.

Arrivé devant la boutique de maître Bonacorso, une petite échoppe à l'étal et au volet supérieur peints en vert et décorés d'un filet doré, le receveur de la ville ordonna à ses deux serviteurs de l'attendre, puis expliqua au commis et à dame Bonacorso, qui tenaient l'échoppe, que le banquier l'attendait. On le fit pénétrer par la porte latérale et le commis l'accompagna à l'étage, après avoir soigneusement verrouillé l'huis.

Bonacorso se trouvait en compagnie d'un vieillard en robe que Bonacieux connaissait, ayant déjà établi des actes avec lui. Il s'agissait d'un notaire au Châtelet.

Après les salutations et banalités d'usage, le notaire lui montra l'acte préparé tandis que le Milanais examinait puis pesait l'argenterie.

— Je vous en offre treize livres, pas plus, dit-il. Votre office de receveur ne valant pas plus de cinquante livres, je vous prête donc soixante-trois livres en argent ou quarante en or.

— Vous plaisantez ! Mon office vaut plus de trois cents livres ! protesta Bonacieux.

— Vous l'avez payé cent livres, lui rappela le notaire. De plus l'argent est rare et le prix des charges a beaucoup baissé.

— En trois mois ?

— Hélas, oui.

— Au demeurant, c'est à prendre ou à laisser, conclut sèchement l'Italien.

La rage au cœur, Bonacieux signa un acte en blanc de résignation de sa charge, ceci à l'intention de la Chambre des comptes, puis un second document avalisant les conditions du prêt. Quand ce fut fait, le banquier lui remit la somme convenue.

Revenu dans la rue, et fort contrarié, il déclara à Watson qu'il se rendait maintenant au Palais. L'archer ne fit aucune remarque et ne posa aucune question. Il avait bien sûr deviné que Bonacieux avait un pressant besoin d'argent. Mais pour quoi faire ?

Ils prirent la direction du Grand-Châtelet. Bonacieux resta vigilant et inquiet tout au long du chemin, demandant sans cesse à son garde de rester au plus près de lui en gardant la main sur son épée.

Ils passèrent sous le porche du siège de la prévôté, puis empruntèrent le pont au Change et longèrent l'enceinte du Palais. À la grande porte Saint-Michel, la garde était nombreuse et bien armée, sous le commandement du portier. Bonacieux étant connu, on le laissa entrer, mais Watson et le valet furent contraints de rester devant la rue de la Calandre. Ces formalités de sécurité remontaient au temps où la populace, entraînée par le prévôt des marchands Étienne Marcel, avait assassiné les maréchaux et amis du futur Charles V, encore dauphin. Devenu roi, le père du roi actuel avait nommé un concierge, ou bailli royal, chargé du maintien de l'ordre dans le Palais et d'empêcher quiconque n'en avait pas le droit d'y pénétrer. Isabeau de Bavière, en choisissant le nouveau concierge, avait encore renforcé ces règles de prudence. Certes, le monarque ne logeait plus dans l'enceinte, mais il s'y trouvait les chartes et les archives du royaume, ainsi qu'une partie du trésor conservé dans la Grosse Tour.

Bonacieux traversa la cour de Mai, longea la chancellerie, située le long de la Sainte-Chapelle, et pénétra dans la galerie mercière par les grands degrés. Il en ressortit par la cour dans laquelle se dressait la Grosse Tour, puis, laissant derrière lui le Logis du roi[1], il emprunta un passage permettant de passer dans la cour qu'on appelait le Grand Préau. Il savait qu'il trouverait Clément de Fauquembergue dans la tour d'Argent qui servait de greffe.

Sur sa gauche, il aperçut le haut de la tour Bonbec, dressée le long de la rivière. Une tour dont il ne pouvait s'approcher sans frémir. Non parce qu'elle était utilisée par les magistrats lors de l'administration de la question[2], mais à cause des oubliettes situées au-dessous. C'est Morvilliers qui lui en avait parlé un jour. Il s'agissait de deux puits parsemés de pointes de fer. Le condamné qui y était jeté heurtait ces clous qui le lacéraient et le retenaient, provoquant des souffrances intolérables qui duraient des jours et des jours. Au fond du trou, nul n'entendait ses hurlements et, quand la Seine était en crue, les eaux montaient dans les oubliettes et emportaient les lambeaux de corps.

Plusieurs nuits, après ces révélations de Morvilliers, maître Bonacieux avait eu des cauchemars durant lesquels il se voyait chuter dans l'un de ces puits ; il ressentait les douleurs des pièces de fer avant de rester mourant et meurtri à souffrir le martyre.

Détournant la tête, le receveur pressa le pas et emprunta l'escalier de la tour d'Argent. À l'étage,

1. Le Logis du roi constituait le premier logis des rois de France. Construit par Louis VI le Gros au début du XIIe siècle, il était encadré de deux tours quadrangulaires.

2. D'où ce nom de « Bonbec » qui rappelait que les prisonniers y faisaient leurs aveux.

il déboucha dans la salle ronde où travaillaient les commis. Celui qu'il venait voir était assis sur sa chaise et parlait à voix basse avec un de ses employés d'écriture. Les autres plumitifs, dont la plupart étaient clercs, se tenaient devant des pupitres ou consultaient des registres sortis de grandes armoires, ou des pièces extraites de sacs de toile.

Clément de Fauquembergue, conseiller à la Chambre des enquêtes, dirigeait le greffe depuis quelques années. Personne ne connaissait mieux que lui l'état des affaires judiciaires du Parlement. C'était un homme grand, maigre et voûté, aux cheveux grisonnants coupés court, à l'éternel sourire ironique. D'un caractère modéré, il s'était rallié à la faction bourguignonne par devoir et par nécessité. Bien que respectueux envers feu le duc de Clarence, ses amis savaient qu'il n'aimait pas les Anglais et qu'il désapprouvait le traité de Troyes, jugeant, comme juriste et magistrat, que la loi salique ne pouvait être violée et que l'héritier du royaume des lys ne pouvait être que le jeune dauphin Charles.

Voyant Bonacieux entrer, Fauquembergue lui fit un vague signe de la main, n'appréciant guère le receveur.

— Pierre, laissez-moi, dit-il au plumitif avec qui il conversait.

L'autre s'éloigna tandis que Bonacieux s'approchait.

— Dieu vous salue, mon maître. Messire le président m'a fait parvenir un courrier tôt ce matin et je sais ce qui vous amène. Avez-vous apporté les fonds ? s'enquit-il plutôt froidement.

Greffier en chef, Fauquembergue enregistrait les adjudications et les ventes des cessions des biens confisqués aux Armagnacs.

— Que le Seigneur Dieu vous conserve dans Sa sainte grâce, maître, fit Bonacieux à son tour, sur un ton d'extrême servilité. J'ai tout sur moi, comme convenu avec messire le premier président.

— Très bien. Vous devez me remettre trente livres en or pour lui. Ensuite nous irons à la Grosse Tour où vous verserez les fonds au trésorier.

Chez le banquier, Bonacieux avait fait mettre les trente livres dans une bourse, gardant le reste dans son escarcelle. Quant aux cent livres en argent, il les portait dans un troisième sac à sa ceinture. Il détacha donc la bourse de pièces d'or et la donna au greffier. Ce dernier se leva, se rendit à l'une des dessertes sur laquelle se trouvait une balance et pesa soigneusement chaque pièce. Après quoi, il alla à un coffre de fer, détacha son trousseau, fit jouer la serrure avec une grande clef et souleva le couvercle. Il plaça la bourse à l'intérieur, au milieu d'autres sacs.

Ayant soigneusement refermé le coffre, il se rendit auprès du dénommé Pierre qui avait regagné son pupitre.

— Donnez-moi les clefs et l'acte préparé, ordonna-t-il.

Il se tourna vers Bonacieux.

— Vous le savez certainement, dit-il, nous ne disposons pas des véritables clefs de la maison à l'enseigne de Mélusine. Après la fuite de Lusignan, son hôtel était resté ouvert… avec les dépouilles de sa malheureuse famille à l'intérieur. Les voisins se sont occupés des sépultures et nous avons fait refaire la clef du porche et de la porte principale par un serrurier. Ce sera à vous de faire poser de nouvelles serrures.

Le commis tendit à Bonacieux deux clefs et un pli fermé par un sceau vert serré dans un lai de la même couleur.

— Votre acte de propriété. Maintenant, allons chez le trésorier.

Ils sortirent afin de se rendre à la Grosse Tour.

Construit par Louis le Gros en 1111, ce donjon se dressait en arrière du Logis du roi[1] et dominait tous les bâtiments du Palais. Percés seulement d'étroites meurtrières, ses murs approchaient les dix pieds d'épaisseur.

L'entrée était gardée par plusieurs hommes d'armes munis d'arbalètes et de hallebardes. Le trésorier occupait le second étage et deux portes de fer fermaient le passage, en bas de l'escalier bâti dans l'épaisseur du mur et en haut.

Une partie du trésor royal était entreposée dans la tour et, depuis que le duc d'Orléans y avait pris quatre cent mille livres en 1407, Isabeau de Bavière faisait soigneusement protéger les maigres fonds dont disposait encore la Couronne.

Ayant fait ouvrir la première porte par un sergent d'armes, les deux hommes grimpèrent l'escalier. En haut, Fauquembergue se fit connaître au travers d'un judas et le trésorier lui ouvrit.

Cet officier vivait là avec deux serviteurs. Le greffier lui expliqua ce qui l'amenait et demanda à Bonacieux de remettre les cent livres.

Le sac de pièces fut vidé sur une table et les monnaies qu'il contenait soigneusement pesées. Le trésorier jugea que quatre deniers étaient en plomb argenté et le receveur de la ville dut les remplacer à partir de deniers sortis de sa propre bourse. Fauquembergue se fit alors signer un reçu qu'il remit

1. Ensuite nommé tour Montgomery, car c'est là que ce dernier fut enfermé.

à Bonacieux, le laissant partir seul car lui-même avait des affaires à régler avec le trésorier.

Le nouveau propriétaire de la maison Mélusine quitta le Palais l'allégresse au cœur, même si sa satisfaction était ternie par l'incertitude où il était de la façon dont il rembourserait son prêt.

Il retrouva ses serviteurs qui l'attendaient et leur annonça qu'il rentrait chez lui.

21

Lundi 26 mai 1421

Arrivé chez lui, tandis que Watson montait dans sa chambre pour raconter à Holmes sa matinée, maître Bonacieux s'adressa à sa femme. Celle-ci avait fait dresser la table et attendait le retour de son mari avant de servir le dîner dont l'heure était passée depuis longtemps. Ayant décidé de contrarier son époux, Constance avait acheté et fait préparer des perdrix, bien que ces volatiles soient hors de prix, certaine qu'une telle dépense l'exaspérerait.

Pourtant, Bonacieux ne parut pas fâché quand il sentit l'alléchante odeur.

— Ma mie, j'ai une plaisante nouvelle à t'annoncer, déclara-t-il fort aimablement.

— Laquelle ? s'enquit-elle d'un ton froid, sa méfiance éveillée par cette surprenante bonne humeur.

Il plissa le front, blessé du peu d'intérêt qu'elle lui témoignait.

— Nous allons quitter cette maison et cette infâme rue à puterelles !

— Dame ! Et pour aller où, mon maître ? interrogea-t-elle, les mains sur les hanches.

— J’ai acheté un bel hôtel, un logis qui sera plus en rapport avec mon état de receveur de la ville.

— Quel hôtel ?

— L’hôtel de Lusignan, la maison à l’enseigne de Mélusine.

— Quoi ! Mais tu es fol, mon ami !

— Et pourquoi donc, la drôlesse ? répliqua Bonacieux avec morgue.

— La maison est damnée ! Ne le sais-tu pas, espèce de coquard ? Les âmes de ceux qu’on a horriblement meurtris y rôdent et leurs fantômes feront subir le même sort à quiconque viendra les troubler ! glapit-elle, en proie à la terreur.

Bonacieux ne put s’empêcher de frémir.

— Faribole de sottarde ! lança-t-il pourtant. Que je sois maudit si je tolère plus longtemps tes bêtises et tes insolences !

— La sottarde te défie d’aller passer la nuit là-bas, tout seul, maître pautonier[1] ! cria-t-elle. Le démon t’emportera et je serai enfin débarrassée de toi !

— C’en est trop, ma commère ! Veux-tu recevoir le bâton ?

— Essaie donc, gros pourceau !

Elle n’avait pas vu s’allumer la lueur menaçante dans les yeux de son mari. La gifle la prit par surprise et elle chancela. Passant la main sur sa joue et son nez, elle la retira sanglante, ce qui décupla sa rage.

— Bonacieux, je te savais lâche, avare et imbécile, mais je ne te savais pas infâme ! sanglota-t-elle.

— Que vous prend-il de battre votre dame ? cria une voix coléreuse.

En même temps, le col de Bonacieux se trouva pris dans une étreinte de fer. C’était Watson.

1. Coquin, scélérat.

L'archer aurait volontiers brisé la nuque du receveur si Holmes n'était intervenu, attiré lui aussi par les clameurs.

— Arrête, Gower !

À regret, l'archer obtempéra et lâcha Bonacieux.

Ce dernier s'écarta. Rouge de honte et de rage, il interpella l'Anglais.

— Je ne veux plus d'un ribaud chez moi ! cria-t-il. Prenez vos affaires et déguerpissez !

— Calmez-vous, maître Bonacieux, intervint suavement Edward. Mon ami ne supporte pas qu'on frappe une douce dame. Pourquoi ne pas passer à table pour se réconcilier autour d'un verre de vin ?

Le receveur grommela, puis jeta un regard sombre à Constance qui sanglotait.

— Elle m'a poussé à bout, marmonna-t-il.

Constance s'essuya avec un linge que lui tendit sa chambrière, qui avait assisté à la scène, puis se rendit dans la cuisine, non sans lâcher :

— Misérable !

Le repas qui suivit ne pouvait qu'être morose même si Watson dévora avec appétit deux perdrix. Holmes observait discrètement Bonacieux qui rongeait son frein.

Watson et lui étaient descendus en entendant les cris de la dispute. Certes, il en ignorait le motif, mais Watson lui avait raconté leurs visites matinales. Le receveur avait rencontré un banquier et s'était fait prêter de l'argent. Ensuite, il s'était rendu au Palais et, à son retour, s'était querellé avec son épouse. Qu'avait-il acheté qui avait entraîné la chicane ? Une nouvelle charge ? Peut-être, mais cela n'aurait pas provoqué une telle prise de bec. Holmes penchait plutôt pour l'achat d'un bien. À coup sûr une maison, conclut-il.

Le repas fini, Bonacieux monta chez lui, sous prétexte de travail. Les deux Anglais restèrent en bas avec dame Bonacieux.

— Votre mari a acheté un logis et cela vous déplaît, déclara Edward de but en blanc.

— Comment le savez-vous, maître ? Avez-vous entendu ?

— Mon ami sait tout, c'est comme ça ! intervint Watson d'un ton désabusé en croquant le cerneau d'une noix dont il avait brisé la coque entre ses puissantes mains ; un geste qui avait fait l'admiration de Constance et de la chambrière.

— Il a acheté l'hôtel de Lusignan, avoua-t-elle.

Cette fois, ce fut Holmes qui resta stupéfait. Il échangea un regard insistant avec Watson.

— Ce falourdeur[1] trouve que notre rue est sale et malfamée. Il se pique de devenir noble homme et veut vivre dans un hôtel comme les gens de qualité alors que son père n'était qu'un plumitif de notaire.

— Vous vous êtes disputés à cause de cela ? s'enquit Edward.

— Je refuse d'aller vivre dans cet endroit hanté.

Le silence s'installa un moment. Pourquoi Bonacieux avait-il acheté cet hôtel où des comploteurs avaient proposé à Jacques L'Aigle de tuer ? Leur logeur ferait-il partie du complot ? Ce serait chose incroyable, mais pas impossible.

— Que dirais-tu d'aller faire un tour devant la maison Mélusine ? proposa finalement Holmes à Watson.

L'archer hocha la tête. Avant de sortir, ils allèrent prendre leur manteau, et pour Gower son épée.

Une fois dans la rue, Edward dit à son ami :

1. Prétentieux.

— Tâche de convaincre dame Bonacieux de se rabibocher avec son mari. Qu'il laisse les clefs du logis de Lusignan chez lui. Nous pourrions aller visiter l'endroit demain, en son absence.

— Bonne idée, mais qu'espères-tu découvrir ?

— Ça, nous le saurons sur place.

Ils restèrent un moment silencieux, jusqu'à la Grande-Rue-Saint-Louis.

— Bonacieux ferait-il partie de la conspiration de ces bourgeois ?

— Possible.

— Je n'y crois pas, dit Gower. Pourquoi maître Lallier utiliserait-il un coquard comme lui ?

— Afin de détourner les soupçons. Si l'entreprise réussit, il y aura enquête et certainement préfère-t-il qu'elle conduise à Bonacieux plutôt qu'à lui.

— Dame Constance pourrait alors être impliquée.

— Pas qu'elle, Watson. Pas qu'elle. Nous aussi…

Si la neige s'était éloignée depuis plusieurs jours et si la douceur revenait, la boue était toujours là. Le Grand Chemin de la porte Saint-Honoré restait un cloaque et ils durent chercher un passage à peu près nettoyé pour le traverser afin de gagner la rue des Bons-Enfants.

À l'hôtel Mélusine, la porte et le portail étaient toujours clos, aussi firent-ils le tour du pâté de maisons. La plus proche était l'hôtel d'Armagnac, mais elle était protégée par une haute muraille et aucun passage ne permettait d'y pénétrer. Holmes observa néanmoins qu'il serait possible de passer par-dessus l'enceinte avec une échelle ou une corde et un grappin.

Quand ils rentrèrent à la maison du Gros-Tournois, maître Bonacieux ne se trouvait pas en bas et Constance travaillait dans le jardin. Les pois et les choux qu'elle cultivait permettaient de réduire les dépenses du foyer sur la nourriture.

Watson annonça à la cuisinière qu'il allait l'aider et sortit par la porte de derrière.

Il retrouva dame Bonacieux à l'extrémité de la petite parcelle, où elle bêchait la terre ramollie par la neige des dernières semaines. Elle portait une robe de laine verte et une coiffe blanche. Dès qu'elle le vit, le nuage qui couvrait son visage se dissipa et elle afficha un sourire épanoui. Il s'approcha et lui prit sa houe pour qu'elle puisse se reposer un moment.

À cet endroit-là, nul ne pouvait entendre les paroles qu'ils échangeaient.

— Dame Constance, avez-vous revu votre triste mari ?

— Non, et je ne veux pas le voir, mon beau sire.

Il s'attarda sur la délicatesse de son visage et sur les traces de larmes présentes sur ses joues.

— Je prie tous les jours la benoîte Vierge de m'aider à échapper à la cruauté de ma destinée.

— Je vous aiderai autant que je le pourrai, fit-il.

— Je sais pouvoir compter sur vous, messire Watson.

Elle ajouta un ton plus bas :

— Que ne vous ai-je connu plus tôt…

— Moi et mon ami Holmes avons besoin de votre aide, dit-il, embarrassé.

— Elle vous est acquise, mon beau sire, dit-elle, haussant cependant un sourcil de surprise.

— Il faut vous réconcilier avec maître Bonacieux.

Cette fois, elle resta un instant stupéfaite, puis son ressentiment éclata :

— Jamais ! Il m'a frappée !

— Je sais qu'il s'agira d'un rude effort, ma mie, mais ce sera ensuite à votre avantage.

— Qu'avez-vous en tête, mon sire ?

— Il faut qu'il laisse les clefs de la maison Mélusine ici, et que vous nous les donniez.

— Que voulez-vous faire ?

— Aller visiter cet hôtel.

— Pourquoi ?

— C'est compliqué à expliquer, ma mie. Me faites-vous confiance ?

— Je n'ai que vous, dit-elle, le regard embué.

— Il se passe des choses dans cette maison, et nous voulons les connaître.

— Quelles choses ? frémit-elle.

— Peut-être des crimes.

— Elle est donc bien maudite !

— Les crimes sont toujours commis par des êtres de chair et de sang.

Plus contrarié qu'il ne voulait le paraître, car il n'approuvait pas ce que Holmes lui avait suggéré, il se remit à biner avant de rassembler la terre sommairement retournée. C'était à Constance de prendre sa décision et il ne souhaitait pas lui forcer la main.

Elle le regarda travailler, puis essuya une larme qui coulait sur sa joue.

— Je le ferai si vous le désirez, mon beau sire, murmura-t-elle.

Elle ajouta :

— Je serais prête à tout abandonner pour vous, sachez-le.

— Je ne le veux point, bredouilla-t-il.

Elle lui tourna le dos et se dirigea vers la maison.

Il travailla encore un moment au jardin et rentra à son tour.

Dans la salle, maître Bonacieux tenait Constance par la taille et souriait, béat.

Une violente douleur traversa le torse de l'archer qui détourna le regard et monta rejoindre Holmes, maudissant intérieurement son ami.

Le lendemain, mardi, les deux Anglais ne descendirent pas trop tôt, ne voulant pas croiser maître Bonacieux. Quand ils pénétrèrent dans la salle, le receveur était parti à la Maison aux Piliers avec son valet. Mme Bonacieux leur servit elle-même la soupe faite avec les restes des perdrix.

Tandis qu'elle couvrait les tranchoirs de brouet, elle planta ses yeux tristes dans ceux de Watson et hocha la tête. Puis elle s'engagea dans l'escalier et disparut.

Ils mangèrent en silence. La cuisinière s'était rendue au marché et la chambrière se trouvait dans la chambre de sa maîtresse.

Ils avaient presque terminé, et Edward se gavait de confiture dont il raffolait, quand Constance réapparut. Elle tenait deux clefs dans la main qu'elle déposa devant Watson.

— Rapportez-les avant none, dit-elle. Il sera peut-être de retour.

Holmes se leva d'un bond et attrapa Constance par la taille, lui appliquant un baiser sur chaque joue.

Elle se détourna, essuyant une larme avec un pan de son tablier.

— Merci, dame Constance ! lui dit le clerc. Je vous raconterai tout à notre retour.

Il se tourna vers son ami qui restait sombre :

— Watson, allons-y !

Peu après, ils se retrouvèrent devant la poterne de l'hôtel Mélusine. Les quelques personnes à passer par là les ignorèrent. Le jour se levait à peine.

Holmes glissa une clef dans la serrure, c'était la bonne. Il la fit tourner et ouvrit.

Les deux hommes pénétrèrent dans une cour. Au fond et à main droite, un perron de quelques marches. En face, un mur avec, au milieu, une porte brisée. À gauche, le mur d'enceinte séparant le bâtiment de la rue Saint-Honoré.

Holmes se dirigea vers la porte brisée. De l'autre côté s'étendait un jardin abandonné planté d'arbres fruitiers et envahi de ronces. Le même mur d'enceinte le fermait. Le clerc aperçut une poterne close. Certainement celle vue dans la ruelle en cul-de-sac. Il fit rapidement le tour de la cour en évitant soigneusement de marcher dans les parties trop boueuses tandis que Watson, qui avait refermé la poterne avec la clef laissée dans la serrure, gagnait le perron afin d'ouvrir la porte principale.

Holmes estima la hauteur du mur d'enceinte à trois toises. La courtine ne possédait ni chemin de ronde ni tourelle et n'avait pas de rôle défensif. Elle ne servait qu'à empêcher les larrons de pénétrer dans la cour. Il leva les yeux vers la façade sur laquelle ouvraient trois fenêtres ogivales géminées séparées chacune par une colonnette torsadée. Ces ouvertures se situaient à une plus grande hauteur que le mur et devaient permettre de voir dans la Grande-Rue-Saint-Louis, jugea le clerc. La maison ne possédait qu'un étage et des combles avec de minuscules ouvertures. Les deux fenêtres du bas étaient bien plus petites. Un homme ne pouvait s'y glisser à cause de leur forme déchiquetée par des arcs brisés.

Holmes rejoignit Watson qui poussait le battant en chêne ferré.

Tous deux découvrirent le vestibule saccagé qu'ils franchirent. Dans un silence de mort, ils firent le tour de la grande salle. Attiré par l'une des taches brunes sur le sol de pierre, Edward s'agenouilla et l'examina longuement avant de passer à la tapisserie où figurait Mélusine. Là, il étudia l'étoffe, touchant de son index les traces de sang séché.

Watson, lui, fouillait les meubles, coffres, armoires et crédences, mais tout était vide.

— Ils ont pénétré par la porte qu'ils avaient dû forcer, puis ont détruit l'antichambre, expliqua l'archer. Et ils ont tué ceux qui se trouvaient là.

— À coup sûr des serviteurs. Deux ou trois, pas plus. Un homme renferme beaucoup de sang, or les taches ne sont pas très étendues. Ils protégeaient l'accès à l'escalier, ajouta Edward. Ils ont blessé l'un des bouchers qui a reculé et s'est agrippé à la tapisserie. On voit la trace de sa main sanglante.

— Pourquoi un des bouchers ?

— Les serviteurs sont restés devant l'escalier. Ils voulaient empêcher que les bouchers ne montent. Tu as regardé où conduit ce passage ?

— À la cuisine. Rien d'intéressant, sinon une porte vers le jardin, verrouillée par une serrure.

Holmes s'y rendit, regarda et parvint à la même conclusion. Quelques cruches et plats avaient été brisés et on avait volé tous les ustensiles de cuisine.

— Je ne comprends pas pourquoi les bourgeois ont fait venir Jacques L'Aigle ici. Ils auraient pu le rencontrer n'importe où, poursuivit Watson.

— Non, c'est ici que ça devait se passer. Seulement Jacques L'Aigle a refusé.

— Et alors ?

— Montons, tu vas comprendre.

Holmes le précéda. En haut, il déboucha dans la chambre où s'étaient déjà rendus Lallier et les Girard.

La pièce se trouvait dans un grand désordre mais n'avait pas été pillée de ses meubles. Les colonnes des courtines du lit étaient brisées. La literie jonchait le sol, les draps de fine toile de Bruges étaient brunis par places. Du sang séché.

Sur les murs peints de douces scènes champêtres avec des arbres en fleurs et des cygnes sur un lac, les oiseaux avaient été atteints par des éclaboussures sanglantes et leurs plumes étaient sombres. Bien que trois ans se soient écoulés depuis le massacre, l'odeur de mort, de sang et de tripaille prenait à la gorge.

Émus, les deux Anglais s'arrêtèrent un instant, n'osant avancer plus avant dans la pièce où les bouchers avaient navré des innocents. Watson, sans doute à cause de son expérience des batailles, fut le premier à surmonter sa crainte et son dégoût. Évitant les linges souillés, il se dirigea vers une seconde porte, ouverte, et pénétra dans ce qui avait dû être une chambre d'enfants.

Là aussi, la literie et les tentures étaient maculées. Pis, une poupée de tissu, sur le carrelage, était collée au sol par une épaisse et large flaque de sang séché.

Dans la première chambre, le regard de Holmes fut attiré par la broderie dorée d'un lambeau d'étoffe verte dépassant d'un drap. Il souleva le tissu et découvrit une robe tailladée et déchirée dont la soie s'était agglutinée avec le sang séché. Un morceau de chair, peut-être de boyau, dépassait d'un trou. Edward se détourna afin de ne pas vomir et rejoignit Watson.

— Aucun n'a pu fuir, lui dit sombrement l'archer en le voyant entrer. Il n'y a pas d'autre issue.

La pièce comprenait un grand lit pour deux ou trois bambins, et un lit de sangles destiné à une chambrière ou une gouvernante. Les murs étaient percés de deux fenêtres, une vers la cour et l'autre vers le jardin. Des fragments de verre dessertis du cadre de plomb de l'une d'elles jonchaient le sol.

— D'après les quantités de sang séché, on a dû tuer trois à quatre personnes ici, et autant dans la chambre à côté. Toute la famille et les domestiques, soupira Holmes.

Sur un coffre se trouvaient une petite épée de bois et un écu aux armes des Lusignan. L'enfant qui avait joué avec ne devait pas avoir plus de cinq ans. Pourtant les bouchers ne l'avaient pas épargné.

Il s'approcha de la fenêtre côté cour, l'une des trois aperçues de la cour.

Les volets intérieurs, magnifiquement peints de scènes représentant Mélusine, étaient écartés. Il ouvrit la croisée, faisant entrer un air frais qui chassa un peu les effluves de tripaille qui subsistaient.

La vue dominait la courtine et s'étendait sur la Grande-Rue-Saint-Louis dont la chaussée se trouvait à moins de cent pieds. En se penchant, on voyait même les tours de la porte Saint-Honoré.

Watson, lui, était resté immobile près du lit des enfants. Avec un mélange de douleur et de colère, il considérait les draps et la literie souillés. Quel genre d'hommes étaient ces bouchers ? songeait-il, le cœur gonflé d'amertume. Certes, il avait été soldat, et, comme d'autres, il avait participé au pillage de bien des maisons. Mais il s'agissait de prendre leurs biens aux habitants, parfois d'abuser de leurs femmes, jamais de les massacrer dans leurs lits.

L'air frais venant de la fenêtre le sortit de ses sombres pensées. Il regarda Holmes penché au-dehors.

— Qu'as-tu vu ?

— La réponse à ta question, viens !

L'archer s'approcha et Holmes s'écarta.

— Imagine-toi ici. Devant toi, dans la rue, avance le duc d'Exeter avec son escorte. Peux-tu l'atteindre d'une flèche ?

Watson comprit.

— Aucune difficulté. Je peux même exterminer son escorte. Mais ensuite, je serai pris.

— Non, car tu fuiras par la porte de la cuisine qui donne sur le jardin au fond duquel se situe une autre poterne. Certes, il s'agit d'un cul-de-sac, mais j'ai vu un étroit passage permettant d'entrer dans le collège des Bons-Enfants qui est quasiment vide.

Il ajouta :

— Si L'Aigle avait acquiescé, on l'aurait fait monter ici et il aurait entendu la question que je viens de te poser.

Watson resta un moment à considérer la rue. Son ami avait raison. Tout était évident. Les bourgeois devaient forcément recevoir L'Aigle dans cette maison pour lui montrer l'endroit d'où tirer.

— Il faut prévenir le duc, il nous recevra et nous écoutera.

— Mais où sont nos preuves ? À cette heure, la maison appartient à ce sottard de Bonacieux. En parler nous conduira seulement à l'échafaud. De plus, nos bourgeois n'ont plus d'archer après le refus de L'Aigle. Peut-être ne trouveront-ils personne et ce complot se terminera comme bien d'autres, sans résultat.

— Alors, faut-il ne rien faire ? enragea Watson.

— Bien sûr que non, mais nous devons réfléchir à la façon d'agir. Il faut aussi savoir si Bonacieux fait partie du complot.

— Qui peut en douter ? répliqua sombrement Watson.

Holmes lui jeta un regard de biais.

— Allons voir les combles puis la cave.

— À quoi bon, aucun archer ne tirera du sous-sol ! ironisa Watson.

— Ne négligeons rien dans cette sinistre affaire, répliqua Holmes.

Et pourtant Holmes venait de commettre une terrible négligence. S'il s'était rendu à l'autre fenêtre, celle située du côté du jardin, s'il l'avait ouverte et s'il s'était penché, il aurait découvert la corde.

Ils reprirent l'escalier jusqu'aux combles. Destinées aux domestiques, trois chambres basses se suivaient en enfilade. Ici aussi, des literies sanglantes. Holmes ne s'attarda pas, mais, comme il s'apprêtait à redescendre, il constata que Watson ne le suivait pas.

Il revint donc sur ses pas, le regard interrogatif.

— Ne ressens-tu rien ? demanda l'archer.

— La mort.

— Pas seulement, une présence.

Holmes frissonna. Les fantômes des morts les entoureraient-ils ?

— Il n'y a personne ici, dit-il pour se rassurer. Descendons.

Watson le suivit. Or il avait raison.

Ils se rendirent au sous-sol. En bas de l'escalier, ils découvrirent une lanterne de corne posée dans une grande niche. Elle contenait encore une chandelle de suif que Watson alluma avec son briquet à pierre et amadou.

Se succédaient trois salles sablées, en enfilade, au plafond voûté soutenu par de gros poteaux. Elles avaient dû contenir des vivres et des tonneaux, mais il n'en restait rien. Au milieu de la plus grande se dressait la haute margelle d'un large puits. Holmes s'y pencha mais ne distingua goutte. Ils explorèrent ensuite le reste du sous-sol. Au bout de la dernière salle se trouvaient deux portes avec des verrous. Des cachots ? Watson les ouvrit. Ils contenaient de la paille et une chaîne avec un collier de fer était scellée au mur de l'un d'eux.

Ils revinrent vers le puits. Holmes fut alors attiré par des taches sur un des poteaux. Approchant la lanterne, il fut certain que c'était du sang. Il y en avait aussi au second poteau. Y avait-on attaché des corps dans le dessein de les torturer ? Cela semblait évident.

— Je ne crois pas que nous en apprendrons plus, dit-il. Et dame Constance doit nous attendre.

22

La Pentecôte passée, Robert de Lusignan était retourné dans sa maison branlante sur la berge de la rivière. Michel de Lallier et ses amis n'avaient plus besoin de lui et viendraient seulement le prévenir quand l'attentat contre le roi d'Angleterre serait proche. Il se disait qu'Henri V arriverait à Paris à la fin du mois de juin. Il disposait donc de six semaines pour punir les assassins de sa famille.

Lieutenant du prévôt durant quatre ans, il connaissait parfaitement les logis de Simon Haussecul, Martin Thibert et Louis Le Pontonnier. Les Haussecul possédaient plusieurs maisons dans la rue de l'Écorcherie. Celle de Simon jouxtait des étuves où les prostituées étaient nombreuses. Lusignan s'y rendit plusieurs fois, apprenant toutes sortes de rumeurs utiles sur le boucher. Mais sa maison, comme celles de tous ceux qui vivaient dans ce quartier, était bien rembarrée avec une porte en façade cloutée et ferrée et des volets intérieurs aux fenêtres. Quant au jardin, clôturé par de hauts murs, il paraissait inaccessible. D'ailleurs, Lusignan avait appris à l'étuve que Simon Haussecul y laissait en liberté la nuit de féroces mâtins qui réveillaient parfois le quartier de leurs aboiements.

Diable, c'est que le fils Haussecul possédait du bien. Rien n'était trop beau pour sa femme qui collectionnait bijoux, ceintures cloutées d'argent, robes et manteaux fourrés de petit-gris. Une des paltonières des étuves avait rapporté à Lusignan qu'il s'était vanté auprès d'elle de disposer de hanaps, de tasses et de plusieurs plats et aiguières d'argent dont l'une ciselée d'une sirène sur le col. Le chevalier avait eu du mal à contenir sa rage, car cette aiguière lui appartenait, Haussecul l'avait volée lors du pillage de son hôtel.

Thibert, lui, habitait rue de la Triperie qu'on appelait aussi rue du Pied-de-Bœuf, du nom du cabaret de même nom où se réunissaient les garçons bouchers après avoir lavé les tripes à la rivière. La maison de Thibert, bien qu'en colombages, était aussi parfaitement close et Lusignan n'avait trouvé aucun moyen d'y pénétrer. Quant à Louis Le Pontonnier, il logeait place aux Veaux dans la grande demeure familiale avec ses parents et ses frères. Même s'il parvenait à entrer, Lusignan se ferait aussitôt écharper.

Après une semaine passée dans le quartier, Lusignan n'avait donc découvert aucun moyen de meurtrir les trois assassins de sa famille. Et il commençait à douter d'y parvenir.

Ce soir-là, comme à la fin de chaque journée, il se rendit à l'église Saint-Jacques-de-la-Boucherie, à la fois pour prier le Seigneur de lui donner sa vengeance, mais aussi avec l'espoir d'apercevoir un des trois hommes qu'il recherchait car, en fin de journée, beaucoup de bouchers venaient invoquer le Seigneur ou Ses saints. Il portait une dague effilée à l'intérieur de sa chausse droite et, s'il rencontrait Haussecul, Thibert ou Le Pontonnier, il s'était promis de l'attraper, de l'assommer et le démembrer dans un coin de l'église. Ce ne serait que justice et il ne doutait pas que Dieu l'approuverait. N'avait-Il pas dit : « Je me vengerai de mes adversaires, Mon épée dévorera leur chair[1] » ?

Cela devait faire une heure qu'il se tenait derrière une colonne, dans l'obscurité, à examiner ceux qui entraient dans l'église. Maintenant Saint-Jacques-de-la-Boucherie se vidait car les gens rentraient chez eux pour le souper. Lui-même allait partir, dépité une fois de plus, quand il reconnut une silhouette qui franchissait la porte : ce garçon maigre, brun, aux traits marqués, portant une sorte de chapel qui lui couvrait les oreilles, il l'avait vu au *Jardin des archers* trancher le cordon de la bourse d'un bourgeois. Lusignan se glissa un peu plus dans l'ombre et l'observa.

Une idée lui vint.

Le larron se dirigeait vers un tronc comme s'il allait y déposer une pièce, et en même temps tirait d'une de ses chausses un petit pot. Il y trempa le bout d'un bâtonnet puis, s'arrêtant devant la boîte destinée aux aumônes, il enfonça la baguette dans la fente utilisée pour insérer les pièces. Le pot contenait certainement de la glu car, quand il sortit le bâton, une obole était collée au bout. Le voleur recommença plusieurs fois, vidant le tronc à toute allure. Un détrousseur fort habile, jugea Lusignan.

Il le vit aller vers une autre boîte à offrandes et lui-même se déplaça discrètement en contournant les poteaux des travées. L'homme venait de recommencer son manège quand le chevalier lui mit la main sur l'épaule. Le chapel tomba et Lusignan s'aperçut que le fripon était essorillé[2].

1. Deutéronome, chapitre 32, verset 41, 42.
2. On coupait les oreilles aux voleurs.

Le coquin tenta de fuir, mais c'était impossible tant la poigne de fer le retenait. Il tomba alors à genoux et se mit à geindre, jurant que c'était la première fois.

— Bien sûr ! Seulement je t'ai déjà vu rapiner, compère !

— Jamais, je n'ai jamais volé, seigneur ! glapit le maraud.

— Et tes oreilles ?

— Ce sont les Armagnacs qui me les ont coupées. Ils l'ont fait à tous mes voisins pour s'amuser !

— Ne mens pas ou je te livre au prévôt. Ton nom ?

— Raoul le Courtois, mon bon sire.

— Je ne suis pas un sire. Viens avec moi, et ne tente pas de fuir car je te retrouverai.

— Pour aller où ?

Le larron reprenait courage, devinant la négociation possible.

— Dans un endroit tranquille, j'ai une besogne à te confier.

— Quel genre de besogne ?

— Un travail de voleur, bien sûr. Pour l'heure, rassure-toi, je ne cherche pas à te punir, d'ailleurs, tu peux garder ce que tu as volé…

Tenant l'homme par le bras, il sortit de l'église.

— Tu sais où se trouve *La Truie qui file* ?

Ancien lieutenant de prévôt, Lusignan connaissait tous les endroits louches de Paris.

— Oui… messire.

— Pas messire ! Va m'attendre là-bas. Je te laisse libre d'y aller sans moi. Mais, cherche à t'éclipser et je te retrouverai. Sois-en certain. Autant que je te le dise, j'ai déjà pendu un homme avec ses propres boyaux, il a hurlé un jour durant. Retiens-le…

Le voleur le regarda, terrorisé.

— Mais si tu fais ce que je vais te demander, une besogne facile pour toi, je te donnerai cinq agnels d'or.

— Cinq…

— Tu as bien entendu. File, maintenant. On se retrouve aux Halles.

Il le laissa partir.

Raoul le Courtois fit quelques pas hésitants, puis se retourna et vit que Lusignan l'observait.

— J'y serai… monsor, promit-il.

Le chevalier resta un moment devant le porche, s'intéressant vaguement aux gens qui rentraient chez eux. Devant le cabaret de *La Croix de fer*, deux valets déchargeaient une barrique apportée dans une charrette à bras, sous la surveillance du cabaretier. La taverne fermerait ensuite. *La Truie qui file*, quant à elle, demeurait ouverte tard dans la nuit.

Lusignan prit la direction de la rue Sainte-Catherine afin de rejoindre les Halles. Il ne voulait pas qu'on le remarque en compagnie du larron, mais ce dernier était désormais suffisamment loin.

En chemin, il médita sur le plan qui lui était passé par la tête : puisqu'il ne pouvait meurtrir les bouchers chez eux, il les attirerait dans un piège. Et ce serait Raoul le Courtois qui ferait passer son message.

Rue au Feurre[1], *La Truie qui file* était une taverne à cervoise devant le marché aux Poirées. Il s'agissait certainement du cabaret le plus sale et le plus sordide du quartier. À cette heure, Lusignan savait qu'il serait quasi vide et, surtout, qu'il trouverait un endroit à l'écart où personne ne l'entendrait.

Il poussa la porte et descendit les quelques marches qui donnaient accès à la salle voûtée. En bas, il aperçut

1. Qui deviendra la rue aux Fers, puis de la Ferronnerie.

son fripon au fond de la pièce sombre et enfumée. Une chandelle de suif éclairait la table où il se tenait.

Lusignan s'approcha, s'assit sur une souche d'arbre faisant office de siège, en face de Raoul le Courtois, puis demanda au cabaretier un pot de cervoise qu'ils se partageraient.

Quand on le lui eut apporté, il s'adressa au détrousseur :

— Je t'ai vu couper une bourse, voilà quelques jours. J'aurais pu donner l'alerte, je ne l'ai pas fait.

L'autre ne broncha pas.

— Je veux que tu voles les clefs qu'un bourgeois garde à sa taille.

— Trop risqué, grommela l'autre. La bourse, c'est facile, les clefs ça fait du bruit.

— Je ne te donne pas le choix, mon compère.

Lusignan tira sa dague de sa chausse et la posa devant lui :

— Si tu refuses, je t'ouvrirai le ventre, je te l'ai dit. Mais si tu réussis, tu seras riche de cinq agnels.

Le silence s'installa. Raoul le Courtois se passait nerveusement la main sur la face, barbue de quelques jours. Comment se sortir de là ? se disait-il.

— Qui est ce bourgeois ? s'enquit-il enfin.

— Simon Haussecul.

Le voleur pâlit.

— S'il me prend, les bouchers me découperont en lanières, gémit-il.

— Moi je peux te découper en tranches, que préfères-tu ? Écoute bien : je veux que tu le voles à un moment précis. Dimanche prochain, quand il entrera dans l'église avec sa mesnie. Il y a foule alors. Trouve quelqu'un qui provoquera une bousculade ou fera diversion. Dès que tu auras les clefs, tu me les porteras.

— Ensuite ?

— Tu auras tes agnels et tu pourras filer.

Le voleur se replongea dans le silence, mais il réfléchissait déjà sur la façon de s'y prendre.

— Entendu, dit-il. Dimanche prochain. Devant Saint-Jacques-de-la-Boucherie.

Lusignan patienta toute la semaine et prépara son message au boucher. Le dimanche 25 mai, il se rendit sur le parvis de Saint-Jacques. Les familles bouchères arrivaient par grappes. Le maître boucher avec sa femme et ses enfants, tous revêtus de leurs plus beaux habits et parés de leurs bijoux, puis venaient les compagnons et les garçons bouchers et écorcheurs, qui pour la plupart logeaient chez le maître. Arrivèrent aussi les membres éminents de la confrérie, c'est-à-dire le maire – un conseiller au Châtelet nommé par le roi – et les quatre jurés ainsi que le procureur et le receveur de la communauté.

Lusignan savait qu'ils devaient tous être présents avant de pénétrer dans l'église suivant un ordre protocolaire, les plus importants, c'est-à-dire les plus riches, passant en premier car ils disposaient d'un banc devant l'autel, les autres restant debout.

Il aperçut alors Raoul le Courtois et deux puterelles en robe rouge qui le suivaient. Les filles s'approchèrent de la femme de Haussecul, laquelle manifesta sa répugnance en leur ordonnant de s'éloigner d'elle. Une des drôlesses répondit vertement en la traitant de lise provée[1] qui se faisait defoler[2] par les garçons de son bougre de mari.

Devant l'incroyable injure, Haussecul se précipita sur la garce afin de la frapper, mais elle fut plus rapide et

1. Sale chienne.
2. Labourer.

lui donna un coup de pied dans la cheville, le faisant choir. Deux bouchers intervinrent et se saisirent d'elle, mais ils furent couverts d'insultes par la seconde puterelle qui les traita de sodomites armagnacs, puants coupauls et fils de moine !

Quelques hommes aidèrent Haussecul à se relever, tandis que les bagasses, griffant, frappant et crachant, parvenaient à se libérer dans une effroyable bousculade. Plusieurs garçons bouchers cachaient leurs fous rires, mais le maire, bien décidé à faire fouetter les effrontées, ordonna aux écorcheurs de les attraper, la confrérie ayant droit de basse justice. Bien sûr, les compagnons de boucherie, clients habituels des bordelières, ne réagirent pas avec beaucoup de zèle. Dans le désordre, les paltonières parvinrent à fuir, soulevant même leur robe et montrant leur conet dès qu'elles furent hors de portée.

Dans l'échauffourée, Lusignan avait perdu de vue Raoul le Courtois, aperçu parmi ceux qui aidaient Haussecul. Soudain, le voleur fut à côté de lui et lui glissa un trousseau de clefs dans la main.

Le chevalier les cacha dans son pourpoint et s'éloigna, suivi par le larron. Dès qu'ils furent dans une ruelle, Lusignan tira son escarcelle et lui donna les agnels. Raoul le Courtois s'éclipsa sans demander son reste. Il avait aussi dérobé la bourse de Haussecul, ce qui ferait un joli bénéfice.

Le chevalier fila aussitôt rue de l'Écorcherie, désertée à cette heure, comme toutes les rues du quartier, au profit de l'église. La maison de Haussecul devait être vide et, s'il restait un valet ou une servante, tant pis pour eux. Il utiliserait sa dague.

Il s'arrêta devant la maison du boucher, la seule à posséder trois travées en façade avec, sur chacune, dans une niche, une statue de bois représentant respectivement saint Jacques, la Vierge, et saint Antoine, et introduisit la plus grosse clef dans la serrure. C'était la bonne. Il la tourna deux fois et poussa l'huis. Devant lui s'étendait une salle avec de beaux meubles, des crédences, des coffres, des buffets et un dressoir sur lequel il reconnut son aiguière avec Mélusine !

Il se précipita, s'en saisit et, à la place, déposa la lettre préparée. Il ressortit sans refermer à clef et garda le trousseau, au cas où il en aurait encore besoin.

Durant l'office, Haussecul ne s'aperçut de rien. Ses clefs étaient attachées à sa ceinture par un cordon de cuir et il portait une houppelande par-dessus. Lors de la quête, il aurait pu chercher sa bourse, nouée avec le trousseau, mais il ne le fit pas car, suivant l'usage, un de ses compagnons avait apporté un quartier de viande comme offrande pour l'entretien du clergé.

Puis la sortie des fidèles commença. Comme ils étaient nombreux, une pauvre femme trébucha et heurta dame Haussecul. Celle-ci, encore sous le coup de l'émotion après avoir été traitée de chienne, donna une gifle à la malheureuse qui, sous la violence du coup, perdit l'équilibre et se raccrocha à la houppelande du maître boucher. Ce dernier lui fit lâcher prise mais, portant la main à sa taille, ne sentit plus ses clefs et sa bourse. Il ouvrit alors sa houppelande et découvrit que les deux avaient disparu.

— Au voleur ! cria-t-il.

23

— Voilà la larronnesse ! accusa l'épouse du boucher en saisissant le bras de la femme.

Un homme de petite stature intervint :

— Dame Haussecul, ma femme n'est point une larronnesse !

— Tu es un détrousseur toi aussi ! vociféra Haussecul. Rends-moi mes clefs et ma bourse !

D'un violent coup de poing dans le ventre, il fit se plier en deux le petit homme. Le maître boucher était une force de la nature. Il attrapa sa victime à deux mains et la jeta à un de ses écorcheurs :

— Fouille-le ! Ensuite on le pendra à cet orme !

— Non ! hurla la femme.

— Fouillez-la aussi ! rugit Haussecul.

Maîtres bouchers, bouchères, garçons et écorcheurs s'étaient rassemblés autour de l'algarade. Le couple de supposés larrons allait à coup sûr finir battu à mort, ou en dansant la gigue suspendu à quelque branche, mais, dans leur terreur, les deux époux trouvèrent d'ultimes ressources. L'homme mordit le nez de celui qui le maintenait et son adversaire, fou de douleur, lâcha sa prise. Le prisonnier détala aussitôt vers la rue Saint-Denis. Quant à la femme, que les garçons bouchers avaient déjà dépoitraillée en la fouillant, elle mordit le doigt de l'un et enfonça son index dans l'œil de l'autre. Aussitôt, ils la libérèrent et elle s'enfuit derrière son mari.

Une meute hurlante s'élança à leur poursuite.

Les deux fuyards n'avaient aucune chance. Même si la panique leur donnait des ailes, leurs poursuivants, de jeunes garçons bouchers, étaient animés par le besoin de venger leurs blessés et de satisfaire maître Haussecul. Ils en profiteraient pour frapper, violer et tuer. Cette perspective décuplait leur ardeur.

Le premier de la bande, un garçon de seize ans aux cuisses larges comme celles des bœufs qu'il tuait chaque jour, rattrapa la femme et la saisit par les cheveux alors qu'elle tentait de se réfugier dans le cloître de Sainte-Opportune. Avec une brutale audace, il lui déchira sa robe. L'entendant hurler, son mari se retourna et se précipita à son secours. Depuis le début de sa course, il avait tiré le couteau qu'il utilisait à table et qu'il portait à la taille. Il bouscula le garçon qui maltraitait son épouse et lui enfonça la lame dans le dos, sous les côtes.

La brute gargouilla, cracha un flot de sang et s'affaissa.

Les autres bouchers arrivaient mais la vue de leur compagnon ensanglanté les arrêta un instant. Le fuyard tenait fermement son couteau, or les autres étaient venus à la messe sans armes.

— Réfugie-toi à l'hôpital, Alice ! cria l'homme à son épouse.

L'hôpital Sainte-Catherine se situait en face du cloître de Sainte-Opportune. On y logeait et soignait les servantes venues de la campagne pour travailler à Paris et qu'on nommait les Catherinettes. La porte de ce refuge venait justement de s'ouvrir.

Derrière la foule, la femme aperçut ses quatre enfants qui l'avaient suivie. Devinant que la populace en furie allait l'écharper, elle courut à l'hôpital. La religieuse qui avait ouvert la porte lui fit signe d'entrer.

À peine avait-elle pénétré dans le refuge que l'huis fut refermé. Les premiers écorcheurs qui se jetèrent contre la porte ne purent la briser tant son bois était épais et ferré de gros clous.

Seulement, restait l'homme qui avait meurtri leur compagnon. Toujours son couteau à la main, mais terrorisé. Une armée de garçons, de valets, d'assommeurs et d'écorcheurs l'entourèrent, bien décidés à le mettre en pièces.

Ils allaient se jeter sur lui, ce qui aurait certainement provoqué de nouveaux blessés et des morts, quand on entendit un cri :

— Arrêtez !

L'ordre avait été lancé par Pierre Veregne, maire des bouchers et conseiller au Châtelet.

— Arrêtez ! répéta-t-il en s'avançant. Cet homme vient de meurtrir un des vôtres sans défense. Il sera jugé devant le Parlement et sévèrement puni.

Les bouchers relevaient pour les délits mineurs de leur propre juridiction, un tribunal présidé par Veregne, et du Parlement quand il s'agissait de crimes.

Les compagnons bouchers et écorcheurs paraissaient indécis, mais le maître de la boucherie, Garnier de Saint-Yon[1], intervint à son tour en s'adressant au prétendu voleur :

— Toi, jette ton couteau ! Tu seras honnêtement jugé, je te le promets !

Terrorisé, l'homme ne savait que faire. Mais, comme il hésitait, un des assommeurs de la boucherie passa

1. Il sera échevin en 1422.

derrière lui et lui abattit son poing sur la tête à la façon dont il tuait les moutons.

Sa victime s'effondra sans un gémissement.

Haussecul s'approcha du corps que deux garçons bouchers retournaient à coups de pied.

— Laissez-moi le fouiller, il a ma bourse et mes clefs.

Il s'accroupit, glissa ses mains sous le pourpoint, dans les chausses, tâta partout, mais point de clefs ni de bourse.

L'épouse du maître l'avait rejoint ainsi que tous les autres bouchers.

— Rien, il a rien ! s'exclama Haussecul, dépité. C'est la larronnesse qui les a gardées. Qui connaît ces marauds ?

— Il se nomme Beaulieu, c'est un portefaix qui travaille au port aux Blés. Sa femme est ravaudeuse.

— Je m'occuperai de ça avec l'hôpital Sainte-Catherine dès demain, décida le maire des bouchers.

— Mais en attendant, comment je vais rentrer chez moi ? s'enquit Haussecul.

— Un de mes voisins a un cousin serrurier, lui dit Martin Thibert. Je vais le chercher. Attends-nous devant chez toi.

Haussecul soupira, mais il n'y avait rien d'autre à faire. Il regarda un moment Beaulieu qu'on remettait debout. Les garçons bouchers lui donnèrent quelques coups pour s'amuser et l'emmenèrent sous l'autorité du maire qui voulait le faire enfermer au Châtelet, la prison la plus proche, avant de le transférer le lendemain à la prison du Palais.

D'autres emportèrent le corps poignardé.

Petit à petit, l'attroupement se dispersa et Haussecul prit la direction de sa maison, accompagné par sa mesnie.

Devant la porte, famille et serviteurs s'arrêtèrent et patientèrent en attendant le serrurier. Cependant, au bout d'un moment, un des fils Haussecul, garçon boucher de douze ans très prometteur, saisit la poignée et ouvrit, comme par miracle.

Elle n'était donc pas fermée !

Affolé, Haussecul se précipita à l'intérieur, persuadé d'avoir été rapiné. Mais très vite il constata que rien n'avait disparu. Toute son orfèvrerie était là, exposée.

Enfin, pas tout à fait. Ce fut sa femme qui vit la lettre et l'aiguière manquante.

Haussecul prit le pli, de nouveau inquiet. Que signifiait tout cela ?

Il l'ouvrit :

L'heure est venue de payer pour toi, Martin Thibert et Louis Le Pontonnier. Je vous attends à l'hôtel Mélusine, et si vous ne venez pas, Mélusine viendra vous chercher.

Lusignan.

Le maître boucher chancela. Lusignan !

Les souvenirs lui revinrent par vagues, douloureux et d'une effrayante netteté. Dirigés par le bourreau Capeluche, ils s'attaquaient aux maisons des partisans du dauphin. Ils avaient pillé celle de Bernard d'Armagnac, hélas vide d'occupants sinon quelques femmes qu'ils avaient détranchées et, ivres de sang, ils s'en étaient pris à la maison voisine de Lusignan. Rapidement, ils avaient brisé la poterne de la rue des Bons-Enfants, puis la porte vers le jardin afin d'empêcher toute fuite vers l'impasse de derrière. Ensuite ils avaient cassé la porte d'entrée et celle de l'antichambre. Les hurlements de terreur qu'ils entendaient de l'autre côté multipliaient leur folie meurtrière.

Enfin, ils avaient débouché dans la salle. Trois hommes d'armes les attendaient en bas de l'escalier. Apeurés, mais décidés à vendre chèrement leur vie.

Le combat avait été bref. Capeluche frappait fort avec sa hache. Pourtant un des défenseurs avait fendu l'épaule d'un de ses compagnons. Haussecul l'avait vengé, ouvrant le ventre du garde après l'avoir blessé d'un coup de lardoire.

Après quoi cela avait été la curie à l'étage. Ils avaient tué, violé, démembré, ignorant hurlements et supplications.

Les meurtres terminés, ils avaient pillé et s'étaient partagé le butin, puis étaient partis. Capeluche et ses amis avaient poursuivi leurs massacres, ayant gardé deux domestiques afin de les torturer dans la cave. Lui était rentré chez lui, honteux et plein d'amertume, regrettant de s'être comporté comme un animal.

Depuis, il ne s'était pas passé une nuit sans qu'il ait des cauchemars. Les remords l'étouffaient, mais il avait prié, donné beaucoup à l'église et il jugeait que Dieu lui avait pardonné.

Pas Lusignan.

Ainsi celui-là était revenu à Paris pour se venger. Il devait prévenir Thibert et Le Pontonnier.

— Dînez sans moi, dit-il brusquement à sa femme.

Il se dirigea vers la porte, puis songea que Lusignan pourrait bien l'attendre au coin d'une rue. Il monta dans sa chambre et sortit d'un coffre une belle épée dont il ceignit le fourreau à sa taille. Il prit aussi une dague et redescendit.

— Que se passe-t-il ? lui demanda sa femme.

— Rien… Des fantômes… Mais je saurai m'en débarrasser.

Il se tourna vers un de ses compagnons qui logeait dans les combles, un rude gaillard taciturne, à l'esprit obtus mais aux muscles de fer.

— Gilles, prend une doloire et accompagne-moi.

Ils filèrent vers la rue de la Triperie. Thibert était déjà à table. Surpris par la visite de son ami, il sortit dans la rue à sa demande afin qu'on ne les entende pas. Là, Haussecul lui montra la lettre.

— C'est pas Beaulieu qui t'a volé, conclut Thibert. Ni sa femme.

— Pourquoi ?

— Le voleur t'a pris les clefs et les a passées à Lusignan. Beaulieu ne les avait pas, et si sa femme les possédait, Lusignan n'aurait pu entrer chez toi. Tu as forcément été volé avant, avant la messe.

— Les putains ! s'exclama Haussecul.

— À coup sûr.

— Je vais chercher Le Pontonnier, retrouvons-nous dans un moment au cabaret du *Pied de Bœuf*. Il faut décider quoi faire.

Plus âgé que Haussecul, Thibert était aussi plus grand et plus large. Le cheveu ras, le front haut et dégarni, c'était un homme à la fois habile, perspicace et d'une force inouïe. Rien ne l'effrayait, et certainement pas Lusignan. Surtout, il éprouvait une profonde reconnaissance envers Haussecul qui lui avait prêté de l'argent pour acheter un deuxième étal. D'ailleurs, c'était un de ses apprentis, Bertrand, qu'il avait envoyé rattraper les Beaulieu, et que le portefaix avait tué. Cette mort rapprochait un peu plus les deux hommes.

Haussecul se rendit place aux Veaux et trouva aussi Le Pontonnier à table avec ses parents et ses frères. La maison étant vaste, ils passèrent dans une antichambre où Haussecul donna la lettre à son compère.

— Incroyable ! marmonna ce dernier, effrayé.

— Incroyable, mais vrai, et nul doute qu'il s'agit de Lusignan : il a emporté l'aiguière que j'avais récupérée chez lui et a laissé la lettre à sa place. Thibert nous attend au *Pied de Bœuf*.

Au cabaret, chacun avait déjà réfléchi à la situation et s'était quelque peu rassuré. Lusignan ne pouvait qu'être seul, et les bouchers restaient la plus forte et la plus redoutable confrérie de Paris. Ses membres savaient tous tuer, et aimaient ça. Ils ne risquaient rien.

Ils s'installèrent à une table à l'écart, le compagnon de Haussecul avec eux. Le maître boucher l'avait renseigné en chemin. Gilles se trouvait avec lui lors du massacre de la famille Lusignan et affronter le chevalier ne lui faisait pas peur.

— Il faut retrouver les puterelles et les faire parler, proposa Thibert.

— Peut-être, grimaça Haussecul, mais Lusignan a dû prendre ses précautions, les filles ne nous conduiront pas à lui. Mieux vaut l'affronter et en finir.

— Je suis d'accord, approuva Le Pontonnier en serrant les poings. On va rassembler nos gars et aller là-bas.

En vérité, il ne possédait pas l'assurance qu'il affichait. Trapu, de petite taille, Le Pontonnier avait autant d'esprit que les vaches qu'il tuait. Lors du massacre, il était un des plus jeunes et avait juste imité les autres. Rapidement, tout s'était effacé de sa mémoire. Mais la lettre venait de faire ressurgir ses souvenirs et, s'il n'avait pas peur de Lusignan, il craignait la damnation après avoir détranché des enfants innocents.

— Quand ?

— Allons faire un tour après vêpres, proposa Haussecul. Que nous quatre, afin de revoir les lieux. Au demeurant, rien ne dit que l'hôtel est ouvert. Je sais qu'il a été confisqué et qu'on a refait les portes. S'il est fermé à clef, il faudra trouver un serrurier qui s'occupera des serrures.

— Comment Lusignan aurait-il les clefs ?

— Il doit avoir gardé celles du jardin et de la cuisine.

— Possible.

— Je vois autre chose à faire, proposa Thibert : prévenir notre nouveau prévôt.

Pierre de Marigny, maître des requêtes à l'Hôtel du roi[1], venait d'être nommé prévôt de Paris, le troisième depuis le début de l'année.

— Tu es fou ! Et avouer ce qui s'est passé alors qu'on a toujours dit que c'était Capeluche et les siens ?

— Non, on parlera pas de ça, on dira juste que Lusignan est à Paris, qu'on nous l'a dit, que c'est un complot conduit par les Armagnacs, qu'ils s'apprêtent à se faire ouvrir les portes. Marigny mettra tous les sergents du Châtelet sur l'affaire afin de retrouver l'ancien lieutenant du prévôt. On pourrait aussi prévenir Morvilliers.

— Tu as raison, tout ce qui gênera Lusignan nous sera favorable. On se retrouve après vêpres, devant Saint-Jacques, conclut Haussecul.

Dans l'après-midi, comme tous les habitants du quartier, ils allèrent entendre le prêche d'un moine augustin qui annonça l'avènement de l'Antéchrist si la

1. L'Hôtel du roi était un tribunal jugeant les affaires mettant en cause des proches de la famille royale ou de sa maison : princes du sang, ducs et pairs, officiers et domestiques de la maison du roi, magistrats des cours souveraines, trésoriers de France.

paix ne revenait pas. En sortant de l'église, ébranlé par ce discours d'une rare fureur, Le Pontonnier n'éprouvait plus aucun désir d'affronter Lusignan. Mais Haussecul n'avait pas changé d'avis et ne voulait pas passer pour un couard. Ils se rassemblèrent sur le parvis où Gilles, le compagnon boucher, était resté avec les armes qui n'étaient pas autorisées dans le sanctuaire. Chacun ceignit son épée, sa dague et ils prirent la direction de la porte Saint-Honoré, ne parlant guère et s'interrogeant sur ce qu'ils allaient découvrir, se souvenant surtout des atrocités qu'ils avaient commises. Le Pontonnier priait en silence.

Arrivés chemin des Bons-Enfants, ils s'attardèrent un moment devant l'enceinte de la maison Mélusine, puis Haussecul s'approcha de la poterne et tenta de l'ouvrir. Vainement.

— Allons à la porte du jardin de l'autre côté, proposa Thibert.

Mais celle-ci était tout aussi close.

— Pourquoi nous a-t-il dit de venir le trouver ici si on ne peut entrer ? ronchonna Le Pontonnier.

— C'est à nous de le découvrir, répliqua Haussecul.

— Et si on abandonnait ? Laissons le prévôt trouver ce pendard, fit Le Pontonnier.

Haussecul le dévisagea avec un mélange de surprise et de colère dans le regard :

— Lusignan a longuement préparé le vol de mes clefs, il a pris le risque de pénétrer chez moi, de nous défier, crois-tu qu'il va rester terré ? Non ! Ce démon doit avoir quelque malice en tête, la vengeance et la haine le guident. N'agissons pas, attendons, et il nous meurtrira traîtreusement, peut-être avec nos familles. C'est ce que tu veux ?

— N… non.

— Ensemble, nous demeurons les plus forts. Agissons les premiers et on s'en débarrassera.

Thibert et le garçon boucher approuvèrent ce ferme discours.

Le Pontonnier fit de même, à contrecœur.

24

Le 27 mai, maître Bonacieux implora son aide à Edward Holmes. À la fin de la semaine, il devait remettre un sac de documents à la Chambre des comptes et s'en voyait incapable. Le clerc accepta, jugeant que ce service lui permettrait de mettre Bonacieux en confiance et de le faire parler. La veille, le receveur de la ville avait apporté les registres nécessaires pour mettre à jour ses comptes, aussi Holmes travailla-t-il avec lui toute la matinée tandis que Watson allait tuer le temps à *La Coupe d'Or*.

Quand tous les documents furent recopiés et vérifiés, Holmes jugea qu'il pouvait interroger son logeur et tirer de lui quelques informations.

— Pourquoi avez-vous décidé d'acheter l'hôtel Mélusine, maître Bonacieux ? demanda-t-il.

— Mais parce que depuis longtemps je cherche un logis digne de mon rang ! répondit l'autre avec suffisance. Cet hôtel est vaste et bien situé. D'ailleurs, vous-même et messire Watson envisagiez aussi de l'habiter. Je suis très fin pour deviner ces choses-là ! Mais je vous rassure, vous pourrez occuper une des chambres des combles.

— Nous n'avions jamais envisagé de l'acheter, maître.

— Ce n'est pas ce que messire Watson a dit, observa Bonacieux, persuadé que Holmes lui mentait.

— Il plaisantait. Certes, il est vrai que nous nous intéressons à cette maison, mais pour de tout autres raisons.

— Ah ! Et lesquelles ?

— Il s'y passe d'étranges choses que l'on m'a demandé de démêler.

Le visage de Bonacieux se rembrunit.

— Vous savez qu'on fait parfois appel à moi afin de résoudre des difficultés, poursuivit Edward.

— Pour préparer des lettres de rémission... oui... mais quel rapport ?

— On trouve quantité d'hôtels et de maisons vides dans Paris, la moitié serait abandonnée, dit-on. Pourquoi choisir celui-là ? demanda Holmes sans répondre.

— Parce qu'il me convient, et surtout parce que je sais que personne n'en veut, après ce qui s'y est passé. Je l'ai obtenu à un prix ridicule.

— Personne ne vous a conseillé ?

— Personne ! Mais répondez-moi, que se passe-t-il là-bas ? Vous m'inquiétez.

— L'avez-vous visité ?

— Pas encore. Je veux que messire Watson m'accompagne, mais après... notre querelle, je n'ose le lui demander. Pourriez-vous le convaincre ?

— Je le ferai, mais que n'y allez-vous seul ?

— Ce ne serait pas digne de mon rang, répliqua Bonacieux en se rengorgeant.

En vérité, tu es mort de peur, songea Holmes.

— Pourquoi ne viendriez-vous pas avec nous ? interrogea Bonacieux. Vous pourriez aussi voir les lieux, puisque cet hôtel vous intrigue.

— Ce n'est pas l'hôtel qui m'intéresse, maître Bonacieux, ce sont ceux qui l'utilisent.

— Vous parlez par énigmes !

— Peut-être.

La conversation en resta là, car Holmes se leva et prit congé.

Bonacieux n'avait pas donné l'impression d'agir pour le compte d'un tiers, mais n'avait rien révélé de convaincant sur ses propres motivations. Peut-être devrait-il aller avec lui à l'hôtel Mélusine afin d'observer ses réactions, songea Edward en se retirant.

Watson était parti juste après dîner, à basse none, et vêpres approchaient sans qu'il soit rentré, ce qui surprenait Holmes.

Le clerc avait une autre préoccupation. Après avoir remis son mémoire à maître Chuffart, il s'attendait à une réaction de sa part, mais le chancelier d'Isabeau ne s'était pas manifesté.

Vint l'heure du souper. À table, dame Bonacieux demanda à Edward pourquoi messire Watson n'était pas là et il ne sut que répondre. Le repas se termina dans une grande morosité et il décida de se rendre à *La Coupe d'Or* afin de découvrir pourquoi son ami y restait si longtemps.

Il venait d'enfiler sa houppelande quand la cloche de la porte carillonna. Le valet alla ouvrir.

C'était une des drôlesses de la rue. Une jeune femme de petite taille, aux traits tirés et d'une grande maigreur. Elle portait une robe usée jusqu'à la trame, décolorée et ravaudée, et une simple coiffe de toile. Le valet prit un air renfrogné et se tourna vers maître Bonacieux qui s'approchait.

— Que voulez-vous ? lança le receveur d'un ton rogue.

Les bagasses avaient décidément une audace inouïe ! Elles venaient même racoler à son domicile !

— Je porte un message à maître Holmes, se justifia-t-elle d'une voix apeurée.

Edward s'avança à son tour, intrigué.

La fille tendit un papier qu'il saisit et lut.

Retrouve-moi près du talus de l'enceinte, là où on vend des chevaux.

Watson.

Holmes chancela. La détresse se peignit si clairement sur son visage que Constance Bonacieux, qui l'observait, blêmit à son tour.

— Qui vous a remis ça ? demanda-t-il d'une voix blanche.

— Un enfant vient de me le porter. Il m'a dit que vous me donneriez un denier.

— Un denier ! Tu es folle, ma fille ! Déguerpis maintenant, je ne veux pas de puterelle chez moi ! cria Bonacieux.

— Attendez, on lui a promis un denier, fit Holmes.

Il fouilla son escarcelle et sortit un denier de Melgueil[1], noirci et usé par l'âge.

La fille l'attrapa avec une rapidité surprenante et le glissa dans une chausse en soulevant sa robe, puis partit en courant. Le clerc ne chercha pas à la rattraper. À quoi bon ?

Edward restait les yeux fixés sur le message. Son ami signait toujours d'un monogramme : un W surmonté d'un T. Il n'avait jamais écrit ce texte. Dès lors, qu'était-il devenu ? Et qui envoyait ce billet ?

— Un message de maître Watson ? s'inquiéta Constance qui comprenait, à l'attitude de son locataire,

1. Ancienne monnaie utilisée à Montpellier.

que la missive était en rapport avec l'absence de l'archer anglais.

— Il me dit de le rejoindre, répondit Edward d'un ton égal.

Sans rien ajouter, il monta dans leur chambre. En haut, accablé, il s'assit un moment sur le coffre afin de mettre de l'ordre dans ses idées.

Watson était-il encore vivant ? Son cœur lui criait oui mais la raison lui assénait le contraire. Watson était mort et ceux qui l'avaient meurtri voulaient maintenant se débarrasser de lui, d'où ce billet. Sur l'identité de leurs adversaires, Holmes n'éprouvait aucun doute. Il s'agissait des gens de lady Mortimer. À l'approche de la venue du roi, l'héritière du trône d'Angleterre ne voulait prendre aucun risque. Même si lui et Gower ne savaient pas grand-chose, ils représentaient un danger.

Dès lors, quelle utilité d'aller à ce rendez-vous ? Mais ne pas le faire changerait-il quelque chose ? Les comploteurs parviendraient tôt ou tard à l'éliminer.

Alors pourquoi ne pas essayer de triompher dans la rencontre ? Ses adversaires savaient n'avoir affaire qu'à un clerc. Combien pouvaient-ils être à l'attendre ? Deux hommes, trois au plus. Or, s'il n'était pas un guerrier, il s'était déjà battu. Son frère l'avait parfois entraîné, jugeant que cela lui serait utile. Certes, il ne maniait pas la hache ou la masse, mais il savait tenir une épée et une dague. Et surtout il possédait une haquebute.

Finalement, tout bien réfléchi, il choisit de venger Watson.

Restait à deviner comment se passerait l'affrontement. Le marché aux chevaux était un long terrain vague bordé par le talus de l'enceinte de la ville avec, en face, quelques maisons abandonnées. Il se prolongeait par le marché aux moutons, désert depuis des mois.

Nul endroit pour se cacher là-bas, sauf peut-être derrière quelques arbres ou les enclos de pierre devant les maisons ruinées. Il n'aurait qu'à attendre à la limite du terrain, ne pas s'avancer, les laisser venir. Restait le risque d'un carreau d'arbalète.

Il se leva, alla ouvrir le coffre de Watson et en sortit la jaque de mailles de son ami. Les anneaux étaient épais. Pouvaient-ils arrêter un vireton ? Tiré d'assez loin, sûrement. À courte distance, sans doute pas, mais ce serait mieux que de la simple étoffe.

Il ôta sa houppelande et passa la jaque sur sa robe. Ensuite il alla chercher dans son propre coffre en bois la haquebute. Il la gardait toujours chargée, aussi vérifia-t-il seulement que la balle de plomb se trouvait bien dans son logement. Puis il sortit un peu de poudre de la corne dans laquelle il la conservait et il frotta la mèche avec afin qu'elle s'enflamme facilement.

Ensuite, il glissa trois balles de plomb et des petits bouts de tissu dans son escarcelle, attacha la corne à sa taille et mit la baguette servant à pousser la balle au fond du tube dans une de ses chausses.

Il sortit alors du coffre le fourreau contenant sa longue dague et l'attacha à sa taille. Puis il dissimula la haquebute sous sa houppelande, la tenant de la main gauche.

Il redescendit.

— La nuit va tomber, dit-il à dame Constance qu'il retrouva dans la cuisine. Pouvez-vous me prêter une lanterne ?

— Il fait encore jour, observa Bonacieux. Le temps d'aller à *La Coupe d'Or* et de revenir, l'obscurité ne vous gênera pas.

Le chiche-face rechignait à dépenser une bougie de suif.

— Je préfère prendre mes précautions, je vous paierai la chandelle, dit Edward.

Mais déjà Constance lui avait préparé une lampe en corne. Il observa combien elle était pâle. Elle pressentait la gravité de la situation et que, peut-être, elle ne reverrait plus celui qu'elle aimait.

Il prit la direction de la Grande-Rue-Saint-Louis et se dirigea vers la porte Saint-Honoré, sans se presser et l'œil aux aguets. Quelques dernières charrettes venant d'entrer en ville cahotaient vers la Croix du Trahoir. Il croisa un colporteur et deux religieux qui venaient des Quinze-Vingts.

Passé le collège des Bons-Enfants, il traversa le chemin non loin de la porte fortifiée et rejoignit le talus, l'endroit où il allait tirer avec Watson. Il ne le ferait plus et il en ressentit une profonde douleur.

Il s'arrêta, sortit son briquet en corne et frappa le fer sur la pierre. L'amadou s'enflamma et il bouta le feu à la chandelle de la lanterne. Après quoi il longea le talus jusqu'au marché aux chevaux. Personne en vue.

La haquebute dans sa main gauche, la droite tenant la lanterne, il s'approcha d'une souche d'arbre, au pied du talus, posa la lanterne et attendit. Toutes les directions lui étaient visibles. Au moins, on ne pourrait le prendre par surprise.

Un moment s'écoula. Pourquoi ne venaient-ils pas ?

Il perçut alors un mouvement dans l'enclos d'une maison en ruine. Un chien ? Non, un ultime rayon de soleil fit briller le métal d'une salade. Dessous, un camail révélait un visage rude, barbu. L'homme s'avança. Il portait un gambison feuille-morte avec une chemise de mailles. À sa taille, une épée. Il tenait une arbalète, mais ne la brandissait pas de façon menaçante.

Était-il seul ?

— Que voulez-vous ? J'attends un ami ! lança Edward sur un ton inquiet.

— Il ne viendra pas, répliqua une voix provenant de sa droite.

Un autre homme avait surgi, épée au poing. De taille médiocre, en houppelande sans manches sur une robe très courte et un pourpoint noir ajusté formé de boudins matelassés cousus, il était coiffé d'un chaperon de la même couleur dont la bande descendante lui couvrait en partie le visage. Sa silhouette robuste rappela vaguement quelqu'un à Holmes, mais il n'y réfléchit pas plus car, du coin de l'œil, il avait vu le premier homme se rapprocher.

Ce dernier dressait maintenant son arbalète dans sa direction. Edward sut qu'il n'avait plus le choix. Si un carreau l'atteignait, ce serait la fin. Fébrilement, il inclina la lanterne et alluma la mèche de la haquebute, puis, plaçant la crosse sur son épaule, il visa l'arbalétrier.

Comme à chaque fois, le fracas fut épouvantable et la fumée l'entoura. Il recula derrière la souche. Bien que le canon soit encore chaud, il saisit la corne et vida de la poudre dans le tube, sans mesurer, en en faisant tomber une partie à côté tant il tremblait. Puis, la fumée s'évacuant, il regarda à droite et ensuite devant lui.

L'homme en houppelande demeurait pétrifié. Quant à l'arbalétrier, tombé sur le sol, il gémissait doucement. Une tache rougeâtre s'étendait sur sa chemise de mailles.

Holmes fouilla maladroitement son escarcelle et en sortit une balle et un bout d'étoffe. Il glissa le tout dans le canon puis s'aperçut qu'il n'avait pas placé la mèche. Relevant les yeux, il vit s'avancer avec hésitation le second de ses agresseurs.

— J'ai un autre coup de feu prêt à votre intention ! Avancez un peu plus afin que je ne vous rate pas ! cria-t-il.

L'homme s'arrêta.

À mieux le voir, Holmes eut l'impression qu'il s'agissait du valet vu chez Langlay le jour où il avait été chassé, puis revu à *La Coupe d'Or* et au *Jardin des archers*. Même taille, même forme du visage, carrée avec un nez camus, même blondeur des sourcils. Seulement, celui-là était vêtu comme un gentilhomme.

Edward attrapa la mèche glissée à sa ceinture et l'enfonça dans la lumière de la haquebute. Avait-il fait tout le nécessaire ? Il ne savait plus, tant il était terrifié.

Sans chercher à savoir, il leva l'arme et prit la chandelle, prêt à allumer la mèche. Mais l'autre comprit et tourna les talons, s'enfuyant à toute allure.

Holmes se souvint alors de ne pas avoir enfoncé la balle avec la baguette ! Il tira celle-ci de sa chausse et poussa le plomb au fond du tube. Heureusement que son agresseur avait eu peur, se dit-il. S'il avait allumé la mèche, la balle ne serait pas partie très loin et, à cette heure, il serait tombé sous les coups d'épée.

Rassuré d'être à nouveau en état de se défendre, il s'approcha du blessé, du mourant plutôt, car nul doute qu'il allait passer.

L'homme le regardait, les yeux vitreux.

— Qui est ton maître ? s'enquit Edward en s'agenouillant.

Pas de réponse.

— Je suis clerc, je peux t'entendre en confession.

— Serai-je… pardonné ? haleta le mourant.

— Oui, je te pardonne et le Seigneur Dieu le fera aussi si tu me dis où est Gower Watson et si tu confesses qui t'a envoyé me tuer.

L'autre resta impassible et Holmes crut qu'il était mort, pourtant son agresseur parvint à murmurer, dans un ultime souffle :

— … Dans la maison, là-bas… Messire Ralph Grey.

Une bave rouge lui envahit la bouche.

— Que le Seigneur te pardonne, lui dit Holmes avec un signe de croix.

Il entonna la prière des morts tandis que les yeux du mourant perdaient tout éclat.

Brusquement retentit un appel. Le clerc se releva d'un bond. Deux archers accouraient depuis la porte Saint-Honoré. L'un d'eux cria :

— Qu'arrive-t-il ? Quel est ce tonnerre ?

Holmes s'avança vers lui et ils le reconnurent.

— C'est vous, maître Holmes ! Vous avez utilisé votre haquebute ?

Ces gardes l'avaient vu plusieurs fois passer, quand il allait tirer au-delà de la porte.

— Oui, mais cette fois pour me défendre. Je suis tombé dans un traquenard.

Il s'expliqua : il avait reçu un billet de Watson et s'était méfié. Deux marauds l'attendaient dans le dessein de lui voler la haquebute. Il s'était défendu et l'un des ribauds avait fui. Celui qui venait de mourir (il le désigna) lui avait avoué que Watson se trouvait dans une des maisons proches.

— Vivant ? demanda l'archer.

— Je ne sais point, répondit tristement Holmes. J'allais voir…

— On vient avec vous.

Ils trouvèrent rapidement Watson, entravé et bâillonné, couché dans une grange délabrée. Holmes crut que son cœur allait s'arrêter de battre en le découvrant. Abandonnant sa haquebute, il tira sa dague et trancha les liens.

— Quand j'ai entendu le bruit de la poudre, j'ai compris que tu n'avais pas cru à mon appel ! furent les premiers mots de l'archer.

— Qui étaient ces gueux, messire Watson ? intervint l'un des hommes d'armes.

Holmes s'était reculé et avait posé un doigt devant ses lèvres, un signe visible seulement de Gower.

— Je ne sais… des truands, des fredains…

— Vous avez eu de la chance qu'ils ne vous meurtrissent pas, grimaça l'autre archer.

— Je leur ai promis de payer rançon.

L'explication suffisait. Même dans Paris, des gens payaient pour leur libération s'ils étaient pris après un affrontement.

Watson s'étant relevé, il proposa aux archers de leur offrir à boire le lendemain à *La Coupe d'Or*. Les autres approuvèrent de bon cœur. Quant au corps de celui que Holmes avait tué, ils allèrent l'examiner et Gower reconnut un de ses agresseurs. L'homme lui avait volé son épée et sa dague. Il les récupéra ainsi que son baudrier tandis que Holmes mettait la main sur l'arbalète. Quant au reste de l'équipement du maraud, il annonça aux archers qu'il le leur laissait. Ravis, les deux gardes commencèrent aussitôt à dépouiller le cadavre.

Ils avaient admis sans rechigner l'histoire que Holmes venait de raconter. D'ailleurs, elle était bien proche de la vérité.

Les deux Anglais revinrent vers la rue Champfleuri. Watson expliqua :

— J'étais à *La Coupe d'Or* quand un gamin m'a remis un mot de toi, tiens je l'ai toujours dans ma ceinture.

Il le lui tendit.

Retrouve-moi près du talus de l'enceinte, là où on vend des chevaux.

Holmes.

— J'y suis allé, fit-il, penaud. Je t'ai cherché et je suis tombé sur celui à l'arbalète. Il m'a menacé et fait entrer dans la grange. Là, un autre m'a attaché. Je ne pouvais rien faire.

— Tu les avais déjà rencontrés ?

— L'arbalétrier, non. L'autre, je l'ai peut-être vu, mais je ne me souviens pas à quelle occasion. En tout cas, il s'agissait d'un gentilhomme.

— Taille moyenne, robuste, visage carré et cheveux blonds ?

— Oui, tu le connais ?

— Je le connais, et de plus l'arbalétrier m'a révélé son nom.

Holmes n'hésita qu'un instant avant de poursuivre. Il ne pouvait plus cacher à son ami ce qu'il savait et ce qu'il avait déduit.

— Veux-tu que je te raconte une histoire ? s'enquit-il.

— Pourquoi pas !

— Voilà six ans, des proches du comte de March, le père de lady Mortimer, se sont réunis à Southampton pour préparer l'assassinat d'Henri V et de ses frères. Le roi le sut, car le complot fut dénoncé par le comte de March lui-même. Peut-être Henri V n'en ignorait-il rien avant et March avait-il seulement pris les devants afin de sauver sa tête. Quoi qu'il en soit, les conspirateurs furent tous exécutés. Les nobles décapités, et les autres éventrés. Parmi ces derniers se trouvait un nommé Thomas Grey. Or le nom que m'a livré l'arbalétrier est Ralph Grey, il s'agit de son frère.

Watson siffla longuement.

— Je suis persuadé que ce Ralph Grey est le valet que j'ai aperçu chez Langlay le soir où j'ai été chassé. C'est le complot de Southampton qui recommence, mais, cette fois, l'âme en est lady Mortimer.

— Nous en savons assez pour tout dénoncer au duc d'Exeter.

— Sauf que nous n'avons toujours aucune preuve. Si nous allons voir le duc afin de révéler ce que nous savons et que lady Mortimer nous accuse, comme son père l'avait fait aux dépens de ceux qui le voulaient pour roi, qui sera soumis à la question ? Nous ou elle ?

Comme Watson ne disait rien, il ajouta :

— Ils arrêteront aussi Bonacieux et Constance.

— Va-t-on laisser tuer notre roi ? grogna Watson.

— Évidemment non ! Mais nous allons régler cette affaire seuls.

— Comment ?

— Crois-tu qu'on puisse compter sur L'Aigle ?

— Je pense, dit Watson après un temps de réflexion.

— Alors, voici ce qu'on va faire : la veille de la venue du roi, et si le noble Henri entre dans Paris par la porte Saint-Honoré, nous prendrons les clefs de Bonacieux et nous irons tous trois à l'hôtel Lusignan. Les factieux y seront, ou arriveront après nous. Ils seront forcément peu nombreux : l'archer, Grey, peut-être Langlay. Nous les empêcherons de nuire et personne ne saura rien.

— Ça me plaît !

— Jusque-là, il suffira d'être prudent, mais je ne pense pas que Grey recommence. Il ne doit pas imaginer tout ce que l'on sait.

Watson était pressé de rassurer Constance, aussi arrivèrent-ils rapidement à la maison du Gros-Tournoi. Edward était demeuré silencieux après avoir exposé sa façon d'agir, mais, devant la porte, il reprit la parole.

— Il reste encore quelque chose d'inexplicable.

— Quoi ?

— Pourquoi ne t'ont-ils pas tué ?

25

Revenons deux jours en arrière, le dimanche 25 mai 1421.

Après avoir récupéré l'aiguière à la sirène qui lui appartenait et laissé sa lettre de défi chez Haussecul, Lusignan retourna chez lui, cacha la pièce d'argenterie sous son matelas et se rendit chez Michel de Lallier.

Le maître des comptes dînait. Il se leva de table et reçut le soi-disant domestique dans un petit cabinet de sa maison.

— Que voulez-vous ? lui demanda-t-il avec inquiétude après les salutations d'usage. Il avait été convenu que vous ne viendriez plus ici jusqu'au dernier moment.

— J'ai besoin de mes armes, de mon épée et de ma brigandine. Je veux aussi les clefs de ma maison, je vous les rapporterai dans quelques jours.

— De votre maison ? Diable… C'est que je ne les ai plus, messire…

— Comment cela ?

— Après Pentecôte, nous avons reçu dans votre maison le vainqueur du tournoi des archers, Jacques L'Aigle. Heureusement que nous étions masqués car il a refusé ma proposition.

— Peste ! Et pourquoi donc ?

— Des scrupules mal placés. Nous n'avions pas de plan de rechange, aussi maître Girard est-il allé voir lady Mortimer et lui a-t-il fait part de notre problème. Elle lui a dit qu'elle trouverait elle-même un archer, mais elle a demandé les clefs. Ne pouvant refuser, maître Girard les lui a fait porter.

— Réclamez-les !

— Difficile, comment le justifier ?

Avec inquiétude, Michel de Lallier vit Lusignan serrer les poings. Craignant la colère du chevalier, il recula d'un pas. Mais, contre toute attente, Lusignan se contint.

— Soit, dit-il. Trouvez-moi donc deux cordes de cinq à six toises et un grappin. J'ai aussi besoin d'une arbalète et de carreaux. Je reviendrai demain soir chercher tout ça avec mes armes. Préparez-moi en plus un sac de vivres, de quoi tenir quatre à cinq jours et deux gourdes de cuir, vides.

— Allez-vous quitter votre logis et vous installer dans votre hôtel, messire ?

— Quelques jours seulement.

— Veuillez excuser ma curiosité, mais vous m'aviez dit que vous n'y retourneriez jamais.

— Promesse n'est pas héritage.

— Cela ne risque-t-il pas de mettre en péril notre affaire ?

— N'ayez nulle inquiétude. Il y a un temps pour tout, aujourd'hui est celui de la punition.

— Punition… fit Lallier en frémissant.

— Êtes-vous allé chez moi ?

— Oui, dit le maître des comptes en baissant les yeux.

— De tels crimes doivent-ils rester impunis ?

Lallier ne répondit pas.

— Leur châtiment ne doit-il pas avoir lieu à l'endroit où ils ont commis leur forfait ?

— Si, messire[1]...

— Je me considère toujours comme le lieutenant du prévôt de Paris, je serai le juge et le bourreau.

— Pourquoi ne pas attendre quelques semaines ? Quand le dauphin reviendra, il punira sévèrement les bouchers.

— Je ne me fais pas d'illusions. N'avez-vous pas demandé vous-même au dauphin qu'il n'y ait aucune rétorsion après son entrée dans Paris ?

Michel de Lallier ne répondit point.

— Mais, assez caqueté, je reviendrai demain.

Le maître des comptes ne chercha pas à le retenir.

Le lendemain, Lusignan traîna autour de la Grande Boucherie et aperçut Haussecul à son étal. Plus loin, Thibert et Le Pontonnier vaquaient aussi à leurs affaires dans leurs échoppes. Donc ils n'étaient pas allés à l'hôtel Mélusine. Il en fut contrarié. Et s'ils négligeaient son défi ?

Il revint chez maître Lallier après le souper. Le changeur le reçut dans sa garde-robe, sa femme étant couchée. Il avait préparé tout ce qu'avait demandé l'ancien prévôt de Paris.

Lusignan s'équipa de sa brigandine, ceignit épée et dague et attacha le grappin à son baudrier. Puis il enfila son camail, mit les carreaux et les gourdes dans le sac de vivres qu'il jeta sur son épaule, ainsi que les cordes, et ne garda que l'arbalète à la main.

— Quand vous reverrai-je, messire ? s'enquit Lallier en le regardant faire.

— Certainement avant la fin de la semaine.

1. Sous l'Ancien Régime, le coupable devait faire amende honorable sur le lieu de son forfait. Souvent, c'était à cet endroit-là qu'il était châtié.

— Que le Seigneur vous protège.

— Il le fera, je L'ai tant prié depuis ces années qu'Il me le doit, répliqua le chevalier d'un ton assuré.

Lallier voulut ajouter quelques mots, mais se retint, ne voulant pas se mêler davantage de la vengeance de Lusignan.

Dehors, l'obscurité croissait. Quittant la rue de la Bretonnerie, Lusignan se dirigea vers les Halles. En s'écartant du Châtelet, il savait qu'il ne rencontrerait pas le guet et qu'il lui suffirait d'éviter la barrière des sergents, à la Croix du Trahoir, pour ne pas être questionné par des archers intrigués de voir passer un homme en armes et portant des cordes entre chien et loup. Et si par malheur il rencontrait le guet bourgeois, et que ses archers veuillent faire du zèle, ce serait fort dommage pour eux. Il ne les craignait pas.

Il déboucha dans la Grande-Rue-Saint-Louis quasiment près des Bons-Enfants et se glissa dans la ruelle du pressoir.

Personne. Il se tenait dans l'obscurité et même des passants attardés empruntant le chemin de la porte Saint-Honoré n'auraient pu le voir.

Il attacha le grappin à l'une des cordes, à l'autre, l'arbalète, le sac et son baudrier. Il recula ensuite autant qu'il le put et lança le grappin. Le fer retomba de l'autre côté d'un merlon. À l'intérieur de l'enceinte, du côté du jardin, un chemin de ronde en bois courait au sommet du mur. Le crochet avait dû arrimer à une solive car, en tirant, Lusignan ne parvint pas à le détacher.

Il noua alors l'autre corde à sa taille et entreprit de grimper. Arrivé au mâchicoulis, il parvint sans peine à passer dans le premier créneau et se glissa sur le hourd. Puis il récupéra ce qu'il avait laissé en bas avec la corde nouée à sa taille.

Après quoi, il réenroula les cordes et descendit par l'échelle du chemin de ronde, toujours en place depuis l'abandon de l'hôtel. En bas, il traversa le jardin jusqu'à se trouver sous la fenêtre de la chambre de ses enfants, au premier étage.

La façade était ornée de voussures qui marquaient l'étage, avec, au-dessus, encadrant la fenêtre, deux niches cintrées ornées d'archivoltes et de dais. Les statues de saint Pierre et de saint Paul se dressaient dans des pinacles.

Lusignan lança le grappin qui s'accrocha aisément à l'un d'eux. Lorsqu'il eut vérifié la solidité de la fixation, il grimpa de la même manière qu'il l'avait fait le long de l'enceinte. Au niveau de la fenêtre, serrant la corde entre ses jambes, il dessertit plusieurs carreaux de son poing. Il passa ensuite la main à l'intérieur et tira le verrou, ouvrant la croisée, puis il se hissa dans la chambre grâce aux archivoltes.

Une fois à l'intérieur, il tira à lui la corde à laquelle étaient toujours attachés épée, arbalète et sac de vivres, les récupéra, puis laissa pendre le filin à l'extérieur. Il resterait ainsi invisible à tout visiteur et lui serait utile pour ressortir.

Chargé de son matériel, il gagna l'étage supérieur en évitant de regarder les traces de sang et la literie souillée. Au fond de la dernière chambre, il déplaça un coffre, monta dessus et poussa un des caissons de bois du plafond lambrissé, dévoilant l'immense charpente en forme de berceau. Il plaça dans ce solier épée, arbalète et sac, puis descendit au sous-sol avec les deux gourdes.

Il puisa de l'eau au puits et les remplit, avant de remonter.

De retour dans la chambre, il se hissa dans le solier. Puis il replaça le panneau de lambris et chercha un endroit où s'installer.

Il n'avait qu'à attendre. Une attente douce, car il savait que sa famille se trouvait près de lui et l'observait.

Il sommeillait quand il fut mis en alerte par des bruits. D'abord il crut entendre des rats, puis il distingua des paroles.

Les bouchers arrivaient.

En s'efforçant de ne faire aucun bruit, il tendit le nerf de l'arbalète avec le crochet, puis introduisit un vireton dans le sillon du manche. Il passa ensuite sa brigandine, son camail, et boucla son baudrier avec son épée et sa dague.

Il s'apprêtait à soulever la trappe quand il entendit les voix se rapprocher, puis on parla dans les chambres, juste au-dessous.

— *Death*, fit une voix.

— *Not only, someone.*

— *Nobody's here. Let's go down.*

Des Anglais !

Que faisaient des Anglais ici ? Comment étaient-ils entrés ?

Il songea au complot et à lady Mortimer. Des gens à elle ? Des hommes au duc d'Exeter ? Si le complot avait été révélé ?

Il resta pétrifié, évitant tout bruit et craignant qu'on ne fouille la pièce. Mais les bruits s'atténuèrent puis disparurent. Les intrus étaient partis.

Il demeura inquiet un moment, puis se rassura. C'était forcément des gens de lady Mortimer qui venaient reconnaître les lieux. N'avaient-ils pas les clefs ?

Il ne sortit pas pour autant et s'installa confortablement contre une ferme de chêne avant de désarmer l'arbalète. Puis il but à la gourde, mangea et sommeilla à nouveau.

Il fut réveillé par une chouette qui hululait, installée sur une poutre de la charpente. Cette maison était désormais la sienne, pensa-t-il tristement. Il songea une nouvelle fois que s'il avait été présent quand les bouchers s'étaient attaqués à la porte d'entrée, il aurait fait monter sa famille dans ce refuge et l'aurait sauvée. Mais lui seul connaissait ce passage. Il se maudissait depuis trois ans de ne jamais en avoir parlé à sa femme.

La nuit vint.

C'est alors que, de nouveau, il entendit des bruits, des paroles, cette fois en français. Il se leva, tendit silencieusement le câble de l'arbalète et prêta l'oreille. Une voix coléreuse retentit, provenant de la chambre au-dessous.

— Pourquoi personne n'est venu nettoyer cette maison ?

— Tu ne devines pas ?... Qui aurait souhaité rencontrer les âmes de ceux...

— Tais-toi, Martin ! cria quelqu'un.

Martin Thibert ? s'interrogea Lusignan.

— C'est Capeluche qui a tout fait, gémit un troisième.

— Et il a payé pour ses crimes...

Cherchaient-ils à se justifier ? Parlaient-ils à d'autres compères ?

Les voix se rapprochèrent. Les visiteurs se trouvaient maintenant dans l'escalier.

Le chevalier se tint prêt au cas où ils découvriraient la trappe, ce qui paraissait invraisemblable. Mais si l'un d'eux la soulevait, il lui abattrait l'épée sur la tête, puis il tirerait un vireton sur le plus proche. Ensuite le combat serait égal.

— En tout cas, ce maraud de Lusignan n'est pas là…

— Inutile de rester ici. On va l'attendre en bas.

Les bruits s'éloignèrent. D'après le ton des voix, Lusignan jugea qu'ils étaient au moins quatre, peut-être plus.

La veille, Haussecul était allé trouver un serrurier qu'il connaissait.

— Ferrand, j'ai besoin d'entrer dans une maison abandonnée, mais qui est fermée.

— Avec une serrure ?

— Oui, tu peux l'ouvrir ?

— Je peux tout ouvrir, mais à qui elle est, cette maison ? J'ai pas le droit de faire ça.

— À la ville, c'est un hôtel des Armagnacs, il est abandonné et vide.

— Tu veux y faire quoi ?

— Ça me regarde. Il faut que j'y aille. Je te donnerai quatre deniers d'argent.

— Pour ouvrir ou faire une clef ?

— Faire une clef… répondit Haussecul après une hésitation. Et il y a deux serrures. Celle de la poterne et celle de la maison.

— Ce sera dix deniers, et un quartier de mouton.

— Coquefredouille ! C'est beaucoup !

— Je prends des risques, je te l'ai dit.

— Entendu. Tu peux aller faire les clefs maintenant ?

— Elle est où cette maison ?

— Au coin du chemin conduisant aux Bons-Enfants et de la rue de la porte Saint-Honoré. On l'appelle l'hôtel Mélusine. Devant, il y a une enseigne représentant la fée.

Le lendemain matin, Ferrand lui avait apporté les deux clefs et Haussecul l'avait payé. Le boucher n'avait pas osé demander au serrurier s'il avait remarqué sur place quelque chose de particulier, et l'autre n'avait rien dit. Était-il entré dans l'hôtel ou non ? L'artisan n'y avait fait aucune allusion.

Le soir, Thibert et Le Pontonnier l'avaient rejoint, chacun avec un compagnon. Ces deux-là étaient jeunes et n'avaient pas participé aux massacres de 1418, mais d'autres les leur avaient racontés et ils regrettaient de ne pas en avoir été. Leurs maîtres leur avaient dit qu'un Armagnac se cachait là où ils se rendaient, et qu'ils y resteraient jusqu'à ce qu'ils l'aient trouvé et tué. Cela leur plaisait. Ils avaient pris avec eux de longs couteaux à écorcher. Gilles, le compagnon de Haussecul, gardait sa doloire, Thibert avait emporté une hache et les deux autres maîtres des épées. Ils avait aussi apporté deux sacs de provisions, car ils n'excluaient pas de rester sur place quelques heures, voire une nuit ou deux.

Ils faisaient encore jour quand ils arrivèrent à la poterne, mais il n'y avait plus grand monde dans les rues. Haussecul mit la clef dans la serrure et ouvrit facilement.

Ils entrèrent dans la cour. Ceux qui étaient déjà venus quatre ans plus tôt le firent avec une certaine appréhension. Ils revoyaient Capeluche et ses hommes briser la porte à coups de hache, puis déferler dans cette même cour comme une meute de loups.

Ils étaient parmi eux, mais, devenus de respectables bourgeois, ils voulaient oublier ce passé. Lusignan les contraignait à s'y enfoncer à nouveau et ils se juraient intérieurement qu'ils le lui feraient payer cher.

C'est Thibert qui vit les traces de pas dans la boue.

— On est venu ici voilà peu ! Regardez !

Les pas allaient dans les deux sens et se dirigeaient aussi vers la porte brisée du jardin et le perron. Récentes à l'évidence.

Le Pontonnier les examina.

— Au moins deux personnes. Lusignan ne sera pas seul ! remarqua-t-il avec un brin d'inquiétude.

— Silence, maintenant, on va le surprendre !

Au perron, Haussecul fit tourner lentement la clef dans la serrure et les bouchers entrèrent.

Tout était comme dans leurs souvenirs. Ils firent le tour de la salle puis de la cuisine en silence.

Aucune trace de Lusignan.

Haussecul désigna l'escalier et passa le premier, son épée brandie de la main gauche à cause de la tournure de l'escalier.

Dans la chambre, ils s'avancèrent groupés, leurs lames dressées devant eux, comme une barrière de défense. Mais il n'y avait personne.

Haussecul ne pouvait s'empêcher de frissonner en retrouvant les lieux. Tout lui revenait. Dans la chambre d'enfants, il se revit en train de démembrer le garçon, riant comme un fou. Soudain, il ne put se retenir et se mit à sangloter.

— Pourquoi personne n'est venu nettoyer cette maison ? cria-t-il.

— Tu ne devines pas ?... Qui aurait souhaité rencontrer les âmes de ceux...

— Tais-toi, Martin !

— C'est Capeluche qui a tout fait, répéta Le Pontonnier.

— Et il a payé pour ses crimes...

Haussecul fit demi-tour et fila vers l'escalier. Les autres le suivirent.

— En tout cas, ce maraud de Lusignan n'est pas là... dit Thibert après avoir traversé les trois chambres.

— Inutile de rester ici. On va l'attendre en bas, décida Haussecul.

Dans le solier, Lusignan avait choisi d'attendre, lui aussi. Il savait que la fin de la nuit était le moment le plus favorable pour surprendre un ennemi. Les bouchers resteraient en alerte assez longtemps, mais finiraient par s'assoupir.

Il s'adressa à ses enfants et à son épouse dans une longue prière, leur assurant qu'ils seraient bientôt vengés, puis il s'allongea et s'efforça de dormir.

Il se réveilla plusieurs fois. Le silence régnait, rompu seulement parfois par les craquements des poutres, des boiseries ou le claquement d'un morceau de bois dans l'âtre. Les bouchers avaient allumé un feu.

Le chevalier jugea enfin qu'il était temps. Il se leva et, à tâtons, enfila son camail sur sa brigandine, tendit le câble de l'arbalète avec le crochet, glissa quelques carreaux dans ses chausses, attacha le crochet à sa taille, puis boucla sa ceinture d'où pendaient les fourreaux de son épée et de sa dague.

Il souleva la trappe et passa dans le trou en se retenant aux bords. Une fois sur le coffre, il récupéra l'arbalète, disposa un carreau sous la fausse corde et traversa les chambres jusqu'à l'escalier.

26

Il descendit lentement les marches, s'efforçant de ne provoquer aucun bruit. Au premier étage, il s'arrêta et, n'entendant rien, il poursuivit.

Avant le dernier tournant de l'escalier, il fit une nouvelle pause. Il ne perçut que quelques ronflements et le pétillement du feu. Plusieurs des bouchers devaient dormir.

Il descendit les ultimes marches et découvrit la pièce. Assis contre le mur d'en face, Haussecul était éveillé. Dès qu'il le vit, le boucher cria, se redressa et, au même moment, reçut le carreau d'arbalète dans la poitrine. Il chuta.

Lusignan abandonna l'arbalète et dégaina épée et dague. Il se précipita d'abord sur les deux jeunes compagnons qui s'étaient levés d'un bond, doloire et coutelas en main. Ces garçons savaient tuer un bœuf sans défense, mais ignoraient tout de la façon de se battre contre un chevalier. Le premier s'approcha de trop près, doloire brandie, et Lusignan lui fendit le crâne. L'autre recula d'un pas, mais trop lentement car, d'un revers d'épée, le chevalier lui arracha un bras.

Trois hors de combat ! se réjouit Lusignan.

La salle n'était éclairée que par le foyer mais cela lui suffit pour voir Le Pontonnier détaler. En revanche, distrait un instant par cette fuite, il ne put éviter le couteau que lui lançait Thibert. En même temps, il frappait de taille un autre garçon écorcheur qui le menaçait d'une hache.

Soudain, il ressentit la douleur. Fulgurante, elle lui parcourut toute la jambe et le fit chanceler. Thibert restait le seul debout devant lui, le boucher hésita en voyant son ennemi blessé, mais il dut douter de pouvoir le vaincre car il fila à son tour par la porte d'entrée.

Impossible de les poursuivre ! ragea Lusignan.

S'appuyant contre le mur, il considéra alors sa blessure. Un fin couteau utilisé en boucherie avait percé le bas de sa brigandine et pénétré profondément dans sa cuisse. Il le tira d'un coup sec et s'écroula sous la douleur. Si les bouchers étaient revenus, ils auraient trouvé leur adversaire sans défense, mais les fuyards couraient trop vite dans la rue Saint-Honoré !

Lusignan ne perdit pas conscience. Il détacha son baudrier, puis retira la brigandine. Sa cuisse était aussi sanglante qu'une pièce de gibier avant la cuisson.

Avec sa dague, il découpa le haut-de-chausses. Le sang sortait en ruisselet, mais sans saccades. Il jugea la blessure non mortelle s'il parvenait à faire cesser le saignement. À quelques pas de lui se trouvait l'homme à qui il avait fendu le crâne. Sa cervelle s'écoulait en une masse gluante. Il se rapprocha du corps en s'aidant de ses mains pour se déplacer, puis trancha le pourpoint et le doublet de sa victime et dégagea le cordon des chausses qu'il arracha. Il aurait volontiers coupé un morceau de tissu mais l'habit était trop sale. Regardant autour de lui, il vit que le pourpoint de Haussecul paraissait propre. Le boucher l'observait, les yeux vides, il n'était pas mort.

Lusignan glissa jusqu'à lui.

— Quel effet ça fait de finir sur le lieu de ses crimes ? ricana-t-il.

L'autre ouvrit la bouche mais ne parvint pas à articuler. Seule une bave rouge sortit de ses lèvres.

— Tu vas passer, sans confession, sans bénédiction, sans pardon, ajouta Lusignan, qui, dans son plaisir morbide, oubliait sa douleur. Le Fourchu va te prendre de l'autre côté où tu brûleras toute l'éternité.

— N... non... Pardon...

— Dieu pardonne, moi pas, gronda Lusignan.

D'un revers de la dague, il trancha la gorge du mourant.

Satisfait, il essuya sa lame sur le haut du pourpoint de Haussecul, puis découpa deux longues lanières de tissu capitonné qu'il enroula autour de sa cuisse avant de les serrer avec le cordon pris à l'écorcheur.

Il attendit un moment, jusqu'à ce que le sang ne sorte plus et que la douleur se calme. Alors, reculant jusqu'au mur, il s'aida de la tapisserie de Mélusine, pour se relever complètement.

Il devait partir. Les autres bouchers étaient à coup sûr allés chercher du secours. Il parvint à ramasser son épée et s'en servit comme d'une canne, puis alla examiner les autres corps. L'un vivait encore et il lui enfonça l'estramaçon dans la poitrine, faisant craquer les côtes.

Il ramassa son baudrier, l'attacha et glissa ses deux lames dans leurs fourreaux. Après quoi, toujours en boitillant douloureusement, il saisit un manteau qui traînait sur le sol, le posa sur ses épaules et sortit.

L'air frais lui fit du bien, mais la douleur restait atroce. Ce serait un rude voyage que de regagner sa chambre, se dit-il.

Il passa la poterne et entama son retour chez lui. L'obscurité était presque totale, la lune était dans son dernier quartier, aussi avançait-il avec une infinie lenteur.

Il ne pouvait emprunter la rue Saint-Honoré, car on l'aurait questionné à la barrière des sergents, il fit donc un détour par Saint-Eustache. Près de l'église, il se reposa un moment, assis sur un pas de mule. Il ne sentait plus sa jambe raide. Il défit le cordon et laissa tomber les étoffes qui protégeaient la plaie. Au toucher, il put constater qu'elle ne saignait pas. Cependant, la chair avait enflé de façon inquiétante et, pour la première fois, il douta de parvenir à regagner son logis.

Il repartit quand même et arriva devant une des portes du cimetière des Innocents où une lanterne était allumée. De nouveau, il s'arrêta, épuisé, et s'assit sur une borne. Appuyé contre le mur des arcades, il songea qu'il allait finir là, dans une fosse.

Pourtant, il surmonta douleur et affaiblissement et reprit son chemin vers le cloître de Sainte-Opportune, gagnant ensuite la rue Sainte-Catherine. Bien qu'il fasse toujours nuit, des échoppes commençaient à ouvrir dans l'attente du jour saillant et quelques lanternes s'allumaient, mais personne ne fit attention à lui.

Il obliqua par la rue des Lombards, puis par la rue de la Savonnerie afin d'éviter la Grande Boucherie. Il trébuchait à chaque pas, seule sa volonté le faisait avancer. Il se retrouva enfin sans savoir comment devant la maison de sa logeuse, près du pont Notre-Dame.

Pantelant, il parvint à détacher la clef de sa ceinture et à ouvrir la porte. Il mit un temps infini à monter les marches, s'effondrant plusieurs fois et se retenant au mur. Enfin, il fut dans sa chambre, s'allongea sur son lit et perdit conscience.

La fièvre et la douleur lui firent reprendre ses sens. Il ouvrit les yeux. Les murs de sa chambre remuaient doucement devant lui, comme des bannières au vent. Il grelottait et transpirait en même temps, le corps affreusement tourmenté. Il avait trop souvent vu des compagnons mourir de leurs blessures pour ne pas deviner que sa fin approchait. Il parvint pourtant à se couvrir de sa couette afin de cacher sa plaie et cria pour demander de l'aide.

Au bout de plusieurs appels, sa logeuse arriva, affolée.

— Qu'avez-vous, monsor ?

— Fièvre… quarte… parvint-il à articuler.

Elle recula, terrorisée. Chaque jour des dizaines de Parisiens mouraient de la fièvre quarte ou de la peste.

— Prévenez maître Pigache, je vous en supplie, et portez-moi de l'eau…

Elle disparut et revint rapidement avec un pot de bois empli d'eau qu'elle lui mit dans la main, se retirant tout aussi vite en déclarant partir pour le pont au Change.

Il parvint à avaler quelques gouttes avant de renverser le pot. La douleur irradiait son corps et il balbutia quelques implorations à la Vierge avant de sombrer.

De nouveau, il reprit connaissance. On parlait près de lui. Ouvrant les yeux, il distingua vaguement une ombre. Était-il en enfer ou au paradis ?

— Messire, qu'avez-vous ? répéta la voix.

Pigache ! Lusignan devina que si le changeur l'avait appelé messire, c'est que la logeuse ne se trouvait pas près de lui.

— Êtes-vous… seul ? demanda-t-il quand même.

— Oui, que vous est-il arrivé ?

— Je… Je suis blessé… Couteau… Cuisse… Chirurgien…

Il retomba dans les limbes.

La douleur le ranima. Il repoussa violemment celui qui torturait sa cuisse.

— Du calme, messire, dit la voix, je suis le chirurgien de maître Lallier.

Lusignan ouvrit les yeux. Deux personnes debout, une troisième assise près de lui.

— Laissez-moi laver votre plaie, dit cette dernière.

Cette fois, Lusignan sentit le linge, et la souffrance revint, fulgurante. Il se raidit et retint un cri, murmurant juste :

— Sang de bœuf… Que j'ai mal !…

— Je sais, c'est douloureux. Je vous nettoie à l'eau vinaigrée. Mais vous devez supporter la souffrance. Si l'infection s'installe, je ne pourrai rien faire.

Le supplice dura un long moment, mais fit reprendre complètement conscience à Lusignan. Les deux autres personnes présentes étaient Michel de Lallier et Pigache. Ils affichaient un air angoissé.

— La plaie est large, elle pourrait ne pas se fermer. Je dois la suturer. Ce sera une nouvelle épreuve.

Lusignan battit des paupières. Il avait déjà été blessé, et cousu, au bras.

L'homme sortit de sa sacoche du fil de soie cirée et une aiguille triangulaire qu'il enfila.

— Essayez de ne pas bouger, dit-il.

Il saisit les bords de la plaie et enfonça l'aiguille dans la peau, provoquant un spasme chez le chevalier, puis il tira le fil et recommença, faisant huit passages qu'il ligatura. Lusignan était blanc comme du marbre.

— J'ai laissé un peu d'espace à chaque extrémité, dit-il, afin de laisser couler le pus.

Il sortit alors un linge propre de sa sacoche, et l'imbiba d'un liquide huileux. Ce cataplasme fut posé sur la plaie et le tourment de Lusignan s'atténua un peu.

— Qu'avez-vous mis ? demanda-t-il.

— Un mélange d'huile de rose, de guimauve et d'achillée millefeuille. Il faudrait vous saigner, mais vous avez déjà perdu tant de sang. Je le ferai dans quelques jours. Avez-vous moins mal ?

— Moins, haleta-t-il.

— Que vous est-il arrivé ?

— Des gueux m'ont pris à partie. L'un d'eux m'a lancé un couteau.

— Je vais donner du sureau à votre logeuse et elle vous préparera des infusions. Vous avez beaucoup de fièvre.

— Quand pourrai-je me lever ?

— Je reviendrai demain, se contenta de répondre le chirurgien en posant un linge propre sur la cuisse.

— Quand ? gronda Lusignan.

— Impossible de savoir, messire. La plaie est profonde, la chair tranchée. Ce sera long…

— Combien ?

L'autre grimaça, ne voulant pas annoncer qu'il craignait le pire.

— Des semaines… dit-il, alors qu'il nouait le pansement avec une bande d'étoffe.

— Impossible ! Que Dieu me damne mais je veux guérir avant.

— Je ferai tout ce que je peux, mais seul Dieu le décidera.

— Cornes du diable, trouvez un autre mire ! aboya Lusignan à l'intention de Lallier.

— Maître Garnier est mon chirurgien. Vous n'en trouverez pas de meilleur à Paris.

Lusignan comprit qu'il ne servait à rien de se fâcher. Au demeurant, il se sentait trop faible pour poursuivre une querelle. Il s'adressa au chirurgien.

— Pardonnez-moi… Je ne sais plus ce que je dis…

— Il faut que vous restiez immobile. Vous êtes sans force. Votre logeuse vous portera du bouillon et de la viande raisinée avec du miel. Avez-vous faim ?

— Oui…

— C'est bon signe.

— Maître Garnier, personne ne doit savoir que vous êtes venu soigner notre ami… intervint Lallier.

— Vous connaissez ma discrétion, rétorqua le chirurgien, légèrement sur la défensive.

— Passez chez moi ce soir, je vous remettrai dix florins d'or.

— Dix…

Il écarquilla les yeux en haussant les sourcils.

— Le prix de votre discrétion. Et à la guérison de notre ami vous en recevrez autant.

— Entendu, dit le chirurgien en hochant la tête, devinant que la présence de ce blessé à Paris n'était pas ordinaire.

Mais depuis dix ans tant de complots s'étaient noués et dénoués dans la capitale que rien ne l'étonnait plus.

— Personne ! Vous entendez, personne ne doit savoir que vous avez soigné un blessé.

— Je suis muet, vous le savez, sourit Garnier.

— Maintenant, laissez-nous…

Le chirurgien se leva, rassembla ses affaires, salua Lallier et Pigache, puis se tourna vers le blessé.

— Dieu vous garde, et surtout ne tentez pas de vous lever.

Lusignan hocha faiblement la tête.

— Qu'est-il arrivé ? demanda Lallier après le départ du chirurgien.

— Sera-t-il discret ? s'enquit Lusignan en désignant la porte qui venait de se refermer. On va me rechercher…

— Ne vous inquiétez pas, dit Pigache. Maître Garnier a toute notre confiance. Et s'il veut son or, il se taira.

— Qui vous cherche ? Les gens du roi ? Du Châtelet ? Que s'est-il passé ?

— Les bouchers...

Lusignan reprit son souffle avant d'ajouter :

— J'ai convoqué les assassins des miens sur le lieu de leur crime... Une ordalie. Dieu est mon seul juge. C'est pour les miens que je suis à Paris... Ces chiens sont venus... J'en ai tué quatre, mais la fortune a tourné, ils m'ont blessé. Maintenant ils vont me chercher partout.

Les deux bourgeois se regardèrent avec encore plus d'inquiétude. Décidément, la bêtise de ce Lusignan risquait de tout gâcher, songea Lallier.

— Vous ne risquez rien ici, dit-il pourtant.

— Votre logeuse croit qu'il s'agit d'une fièvre, ajouta Pigache.

— Qui avez-vous occis ? s'enquit Lallier.

— Guillaume Haussecul, et des garçons bouchers. Martin Thibert et Louis Le Pontonnier se sont échappés. Mais dès que je serai sur pied, eux aussi partiront au royaume des taupes.

Les bourgeois se jetèrent de nouveau un regard catastrophé. Guillaume Haussecul ! L'aîné d'une des familles bouchères les plus puissantes ! Si la confrérie apprenait qu'ils protégeaient l'assassin, ce serait une guerre que les bouchers gagneraient à coup sûr. Et même s'ils ne découvraient pas la vérité, ils allaient dénoncer Lusignan au prévôt. La présence d'un Armagnac dans la ville transformerait Paris en nid de guêpes. Les Anglais d'Exeter et les gens du roi fouilleraient et contrôleraient tout. Arrestations et interrogatoires redoubleraient.

Tout leur projet risquait d'échouer.
— Promettez-moi de ne pas tenter de sortir…
— Dans mon état, j'aurais du mal, mais par le saint nom de la Vierge, je vous le jure… Ne craignez rien, si personne ne me dénonce, on ne me trouvera pas ici.
— Espérons-le.

27

Le jeudi 29 mai, au lendemain de cette nuit qui avait vu combattre Lusignan contre les bouchers, maître Bonacieux avait pris sa décision après s'être longuement interrogé.

Où était passé messire Watson la veille ? Maître Holmes paraissait catastrophé quand il avait reçu le billet de son ami, puis il était parti avec sa haquebute. Finalement, ils étaient rentrés tous les deux, mais n'avaient rien dit. Ces deux Anglais croyaient-ils qu'il possédait l'esprit d'une chèvre ? Cette affaire était liée à la maison Mélusine, il en était certain. Maître Holmes ne lui avait-il pas dit qu'il s'y passait d'étranges choses ? Que des gens l'utilisaient ? Des fraudeurs ou des gueux s'y seraient-ils installés ?

Il fallait qu'il sache. Il allait s'y rendre, examiner les alentours, entrer discrètement, et, s'il découvrait quelque louche intrigue, prévenir le prévôt. Tant pis pour les Anglais s'ils étaient compromis. Lui voulait occuper rapidement son hôtel.

Bien avant la pique du jour, il se leva, s'habilla et descendit, non sans avoir emporté une dague – au cas où – et, bien sûr, les clefs de l'hôtel.

Dans la cuisine, il prit la lanterne de corne, vérifia qu'il restait suffisamment de chandelle et l'alluma avec une braise du foyer avant de sortir.

Dans la nuit, il pressa le pas vers la rue Saint-Louis puis se dirigea vers la porte Saint-Honoré. La milice arrivait. La présence de cette compagnie d'hommes d'armes le rassura. Archers et miliciens n'étaient pas loin et, s'il découvrait quelque chose d'inquiétant, il irait les chercher.

De dehors, l'hôtel de Lusignan paraissait désert. Il observa un moment les fenêtres et ne vit aucune lueur de chandelle. S'approchant de la poterne, il mit la clef dans la serrure. Chose inutile car l'huis n'était pas fermé.

Incompréhensible ! Quelqu'un d'autre que lui possédait donc les clefs ? Holmes aurait-il raison ? À la pensée qu'on occupait une maison lui appartenant, qu'il avait eu tant de mal à payer, le receveur éprouva une rage irrépressible.

Sa colère lui ôta toute prudence et il entra dans la cour. Médiocrement éclairé par la lanterne, il en fit le tour, mais ne remarqua rien de particulier, sinon la saleté. Il se rendit alors au perron et plaça une oreille contre la porte.

Rien, aucun bruit.

Doucement, il poussa l'huis. Comme la poterne, il n'était pas verrouillé.

Il distingua les braises d'un feu qui rougissaient. On avait fait du feu chez lui !

Et, comme il n'entendait toujours rien, il pénétra dans la demeure et découvrit une scène d'horreur éclairée par le foyer.

Du sang, du sang partout. Un bras tranché sanguinolent avec une main au bout tenant encore le manche d'une doloire, un crâne ouvert avec la cervelle qui sortait… des corps étendus…

Terrorisé, il détala sans même fermer.

En courant, il franchit la poterne et se retrouva dans la rue, mais, après s'être retourné sans voir personne à sa poursuite, il s'arrêta, le cœur battant toujours le tambour. Que faire ? Prévenir la garde, à coup sûr ! Mais devait-il aller à la porte Saint-Honoré ou plutôt à la barrière des sergents ? Il opta finalement pour la barrière car s'y trouvaient des archers du Châtelet. Eux le croiraient et viendraient voir.

Mais à peine avait-il fait quelques pas qu'une crainte s'insinua dans son esprit. Et si on l'accusait d'avoir commis ces crimes ?

Absurde, se rassura-t-il… Cependant, il ne disposait d'aucun témoin. Et il connaissait suffisamment les gens du Châtelet pour savoir qu'ils emprisonnaient d'abord et interrogeaient ensuite. Il s'arrêta de nouveau afin de prendre la meilleure décision. Et s'il allait chercher messire Watson et maître Holmes ? Ses locataires constateraient les crimes et ils iraient ensemble chercher les sergents.

Il changea donc de direction et revint chez lui.

Quand il entra, Constance et la cuisinière se trouvaient dans la cuisine. Sa femme fut surprise de le voir à cette heure.

— Où étais-tu ?

— Ça ne te regarde pas, ma commère ! répondit-il avec grossièreté.

Il avait eu si peur qu'il tenait à marquer son autorité.

— Où sont les Anglais ?

Elle lui tourna ostensiblement le dos.

Il hésita à la menacer car, si Watson arrivait, il refuserait ensuite de l'escorter. Il revint donc dans la salle et demanda de la soupe.

La cuisinière lui apporta un tranchoir et versa dessus une louche de bouillon.

Il commença à manger. Pourquoi ces maudits Anglais n'arrivaient-ils pas ?

Il finit le tranchoir, puis se fit porter des confitures.

Finalement, n'y tenant plus, il se leva et monta au deuxième étage. Devant la porte, il entendit un miaulement effrayant, diabolique.

Il hésita un moment, mais, comme l'affreux miaulement ne reprenait pas, il gratta le panneau.

Ce fut Holmes qui ouvrit, une viole à la main.

Bonacieux en resta interloqué.

— Vous… vous jouez de la viole ?

— Je l'ai achetée voilà quelques jours, j'ai envie d'apprendre. Mais je suppose que vous ne venez pas pour m'en parler ? Sauf si les accords que je fais vous dérangent.

— Non… non… Simplement je voulais vous dire quelques mots…

— Entrez donc.

Watson salua son logeur d'un grognement. Il préparait des flèches, assis devant la table, sur laquelle traînaient des écuelles contenant les reliefs d'un repas ainsi qu'une cruche et deux pots en bois.

— Vous avez mangé ici ?

— Oui. Dame Bonacieux ne nous voyant pas, nous a porté à dîner.

Bonacieux maudit une nouvelle fois sa femme de ne rien lui avoir dit, mais, malgré son irritation, il se maîtrisa.

— Messire Watson, et vous, maître Holmes, j'ai besoin de vous…

— À quel sujet ? demanda Holmes en pinçant une corde de la viole, provoquant un grincement strident qui fit sursauter Bonacieux.

— Comme témoins. Il vient de se produire une affreuse chose…

— Dans votre maison ? s'enquit Watson, soudain inquiet.

— Oui…

— Dame Constance…

— Dame Constance ? Non… Pourquoi parlez-vous d'elle ?

Watson rosit et balbutia :

— J'ai cru… Elle aurait pu chuter…

— Mais non ! Elle n'est jamais tombée ! La vérité, c'est que ce matin, je me suis rendu chez moi.

— Chez vous ? dit Watson, doutant de la santé mentale de son hôte.

— À l'hôtel Mélusine. Je voulais enfin le visiter.

— Seul ? C'était folie ! intervint Holmes, brusquement en alerte.

— Pourquoi ? Que savez-vous de ce qui se passe là-bas ? demanda agressivement le receveur.

— Rien ! répliqua le clerc d'un ton sec. Mais vous n'ignorez pas combien il peut être imprudent de sortir seul la nuit, les rues sont pleines de gueux aussi féroces que des loups.

— Je m'en suis aperçu. La porte de la poterne de mon hôtel était ouverte.

Holmes lança un regard aigu à Watson. Auraient-ils oublié de fermer à clef ?

— Je suis entré dans la cour, j'ai ouvert la porte… Et découvert un carnage.

Les yeux du logeur s'emplirent de larmes.

— Comment cela ? s'enquit Holmes.

— Trois ou quatre corps, je ne sais plus, meurtris… des bras… des têtes… des cervelets… du sang partout ! glapit-il.

— Vous avez rêvé… La suite d'un cauchemar, plaisanta Watson… Ça m'arrive…

Holmes considéra Bonacieux avec attention. Livide, larmes perlées, agité… Non, il n'avait pas rêvé.

Il posa la viole, saisit sa houppelande et lança à Watson :

— On y va, prends ton épée.

Lui-même s'arma de sa dague dont il noua le fourreau à sa ceinture.

Il sortit le premier, Bonacieux sur ses pas et Watson ferma la marche, quelque peu éberlué.

L'archer salua quand même dame Bonacieux qui, les mains sur les hanches, les regarda partir sans comprendre.

Dans la rue, Holmes interrogea son logeur :

— Avez-vous reconnu ces gens meurtris ?

— Je ne suis pas allé plus loin qu'un vestibule saccagé !

— Êtes-vous certain qu'il n'y avait pas de survivants ?

— Je n'ai pas vérifié ! Ceux qui les ont meurtris étaient peut-être encore là !

Watson ne savait que penser. Bonacieux aurait-il vraiment découvert un carnage dans la maison Mélusine ? Mais qui en aurait été l'auteur ? Et pourquoi ? Qui étaient les victimes ? Était-ce en rapport avec ce qui s'était passé la veille ?

Ils traversèrent le chemin de la porte Saint-Honoré en se pressant, sans regarder à droite.

L'auraient-ils fait, ils auraient aperçu une charrette lourdement chargée, tirée par deux hommes robustes, et entourée de plusieurs garçons bouchers. En tête se trouvait Le Pontonnier qui sanglotait.

Les trois hommes arrivèrent à la poterne et Watson la poussa, après avoir dégainé son épée. Mais la porte résista. L'archer insista, inutilement.

— Fermée ! dit-il.

— Mais c'était ouvert tout à l'heure !

Watson hocha la tête et regarda son ami avec une grimace ironique. C'est lui qui avait raison. Bonacieux avait mélangé rêve et réalité.

— J'ai les clefs ! cria Bonacieux. Je les avais prises !

Holmes haussa les épaules, lui aussi devinait que le receveur avait l'esprit dérangé.

Bonacieux détacha son trousseau de sa ceinture et mit la clef dans la serrure. Il ouvrit et fit signe à Watson d'entrer.

Holmes suivit, puis se figea.

— Attends ! dit-il à son ami.

L'archer se retourna.

— Regarde !

Des traces de pas fraîches dans la boue de la cour se mêlaient à d'autres, plus anciennes.

Holmes s'approcha des empreintes les plus marquées et s'accroupit afin de les examiner.

— Il y en a dans tous les sens. Et ce rouge… C'est du sang…

— Combien étaient-ils ? bredouilla Bonacieux, terrorisé.

— Cinq, six, plus peut-être. Les traces de pas se recouvrent les unes les autres. Il n'a ni neigé ni plu depuis quelques jours, mais la cour est humide, la boue n'a pas séché. Les empreintes restent bien marquées.

— Quand sont-ils venus ? demanda Watson.

— Je dirais hier, mais celles qui recouvrent les premières, et vont vers la rue… Peut-être aujourd'hui.

— Qui sont-ils ? glapit Bonacieux.

Holmes ne répondit pas. Ce ne pouvait être que Lallier et consorts.

— Peut-il y en avoir encore dedans ?

— Vérifions.

Holmes se releva et se dirigea vers le perron, ayant quand même pris la précaution de tirer sa dague. Watson poussa la porte, mais elle aussi était fermée et il fit signe à Bonacieux de venir. Ce dernier approcha en tremblant et avec réticence.

— Je ne veux plus de cette maison, se lamenta-t-il.

— Donnez-moi la clef au lieu de geindre ! ordonna Watson.

Bonacieux la lui ayant tendue, l'archer l'introduisit dans la serrure et la fit tourner, puis il poussa l'huis. Il distingua le foyer de braises dans la cheminée, mais découvrit surtout une pièce vide.

— Rien ! dit-il. Pas le moindre cadavre !

Holmes entra à sa suite, puis Bonacieux approcha, à la fois terrorisé et intrigué.

— Vous avez rêvé, plaisanta Watson, soulagé.

— Alors qui a allumé un feu ? demanda Holmes.

À peine avait-il prononcé ces paroles qu'il glissait et parvenait de justesse à se retenir à un fragment de boiserie. Perplexe, il se pencha et distingua une flaque rougeâtre. Fraîche.

— Regarde le sol, mon ami.

Watson se baissa. La pièce était obscure, mais les traces sombres étaient récentes et, surtout, épaisses.

— On a tué ici, murmura-t-il.

— Mais où sont les corps ?

— Je vous jure que je les ai vus ! Il y en avait un là et un autre là ! Et un troisième ici !

Du doigt, Bonacieux désignait des endroits de la salle.

— Et là, un bras et un crâne fendu !

— Je vous crois, dit Holmes. Seulement cela signifie qu'on les a emportés…

— Entre le moment où vous êtes venu et maintenant ? suggéra Watson, incrédule. Ce serait incroyable.

— Pas tant que ça, répliqua Holmes. Les crimes ont dû être commis cette nuit. Certains des protagonistes se sont échappés et sont revenus entre-temps chercher leurs compagnons occis.

— J'aurais pu… les rencontrer, bafouilla Bonacieux.

— Auquel cas vous les auriez rejoints, assura Watson avec une ombre de satisfaction.

— Dieu tout-puissant ! marmonna le receveur en se signant et sans relever le ton de l'archer.

— Allons voir le reste de la maison, décida Holmes.

— Il vaudrait mieux prévenir les sergents du Châtelet, suggéra Bonacieux.

— Les prévenir de quoi ? De ce sang ? Ce pourrait être celui d'un animal. Il n'y a que votre témoignage et nous perdrions notre temps en explications. Mais peut-être trouvera-t-on d'autres éléments dans les pièces.

Il partit inspecter la cuisine, mais rien n'avait changé depuis sa dernière visite.

Watson, lui, monta prudemment l'escalier, épée en main. Ne voulant pas rester seul, Bonacieux le suivit.

À l'étage, tout était comme dans les souvenirs de l'archer. En revanche, Bonacieux manqua de défaillir à la vue des literies sanglantes.

— Ici aussi ! murmura-t-il.

— Il s'agit d'un ancien carnage, le rassura Watson avec une feinte bonhomie. Cela doit remonter au temps où l'on a massacré les occupants.

Ignorant Bonacieux, il se rendit dans la chambre d'enfants. Là encore, rien de plus que la dernière fois. Il en ressortait quand Holmes le rejoignit.

Le clerc fit un tour rapide. La pièce était sombre, il marcha sur des morceaux de verre qui crissèrent. Cela attira son attention.

— Étrange, dit-il en se baissant pour en ramasser un morceau.

— Quoi donc ?

— Pour que le verre soit tombé à l'intérieur, on a dû le briser de l'extérieur.

— Oui… Sauf si la fenêtre était ouverte.

Holmes ne répondit pas et examina la croisée, mais il ne put rien conclure et ne songea pas à l'ouvrir et à regarder dehors. Au demeurant, le ciel était sombre et nuageux. Peut-être n'aurait-il pas vu la corde de Lusignan.

— Montons ! décida-t-il.

Ils précédèrent Bonacieux, toujours pétrifié devant le désordre sanglant de la chambre.

— Je ne veux plus de cette maudite maison, pleurnicha-t-il quand ils passèrent devant lui.

Il les suivit quand même au second étage.

La première chose que Holmes vit dans la dernière chambre, ce fut la trappe ouverte au plafond.

— Regarde ! dit-il à Watson.

— On s'est caché là…

L'archer faillit ajouter « depuis notre visite » mais se retint à temps.

Déjà Holmes était monté sur le coffre et tentait de se hisser dans le solier. Watson vint l'aider et le clerc se retrouva sous la toiture. Il vit le sac, qu'il ouvrit et qui contenait des vivres, la corde et le grappin, les gourdes. Combien pouvaient-ils être ici ? Pas très nombreux certainement, d'après le reste de vivres. Un ou deux, trois au maximum.

Ayant fait le tour du grenier, il redescendit. Watson s'était partiellement hissé par la trappe et, ayant constaté l'absence de danger, n'avait pas suivi son ami.

— Un homme était dissimulé là-haut, ou plusieurs. Ils attendaient, je ne sais qui, dit Edward. Ils ont dû surprendre les autres en bas.

— Mais qui a vaincu ?

Holmes ne répondit pas. Une évidence s'imposait : les gens de lady Mortimer se trouvaient en bas, peut-être avec un nouvel archer à qui ils voulaient montrer les lieux, à moins qu'il ne s'agisse de Lallier et de ses compagnons. Ceux cachés dans le grenier étaient leurs ennemis. Pourquoi pas des Anglais fidèles à Henri V au courant du complot ? Des gens d'Exeter ?

Puis il chassa cette idée. Des Anglais n'auraient eu aucune raison de se cacher. Ils auraient pu faire arrêter les comploteurs.

Inutile de faire des suppositions tant qu'il ne savait pas qui avait été meurtri, conclut Edward. Or, il serait facile de savoir si Lallier et ses proches, ou des gens de lady Mortimer, avaient été tués cette nuit-là.

— Allons à la cave, décida-t-il.

Ils descendirent, toujours suivis de Bonacieux qui marmonnait ses regrets pour avoir acheté cette abominable et diabolique maison.

Dans la cave, apparemment, personne n'était venu. Holmes remarqua cependant que le seau contenait de l'eau. On en avait donc tiré du puits.

Il approcha la lanterne de la margelle et se pencha, mais le trou était obscur.

— Que cherches-tu ? demanda Watson.

— Juste à vérifier qu'on n'a jeté personne dans ce puits. Attache la lampe à la corde du seau.

— Pourquoi aurait-on jeté quelqu'un… ? balbutia Bonacieux qui pensa à son cauchemar : être précipité vivant dans le puits de la tour Bonbec et déchiqueté par les fers intérieurs, agonisant durant des jours dans des souffrances insupportables.

Les deux Anglais ne répondirent pas. Watson noua la corde à l'anneau de la lanterne et commença à la descendre.

Penché sur la margelle, Holmes aperçut l'eau, mais rien d'autre. Pas de corps ! Cependant, il observa qu'elle ne stagnait pas. Le puits communiquait avec une source souterraine canalisée, qui alimentait certainement une fontaine.

28

Ils revinrent à la maison du Gros-Tournois sans échanger une parole. Maître Bonacieux fit préparer sa mule et partit peu après avec son valet, en direction de la Maison aux Piliers. Quant à dame Constance, elle alla frapper à la porte de la chambre des Anglais dès que son époux eut quitté le logis.

— Que se passe-t-il ? Vous aviez promis de me dire la vérité et je ne sais toujours rien ! reprocha-t-elle avec véhémence à Holmes.

— Entrez, dit ce dernier, comprenant son angoisse.

Il referma la porte.

— Votre époux s'est rendu ce matin à l'hôtel de Lusignan. Il y aurait vu plusieurs cadavres.

— Quoi !

— Il nous a demandé de venir avec lui afin de constater la chose, mais nous n'avons rien découvert, sinon des traces de sang.

Elle se tourna vers Watson qui écoutait, embarrassé.

— Que vous est-il arrivé, hier ?

— Avec mon ami Holmes, nous pensons que des truands occupent l'hôtel. Nous les avons dérangés et ils s'en sont pris à moi. Cette nuit, il semble y avoir eu un règlement de comptes. Si votre mari n'a rien inventé, on serait venu chercher les corps juste avant notre arrivée.

Il avait honte de mentir ainsi, mais Edward le lui avait demandé. Il fallait bien donner des explications à Constance Bonacieux. Et surtout des explications satisfaisantes, car la jeune femme était plus fine que son mari.

Elle resta debout, ne sachant que dire. Holmes lui proposa donc de s'asseoir sur une escabelle.

— Il a utilisé ma dot pour acheter cette maison maudite, dit-elle en obtempérant. Non seulement cet hôtel est damné mais des truands s'en serviraient ? Mon mari est décidément le plus grand coquard de la ville.

— Je crois qu'il veut revendre le logis, tempéra Holmes. C'est ce qu'il m'a affirmé.

— Je l'espère de tout cœur.

Comme les deux hommes ne disaient plus rien, elle se releva et leur sourit timidement.

— Merci pour votre aide, dit-elle.

Holmes lui ouvrit la porte et elle partit.

— Qu'allons-nous faire, maintenant ? s'enquit Watson, mal à l'aise.

— Si Lallier ou d'autres bourgeois ont été tués, on le saura vite. Après dîner, nous irons à *La Coupe d'Or*, c'est là qu'on apprendra le plus de choses.

Mais ils n'eurent pas l'occasion de s'y rendre.

Le dîner, morose, venait de se terminer. None n'avait pas encore sonné à Saint-Honoré quand la cloche de la maison tinta.

Habituellement, le concierge allait ouvrir. Il se leva donc mais Watson lui fit signe de ne pas bouger. L'archer avait gardé son épée à portée de main. Désormais, la prudence était de mise. Il se saisit de son arme pour se rendre à la porte d'entrée et regarda par le judas.

Il aperçut une moniale accompagnée d'une dame. Rassuré, il ouvrit.

La religieuse, dans la quarantaine, portait une double tunique en futaine[1] sous une chape. Son visage sec et plissé était pris dans une guimpe cachant ses cheveux et son cou. La femme, un peu plus jeune, en robe de tiretaine[2] à corsage avec un tablier et une houppelande, avait un visage raviné par les pleurs. Ses cheveux gris étaient tressés et une touaille couvrait son cou et ses épaules.

— Que le Seigneur protège cette maison ! Est-ce ici que loge maître Holmes ? demanda la religieuse.

— C'est moi. Que Dieu vous garde aussi, ma mère, fit Edward qui s'était avancé.

— Je suis la prieure de l'hôpital Sainte-Catherine. Celle qui m'accompagne se nomme Alice Beaulieu. Son mari, Jehan Beaulieu, est portefaix au port aux Blés, ils habitent dans la paroisse Saint-Jacques-de-la-Boucherie.

Elle se tut un moment, attendant les questions. Dame Constance, la chambrière et le concierge, toujours à table, écoutaient.

— Qui vous envoie ? s'enquit Holmes.

— Vous savez que les Catherinettes logent et soignent les filles devenues servantes. C'est l'une d'elles, qui vient me voir souvent, qui m'a raconté ce qui est arrivé au fils de sa maîtresse.

— Qui était-ce ?

— Pierre Moulinet, un charpentier. Il a été emprisonné à tort et vous l'avez fait libérer.

Holmes hocha la tête.

1. Mélange de coton et de chanvre.
2. Laine de médiocre qualité.

— Montez chez moi. Mon ami Watson qui m'assiste nous accompagnera.

La prieure parut hésitante, une religieuse ne pouvait rester seule en présence d'hommes.

— Je suis clerc, précisa Holmes.

Devinant la gêne de la moniale, dame Constance intervint :

— Je viendrai avec vous.

Dans la chambre, la prieure et celle qui l'accompagnait s'assirent sur le grand coffre, Holmes et Watson sur le bord du lit, et dame Constance prit l'escabelle.

— Dame Beaulieu, racontez ce qui arrivé à votre mari.

Holmes ayant opiné du chef, la femme commença.

— Ça s'est passé dimanche, monsor. On s'était rendus à la messe, à Saint-Jacques, avec nos enfants. En sortant, j'ai trébuché sur une marche et heurté une dame bouchère. Elle m'a giflée, alors que je n'y étais pour rien. Je suis tombée tant j'ai été étourdie et je me suis retenue à une étoffe. C'était la houppelande de son époux. Il m'a repoussée et s'est rendu compte alors de la perte de sa bourse et de ses clefs. Il a crié au voleur et m'a accusée. Sa femme m'a traitée de larronnesse.

— Vous ne les aviez pas volées ? s'enquit sévèrement Holmes.

— Jamais, monsor ! Je suis une honnête femme, protesta-t-elle. D'ailleurs mère Jeanne m'a fouillée après…

Elle se tourna vers la prieure pour guetter son approbation.

— Continuez ! l'interrompit-il.

— Mon époux a protesté auprès de dame Haussecul, mais le maître boucher l'a accusé à son tour et battu.

Mon mari est bien plus faible que lui, il est tombé et les bouchers l'ont saisi et frappé. Haussecul a voulu le faire pendre. J'ai hurlé et il a ordonné à ses gens de me fouiller. Ils se sont jetés sur moi comme des bêtes, m'ont arraché ma robe.

Elle se mit à sangloter.

— Alors je me suis défendue, j'ai mordu, griffé et ils m'ont lâchée. Mon mari aussi s'est défendu et est parvenu à se libérer. On s'est enfuis, monsor. On voulait trouver refuge dans Sainte-Opportune, car dans Saint-Jacques ils nous auraient écharpés.

— Vous ne pouviez pas vous justifier ? intervint Watson.

— Pas avec les bouchers, messire. On sait comment ils sont, ils restent en meute. On les a déjà vus agir. Ils allaient nous battre à mort, peut-être nous écorcher ou nous démembrer avant de nous pendre. Ils l'ont déjà fait !

La prieure approuva d'un signe de tête. Elle habitait leur quartier et connaissait leur sauvagerie. Constance, bouleversée par le récit, en convint elle aussi.

— On a couru, mais ils nous pourchassaient comme des loups. J'étouffais, monsor, je n'y arrivais plus. Alors un garçon m'a attrapée par les cheveux, j'ai cru qu'il m'arrachait la peau. Puis il a tiré sur ma robe, me laissant sans rien. Je hurlais et mon mari s'est jeté sur lui. Il tenait son couteau et, en me défendant, il l'a frappé.

Elle fondit en larmes.

— Que s'est-il passé ensuite ?

Entre deux sanglots, elle poursuivit :

— Les autres arrivaient en hurlant, comme des démons. Mon mari m'a crié de me réfugier à l'hôpital. J'ai vu que celui qu'il avait frappé crachait du sang.

» J'ai filé à la porte de l'hôpital qui s'était ouverte.

— On m'avait prévenue de ce qui se passait dans la rue, intervint la prieure. Notre hôpital est le refuge des femmes qui souffrent.

— Et votre mari ?

— Les garçons bouchers se sont jetés sur lui, répondit la prieure. J'ai regardé par une petite fenêtre, et j'étais certaine qu'il allait être mis en pièces, mais le maire des bouchers, qui préside leur juridiction, leur a ordonné de ne pas lui faire de mal, bien qu'il ait été frappé, et de l'entraver afin qu'il soit jugé pour avoir tué le garçon écorcheur.

— Le garçon était-il mort ? demanda Watson.

— Oui, hélas.

» Le maire m'a demandé de livrer dame Beaulieu, mais j'ai refusé. Notre hôpital est un asile sacré et il en est convenu. D'ailleurs, ils n'auraient pu forcer notre porte.

— Vous logez toujours là-bas ? demanda Watson à dame Beaulieu.

— Non, l'affaire s'étant calmée, le surlendemain je suis rentrée chez moi où mes enfants m'attendaient.

— Combien avez-vous d'enfants ? demanda doucement dame Constance.

— Quatre, gente dame, et seul leur père nous fait vivre, je ne suis que ravaudeuse.

— Où votre mari est-il enfermé ? interrogea Holmes.

— À la prison du Palais.

— A-t-il été jugé ?

— Non, mais un procureur et un juge l'ont interrogé, intervint la prieure. Il n'a pas été questionné, ayant fait l'aveu de son geste. Le curé de Sainte-Opportune s'est renseigné et a appris qu'il sera pendu devant la Grande Boucherie à la fin de la semaine prochaine. Dès le jugement rendu.

— Que voulez-vous de moi ?

— Vous êtes parvenu à libérer Pierre Moulinet, on m'a dit que vous pouviez faire des miracles, murmura dame Beaulieu.

— Seul Dieu fait des miracles, quant à Pierre Moulinet, c'était différent... Mais peut-être pourrais-je obtenir une lettre de rémission, car votre époux s'est défendu et était innocent de ce dont on l'accusait. Je ne peux cependant m'engager.

— L'hôpital Sainte-Catherine vous paiera votre travail. On m'a dit que vous demandiez une livre, intervint la prieure.

— En effet, mais il faut deux autres livres pour le sceau de la chancellerie.

— Je paierai, affirma la religieuse.

Holmes lança un long regard à Watson, qui hocha la tête, puis à dame Constance qui lui octroya un timide sourire pour l'encourager à intervenir.

Après tout, pourquoi ne pas s'intéresser au sort de cette femme ? se dit-il. Il disposait de temps et savait comment s'y prendre. Avec le témoignage de la prieure, la reine Isabeau ne pourrait refuser la rémission.

— Ma mère, pouvez-vous m'écrire un testimonial sur ce que vous avez vu ?

— Je l'ai fait, maître.

Elle tira une escarcelle de toile de sa taille et en sortit un quareignon[1].

— Je l'ai marqué de mon signe, du sceau de l'hôpital et j'y ai joint le témoignage d'une sœur.

— Vous avez tout prévu, sourit Holmes, amusé.

— Le temps presse, répliqua la prieure.

— Je vais m'occuper de vous, promit Holmes.

1. Feuille de parchemin pliée en quatre.

La prieure et dame Beaulieu parties, le clerc proposa à Watson d'aller à la Grande Boucherie afin d'en savoir plus. Peut-être pourraient-ils interroger d'autres témoins. Ce qui le chagrinait, c'est que Haussecul ait accusé Beaulieu de vol. Quelqu'un avait donc bien volé le boucher. Avait-on depuis découvert le larron ? Si c'était le cas, ce serait un argument majeur pour faire libérer le présumé coupable.

Watson ayant approuvé, ils partirent peu après.

Si le chemin de la rue Saint-Honoré était sale et boueux, c'était pire passé la Croix du Trahoir. Dans les rues étroites, ne pas se ranger dans un recoin, sous un porche, voire grimper sur une borne muletière au passage d'un chariot ou d'un cavalier, c'était recevoir assurément de la bouillasse jusqu'au visage. Quant à demeurer sur le revers des rues, cela n'était guère aisé avec les détritus empilés devant les huis, au mépris des ordonnances municipales. Mais il est vrai que depuis le retour des Bourguignons, le prévôt de la vicomté ne veillait guère au respect des règlements de police.

Ils arrivèrent pourtant devant la Grande Boucherie pas trop crottés. Et là, stupéfaction, tous les auvents étaient baissés. Pourtant Holmes savait que les travaux de reconstruction de la halle étaient terminés depuis deux semaines et que le dimanche précédant la Pentecôte les bouchers avaient tous recommencé à vendre des chairs d'animaux.

L'implantation des bouchers devant le Grand-Châtelet remontait à une époque où la rive droite n'était pas habitée, sinon par les occupants de petits villages fortifiés comme le monceau Saint-Gervais[1]

1. Voir du même auteur, *Paris, 1199*, Éditions J'ai lu.

ou le monceau de Saint-Germain-l'Auxerrois. En ce temps-là, quelques bouchers avaient loué une halle à l'abbesse de Montmartre au prix de trente livres de rente annuelle. Ce bâtiment étant situé devant le Grand-Châtelet, alors porte de Paris. On le nommait les Étaux de la Porte.

L'endroit était particulièrement favorable à l'activité bouchère. La rivière permettait l'abreuvement des bestiaux assoiffés par leur longue marche depuis leur pâture jusqu'au lieu de leur tuerie. L'eau facilitait ensuite le nettoyage des carcasses, des tripes et l'évacuation des déchets.

Au fil du temps, les bouchers s'étaient constitué un immense patrimoine immobilier entre le Châtelet et l'église Saint-Jacques-de-la-Boucherie. La halle avait été reconstruite et agrandie. Quelques familles bouchères faisaient désormais partie des plus riches de la capitale. Mais, à la fin du siècle précédent et au début de celui-ci, les bouchers avaient cru pouvoir imposer leur volonté au roi. Ils avaient failli réussir en s'appuyant sur Jean sans Peur, mais avaient tout perdu avec la prise de pouvoir des Armagnacs. Bernard d'Armagnac avait aboli leur confrérie, supprimé leurs privilèges et fait détruire la Grande Boucherie. Cependant, après la reprise de la ville par les Bourguignons de L'Isle-Adam, leur communauté avait été restaurée et la nouvelle halle, reconstruite, témoignait du retour de leur puissance.

Intrigués, Holmes et Watson longèrent un moment le bâtiment. Pas un étal n'était ouvert ! Tous les volets se montraient clos.

Tout autour étaient installées de petites échoppes abritées par des auvents qu'on appelait des bauves.

Plusieurs étaient louées à des oyers ou des regrattiers[1]. Avisant une tripière qui caquetait avec son voisin tout en préparant un grand plat de tripes, Holmes s'adressa à elle.

— Dieu vous dit bonjour, ma commère.

— Mes tripes ne sont pas encore prêtes, beau sire, répliqua la femme en se campant en arrière tout en lançant un coup d'œil intéressé à Watson, fort martial dans sa brigandine, la main posée sur la garde de son épée.

La trentaine, avec une gorge aussi généreuse que les pis des vaches que l'on tuait chaque jour rue de l'Écorcherie, la femme paraissait d'un caractère enjoué et babillard.

— Je viendrai en prendre à coup sûr mais, pour l'heure, je venais passer commande de deux quartiers de mouton commandés par mon maître, or je vois les étals de la Grande Boucherie fermés.

— Ignorez-vous donc la nouvelle, messire ?

— Quelle nouvelle ?

— Les bouchers sont tous là-haut !

Elle désigna l'étage de la halle.

Celle-ci, construite sur cave, comprenait les étals surélevés de quelques marches et disposés le long de deux allées, ensuite un second niveau formé d'une grande salle utilisée lors des élections de la confrérie, de la réception des nouveaux maîtres et des jugements de leur tribunal. Une petite chapelle la jouxtait.

— Le maître Haussecul et trois compagnons ont été assassinés cette nuit par des truands, lui annonça le voisin de la tripière, un corroyeur[2].

1. Les oyers étaient des marchands d'oies, les regrattiers des revendeurs de nourriture, des épiciers en quelque sorte.

2. Artisan qui apprêtait les cuirs.

Holmes sentit un frisson le parcourir. Il songea aussitôt au sang et aux cadavres vus par Bonacieux. Une explication se fit jour : les bouchers avaient toujours défendu les Bourguignons, et maintenant les Anglais. Ils avaient appris l'existence du complot de Lallier et des bourgeois, et s'étaient rendus à la maison Mélusine. Comme Watson le lui avait fait remarquer quelques jours plus tôt, ils en possédaient la clef depuis qu'ils en avaient massacré les habitants. Seulement, en dépit de leur nombre, ils avaient été vaincus dans un sanglant affrontement par des adversaires plus nombreux.

— Où s'est passée l'attaque ?

— Tout le monde l'ignore. Tôt ce matin, on a vu arriver une charrette conduite par les maîtres Martin Thibert et Louis Le Pontonnier. Dedans se trouvaient les corps de ce pauvre Haussecul et des compagnons.

— Effroyable ! s'exclama Holmes avec un air atterré. Étaient-ils vraiment morts ?

— Aussi morts que les bœufs après qu'ils ont reçu un fer de hache sur la tête ! déclara la commère. D'ailleurs, c'était le cas d'un compagnon dans la charrette dont j'ai vu le crâne fendu jusqu'au menton. Un autre avait perdu son bras. Quant à maître Haussecul, il portait encore le carreau d'arbalète qui l'avait atteint, mais on lui avait aussi tranché la gorge.

— Tranché la gorge ! s'exclama Watson. Ces truands se sont comportés comme des routiers.

Les ribauds des grandes compagnies achevaient leurs ennemis blessés avec leur miséricorde. Un truand rapinant des bourgeois ne perdait pas ainsi son temps.

— Tout ça, c'est la faute du prévôt qui ne nous protège plus, intervint un autre marchand qui les avait écoutés.

— Les maîtres bouchers ont tous fermé leur étal et placé les corps dans leur chapelle. Ils se réunissent avec leur grand maître afin de décider que faire.

Holmes ne dit rien. Les mystères de la maison Mélusine s'épaississaient. Quant à poser des questions sur le vol de la bourse de Haussecul, c'était pour l'heure impossible.

29

Le samedi matin, le jour n'étant pas levé, Edward Holmes et Gower Watson se rendirent au cloître Notre-Dame dans l'île de la Cité, au logis à l'enseigne de la Croix Blanche. Revêtu d'une houppelande fourrée de petit vair, car il faisait frais, Jean Chuffart les reçut dans sa chambre. Il travaillait avec un secrétaire qu'il congédia en même temps qu'il faisait entrer les Anglais.

— Maître Holmes ! Je pensais justement à vous !

Il tourna son siège, délaissant son pupitre couvert de parchemins, de papiers et de registres.

— J'en suis flatté, messire le chancelier.

— Prenez un siège sur ce banc et racontez-moi ce qui vous amène, cela me distraira de mes soucis. D'ailleurs, peut-être pourrez-vous les adoucir.

— Si j'en suis capable, je le ferai de bonne grâce, mon maître, répondit Holmes en prenant place sur un banc-coffre à dossier tapissé de cuir gaufré.

» Je m'intéresse à nouveau à la situation d'un pauvre homme emprisonné alors qu'il défendait sa vie, poursuivit-il.

— Expliquez-moi.

— Jehan Beaulieu est portefaix, homme de labeur au port aux Blés et demeurant en la paroisse de Saint-

Jacques-de-la-Boucherie. Son épouse est ravaudeuse et ils ont quatre enfants. Il s'est toujours bien et honnêtement gouverné, sans jamais avoir été convaincu d'aucun vilain cas, blâme ou reproche.

Chuffart hocha du chef.

— Dimanche, sortant de la messe à Saint-Jacques, sa femme a heurté dame Haussecul, une bouchère...

— Je la connais. Savez-vous que son époux vient d'être occis par des truands ?

— Je l'ai appris hier.

— Continuez.

— Dame Haussecul l'a repoussée, elle est tombée sur son mari qui s'est alors aperçu qu'on lui avait volé sa bourse. Il a accusé dame Beaulieu, puis s'en est pris à Jehan Beaulieu qui la défendait. Tous deux ont été fouillés et battus par les garçons bouchers, et, alors que ceux-ci s'apprêtaient à les mettre à la hart, ils sont parvenus à fuir. Ils ont été rattrapés rue Saint-Denis par un garçon boucher d'une rare violence. En défendant sa femme, Jehan Beaulieu, homme de petite stature et de faible complexion, a reçu plusieurs coups de poing qui l'ont prosterné par terre. Voyant qu'il était en danger de sa vie et qu'il ne pouvait échapper à la puissance de son ennemi, il fut contraint de tirer un petit couteau qu'il portait ordinairement. Son adversaire fut fortuitement atteint mortellement.

» Il s'est ensuite laissé prendre et se trouve enchartré au Palais. Dame Beaulieu a trouvé refuge aux Catherinettes d'où la prieure avait tout vu. C'est elle qui est venue me trouver pour que je demande la rémission de ce pauvre homme.

On le voit, Holmes avait un peu arrangé la vérité, mais il jugeait que c'était de bonne guerre.

— Hum... Votre cas me paraît clair... Avez-vous des témoins ?

— La prieure de Sainte-Catherine, son témoignage mis par écrit.

— Préparez un mémoire et portez-le demain matin à l'hôtel Saint-Pol, j'aurai eu le temps de parler à notre reine.

— Merci, messire chancelier.

— À mon tour de vous interroger. J'ai lu votre mémoire, mais il me questionne plus qu'il ne répond à mes attentes. Quelle collusion y a-t-il entre Lallier, ses amis et lady Mortimer ? N'avez-vous rien découvert ?

— Pour l'heure, non, messire.

— Ce sera donc à moi de vous révéler quelques faits, ironisa Chuffart.

Il retint une grimace avant de poursuivre :

— Le prévôt de Paris a été avisé que Robert de Lusignan serait furtivement entré dans Paris.

Holmes se forgea un visage impassible mais Watson ne put se retenir d'écarquiller les yeux de surprise.

— Vous savez qui c'est, messire Watson ?

— Oui... J'ai entendu parler de lui... Son hôtel n'est-il pas dans notre quartier ? bredouilla l'archer.

— C'est cela. Lusignan est l'ancien lieutenant du prévôt de Paris, Tanneguy du Châtel. Et du Châtel est l'âme damnée du soi-disant dauphin ! Il serait ici, peut-être avec d'autres gens du bâtard de Bourges, pour livrer une porte. Si c'est vrai, il doit y avoir nombre de conjurés. Le prévôt a déjà arrêté quelques suspects qui sont questionnés. Tôt ou tard, ils parleront.

— Je l'espère, fit Holmes, impassible.

Il ajouta après une hésitation :

— Pourrait-il y avoir un lien entre Lusignan et lady Mortimer ?

— Vous rêvez ! Après ce qui est arrivé à sa famille, Lusignan n'a jamais fait quartier à un Bourguignon ou un Anglais. Il ne veut que se venger et livrer Paris aux soudards armagnacs.

— Évident, en effet.

Une idée lui vint :

— Quel âge a Lusignan ?

— La trentaine environ.

Edward resta dépité par la réponse. Ce ne pouvait donc pas être ce vieillard vu au *Jardin des archers* en compagnie de Lallier.

Le lendemain dimanche 1er juin, Holmes et Watson se présentèrent une nouvelle fois devant le portail de l'hôtel de la Reine.

La veille, ils avaient longuement discuté de Lusignan. Et si c'était lui et ses complices qui étaient cachés dans le solier ? Cela éclaircirait la mort de Haussecul et de ses gens. Mais cette supposition n'expliquait pas ce que les bouchers faisaient là. En revanche, Holmes était certain d'une chose : tout ce qui se produisait dans la maison Mélusine faisait partie du même complot. Restait à découvrir comment Lusignan était entré dans Paris, mais Holmes avait imaginé une théorie qui paraissait cadrer avec les faits : Lallier et ses amis qui étaient allés le chercher à Bourges, ou ailleurs. Auquel cas, il existait une alliance de fait entre les Mortimer et le dauphin. Cette conclusion était fort audacieuse, et rien ne l'étayait dans le peu qu'ils savaient des faits et gestes de lady Mortimer, aussi, sans l'exclure, le clerc la considérait avec prudence.

Quoi qu'il en soit, la présence de Lusignan compliquait tout. Avec Gower Watson, et certainement Jacques L'Aigle, il se sentait capable d'empêcher l'assassinat du roi. Mais si Lusignan et ses gens se trouvaient sur place au moment de l'attentat, rien n'était moins certain. Comment pourraient-ils vaincre un chevalier qui avait meurtri quatre bouchers, pourtant redoutables tueurs ?

Cette fois encore, les deux Anglais s'étaient fait raser de près et portaient des habits propres et de qualité, Watson avait même acheté une chemise en toile plissée à un tailleur rue de la Draperie. Par-dessus, il arborait sa brigandine et sa casaque aux armes d'Angleterre. Edward, lui, avait revêtu sa robe de clerc au col de soie que dame Constance avait bien brossée. Ils avaient de nouveau loué un cheval afin de ne pas arriver crottés.

Au portail, Gower Watson annonça maître Edward Holmes, clerc anglais venu porter un mémoire à la noble et vénérée reine de France, dame Isabeau. Le sergent d'armes de garde avait certainement été prévenu car il les fit entrer sans les questionner. Connaissant les lieux, les deux hommes laissèrent leurs montures dans l'écurie de la première cour et prirent à pied la galerie conduisant à l'hôtel de la Reine et à la chapelle.

Comme la fois précédente, surveillés par des archers en casaque fleurdelisée, des solliciteurs attendaient devant le porche de la chapelle. La plupart examinèrent les nouveaux venus avec un déplaisir évident. Ils savaient que plus ils seraient nombreux et moins la reine leur accorderait d'intérêt.

Les Anglais se placèrent à l'écart et restèrent silencieux. L'attente fut longue.

Finalement la porte de l'église s'ouvrit et quelques officiers et proches d'Isabeau sortirent. Tous en robe et garde-corps ou houppelande sombre, coiffés de chaperons drapés ou de chapeaux de feutre ronds. Le chancelier Chuffart se trouvait parmi eux. Balayant du regard les gens qui patientaient, il aperçut Holmes et Watson et leur fit signe de venir.

— Attendez près de moi, dit-il quand ils s'approchèrent.

Isabeau apparut peu après, dans une robe de soie turquoise décorée de festons d'argent et de perles, moins longue que celle qu'elle portait lors de leur dernière visite. Sa guimpe était surmontée d'un diadème. Deux demoiselles tenaient sa traîne, en soie également.

Elle parlait avec le chancelier de France Jean Le Clerc et, quand elle vit Holmes, elle s'interrompit et ébaucha un sourire.

Comme Chuffart s'avançait vers la reine, les deux Anglais lui emboîtèrent le pas. Isabeau fit alors signe à l'un des chevaliers qui l'entouraient d'écarter les curieux et les oreilles indiscrètes.

— J'attendais votre visite plus tôt, maître Holmes, déclara-t-elle d'un ton froid.

— Je n'osais venir, noble reine.

— Vous avez eu tort.

Elle désigna le ciel d'azur et le soleil éclatant.

— C'est la première belle journée depuis des mois, n'est-ce pas ?

— En effet, fit Holmes, surpris par la remarque.

— Je ne suis pas encore allée écouter mes tourterelles ce matin. Accompagnez-moi.

D'un geste, elle demanda aux demoiselles d'honneur de rester sur place. Abandonnant les solliciteurs, elle emprunta une autre galerie à colonnades, les Anglais et maître Chuffart à deux pas derrière. Ensuite suivaient le chancelier et deux chevaliers d'escorte en haubert avec des épées à leur baudrier.

— Maître Chuffart m'a parlé de votre homme. Je n'ai jamais aimé la confrérie bouchère, elle ne respecte rien. Dans le passé, les bouchers s'en sont pris à mes dames de compagnie, ont même voulu me faire un triste sort, ce qui m'a rendue malade[1]. Ils se croient tout-puissants parce que le duc de Bourgogne leur a rendu leurs privilèges, mais Philippe n'est plus là, et il est temps qu'ils comprennent que ce sont les Anglais qui vont gouverner la France. Vous aurez votre lettre, mais j'ai un service à vous demander en échange.

— Je suis votre serviteur, noble reine.

— Je sais que vous êtes habile. Votre frère me l'avait dit et maître Chuffart m'a confirmé vos talents.

— C'est me faire trop d'honneur…

— Non ! Écoutez-moi ! Je ne crois pas que ce soit des truands qui aient tué maître Haussecul.

— Le prévôt va rechercher les criminels et nous le saurons.

— Il en est incapable. Trouvez vous-même les assassins et vous recevrez une royale récompense.

— Si c'est votre désir, je m'y attellerai, noble dame.

— Je veux aussi savoir si Robert de Lusignan se cache dans Paris, et ce qui se trame. On parle d'un complot préparé par les amis de Charles.

— Votre fils…

— Mon fils, mais non celui du roi, murmura-t-elle. Il n'est pas le dauphin.

Elle ajouta :

— Vous voyez, je vous fais confiance. Ne me décevez pas.

— Je ferai tout ce que je peux, noble reine.

— J'en suis certaine.

Elle désigna les tourterelles :

— Elles sont heureuses, elles. Entendez-vous comme elles roucoulent ? Pourtant, elles sont en cage.

— Elles n'ont pas connu la liberté, observa Holmes.

1. Durant les troubles cabochiens du printemps 1413.

— Non, vous vous trompez… Simplement, elles ne sont pas seules. Faisons quelques pas, voulez-vous ?

Elle fit signe à Chuffart et à son escorte de ne pas bouger, puis s'éloigna vers une cage qui paraissait vide. À sa grande surprise, Holmes découvrit une panthère qui dormait sur une souche.

— Mon petit bâtard est incapable de se comporter en roi de France, sinon soyez certain que je l'aurais aidé à monter sur le trône, dit-elle en regardant le fauve. Cette abominable guerre dure depuis plus de dix ans. Le peuple de France souffre au-delà du possible. Je veux que tout se termine, plus de massacres, plus d'épidémies, plus de haine. Henri V sera un bon roi pour ce pays car il a l'autorité nécessaire. Si des comploteurs parvenaient à livrer la ville à Charles, ils la livreraient en vérité à ses amis, les du Châtel, La Hire[1], Xaintrailles, Richemont[2] qui pilleraient Paris et le royaume. Seul Jean d'Orléans trouve grâce à mes yeux.

Elle se tut un instant avant d'ajouter, les yeux dans le vague :

— J'ai donné… douze enfants à la France. J'en donnerais encore si je pouvais sauver le royaume, mais c'est trop tard. Notre prochain roi sera anglais, et vous devez déjouer la cabale qui se prépare.

La matinée du lundi s'écoula sans nouvelles. Watson brûlait d'impatience et enviait la placidité de son ami qui passa son temps à gratter les cordes de sa viole posée sur ses genoux. Parfois les sons étaient mélancoliques, parfois joyeux. Reflétaient-ils les pensées qui l'occupaient ?

1. Étienne de Vignoles, dit La Hire.

2. Arthur III de Bretagne, connétable de Richemont. Tous les quatre seront compagnons de Jeanne d'Arc.

Dame Constance les fit appeler pour le dîner, durant lequel Edward parla peu. Watson fit seul la conversation, racontant sa jeunesse en Angleterre. Maître Bonacieux n'était pas là.

À la relevée, ils regagnèrent leur chambre et le clerc abandonna sa viole pour l'écriture de ses Mémoires. L'archer, lui, s'allongea sur le lit afin de sommeiller.

— J'avoue que je suis surpris et déçu, Edward, déclara-t-il au bout d'un moment. Je pensais qu'on allait rechercher l'assassin de Haussecul.

Le clerc leva la tête, écarquillant les yeux de surprise.

— Et comment donc ?

— Je ne sais, mais vous avez toujours une solution !

— Décidément, tout le monde me croit capable de miracles. Pour l'heure, j'attends des nouvelles du chancelier. Si, comme je l'espère, Beaulieu obtient sa lettre de rémission et se voit libéré, cela provoquera une réaction des bouchers. Peut-être une ouverture.

— Une réaction de quel ordre ?

— Pourquoi le maître de leur confrérie ne viendrait-il pas me parler ?

— Pour quelle raison le ferait-il ?

— Il pourrait me trouver habile, lui aussi, et me demander de dénicher Lusignan…

— Seriez-vous prêt à travailler pour eux ? s'étonna Watson.

— Il n'est pas interdit de brûler une chandelle à Dieu et une autre au diable.

La discussion ne se poursuivit pas car ils entendirent la cloche de la porte carillonner. Un visiteur.

Peu après, le concierge fit entrer dame Constance et la prieure des Catherinettes.

Les deux Anglais les firent asseoir après de courtoises salutations.

— Maître Holmes, je suppose que ceci est dû à vos talents.

D'une pochette à sa taille, elle sortit un feuillet plié auquel était attaché un scellé de cire verte sur des lacs de soie rouge et verte.

Holmes prit la feuille que la religieuse lui tendait et la lut :

Charles, par la grâce de Dieu roi de France, savoir faisons à tous présents et advenir, avoir reçu l'humble supplication de Jehan Beaulieu, pauvre homme de labeur, demeurant en la paroisse de Saint-Jacques-de-la-Boucherie, âgé de quarante ans ou environ, chargé de femme et de quatre petits enfants. Ledit suppliant sortant de l'église de Saint-Jacques rencontra la femme de Guillaume Haussecul, maître boucher, à présent défunt. Laquelle femme dit arrogamment à la femme du suppliant qu'elle était une larronnesse l'accusant d'avoir pris la bourse de son mari. À laquelle le suppliant dit qu'il n'était point larron. Sur ces entrefaites, les garçons bouchers, fort querelleurs, se ruèrent sur le suppliant et sa femme, lesquels parvinrent à fuir après avoir reçu force coups.

Poursuivis par les gens de la Grande Boucherie, ils furent rattrapés par l'un d'eux, homme puissant et robuste, qui s'apprêta à violenter la femme dudit suppliant, lequel se rua sur lui pour la défendre, et ce malgré sa petite stature. Mais il reçut plusieurs coups de poing qui le prosternèrent par terre, et voyant qu'il était en danger de sa vie et qu'il ne se pouvait échapper à celui qui le tenait, il fut contraint d'utiliser un petit couteau avec lequel son agresseur fut atteint au cœur. Ceci étant advenu fortuitement et pour sauver sa vie qui était en danger.

Le suppliant s'étant toujours bien et honnêtement gouverné, sans jamais avoir été repris ou convaincu de vilain cas, blâme ou reproche, ces choses considérées, voulant miséricorde être préférée à rigueur de justice, audit suppliant avons quitté et pardonné.

Par ces présentes, de grâce spéciale, pleine puissance et autorité royale, quittons et pardonnons le fait et cas dessus dit, avec toute peine, amende corporelle, criminelle et civile. Et sur ce, imposons silence à notre procureur présent et advenir.

Donné à Paris au mois de juin de l'an de grâce mil quatre cent vingt et un.

Signé Le Clerc et scellé de cire verte sur lacs de soie rouge et verte.

— Merci pour dame Beaulieu et ses enfants, dit la prieure quand il eut terminé sa lecture et tendu la lettre à Watson. Je suis venu vous annoncer la nouvelle et vous remettre vos gages.

Elle détacha une bourse à sa taille, près de la pochette, et en sortit un salut d'or de vingt-cinq sous.

— Vous l'avez bien gagné. J'ai fait porter les deux livres au chancelier.

— Voulez-vous que je m'occupe de la libération de Beaulieu ?

— Non, ce sera inutile. Le curé de Sainte-Opportune transmettra la lettre au lieutenant criminel cet après-midi.

30

Le mardi soir, lendemain de la libération de Beaulieu, les bouchers se réunirent au premier étage de la Grande Boucherie. Bien que les quatre jurés, le procureur, le receveur et le maître de la confrérie soient présents, il ne s'agissait pas de l'assemblée de la juridiction bouchère qui jugeait habituellement les malversations ou les réclamations de dettes. D'ailleurs, le maire nommé par le roi n'avait pas été convié. En vérité, c'était la réunion de toute la communauté.

Deux sujets devaient être débattus : la rémission de Beaulieu et la mort de Haussecul.

Sur la rémission, les avis étaient partagés. Une majorité déclarait que l'homme et la femme Beaulieu n'avaient pas commis le vol, puisqu'on n'avait rien trouvé sur eux. De surcroît, selon certains, Haussecul avait découvert sa maison ouverte en rentrant chez lui. Un voleur s'y serait introduit durant la messe, forcément avec la clef du maître, laquelle aurait donc été rapinée, certainement avec la bourse, bien avant que l'on accuse les Beaulieu.

Pour en avoir le cœur net, le maître de la boucherie, Garnier de Saint-Yon, avait convié dame Haussecul, par ailleurs sa parente.

Celle-ci, en robe noire et guimpe de même couleur, fut appelée au début de la réunion.

— Jeanne, lui demanda Saint-Yon, dis-nous sans détour si la porte de ta maison était ouverte au retour de la messe, et si tu avais été volée.

— La porte était ouverte et on avait pris une aiguière en argent, murmura-t-elle.

— Donc cela innocente les Beaulieu ?

— Sauf s'ils avaient volé mon pauvre époux avant la messe, remarqua-t-elle hargneusement.

— Ils se trouvaient à l'office, tout le monde les a vus. Donc ils ne pouvaient l'avoir fait.

Elle ne le contredit pas.

— Qu'en pensent les jurés ? Je pose la question : les Beaulieu étaient-ils innocents ?

L'un après l'autre les quatre jurés opinèrent en ce sens, mais l'un d'eux fit cependant remarquer :

— Il a quand même tué Bertrand.

— Pour se défendre, uniquement, répliqua le maître. Mon point de vue est que la rémission est méritée. Qui s'y oppose ?

Quelques rares mains se levèrent, dont celles de Martin Thibert et Louis Le Pontonnier.

— Je n'interviendrai donc pas auprès de messire le chancelier, décida le maître. Abordons le second sujet, l'assassinat de notre ami Simon Haussecul. J'ai rencontré le prévôt ce matin. Il n'a rien appris des sergents du Châtelet, mais je m'en doutais. Toi, Martin (il s'adressait à Thibert), as-tu retrouvé celui qui t'a prévenu que Simon et vos compagnons agonisaient près du chemin des Bons-Enfants ?

— Non, hélas, maître.

— Jeanne, ton mari t'a-t-il révélé où il allait ce soir-là ?

— Non, maître.

— Vous ne l'ignorez pas, il se dit que Robert de Lusignan serait en ville, qu'il aurait attiré maître Haussecul et nos compagnons dans un guet-apens. On le recherche, j'ai même proposé cent écus à qui dévoilerait où il se terre. Mais je n'ai rien appris, ni le prévôt. Quelqu'un a-t-il des informations à me communiquer ?

Il n'y eut aucune réponse, aussi Garnier de Saint-Yon déclara-t-il la séance levée. Assez rapidement, tout le monde s'en alla. Chacun était pressé de rentrer chez soi.

Restèrent pourtant dans la salle Martin Thibert, Louis Le Pontonnier et dame Haussecul. Tous trois allèrent s'asseoir au fond, sur des bancs insérés dans la boiserie qui couvrait les murs.

Durant l'assemblée, les bouchers restaient debout, sauf le maître, assis sur une chaire dressée sur l'estrade, et le procureur, le receveur et les jurés installés sur des bancs à dossier, à sa droite et à sa gauche.

— Beaulieu a tué un de mes apprentis, grommela Thibert. Il ne s'en tirera pas ainsi.

— Tu sais que tu peux compter sur moi, affirma Le Pontonnier d'un ton peu convaincu.

Il aurait préféré que Thibert abandonne, mais il ne pouvait reculer. Désormais trop de secrets les liaient, et il savait que s'il ne suivait pas son complice, ce dernier serait capable de le tuer.

— Je ferai ce que je peux afin de vous aider, je reste convaincue que Beaulieu est complice du vol des clefs de mon mari, et peut-être est-il même la cause de sa mort, ajouta dame Haussecul.

— Nous avons perdu plusieurs de ceux qui se trouvaient avec nous voilà trois ans. Il serait imprudent d'en mettre d'autres dans la confidence. On devra se débrouiller tous les deux avec Germain et François.

Le Pontonnier se contenta de hocher du chef, n'osant poser de questions.

— On s'occupera de Beaulieu demain, j'ai un plan. Mais il n'est pas le seul à châtier.

— Sa femme ? demanda Le Pontonnier.

— Pas seulement. Il faut qu'on respecte la confrérie bouchère. Aux élections de l'année prochaine, je me présenterai comme maître, et soyez certains que je ne me conduirai pas en faible comme Garnier.

— Bien ! approuva dame Haussecul.

— La reine Isabeau est à l'origine de cette rémission. Plus jamais la confrérie ne doit subir l'humiliation de voir quelqu'un faire échapper un criminel qui s'en est pris à ses membres.

— On ne peut punir la reine, objecta Le Pontonnier avec inquiétude.

— Elle non, ou du moins pas encore ! Mais les hommes de loi qui préparent ces infâmes lettres de rémission, oui. Je me suis renseigné sur celui qui l'a préparée. Il s'agit d'un Anglais, il se nomme Holmes.

— Et au sujet de Lusignan ?

— Vous le savez, dame Haussecul, on le cherche. Je l'ai blessé, il se terre certainement quelque part et la récompense promise devrait délier les langues.

— Et s'il était retourné dans sa maison ? hasarda Le Pontonnier.

— Il n'y était point quand on est allés chercher les corps. On a tout fouillé. Tu as vu toi aussi la corde dans le plafond. Il était donc passé par une fenêtre. Or, on a refermé à clef, comment pourrait-il revenir avec un trou dans la cuisse ?

— Aucune idée, répondit Le Pontonnier, confus. Mais, à coup sûr, il y retournera. Qui te dit que sa blessure est grave ?

— En tout cas, on serait débarrassés de lui si tu n'avais fui comme un poltron !

— Il était trop fort pour nous. Il fallait l'attendre avec des arbalètes et le surprendre.

— Facile de dire ça après !

— Maître Le Pontonnier n'a pas tort, observa dame Haussecul. Si on ne déniche pas Lusignan dans les jours à venir, soit il sera mort, soit il sera là-bas. Quel meilleur repaire pourrait-il avoir ?

— Pourquoi ne pas dire ça au prévôt ? Il mettra des hommes dans la maison Mélusine, suggéra Le Pontonnier.

— Et on devra tout raconter ? Non. Dame Haussecul a pourtant raison, laissons passer une dizaine et si on n'a pas retrouvé ce pendard, on retournera s'installer là-bas. Mais on fera ce que tu as dit : on se mettra dans la chambre par où il est entré. S'il revient, il passera un mauvais moment, et Haussecul sera vengé.

— Bien ! approuva durement dame Haussecul. Vous me ramènerez sa tête.

— Je m'y engage, promit Thibert avec un sourire hideux.

Le Pontonnier ne sut que dire.

Deux jours plus tard, ou plutôt deux nuits plus tard, car il ne devait pas être loin de minuit, quatre hommes descendaient vers la rivière. Ils arrivèrent dans une ruelle qui la longeait et se voyait souvent inondée, bien que, ce soir-là, elle fût encore à sec alors que les eaux avaient beaucoup gonflé avec la neige des mois précédents.

Deux des individus portaient des lanternes sourdes. Les deux autres, deux longues lames de scie et des cordes.

Ils s'arrêtèrent devant une de ces pauvres maisons à colombages dressées sur le flanc méridional de la venelle, toutes assises sur des pieux dont une partie baignait dans la rivière. Ce logis-là, à l'enseigne du Soleil Royal, ne coudoyait pas ses voisins.

Les quatre hommes examinèrent les pilotis. Ils en comptèrent huit, avec des traverses transversales pour éviter que la masure ne ripe en cas de fort courant. Cependant, quand les crues charriaient des arbres, il n'était pas rare que les pieux se brisent et que les maisons soient emportées. Les victimes étaient cependant peu nombreuses car les habitants étaient préparés aux risques et partaient loger ailleurs.

Celui qui semblait commander le groupe désigna les pilotis par lesquels il fallait commencer. S'engageant dans l'eau, les hommes s'approchèrent des pieux les plus éloignés dans la rivière. Par deux, chacun à une extrémité de la lame, ils commencèrent à scier. Ils attaquaient les pieux dans leur partie immergée, de telle sorte que le bruit de la scie était étouffé par celui du courant.

Quand les deux premiers pieux furent coupés aux trois quarts, ils s'en prirent à deux autres, mais ignorèrent les quatre derniers qui se dressaient au sec. Après quoi, ils allèrent chercher les cordes et les passèrent autour des pilotis immergés.

Ils revinrent ensuite sur la rive et, de toutes leurs forces, tirèrent sur les cordes.

D'abord, il ne se passa rien. Le chef s'apprêtait à ordonner à ses compagnons de retourner scier un morceau supplémentaire quand retentit un craquement. Un des pieux venait de lâcher. La maison ne bougea cependant pas et ils tirèrent à quatre sur un deuxième pieu qui, enfin, se brisa à son tour.

Cette fois la bâtisse parut s'incliner, mais, dans l'obscurité, il était difficile d'en juger.

L'un des hommes entra alors dans l'eau et passa la première corde autour d'un troisième pieu, puis la seconde autour du dernier.

De nouveau la manœuvre recommença, et de nouveau les pieux résistèrent. Mais les hommes étaient robustes et les bois bien sciés. En se mettant à quatre à tirer sur un seul pilotis, celui-ci céda dans un bruit sinistre. Cette fois la maison pencha vers les flots. Aussitôt, les quatre criminels s'attaquèrent au dernier pieu.

Au moment où celui-ci se brisait à son tour, ils entendirent des voix apeurées dans la maison. La bâtisse gîta fortement vers la Seine et les quatre derniers soutiens ne purent la retenir.

Tout bascula. La maison de deux étages s'effondra d'un seul bloc, arrachant les quatre piliers non sciés. Immédiatement, le courant l'emporta.

Satisfaits, les quatre criminels récupérèrent scies, lanternes et cordes avant de disparaître dans la nuit.

Dans l'eau, des hurlements retentissaient, ceux d'une femme et d'un homme, ceux des enfants aussi. Mais le courant était rapide et la maison atteignit vite le milieu de la rivière, puis le pont aux Changeurs. Là, elle s'écrasa sur les pales du Grand moulin à l'image de Notre-Dame qui appartenait au chapitre de la cathédrale.

La bâtisse de bois et de torchis se disloqua, détruisant le moulin. Les débris s'engouffrèrent sous l'arche et furent emportés vers le pont aux Meuniers. Il faisait nuit, il n'y avait aucun témoin, personne ne vit les corps qui tentaient de s'agripper à des morceaux de bois.

Puis il n'y eut plus rien.

C'est le lendemain après le souper que Holmes et Watson reçurent la visite du chancelier Chuffart. Ce dernier était accompagné de son valet et de la prieure de Sainte-Catherine. Une visite inattendue, certes, mais compte tenu des visages fermés et tourmentés des visiteurs, Edward devina qu'il s'était passé quelque grave événement.

Bonacieux les fit asseoir à la table et leur proposa à boire, ce qu'ils déclinèrent.

— Maître Holmes, annonça le chanoine de Notre-Dame, cette nuit le courant a emporté une maison assise sur la Seine. Ses habitants ont tous été noyés. On a trouvé un corps cet après-midi devant le Louvre. De plus la maison a détruit un moulin appartenant au chapitre.

— Cela arrive, fit maître Bonacieux, fataliste.

— Cela arrive, en effet. Seulement il s'agissait de la maison de Jehan Beaulieu. Toute la famille a disparu.

— Est-ce un accident ? demanda Holmes.

— D'après les sergents du Châtelet venus examiner les lieux, oui. Les pieux plantés dans l'eau devaient être pourris. Ils ont cédé. Les autres ont été arrachés dans la chute de la bâtisse.

— Ce n'est pas un accident, maître Holmes ! s'exclama la prieure. J'en suis certaine ! Je suis venue le dire à maître Chuffart. Ce sont les bouchers qui se sont vengés !

Bonacieux pâlit. Encore des ennuis ? s'inquiéta-t-il.

— Pas impossible, reconnut Holmes après un instant de réflexion. Nous irons voir demain.

— On ne saura jamais la vérité, conclut Chuffart. Mais, désormais, prenez vos précautions, maître Holmes. À Paris, il n'est pas bon d'avoir les bouchers comme ennemis.

31

Watson et Holmes se rendirent à l'endroit où se dressait l'avant-veille encore la maison des Beaulieu. Ne demeurait qu'un trou dans la rue, un peu comme une mâchoire dans laquelle une dent aurait disparu. Nulle trace d'une bâtisse, nulle marque de pieux. Tandis qu'ils examinaient les lieux, des voisins les rejoignirent pour faire des commentaires : oui, la maison était vieille et branlante ; oui, les pieux auraient dû être remplacés mais Beaulieu était pauvre et seulement locataire ; non, ils n'avaient rien entendu, mais la Seine était haute et les flots grondaient.

Pour tous, il ne s'agissait que d'un banal drame de la pauvreté. Tant de gens mouraient en ce moment dans Paris, de faim et de maladie, que la disparition de cette famille n'étonnait personne. Et puis, concluaient les plus fatalistes, les Beaulieu étaient des bons chrétiens, aussi le Seigneur Dieu les avait-Il accueillis dans Son paradis où ils avaient enfin trouvé le bonheur.

Peut-être était-ce vraiment un malheureux hasard que ce crocheteur, libéré par rémission et ayant échappé à la pendaison, meure ainsi emporté par les eaux, observa Watson.

Holmes ne lui répondit point, persuadé du contraire.

Le dimanche, cabarets, tavernes et hôtelleries devaient rester fermés. Mais nombre de règlements n'étaient plus respectés dans Paris et le cabaretier avait des accointances avec quelques examinateurs du Grand-Châtelet et surtout avec le lieutenant civil de la prévôté, Hugues Rapiout, chargé de l'application des décrets sur les subsistances. De plus, il se disait que Rapiout venait de quitter sa charge pour celle d'avocat du roi au Châtelet[1] et donc que plus personne n'assurait la police !

Donc, ce dimanche 8 juin, le cabaret de *La Coupe d'Or* était ouvert. Comme il s'agissait de l'un des endroits de Paris les plus favorables où glaner des informations, à cause de sa proximité avec le Louvre, Holmes et Watson y avaient dîné. Ils comptaient y rester jusqu'à la fermeture, dans le milieu de l'après-midi.

Ils se trouvaient avec le trésorier maître Baille quand entrèrent trois hommes d'armes aux casaques fleurdelisées.

— C'est l'émeute, rue Saint-Antoine ! lança l'un d'eux en s'asseyant à leur table.

— Quelle émeute ? demanda Baille, stupéfait.

— Plus de cent archers anglais affrontent un bon millier de Parisiens ! Nos concitoyens ont reculé après avoir reçu une grêle de flèches.

— Comment est-ce possible ?

Autour de la table, les questions fusaient, ce qui provoquait la satisfaction des nouveaux venus, tout fiérots de savoir ce que les autres ignoraient.

1. Rapiout avait été réprimandé par le président Philippe de Morvilliers. Il prit sa nouvelle charge le 30 juillet 1421 et fut reçu président des requêtes du Palais le 15 juin 1422 avant de devenir commissaire aux confiscations et forfaitures.

— Ce matin, le duc d'Exeter a fait arrêter le maréchal de L'Isle-Adam[1] dans sa maison de la rue de la Heaumerie.

— Quoi !

Depuis son entrée dans Paris avec sa compagnie, en 1418, quand Périnet Leclerc lui avait ouvert la porte de Buci, Jehan de Villiers, seigneur de L'Isle-Adam, demeurait très populaire. Bourguignon n'aimant pas les Anglais, il était détesté du roi Henri V qui jugeait son regard trop fier. Mais ses attitudes insolentes n'auraient pu justifier son arrestation.

— Pour quelle raison ? demanda Watson.

— Selon l'ordre émis par le Conseil du roi, le maréchal se préparait à faire entrer dans Paris les gens du prétendu dauphin.

Pour Holmes, qui écarquilla les yeux, ce fut comme un coup de tonnerre. Cette information était-elle véridique ? Auquel cas L'Isle-Adam ne pourrait-il pas être le chef de la conspiration des bourgeois ?

— Il aurait partie liée avec Robert de Lusignan qu'on recherche partout ? demanda Baille.

— Certainement ! affirma l'archer.

— Où est le maréchal en ce moment ? s'enquit Holmes.

— Conduit et enfermé à la bastille Saint-Antoine.

— Et l'émeute ?

— Elle sera aisément matée ! Le duc d'Exeter fera preuve de la plus grande violence, et ce ne sont pas quelques bourgeois qui pourraient l'inquiéter !

La conversation tourna alors autour du maréchal. Qu'il ait renié la cause bourguignonne, personne ne le croyait, mais Holmes savait combien les hommes étaient susceptibles de changer. Cependant, le duc Philippe

1. Il avait été fait maréchal par Philippe le Bon.

de Bourgogne pouvait offrir bien plus que le dauphin pour s'assurer de la fidélité des siens, ce qui rendait peu vraisemblable une trahison par vénalité. Mais il était possible aussi que L'Isle-Adam agisse à la demande de son maître, auquel cas cela signifierait que le duc de Bourgogne avait passé un traité avec le dauphin.

Tout ceci était-il lié à la maison Mélusine ? En dépit de sa perspicacité, Edward ne savait que conclure.

Rentrés à la maison du Gros-Tournois à l'heure du souper, ils racontèrent à table ce qu'ils avaient appris sur L'Isle-Adam, dont l'arrestation inquiéta fort Bonacieux. Si le dauphin rentrait en ville, leur dit-il, il perdrait la maison de Lusignan qu'il essayait de revendre, et il serait ruiné.

Mais ses éventuels malheurs ne provoquèrent aucune compassion chez Holmes.

Les deux Anglais partageaient le grand lit, chose courante à cette époque où souvent famille et domestiques utilisaient la même couche. Le lit était le meuble principal d'un logis.

Tous deux dormaient profondément quand Watson fut réveillé par un grattement. Saisissant son épée qu'il gardait près de lui, il alla à la porte, barricadée.

— Qui est-ce ?

— Bonacieux… J'entends des bruits dehors, des voix… J'ai peur.

Watson se rendit à la fenêtre close par un volet de bois intérieur. Il l'ouvrit, puis doucement déverrouilla la croisée et se pencha.

La lune était dans son premier quartier. Le ciel était clair et il aperçut des ombres qui s'agitaient dans la ruelle. Il en compta quatre.

Sans allumer la moindre bougie ou chandelle, il alla chercher son arc. À ce moment, Holmes se leva à son tour.

— Dehors, devant la porte, s'activent des gens noirs comme des corbeaux, lui souffla Watson quand le clerc s'approcha.

À son tour, Edward alla à la fenêtre. Pendant ce temps, Watson tendait son arc en utilisant sa jambe droite, puis plaçait la corde.

Le clerc revint vers l'archer.

— Tes sinistres corbeaux entreposent des fagots devant la maison, murmura-t-il. Ils veulent bouter le feu. Je prends la haquebute…

Se rendant au coffre, il sortit l'arme, toujours chargée, trouva son briquet près du bougeoir, fit claquer le fer sur la pierre et enflamma l'amadou, puis alluma la chandelle.

Watson se tenait devant la croisée, il avait encoché une flèche et en tenait trois autres.

En bas, il aperçut la lueur de l'amadou d'un briquet qui s'embrasait.

Holmes le rejoignit, mais la fenêtre n'étant pas assez large pour les deux hommes, il demeura en retrait. Watson visa alors une des ombres et lâcha son trait. Le corbeau tomba sans un cri. Immédiatement, Holmes prit sa place, alluma la mèche et tendit le canon vers le seul individu à se tenir immobile.

La balle partit dans un fracas épouvantable et une âcre fumée envahit la chambre. À cause d'elle, ils ne pouvaient savoir ce qui s'était passé.

— Que fait-on, maintenant ? s'enquit Edward en reculant tant ses yeux le piquaient.

Watson avait plus d'expérience que lui dans ce genre d'affrontement, jugeait-il.

— Descendons ! Celui que j'ai atteint est mort ou mourant. Peut-être en as-tu touché un autre. Je doute que les derniers aient envie de se battre.

Il mit son arc de côté, passa sa brigandine sur sa chainse et prit son épée.

— Laisse-moi le temps de placer une nouvelle balle dans le canon.

— Entendu.

Holmes alla prendre la corne de poudre, vida la quantité nécessaire, plaça une mèche, puis, à l'aide de la baguette, introduisit dans le canon une balle de fer entourée d'un morceau d'étoffe.

On tambourinait à la porte et Watson alla ouvrir.

— Dieu tout-puissant, qu'est-il arrivé ? Ce tonnerre vient d'ici ? Mais… quelle est cette fumée ?…

— Un tir de haquebute sur les arsins[1] qui s'apprêtaient à bouter le feu à votre maison.

— Le feu ?

Bonacieux se mit à trembler sans pouvoir se maîtriser. Tous les malheurs du monde s'accumulaient donc sur sa tête ?

— N'ayez crainte, on va terminer la besogne. Es-tu prêt, Edward ?

— Oui.

Holmes était resté en chemise avec son bonnet sur la tête. Il prit la ceinture de sa robe et la serra. Sa dague y était attachée.

— Allons-y ! Laissez-nous passer, maître Bonacieux.

Ils descendirent quatre à quatre. Holmes avait mis la chandelle dans sa lanterne.

En bas, apeuré, le concierge se tenait devant l'ostevent, brandissant un grand couteau de cuisine.

— Ouvrez ! lui ordonna Watson.

1. Incendiaires.

Le domestique tira la première porte et releva la barre de bois de la seconde, puis la poussa. Mais il sentit une résistance. Watson vint aider et, à eux deux, ils parvinrent à libérer l'huis des fagots qui l'encombraient.

L'archer sortit alors prudemment, épée au poing.

Personne !

Leurs agresseurs pouvaient être cachés dans l'obscurité, mais, apparemment, la rue était vide. Holmes sortit à son tour.

— Ils se sont envolés comme des corbeaux effarouchés, ricana Watson.

Edward se rendit à l'endroit où il avait vu tomber la silhouette atteinte d'une flèche. Il se baissa et, à la lueur de la lanterne, aperçut une traînée sanglante dans la direction la rue de la porte Saint-Honoré. Ses compagnons avaient emporté la victime.

Watson s'approcha à son tour.

— Qui cela pouvait-il être ?

— Je suis fort embarrassé pour te répondre, car nous avons moult choix, persifla Holmes. Les bouchers ? Lady Mortimer ?

Il n'en dit pas plus car Bonacieux arrivait aussi avec quelques voisins réveillés par la détonation de l'arquebuse. Le receveur fit l'important, expliquant que des gueux avaient attaqué sa maison mais qu'avec ses locataires il les avait mis en fuite.

Pendant ce temps, Edward cherchait des traces de sang à l'endroit où se tenait l'individu qu'il avait visé. Mais il ne découvrit rien.

— Je l'ai raté, grimaça-t-il.

— Il faisait nuit et il a dû bouger. Un homme, ce n'est pas un papegai !

— Rentrons, soupira Holmes.

32

Martin Thibert et Louis Le Pontonnier, avec leurs deux compagnons : c'étaient eux qui avaient tenté de mettre le feu à la maison du Gros-Tournois. C'étaient eux aussi qui, quelques jours auparavant, avaient scié les pieux de la maison de Beaulieu.

Mais si la première entreprise avait réussi, la tentative d'incendie du logis de Holmes avait été un lamentable échec. Le Pontonnier avait reçu une flèche dans l'épaule et Thibert avait en vain tenté de sortir le fer, ne réussissant qu'à casser la hampe.

Ce soir-là, ils rentrèrent à la maison de Le Pontonnier. Ils réveillèrent sa femme pour qu'elle le soigne, lui ordonnant de garder le silence. Thibert ne lui donna que peu d'explications : ils étaient partis dans le dessein de retrouver et punir les truands qui s'en étaient pris à Haussecul, mais l'affaire avait mal tourné.

Impossible d'aller chercher un chirurgien à cette heure de la nuit, aussi Le Pontonnier souffrit-il le martyre jusqu'à l'aurore, le fer toujours dans l'épaule. Finalement, accompagné de Thibert, arriva le barbier qui venait raser le boucher deux fois par semaine. Comme tous les membres de sa profession, il était aussi chirurgien. Il s'attela d'abord à retirer le fer. Pour cela, il sortit d'un sac des pinces aux extrémités cannelées et en forme de bec d'oiseau, puis il demanda à Thibert et aux deux compagnons de tenir solidement le boucher. Ensuite il enfonça l'extrémité de son instrument dans la plaie, provoquant un hurlement de la part du blessé qui perdit connaissance, puis il agrippa le fer et tira de toutes ses forces.

Heureusement, les flèches de Watson n'étaient pas ébarbées et seulement un peu de chair fut arraché. Satisfait, le chirurgien montra la pointe à dame Le Pontonnier :

— À deux pouces près, le fer touchait le cœur de votre mari. Il a eu de la chance.

— Va-t-il guérir ? demanda-t-elle, les larmes aux yeux.

— Pour ça, oui. Je vais étaler sur la plaie un onguent de limaçons écrasés avec leur coquille, rien n'est meilleur pour soigner les blessures de flèches. Et par-dessus, un bon cataplasme de farine d'orge et de graisse de poule. Demain, je viendrai le saigner du côté droit.

Le soir, Thibert revint. Le Pontonnier allait mieux et s'était même levé. Les deux hommes s'enfermèrent dans la chambre.

— Toujours aucune nouvelle de Lusignan.

Le Pontonnier garda le silence.

— Tu ne peux plus travailler durant plusieurs jours. On va donc s'occuper de lui pendant ce temps. J'ai pris les dispositions nécessaires. Un compagnon prend en charge mon étal et ma femme le second. On ira demain à la maison Mélusine avec des provisions et on attendra ce damné pourceau.

— J'aurai du mal à me battre, objecta le blessé.

— Tu es touché au bras gauche, tu peux donc tenir une épée ou un couteau de l'autre. N'oublie pas que le démon a promis de se venger. Si on ne le déniche pas, lui le fera, et à coup sûr il fera aussi passer notre famille.

Le Pontonnier ne répliqua pas. Combien il regrettait ces journées de tueries de 1418 !

— Fais préparer des provisions, je préviendrai Germain et François. On restera là-bas le temps qu'il faudra. C'est toi qui as raison, tôt ou tard, il viendra !

Le lundi matin, lendemain de l'attaque de la maison de Bonacieux, les deux Anglais se rendirent à la Grande Boucherie.

Davantage encore que les jours précédents, ils avaient décidé de redoubler de prudence. Watson ne sortait plus sans sa casaque à plaques de fer cousues dans la doublure et Holmes sans la jaque de mailles, malgré la chaleur de plus en plus lourde. L'archer portait toujours son épée et une dague.

Holmes acheta des tripes à la tripière avec qui il avait déjà parlé. À cette occasion, il posa quelques questions sur les bouchers mais n'apprit rien d'intéressant.

Ils revinrent deux jours plus tard et discutèrent avec quelques marchands des bauves, mais aucun ne fit allusion à un boucher mort récemment ou même gravement meurtri, à part Haussecul et les trois compagnons.

Donc, soit Watson n'avait que légèrement blessé leur agresseur, soit ce n'étaient nullement des bouchers qui s'en étaient pris à eux. Comme ils ne pouvaient poser sans cesse des questions sans se faire remarquer, et constatant qu'il manquait cruellement d'informateurs, Holmes choisit de mettre fin à son enquête. Quant à découvrir si ceux qui avaient tenté d'incendier leur logis avaient été envoyés par lady Mortimer, ils ne pouvaient l'apprendre en aucune manière.

Pendant ce temps, on parlait de plus en plus de l'arrivée prochaine d'Henri V, aussi se rendirent-ils à la boutique de cloutier de Jacques L'Aigle, vers la bastille Saint-Antoine, afin de s'assurer qu'il serait bien des leurs s'ils entreprenaient de contrecarrer la tentative criminelle contre le roi d'Angleterre. Comme L'Aigle ne pouvait parler librement devant son ouvrier, Watson convint avec lui qu'ils se retrouveraient le samedi suivant au *Jardin des archers*.

Au retour, ils s'arrêtèrent rue de la Heaumerie.

L'été approchait et, après l'hiver qui s'était éternisé, la chaleur devenait infernale. D'ailleurs, les maisons étaient envahies de vermine et de scorpions que l'on trouvait partout, même dans les draps. Ne pouvant plus supporter sa lourde brigandine, Watson avait proposé à Holmes de lui acheter une jaque de mailles plus légère que celle qu'il lui avait prêtée et qu'il porterait entre sa chemise de coton et sa robe. Quant à lui, il reprendrait sa propre jaque sous un pourpoint à peine rembourré. Ainsi protégés, ils pourraient au moins éviter coups de couteau ou de dague lors de leurs déplacements.

Durant toute cette semaine, pas un jour ne s'écoula sans que maître Bonacieux se lamente. Il ne voulait plus de la maison Mélusine, mais ses propositions de vente avancées auprès de ses connaissances avaient toutes été rejetées, personne ne voulant acheter l'hôtel maudit alors qu'il se murmurait que Lusignan lui-même se trouvait dans Paris. L'ancien lieutenant du prévôt Tanneguy du Châtel faisait toujours peur, tant sa sauvage brutalité était connue.

Le caractère de Bonacieux s'aigrit davantage. Pour la moindre raison il cherchait querelle à sa femme, à ses serviteurs et parfois même aux Anglais. La situation devint telle que Holmes et Watson ne prirent plus leurs repas que hors du logis.

Le samedi soir, en rentrant de *La Coupe d'Or*, Watson découvrit le visage tuméfié de Constance. Une de ses joues était devenue violette et son œil gauche restait fermé et gonflé. Fou de rage, l'archer voulut monter châtier son mari, mais elle s'y opposa. Elle l'avait provoqué, raconta-t-elle, et il avait la loi et la coutume de son côté. Si Watson le corrigeait, nul doute qu'il serait condamné, au moins au pilori, peut-être à la flagellation publique ou pire.

Fort contrarié, Edward entraîna son ami dans leur chambre. Ils ne devaient plus se mêler des relations du couple, le morigéna-t-il.

Le lendemain, ils partirent assez tard pour le *Jardin des archers* car Watson désirait avoir auparavant une explication avec Bonacieux. Sa colère était passée mais il ne voulait pas retrouver Constance défigurée ou estropiée, car alors il ne se serait pas retenu. Il s'était donc adressé fort poliment à Bonacieux :

— Mon bon maître, je ne veux plus apprendre que dame Constance a été battue, aussi, je tiens à vous prévenir. Si cela se reproduit, je vous coudrai dans un sac que je jetterai à la rivière. Et, comme votre roi inscrit sur les sacs des condamnés : « Laissez passer la justice du roi », je mettrai, moi : « Laissez passer la justice de Gower Watson. »

Il ne dit rien d'autre et fit signe à Holmes qu'ils pouvaient partir, laissant le receveur livide comme le cadavre qu'il pourrait bien devenir.

Ils mirent plus de temps que d'habitude pour rejoindre la porte de Buci. Depuis quelques jours, la jambe de Watson lui rappelait qu'elle avait reçu un coup de lame et sa claudication ne lui permettait pas de marcher aussi vite qu'il l'aurait souhaité. De plus, le duc d'Exeter avait fait remettre les chaînes qui barraient les rues en cas de troubles populaires et plusieurs contingents anglais, ou de la milice urbaine, filtraient les passages.

Au champ de tir, Jacques L'Aigle était déjà là, bavardant avec un archer aux larges épaules, aux bras robustes et au torse puissant. Ce dernier tenait un arc à la main et un carquois pendait à sa taille. Avec son visage rubicond, pas rasé, rougi par le soleil et le vent, il paraissait d'un tempérament débonnaire et enjoué. Watson ne le connaissait pas.

— Aleaume, laisse-moi te présenter mes amis, dit L'Aigle tandis qu'ils s'approchaient. Voici Gower Watson, le meilleur archer de Paris, hélas pour moi, d'ailleurs ! Son compagnon est Edward Holmes, un clerc fort habile.

— Loué soit Jésus-Christ, qui me permet de vous connaître, messires, fit le nommé Aleaume d'un ton guilleret.

— À jamais, ainsi soit-il, répliqua Holmes.

— Dieu vous bénisse, salua rapidement Watson, qui voulait surtout parler avec L'Aigle.

— Aleaume Chouart vient d'arriver à Paris. Il est entré au service de maître Guillaume Sanguin qui avait besoin de gardes dans son hôtel de la rue des Bourdonnais.

— Qui est maître Sanguin ? s'enquit Edward.

— Un riche changeur, répondit L'Aigle. Maître de l'hôtel des ducs de Bourgogne, il est désormais un fidèle serviteur du roi d'Angleterre.

— Vous tirez à l'arc ? s'enquit Watson auprès du nommé Chouart.

— Oui, mon maître m'a demandé de m'entraîner chaque samedi, il voudrait que je remporte le prix l'année prochaine.

— Rude ambition ! ricana Gower. On pourra jouter tous les trois dans un moment, mais, dans l'immédiat, j'ai à discuter avec Jacques.

— Je vous laisse, dit le nouveau venu, je vais me faire la main sur le papegai.

Les deux Anglais et le cloutier s'éloignèrent vers l'hôtel de Nesle afin de se trouver loin d'oreilles indiscrètes.

— Jacques, commença Watson, mon ami Holmes croit savoir qui on t'a demandé de meurtrir.

— Ai-je besoin de le connaître ? demanda L'Aigle, sur la défensive.

— Non, fit Edward en secouant la tête. Simplement, nous n'alerterons personne, mais nous empêcherons le crime.

— Comment ?

— La tentative aura lieu dans la maison Mélusine, nous en connaissons le jour et l'heure. La veille, nous nous y rendrons et nous mettrons hors d'état de nuire celui qui doit tirer.

— Mon remplaçant ? sourit L'Aigle.

— Oui.

— Nous ignorons combien ils seront là-bas. Certainement peu nombreux, car ils doivent fuir discrètement après leur assassinat. Mais nous ne sommes que deux, et Holmes n'est pas un guerrier, bien qu'il sache se battre, précisa Watson.

Jacques L'Aigle garda le silence et les deux Anglais n'ajoutèrent rien.

Enfin l'archer parisien demanda :

— Vous souhaitez mon aide ?

— Nous ne pouvons mettre personne d'autre dans la confidence.

— Qui est la victime désignée ?

— Le roi d'Angleterre.

L'Aigle pâlit.

— Si l'affaire tourne mal, c'est nous qui en ferons les frais.

— On se débarrassera du tireur bien avant sa tentative.

— J'ajoute, dit Holmes, que celui-ci aura sur lui les pièces d'or qu'on t'avait promises. Et nous ne les voulons pas.

Un sourire se dessina sur les lèvres du cloutier.

— Je crois que je vais vous aider, mes amis.

Ils rejoignirent Aleaume Chouart qui se taillait un franc succès auprès des autres archers. Le nouveau venu venait de toucher le papegai, alors qu'aucun des autres n'y était arrivé.

— Essayez de faire aussi bien ! lança Chouart à L'Aigle et Watson, jouant le fier-à-bras.

— Ce sera difficile, s'inquiéta Gower en regardant le haut du mât. Nous faisons une joute en trois flèches ?

— D'accord, dit L'Aigle.

Ils se dirigèrent tous trois vers l'extrémité de la lice. Bien plus loin que l'endroit d'où Chouart avait tiré.

Un des archers qui se trouvaient là fut choisi comme héraut d'armes. Un autre coupa de petites baguettes de bois qui serviraient au tirage au sort pour désigner celui qui commencerait.

Ce fut L'Aigle, lequel serait suivi par Chouart et Watson.

Dans l'assistance, les paris s'engagèrent tandis que l'Anglais plaçait sa corde, bandait son arc, puis mettait son gant et son brassard. L'Aigle fit de même. L'arc de Watson était le plus long des trois.

Dans un profond silence, L'Aigle tira sa première flèche qui passa au-dessus du papegai avant de retomber sur le talus de l'enceinte.

Quelques exclamations de déception se firent entendre.

La seconde flèche se ficha dans le papegai. Cette fois, ce furent des cris de joie. La plupart des archers parisiens soutenaient bien sûr Jacques L'Aigle.

La troisième ne fit que toucher le papegai.

Chouart se prépara. Il visa longuement et sa flèche vint se planter dans l'oiseau. Il se mit à sauter sur place, levant les bras en l'air pour marquer sa satisfaction. Gower fit un mouvement de tête appréciateur.

Mais les deux autres traits ne furent pas du même niveau et il rata à chaque fois la cible.

Pour l'heure, L'Aigle l'emportait.

Ce fut le tour de l'Anglais.

Watson avait soigneusement choisi ses flèches. Il en encocha une et tendit l'arc jusqu'à ce que la corde touche sa joue. La flèche siffla après le claquement et se ficha dans la cible.

Des cris de félicitations fusèrent.

La seconde flèche partit aussitôt et se planta dans la corde qui tenait le papegai, provoquant un changement de position de la cible.

Watson visa à nouveau, tendit son arc et la flèche partit. Elle atteignit le papegai avec une telle force que celui-ci, disjoint par le tir précédent, oscilla un instant avant de tomber du mât.

L'Anglais fut proclamé vainqueur, à la grande satisfaction de ceux qui avaient parié sur lui, et dont Holmes faisait partie.

Chouart demanda cependant sa revanche, cette fois en tir sur une cible située au bout de la lice. D'autres archers y participèrent, et, une fois encore, Watson l'emporta, mais Chouart avait obtenu un résultat fort honorable.

Quand les défis furent terminés, les archers vidèrent quelques pintes de cervoise au comptoir de fortune installé par le marchand itinérant qui venait tous les samedis.

— Vous êtes bon, il faut le reconnaître, déclara Gower à Aleaume Chouart, mais vous avez encore besoin de pas mal d'entraînement !

— J'arriverai à vous vaincre ! assura l'autre.

— Si Dieu le veut ! répliqua l'Anglais avec un rire satisfait.

Comme Edward s'apprêtait à offrir le pot de cervoise, le nouveau venu refusa et paya pour tout le monde. Le geste plut à Watson qui lui proposa :

— En attendant, venez donc vider un pot de bière demain avec Edward et moi à *La Coupe d'Or*. Je vous offrirai autre chose que cette infâme cervoise !

Ils convinrent donc de se revoir le lendemain, mais sans Jacques L'Aigle qui ne pouvait venir à cause de sa famille.

Chouart partit peu après en compagnie de Holmes, L'Aigle et Watson. Les trois compères se séparèrent devant le Grand-Châtelet, après avoir passé le pont aux Changeurs.

Les Anglais filèrent à main gauche, L'Aigle partit à droite et Chouart continua tout droit, vers la rue des Bourdonnais.

De temps en temps, il se retournait, vérifiant qu'on ne le suivait pas. Rue des Bourdonnais, un peu avant l'hôtel de son prétendu maître, il se glissa dans un des nombreux recoins entre les maisons et attendit.

Personne.

Il en ressortit et revint sur ses pas, vérifia à nouveau l'absence de suiveurs puis fila vers la rue du Temple.

À l'hôtel des abbés du Bec, on le connaissait et il prit l'escalier du second corps de logis. Mais il n'eut pas l'occasion de monter au dernier étage car il rencontra auparavant Arnaud La Roche.

— Tu arrives à temps pour le souper, lui dit ce dernier. Comment s'est passé ton entraînement ?

Arnaud La Roche était revenu à Paris le samedi précédent avec Chouart, un des meilleurs archers de Rodrigue de Villandrando. Il avait eu quelques difficultés à approcher le capitaine mercenaire, et plus encore à le décider à lui donner un homme. Villandrando voulait savoir pourquoi, et La Roche avait seulement expliqué qu'un bourgeois désirait un garde bon archer – explication guère convaincante – et qu'il était chargé du recrutement. Mais finalement les quelques dizaines de florins promises au chef routier parvinrent à le persuader. Il fallut ensuite que les volontaires subissent plusieurs épreuves : La Roche voulait le meilleur. Finalement, Chouart s'était distingué.

Le serviteur de lady Mortimer lui avait alors parlé seul à seul, le sondant sur les scrupules qu'il pourrait avoir. Il était ressorti de cette conversation que Chouart tuerait père et mère pour une pièce d'or. L'homme convenait parfaitement.

À Paris, La Roche avait aussitôt prévenu sir Ralph Grey de son retour. Les deux hommes, accompagnés de Chouart, s'étaient alors rendus à la maison Mélusine.

Une semaine s'était écoulée depuis l'affrontement entre Lusignan et les bouchers, et, quand ceux-ci étaient revenus chercher les morts, ils avaient tout emporté. Le sang avait été absorbé par les dalles et se confondait maintenant avec les anciennes traces.

La Roche et Grey ne remarquèrent donc rien, même pas le verre brisé de la chambre. Pourquoi leur serait-il venu à l'esprit que des visiteurs s'étaient entre-tués dans l'hôtel ?

À la fenêtre ouvrant du côté de la rue Saint-Honoré, Grey avait expliqué au tueur ce qu'il attendait de lui.

— Ce ne sera pas un tir facile, avait répliqué l'archer avec une moue inquiète. La distance est grande et le roi d'Angleterre sera en mouvement. Le blesser, peut-être, mais le tuer du premier coup…

— Il faut que tu y parviennes, mon compère, car tu devras immédiatement après abattre le duc de Bedford, avait laissé tomber La Roche, d'un ton sans réplique, légèrement menaçant.

Chouart avait grimacé, avant de conclure d'un :

— J'essaierai de faire de mon mieux, messire.

Une réponse qui n'avait point satisfait l'Anglais.

Dès le lundi, Chouart s'était mis à l'entraînement au *Jardin des archers* où il se trouvait le plus souvent seul. Mais le samedi matin, il avait rencontré Jacques L'Aigle, puis Edward Holmes et Gower Watson.

— Bien, mais j'ai trouvé mes maîtres.

— Qui ça ?

— L'un s'appelle Jacques L'Aigle, vous devriez l'engager aussi. À deux on terminerait facilement la besogne.

— Viens avec moi ! répliqua abruptement La Roche.

Ils remontèrent l'escalier jusqu'au premier palier. Là, après que La Roche eut gratté à la porte et reçu l'ordre d'entrer, ils pénétrèrent dans une chambre.

Un homme dans la trentaine enfilait un pourpoint cramoisi avec l'aide d'un valet.

— Chouart a des choses à dire, messire, expliqua La Roche en s'inclinant.

Grey, car c'était lui, ordonna au valet de sortir, ainsi qu'à la servante qui se trouvait dans la garde-robe. Après leur départ, et sans proposer aux nouveaux venus de s'asseoir, il ordonna :

— Parlez, mais vite, lady Mortimer m'attend.

— Chouart a rencontré L'Aigle, il l'a jugé plus fort que lui.

— Ah ! Vous avez jouté ?

— Oui, messire. Je suggérais au sire La Roche que vous le preniez avec moi…

— Impossible ! répliqua sèchement Grey.

Chouart se tourna vers La Roche, le regard incertain.

— J'espère que vous n'avez pas parlé de nos projets ? s'enquit l'Anglais d'un ton menaçant.

— Non, messire ! Je vous le jure par le saint nom de la Vierge.

— Tu m'as dit que tu as trouvé tes maîtres, un autre archer serait-il aussi fort que L'Aigle ?

— Oui, et même bien plus fort, messire. Il se nomme Gower Watson, c'est un Anglais.

— Encore lui ! s'exclama Grey.

— Vous le connaissez, messire ?

— Oui, répondit Grey, sans plus de précisions.

— Il m'a invité à boire un pot de bière, demain, dois-je y aller ?

L'Anglais ne répondit pas tout de suite. Le choix de ce Chouart comme exécutant ne lui convenait guère, mais il n'en avait pas d'autres… Sauf Watson ?

— Qu'en dis-tu, La Roche ?

— Watson conviendrait, certes, mais il refusera.

— Tu le sais, on peut toujours convaincre un homme.

— L'Aigle, peut-être, en menaçant sa famille, mais ce Watson n'en a pas.

— Puisque Chouart a été invité, qu'il y aille et qu'il découvre son point faible.

— Tu as entendu, Chouart ?

— Oui, messire. J'essaierai de savoir s'il a une famille.

— Il n'en a pas, trancha La Roche, j'en suis certain. Il n'a qu'un ami, un nommé Holmes, mais il ne tuera pas le roi d'Angleterre pour le sauver !

— J'ai aussi rencontré ce Holmes, messire.

— Méfie-toi de lui, c'est quelqu'un de redoutable, le prévint Grey qui songeait à sa rencontre avec lui, et à la mort de son serviteur abattu par la haquebute. Essaie d'en découvrir le plus possible sur Watson. J'ai cru comprendre qu'il s'intéresse à sa logeuse. Tâche de savoir si c'est vrai. Les femmes sont de bons appâts. Dimanche soir, rapporte-moi de bonnes nouvelles.

Grey fit signe à Chouart de sortir et l'archer obéit. La Roche resta dans la pièce.

— Finalement, j'ai bien fait de ne pas meurtrir ce Watson, l'autre jour, observa l'Anglais. J'avais hésité à le daguer, songeant qu'il pourrait servir.

— Je regrette de ne pas avoir été présent, Holmes a tué le seul homme valable que j'avais avec moi.

— Tu auras l'occasion de le venger. Je vais modifier mes plans.

33

Ce dimanche 15 juin, la salle de *La Coupe d'Or*, seul cabaret ouvert du quartier, dégorgeait de monde. Comme ils en avaient pris l'habitude depuis quelque temps, Watson et Holmes y avaient dîné, évitant désormais les repas au Gros-Tournois.

Bonacieux n'avait plus battu sa femme, mais il considérait désormais l'archer anglais avec un mélange de crainte et de haine. S'il avait pu le remplacer, il l'aurait fait. Quant à Gower, il devinait qu'il ne pourrait rester longtemps chez les Bonacieux, mais alors que deviendrait dame Constance ?

La veille, cette dernière était venue le voir, tandis que son mari se trouvait dans sa chambre. Elle avait décidé d'entrer au couvent Saint-Pierre de Montmartre, lui dit-elle. Elle offrirait sa dot en échange de son admission.

Watson en avait été désespéré et, depuis, ruminait de sombres desseins.

En se rendant au cabaret, après la messe à Saint-Honoré, Holmes avait tenté de tempérer ses humeurs :

— Tu t'échauffes trop sur le sort de dame Bonacieux, Gower. La femme a été créée pour notre perte, et je ne voudrais pas que tu le vérifies à tes dépens.

— Je ne veux pas qu'elle se cloître et je ne peux la laisser entre les mains de cette sotte brute.

— Bonacieux est un niais, soit. Mais jusqu'à présent c'est son mari, avait conclu Holmes avec philosophie.

— Jusqu'à présent.

Ils avaient dîné avec Baille et quelques officiers du Louvre, lesquels connaissaient, comme tout le monde dans le quartier, l'attirance qu'exerçait sa logeuse sur Watson. Quelques amicales plaisanteries fusaient, qui parvenaient quand même par instants à dérider l'archer.

Chouart arriva sur ces entrefaites. Watson, qui n'aimait rien tant que de parler archerie, en oublia ses soucis.

Chouart venait de Rouen, raconta-t-il, et avait été dans la compagnie de L'Isle-Adam avant d'entrer au service d'un bourgeois. Watson lui parla de son logeur, et plus vaguement de Constance. Se souvenant de ce que lui avait dit Grey, le faux archer rouennais, qui ne manquait pas d'imagination, inventa alors des amours fictives avec sa logeuse à Rouen, ce qui eut le don d'attendrir Watson.

Baille se mêla à la conversation :

— Il se dit que Bonacieux a acheté la maison Mélusine.

Chouart dressa l'oreille. Se pourrait-il que ce soit là où La Roche l'avait conduit ? Il avait remarqué l'enseigne à la fée avec la queue de sirène.

— C'est la vérité, confirma Holmes, et notre logeur regrette fort son achat car il semble que des truands ont installé là-bas leur repaire.

— Est-ce possible ? s'étonna quelqu'un.

— Maître Bonacieux s'y est rendu l'autre jour et aurait vu des cadavres. Watson et moi, on l'a ensuite accompagné, mais sans rien découvrir, sinon du sang. Il n'a sans doute pas rêvé mais les truands avaient dû revenir chercher leurs victimes.

— Serait-ce ces gueux qui auraient attaqué sa maison ?

Chouart écarquillait ses oreilles tant qu'il le pouvait. On aurait attaqué la maison où vivait l'archer Watson ?

— Possible, il a dû les déranger, répondit Edward qui ne tenait pas à s'étendre sur le sujet.

— À moins que ce ne soit quelqu'un lésé par les rémissions que vous avez obtenues, proposa un autre, plus sérieusement.

Cette fois, Holmes resta silencieux.

— Que va faire maître Bonacieux ? s'enquit Baille.

— Il cherche à revendre la maison Mélusine, révéla Watson, mais ne trouve pas acquéreur.

— Cela se comprend, on dit que Lusignan se cache en ville, qu'il serait prêt à faire entrer les troupes du dauphin.

Cette fois, Chouart fut certain qu'il s'agissait de la bonne maison. Il aurait des choses à raconter à La Roche et à messire Grey ! Il songeait déjà à la récompense qu'il recevrait en échange de ces renseignements.

— Tout ceci doit fort inquiéter dame Constance, observa quelqu'un.

— Bah, messire Watson saura la consoler ! plaisanta un autre, ce qui lui attira un regard sombre de l'archer anglais.

Watson se pâmerait donc bien pour sa logeuse ! Voilà qui va aussi intéresser messire Grey, songea Chouart, satisfait.

Le petit groupe de compères vida encore quelques pots de bière, puis le cabaretier vint annoncer qu'il fermait et les hommes se séparèrent. Watson et Chouart convinrent de se revoir le samedi au *Jardin des archers*, pour une nouvelle joute. Une revanche.

Toujours aussi prudemment, Chouart regagna l'hôtel des abbés du Bec. Le majordome l'attendait pour le conduire chez Ralph Grey.

Celui-ci écouta avec attention tout ce que l'archer avait appris. Évidemment, il avait entendu la rumeur faisant état de la venue de Lusignan dans la capitale mais n'y croyait guère. Si ce dernier œuvrait pour le dauphin, Girard le lui aurait dit. En revanche, il fut intrigué par la présence de gueux dans la maison Mélusine et plus encore par l'attaque de la maison de Bonacieux, mais ce fut surtout la passion possible entre dame Bonacieux et Watson qui l'intéressa. Il demanda à Chouart de cultiver son amitié avec l'archer anglais et d'en apprendre plus sur cette liaison.

Chaque jour, Lusignan se levait et marchait un peu. Sa blessure s'était refermée et ne le faisait pas trop souffrir. Le jeudi 19 juin, pour la première fois, il sortit de son logis.

Amaigri, barbu et chevelu, il parvint en claudiquant jusqu'à la berge de la rivière où il resta longuement à regarder les barques et les mariniers. Il retrouvait avec bonheur les plaisirs et les sensations de la vie, la douce chaleur du soleil et l'air humide de la Seine.

Lallier et Pigache étaient revenus le voir par deux fois, il se confirmait que le roi Henri V arriverait à Paris à la fin du mois. Ils n'avaient aucune nouvelle de lady Mortimer et de ses amis, et surtout ne cherchaient aucunement à les approcher, mais ils avaient réussi à faire entrer le capitaine de la porte Saint-Jacques dans le complot. Le roi Henri et son frère tués, celle-ci serait ouverte. Lusignan devrait donc quitter Paris quelques jours auparavant afin de prévenir les gens du dauphin.

Le chevalier avait promis qu'il serait prêt. Il brûlait déjà de chevaucher. Son seul regret restait de ne pas avoir puni Thibert et Le Pontonnier. Mais dès la ville prise, il se ferait justice.

Ce même jour, dans la soirée, lady Mortimer reçut un messager. Henri V venait d'arriver à Rouen. Il partirait ensuite pour Gisors puis Paris. Les amis de milady avaient convaincu le roi qu'il ne devrait pas entrer dans la capitale par la porte Saint-Denis, car la ville restait agitée depuis l'arrestation de L'Isle-Adam. Il paraissait plus sûr de pénétrer par la porte Saint-Honoré avec le Louvre tout proche. L'escorte royale n'aurait qu'à parcourir une brève portion du chemin royal de Saint-Louis, une voie exempte du moindre péril.

Lady Mortimer fit venir Grey et La Roche dans sa chambre.

— Ce sera certainement à la fin de la semaine prochaine, Chouart est-il prêt ?

— Autant qu'on peut l'être, milady, et j'ai bon espoir que cet Anglais, Watson, sera près de lui, ce qui assurerait le succès de notre entreprise.

— Je ne tiens pas à en savoir plus, déclara-t-elle. En revanche, il faut dès à présent faire disparaître ceux qui pourraient nous incriminer. Sitôt la mort d'Henri certaine, je quitterai Paris avec vous et Langlay. Il ne doit rester personne capable d'accuser ou de dénoncer.

— Le seul qui vous a vue est Girard, conclut Grey. Le plus simple est de le faire venir demain à la maison Mélusine. La Roche se chargera de lui.

— Ses amis vont le chercher, objecta-t-elle.

— Qui pensera à aller là-bas ?

— Tout de suite après sa disparition, personne, mais au bout de quelques jours ? Il faut faire disparaître le corps.

— Je le jetterai dans le puits. Et si ses amis viennent pendant que nous nous y trouvons, ils le rejoindront.

— Qu'en est-il de ces truands qui se seraient installés dans l'hôtel ?

— J'y ai bien réfléchi : ils ont vidé les lieux, puisque lorsque j'y ai conduit Chouart, le jour de son arrivée, je n'ai observé aucune trace de la présence d'intrus. Et s'ils revenaient quand nous y serons, malheur à eux !

Le lendemain vendredi, Ralph Grey, Arnaud La Roche et Aleaume Chouart se rendirent de nouveau à la maison Mélusine. Tous trois étaient équipés avec brigandines ou jaques de mailles, têtes protégées par des camails sous des salades ou un bassinet, épaules couvertes d'épaulières de fer, cuisses de tassettes d'acier ou de cuir, bras et mains de brassards cloutés, bras d'armure et gantelets de mailles. Chacun portait brette et dague.

Certes, ils n'auraient qu'un drapier à faire passer de vie à trépas et un tel harnois était inutile dans ce genre de besogne, mais la présence éventuelle de gueux ou de truands rendait Grey vigilant.

La poterne du jardin était évidemment fermée. La Roche fit jouer la clef dans la serrure et ils se dirigèrent vers la porte de la cuisine. Le routier l'ouvrit et ils passèrent dans la grande salle.

— Où se met-on ? demanda Chouart.

— Toi, demeure dans la cuisine, moi je reste dans la salle et La Roche se cachera dans l'escalier. Au demeurant, ce sera vite fait.

La Roche se rendit à la place désignée et le silence s'installa, Grey leur avait demandé de ne pas parler. Girard ne devait éprouver aucune inquiétude en arrivant.

Les quatre bouchers, qui attendaient depuis une semaine dans la chambre de l'étage, trouvaient le temps long, même en s'occupant à jouer aux cartes et aux dés. Chaque matin, avant le lever du soleil, l'un d'eux sortait et rapportait vin et vivres. Il rassurait aussi leurs familles, sans révéler cependant où ils se tenaient.

Ils disputaient une partie d'osselets quand ils entendirent du bruit, puis des paroles venant de la salle du bas.

— Lusignan ! Et il n'est pas seul ! souffla Le Pontonnier, terrorisé.

— Ils semblent être trois, fit tout bas un garçon boucher.

— Et ils ont la clef ! chuchota Le Pontonnier.

— Ça, on s'en fout ! Nous, on est quatre, murmura Thibert pour le rassurer. Surtout, ils ne savent pas qu'on est là. Cette fois, ce sera à nous de les surprendre.

— Comment ?

— Il y en a un dans l'escalier. On va lui tomber dessus en silence. Quatre contre un, le pauvre n'aura aucune chance.

Il saisit sa hache.

— Je passerai en premier. Ensuite, on saute sur les autres !

Sans un bruit, il quitta la chambre d'enfants et traversa l'autre pièce. Suivaient les deux compagnons et Le Pontonnier fermait la marche.

Que se passa-t-il alors ? Les convaincus de l'inévitable punition du pécheur affirmeront que dame Lusignan a sanctionné celui qui l'avait meurtrie, ou encore que la fée Mélusine avait décidé d'intervenir dans son châtiment. Quoi qu'il en soit, Le Pontonnier se prit dans un drap sanglant, celui-là même que Holmes avait soulevé et sous lequel il avait vu un morceau de chair. L'œuvre de Le Pontonnier.

En trébuchant, le maître boucher heurta le garçon devant lui, provoquant un faible bruissement qui alerta La Roche, lequel se retourna à l'instant où la hache de Thibert s'abattait sur lui.

Il évita le fer et, comme son agresseur était déséquilibré par le coup qu'il venait de porter, le routier lui enfonça son épée dans le ventre. En même temps, il cria :

— Alerte !

Il recula d'un bond et le corps de Thibert roula en bas des marches. Grey et Chouart se précipitèrent.

Entre-temps, les autres bouchers avaient reculé, pris de panique. Le plus jeune fut pourtant le plus déterminé et demanda aux autres de se mettre en haut de l'escalier. Ils frapperaient ensemble le premier qui surgirait.

Mais celui qui apparut fut Grey équipé de son bassinet et d'une jaque renforcée aux épaules, aux bras et sur le torse par des plates d'acier. Les lames des bouchers glissèrent sur ses protections tandis que l'Anglais embrochait d'un seul coup d'estoc le jeune compagnon boucher. Le Pontonnier et son compère rompirent et reculèrent.

Cependant, La Roche et Chouart avaient déjà bondi dans la chambre. Le reste ne fut plus qu'un massacre. En quelques coups de brette, les deux bouchers furent mis en morceaux dans cette même pièce où ils avaient massacré la mesnie de Lusignan, trois ans auparavant.

Le carnage terminé, sir Grey se rendit prudemment dans la chambre d'enfants, mais elle était vide. La Roche, lui, était monté à l'étage supérieur, levant son épée de la main gauche afin de pallier la courbure de l'escalier.

Il explora les trois salles, découvrit la trappe ouverte et grimpa sur le coffre afin de jeter un regard dans le solier. Rien. Il redescendit.

— Il n'y avait qu'eux ! claironna-t-il en revenant. Seulement j'ai vu une corde dans une cache ouverte de la toiture.

Chouart fouillait les dépouilles, récupérant armes et bourses. Grey le regardait faire avec une ombre d'inquiétude.

— Qui peuvent être ces fols ? demanda-t-il à La Roche.

Ce dernier se pencha sur les visages. L'un, fendu en deux, était méconnaissable. Quant aux autres, le routier ne les avait jamais vus. Mais il était arrivé à Paris moins de trois mois auparavant et ne s'était jamais rendu à la Grande Boucherie, laquelle n'avait d'ailleurs rouvert que depuis la Pentecôte. Il ne pouvait donc connaître leurs victimes, pas plus que Grey et Chouart.

Le routier se releva, écartant les mains en signe d'embarras.

— Je ne sais, messire, sans doute les gueux dont Chouart a entendu parler.

— Nous devrons nous méfier. Ceux-là attendaient peut-être des compères. As-tu trouvé leurs clefs ?

Il s'adressait à l'archer qui dévêtait maintenant les cadavres.

— Non, messire.

— Comment sont-ils entrés ? s'inquiéta Grey.

— La corde que j'ai vue, seigneur. Ils ont dû escalader l'enceinte et passer par une fenêtre, proposa La Roche.

— Dans la pièce à côté, la croisée a un trou, confirma Chouart.

— Possible, admit Grey, pensif. Mais pourquoi cette corde dans le toit ?

— Ils devaient avoir prévu de la cacher, pour je ne sais quel usage.

— En effet. Et nous ne le saurons jamais.

En vérité, les clefs se trouvaient avec les vivres, dans la chambre où les bouchers jouaient aux osselets, mais Thibert avait malencontreusement posé un pain dessus.

— Que fait-on des dépouilles, messire ? Si les autres arrivent, il ne faut pas qu'ils les trouvent, et on ne peut les transporter à l'extérieur.

— Jetons-les dans le jardin ! proposa La Roche.

— Avec cette chaleur, les corps vont vite puer et attirer du monde. Et il fait trop chaud pour creuser une tombe et les enterrer.

— Dans la cave !

— Bonne idée ! Portez-les en bas, je vais voir où les cacher.

Il descendit, laissant les deux autres s'occuper de la basse besogne. Au pied de l'escalier, il découvrit la lanterne qu'il alluma avec son briquet, puis fit le tour du sous-sol. Les deux petits celliers fermaient avec des verrous et l'odeur se ferait sentir tôt ou tard, se dit-il, même s'il y faisait frais.

Il s'approcha du puits. Pourquoi pas ?

Les autres arrivaient, portant chacun un corps sur une épaule.

— Jetez-les dedans, ordonna Grey en désignant la margelle.

34

Pendant ce temps, Henry Langlay s'était rendu à mule rue de la Draperie, jusqu'à la boutique de Clément Girard.

Ses fils Étienne et Gilles tenaient l'échoppe ce matin-là.

Aidé par son valet, Langlay descendit de la monture et s'approcha en claudiquant à cause de la déformation de son dos.

— J'ai à parler à maître Girard, dit-il avec un accent anglais fort marqué.

— Notre père ? s'enquit Gilles, plissant le front en marquant sa surprise.

— Si vous êtes son fils, oui ! ricana Langlay.

— Je vais le chercher, annonça Étienne d'un ton égal.

Gilles devina que cet Anglais faisait partie du complot dans lequel son père, ses amis et lui étaient impliqués. Cette intrigue qui l'avait conduit à Bourges. Il brûlait de savoir ce que voulait cet homme et il hésita à lui révéler avoir rencontré le dauphin, afin que l'autre en dévoile plus. Pourtant, un je-ne-sais-quoi dans l'attitude glaciale de son interlocuteur l'en empêcha.

Feignant l'indifférence, il servit une cliente qui attendait. Son père arriva peu après.

Maître Girard reconnut immédiatement l'homme rencontré chez lui deux mois auparavant, le fils de cet intendant de Helmsley Castle avec qui il avait traité durant des années pour se fournir en laine. Qui aurait pu oublier ce bossu à grosse tête, avec des mains comme des battoirs ?

Cet homme l'avait fait entrer dans une conspiration qui lui déplaisait fort, même si, en cas de réussite, elle visait à ramener la prospérité à Paris et à ses bourgeois. Il ne le salua que d'un signe de tête indifférent. L'autre fit de même avant de déclarer :

— Maître Girard, ceux qui m'emploient souhaitent vous rencontrer. Il faut venir avec moi.

Girard devina que le temps de l'attentat approchait. Comme tout le monde, il avait entendu parler de l'arrivée prochaine à Paris du roi d'Angleterre.

— Dois-je me rendre à l'hôtel…

— Non ! le coupa Langlay. Vous m'accompagnez.

— Maintenant ?

— Oui, vous serez de retour avant none.

— B… Bien…

Sans doute allait-on lui confier les dernières informations sur l'attentat, conclut Girard.

Il se tourna vers ses fils :

— Ne m'attendez pas pour dîner. J'irai ensuite chez maître Lallier.

Il franchit le passage, sur le côté de la boutique, qui communiquait avec l'escalier de sa maison, ouvrit la porte d'entrée et sortit.

Langlay remonta en selle, toujours avec l'aide de son valet, et Girard l'accompagna à pied, songeant, un peu tard, qu'il aurait aussi dû faire seller sa mule.

Ils traversèrent le pont aux Changeurs. Clément Girard lança un regard à la boutique de son ami

Pigache, mais celui-ci ne s'y trouvait pas. Il l'aurait volontiers prévenu qu'il se rendait auprès de dame Mortimer.

Passé le Grand-Châtelet, Langlay prit la rue de Saint-Germain-l'Auxerrois.

— Nous n'allons pas à l'hôtel des abbés du Bec ? s'enquit Girard, intrigué.

— Non, maître. On vous attend à la maison Mélusine.

— Pourquoi là-bas ? s'inquiéta le drapier qui n'avait aucune envie de pénétrer à nouveau dans cet endroit maudit.

— Nos amis s'y trouvent et s'occupent des derniers préparatifs, il est donc nécessaire que vous y soyez aussi.

Girard se sentit flatté, mais pas rassuré pour autant.

— Avez-vous trouvé un archer ? s'enquit-il alors qu'ils passaient devant le quai de l'École.

— Oui, un homme fort adroit. D'ailleurs, vous ferez connaissance avec lui.

Girard aurait volontiers posé d'autres questions, mais se dit que ce serait accorder trop d'importance à ce Langlay, vulgaire entremetteur, et qu'il interrogerait plutôt lady Mortimer. N'était-il pas un des bourgeois les plus riches de Paris, et un futur échevin, alors que ce Langlay n'était que le rejeton d'un obscur intendant ?

Le trajet se poursuivit donc en silence.

En ce vendredi, beaucoup de monde circulait sur le chemin royal de Saint-Louis car nombreux étaient ceux qui se rendaient aux Halles, espérant dénicher de la nourriture à un prix abordable. Girard faisait attention à ne pas salir sa robe, s'éloignant souvent de la mule de Langlay.

Arrivés à la maison Mélusine, ils passèrent par le cul-de-sac. La porte du jardin était ouverte.

— On vous attend, dit Langlay en la désignant.

— Vous n'entrez donc pas ?

— Je ne suis pas convié. Je devais juste aller vous chercher.

Les craintes de Girard revinrent, mais en même temps il se sentit flatté d'être seul invité. Il est vrai que ce Langlay n'avait pas sa place dans une assemblée de gens de qualité.

Il le salua donc d'un signe de tête et pénétra dans le jardin, tandis que le valet fermait la porte derrière lui.

Il tira la porte de la cuisine et entra. Personne.

Il passa donc dans la grande salle et découvrit La Roche qui bavardait avec un inconnu.

— Maître Girard, fit le routier avec une déférence que le drapier ne lui connaissait pas, lady Mortimer vous attend en haut.

Il lui désigna l'escalier et fit mine de l'accompagner.

Le drapier obtempéra et monta les premières marches, La Roche dans ses pas.

Soudain, il sentit un grand froid, puis une douleur fulgurante. Son dernier souvenir fut le sang qui jaillissait de son cou.

La Roche tira le corps dans la salle en évitant de se salir. À ce moment, Grey descendit de la chambre.

— Allez le jeter dans le puits, lui aussi.

Ce fut lors du dîner de cette même journée que maître Bonacieux annonça que le roi d'Angleterre entrerait dans Paris le dimanche suivant et passerait par la porte Saint-Honoré. Ils devraient donc tous se placer sur son passage afin de l'acclamer, et, durant la semaine, chacun avait obligation de travailler à encourtiner[1] et nettoyer la rue. D'ailleurs le quartenier passe-

1. Décorer.

rait le lundi ou le mardi et donnerait des instructions aux habitants.

Le soir, dans leur chambre, les deux Anglais décidèrent qu'ils se rendraient dans la maison Mélusine avec Jacques L'Aigle le samedi : si les gens de lady Mortimer s'y trouvaient déjà, ils les mettraient hors d'état de nuire. Et s'ils n'étaient pas encore arrivés, ils les attendraient.

Restait à obtenir les clefs de l'hôtel, que détenait maître Bonacieux.

Au retour de leur première visite, Holmes avait interrogé dame Constance sur l'endroit où son mari les gardait : dans le coffre de sa chambre, une huche à cadenas dont il conservait les clefs à sa taille avec celles de la maisonnée, lui avait-elle répondu. Pour se le procurer le soir où elle lui avait fait croire à une réconciliation, elle lui avait demandé de lui laisser le trousseau, qui contenait la clef de la porte de la cave dans laquelle elle voulait faire porter un tonneau de cervoise. Bonacieux, tout faraud d'avoir dressé sa femme, avait accédé à sa requête.

Maintenant, il fallait que Constance récupère de nouveau le trousseau. Ce serait à Watson de la convaincre.

En attendant, ils partirent le samedi matin pour le *Jardin des archers* afin de prévenir Jacques L'Aigle.

C'était encore une belle journée même si la chaleur se faisait de plus en plus torride et si l'orage grondait parfois au loin. Sous leurs vêtements et leurs protections de mailles, les deux hommes transpiraient abondamment.

Au champ de tir, L'Aigle s'entraînait déjà et Holmes l'aborda dès qu'il eut terminé. Il lui raconta ce qu'il savait sur l'arrivée du roi d'Angleterre et lui demanda s'il était toujours d'accord quant à leur intervention. Le cloutier le lui confirma et promit de se rendre armé et équipé le samedi suivant à la maison de Bonacieux.

Après que Watson eut effectué quelques tirs en réponse à des paris, les trois hommes s'installèrent sur un muret et burent un hanap de cervoise servi par le marchand habituel.

— Chouart n'est pas venu aujourd'hui, remarqua Watson en observant la poignée d'archers qui continuait à tirer.

— Cela m'a surpris, confirma L'Aigle. Il semblait si désireux de gagner le prochain tournoi. Mais il est vrai que la plupart des gens abandonnent leurs desseins quand l'effort à fournir est trop long.

— Devenir bon archer implique des années d'application, confirma Watson qui se souvenait de sa dure jeunesse.

— Nous l'avons pourtant vu dimanche, intervint Holmes. Il ne paraissait pas avoir changé d'avis.

— Peut-être est-il malade ? suggéra L'Aigle. Avec la chaleur, les caquesangues[1] redoublent.

Edward Holmes songeait à tout ce qui avait été dit le dimanche précédent. Une idée lui avait traversé l'esprit : et si Chouart était l'archer chargé de tuer le roi ?

Il fit part à Watson de son inquiétude lorsqu'ils rentrèrent à la maison du Gros-Tournois.

— Impossible, mon ami ! Le tir est bien trop difficile pour lui ! Qu'il atteigne le roi ? Possible ! Mais qu'il le blesse gravement ou le tue à cette distance ? Je n'y crois pas. De surcroît, il est incapable de réaliser plusieurs tirs rapides.

Holmes chassa donc cette éventualité.

1. Diarrhées.

La veille, avant vêpres, les deux fils Girard n'avaient toujours pas revu leur père. Inquiet, Gilles s'était rendu chez Michel de Lallier, mais le maître des comptes n'avait pas reçu la visite du drapier. Gilles décrivit l'homme qui était venu le chercher : un Anglais légèrement bossu, avec une tête grosse et plate. Lallier ignorait de qui il s'agissait, sinon que ce pouvait bien être l'individu accompagnant lady Mortimer et son garde du corps. Clément Girard le lui avait dépeint.

— Peut-être que ton père a été conduit hors de Paris et n'a pas eu le temps de rentrer, avança le maître des comptes, plus inquiet qu'il ne voulait le laisser paraître.

— Il n'avait pas pris sa mule ! Où aurait-il pu aller ?

Le silence s'installa entre eux jusqu'à ce que Gilles annonce :

— Je vais interroger lady Mortimer.

— Je ne sais si c'est une bonne idée. Moins nous aurons de relations avec elle, mieux ce sera. Et d'ailleurs, que te dira-t-elle ? Ton père n'est certainement pas chez elle. Attends au moins jusqu'à demain. S'il n'est pas revenu dans l'après-midi, il sera toujours temps d'aller la questionner.

Tandis que Holmes et Watson rentraient à leur logis après avoir reçu les assurances de Jacques L'Aigle, Gilles Girard était retourné chez Michel de Lallier puisque son père n'avait pas reparu. Le bourgeois avait pris le temps d'interroger ses amis, mais aucun n'avait aperçu le drapier.

Gilles partit donc pour l'hôtel des abbés du Bec. Il fut reçu par le maître d'hôtel à qui il expliqua être le fils d'un notable déjà convoqué par lady Mortimer. Il souhaitait être reçu par cette noble dame.

— Milady n'est point ici, dit le domestique.

— Quand pourrai-je lui parler ? demanda Gilles Girard, décontenancé.

— Je l'ignore, elle est partie à Gisors rejoindre le roi d'Angleterre.

Son père l'aurait-il suivie, serait-il à Gisors ? s'interrogea Gilles. Il essaya autre chose :

— Mon père a également rencontré un homme qui devait être le garde de lady Mortimer. Grand comme un géant, une balafre au visage, il porte une longue cuirasse de buffle maclée de pièces de fer.

Le maître d'hôtel parut réfléchir un moment avant de préciser :

— Plusieurs gardes de milady pourraient correspondre à votre description, mais ils se trouvent avec elle.

Désespéré, Gilles ajouta :

— Et un Anglais d'une vingtaine d'années, avec une légère bosse dans le dos ?

— Je ne connais personne de bossu, monsor.

Ne sachant que demander d'autre, Gilles remercia et rentra chez lui, l'esprit en désordre.

Le lundi matin, il revint chez Michel de Lallier lui raconter l'échec de sa visite chez lady Mortimer.

— Étonnant ! observa Lallier quand il eut terminé. Je n'ai pas entendu parler du départ de milady. Je tâcherai d'en savoir plus.

Il songea aussi, mais ne le dit pas, qu'Agathe Mortimer pouvait avoir décidé de demeurer près du roi afin de ne pas être soupçonnée après l'assassinat. Il aurait agi de même.

— Croyez-vous que mon père ait pu lui aussi partir à Gisors ?

— Qu'y aurait-il fait ?

De nouveau, le silence. Lallier tentait d'échafauder des explications, mais aucune ne tenait, sinon celle qui revenait sans cesse, à son grand déplaisir : et si Agathe Mortimer les avait abusés ? Pouvait-elle s'être seulement servie de Girard et, maintenant qu'elle n'en avait plus besoin, s'être débarrassée de ce témoin gênant ?

S'il en était bien ainsi, leur tour ne viendrait-il pas ? Finalement, il proposa :

— Il faudrait se rendre à la maison Mélusine.

— Mon père serait-il là-bas ?

— Sans doute pas, mais s'y trouvent peut-être des gens de lady Mortimer. Eux sauront où il est.

— J'y vais ! décida Gilles en se levant du tabouret sur lequel il était assis.

— Personne ne t'ouvrira et nous n'avons pas les clefs.

— Comment faire, alors ?

— Je me prépare et je t'accompagne. Allons prendre conseil auprès de messire Lusignan.

Le chevalier était dans sa chambre, attablé devant un ragoût de lapin que lui avait apporté sa logeuse. Lusignan parut satisfait de revoir Gilles dont il avait apprécié la hardiesse, car il fallait une bonne dose de courage, surtout de la part d'un bourgeois, pour se rendre de Paris à Bourges. Il invita joyeusement les deux hommes à partager son pot de cervoise ; ce qu'ils firent tant ils avaient chaud.

Gilles Girard raconta la disparition de son père et Lallier fit part de ses inquiétudes.

— Se rendre dans ma maison ? Pourquoi pas ? Mais je n'en ai pas les clefs, vous le savez.

— On pourrait faire venir un serrurier, proposa Gilles.

— Tu n'y penses pas ! protesta Lallier. Si on tue le roi depuis cette maison, on aura tôt fait de nous retrouver et de nous accuser.

Il se tourna vers Lusignan :

— Vous êtes bien parvenu à entrer sans clefs.

— Oui, avec les cordes et le grappin que vous m'aviez fournis. Seulement, j'aurais du mal à recommencer, ma cuisse reste douloureuse.

— Je suis capable d'en faire autant, messire. Indiquez-moi seulement ce que vous avez fait.

Lusignan se mit à rire.

— Tu ne doutes de rien, l'ami, et j'aime ça ! Mais ce n'est pas la besogne d'un jolet[1]. Ce serait plus dur que tu ne crois. De plus, ajouta-t-il d'un ton plus rude, tu ne sais pas qui traîne là-bas.

— Que voulez-vous dire ?

— Peut-être y a-t-il les gens de lady Mortimer et rien ne dit qu'ils te recevront bien. Mais tu peux aussi tomber sur mes amis bouchers qui seraient revenus.

— Je ne peux rester sans rien faire alors que mon père attend peut-être sa délivrance, insista Gilles d'un ton borné.

— Qui te parle de ne rien faire ? Je vais mieux. Laisse-moi encore deux ou trois jours, le temps que je recouvre toutes mes forces, ensuite nous irons ensemble.

— Quand ?

— Je marche tous les jours le long de la rivière, mes muscles commencent à retrouver leur vigueur.

— Mais quand vous sentirez-vous d'attaque, messire ? supplia Gilles.

— On est lundi. Disons jeudi. Cela te va ?

— Entendu.

— En attendant, et en contrepartie, renseignez-vous sur deux maîtres bouchers : ils se nomment Thibert et Le Pontonnier.

1. Jeune coq.

35

Le matin de ce même lundi 23 juin, Bonacieux demanda à Watson de l'escorter à la Maison aux Piliers. Les événements des jours précédents exigeaient sa présence afin qu'il soit protégé, lui dit-il pompeusement.

Mais l'archer avait décidé d'accompagner Holmes qui voulait se rendre chez le vendeur de la haquebute afin de racheter de la poudre. Il pouvait en avoir besoin si l'attentat contre le roi se confirmait. Évidemment, Gower n'envisageait pas de laisser son ami seul, et peu lui importait que Bonacieux se fasse agresser par des truands. Au contraire, même.

Ce dernier partit donc peu après Holmes et Watson, en grommelant force menaces contre cet archer anglais qui mangeait comme quatre et refusait de travailler quand il l'exigeait.

La veille, Gower était parvenu à rester avec Constance en tête à tête. Il lui avait demandé de récupérer les clefs de la maison Mélusine. Il les leur fallait avant la fin de la semaine et elle avait promis d'y parvenir.

Sur sa mule conduite par son valet, maître Bonacieux approchait de la Croix du Trahoir où le prévôt avait mis à la hart quatre coupeurs de bourses quand il fut abordé par un gentilhomme à cheval. Le cavalier, en pourpoint de velours avec des bandes azur et or et des chausses grises, arborait un bel estramaçon à sa ceinture. Son jeune visage, carré avec un nez camus, était cependant marqué par la dureté comme on peut le remarquer chez tous ceux qui combattent depuis leur plus jeune âge.

Sous son chaperon, dont la cornette jaune pendait dans le cou et qui affichait une broche d'argent aux bandes émaillées bleues et dorées, on devinait ses cheveux blonds coupés à l'écuelle.

Il était accompagné d'un valet d'armes à pied.

— Ne seriez-vous pas maître Bonacieux ? lança-t-il avec un joyeux accent anglais.

— En effet, messire, dit Bonacieux, interloqué.

— Loué soit Jésus-Christ de vous rencontrer ainsi ! Je me rendais chez vous.

Devant l'expression ébahie du receveur, il ajouta :

— On m'a rapporté que vous possédez un hôtel que vous souhaitez vendre.

— C'est... c'est vrai...

— Je cherche un logis près du Louvre et mon intendant s'est montré incapable de dénicher ce que je voulais. Or on m'a décrit le vôtre qui pourrait me convenir. Pouvons-nous aller le visiter ?

— Maintenant ?

— Évidemment !

Bonacieux comprit que la chance venait de tourner. Il allait se débarrasser de la maudite maison ! Mais il fallait qu'il la fasse nettoyer avant la visite, afin qu'il ne reste aucune trace des horreurs qui s'y étaient déroulées.

— C'est possible... mais je n'ai pas la clef. Voulez-vous qu'on se retrouve devant, plus tard dans la journée ?

— Je souhaite tout d'abord examiner son aspect extérieur. Est-il loin ?

— Non...

— J'ignore combien vous l'avez payé mais une somme de cinq cents livres vous conviendrait-elle ?

— Cinq... Oui, certainement, bredouilla Bonacieux.

Cinq cents livres ! Sa fortune était faite ! Il pourrait même acheter un plus bel hôtel.

— Allons-y donc tout de suite.

Vaincu, Bonacieux ordonna à son valet de faire faire demi-tour à sa mule.

Il passa en tête et se dirigea vers la porte Saint-Honoré. Le gentilhomme suivait sans chercher à converser. Mais peu importait pour Bonacieux qui calculait ce qu'il allait faire des cinq cents livres.

Il s'arrêta devant le chemin des Bons-Enfants.

— La maison se trouve derrière ce mur d'enceinte, expliqua-t-il. La poterne est dans ce chemin. De l'autre côté s'étend une petite cour et, à l'arrière, un jardin.

— Cela me paraît bien. Peut-on voir le jardin ?

— Impossible à cause de la courtine.

— Pas de porte ?

— Si, mais fermée et je n'ai pas la clef.

— Allons voir quand même.

Bonacieux fit signe au valet de conduire la mule.

Ils entrèrent dans le cul-de-sac, désert, et s'arrêtèrent devant la porte. Le cavalier arriva sans se presser. Deux hommes sortirent alors de la cour de la maison au pressoir. Bonacieux n'y prêta aucune attention jusqu'à ce qu'ils s'approchent.

Tout se passa très vite. En un éclair, l'un des nouveaux venus sortit un couteau et le planta dans le flanc du valet. L'autre souleva la jambe de Bonacieux et le fit chuter de la mule. À peine le receveur était-il au sol, étourdi, que son agresseur lui tranchait la gorge.

— Ouvrez la porte et rentrez-les ! ordonna le gentilhomme qui venait d'assister aux meurtres.

Les deux hommes tirèrent les cadavres et poussèrent la porte qui n'était pas fermée à clef.

Le cavalier s'adressa à son valet d'armes :

— Conduis la mule à l'hôtel des abbés du Bec.

Il fit entrer son cheval dans le jardin. La Roche avait déjà pris la bourse de Bonacieux et en partageait le contenu avec Chouart.

Le cavalier mit pied à terre.

— Occupez-vous de mon cheval et jetez ces corps dans le puits.

Revenus de la rue de la Heaumerie avec un petit sac de poudre, Holmes et Watson allèrent le déposer dans leur chambre. Constance et la cuisinière s'étaient rendues au marché des Halles. N'étaient présents que la chambrière et le concierge.

Ils repartirent pour *La Coupe d'Or* où ils dînèrent et s'en retournèrent dans l'après-midi.

Constance et la domestique n'avaient pas regagné le logis.

— Est-ce déjà arrivé qu'elles rentrent si tard des Halles ? s'inquiéta Watson.

— Jamais, monsor ! répondit la femme de chambre.

— Elles étaient deux, il ne peut rien leur être arrivé, observa Holmes, malgré tout perturbé par cette absence.

Il s'écoula encore plus d'une heure, puis Watson décida de partir aux Halles se renseigner.

Edward l'accompagna.

Là-bas, les halles au beurre, aux œufs, aux fromages et aux harengs étaient déjà fermées, comme celles aux poulailles. Seuls les fripiers, en face, étaient ouverts. Ils s'y renseignèrent, décrivant dame Bonacieux, mais sans obtenir de réponses satisfaisantes. Pourtant un mercier, plus bas dans la grande halle en face du cimetière des Innocents et qui connaissait dame Bonacieux, confirma l'avoir aperçue.

Ils n'obtinrent rien d'autre.

— Rentrons ! proposa Holmes après toute une suite de réponses négatives. Elles sont certainement revenues au Gros-Tournois maintenant.

Mais ce n'était pas le cas. Or, vêpres approchaient. Dame Bonacieux n'aurait jamais manqué l'heure du souper. D'ailleurs, c'est la cuisinière qui se trouvait avec elle qui le préparait.

Fort ému, le concierge signala alors que maître Bonacieux n'était pas revenu lui non plus, ni sa mule et son domestique. Les deux époux semblaient donc avoir disparu !

La soirée s'écoula dans une fiévreuse inquiétude et, à la nuit tombée, ils eurent la certitude que les Bonacieux ne reviendraient pas.

Étaient-ils partis ensemble ? s'interrogeait Holmes.

Watson, lui, avait décidé de prévenir le prévôt dès le lendemain.

Ils passèrent une mauvaise nuit. Gower, torturé à l'idée qu'il était arrivé malheur à celle qu'il aimait, et Edward en songeant que Bonacieux avait disparu avec la clef de son coffre. Sans clefs, ils ne pourraient pénétrer dans l'hôtel de Lusignan. Dès lors, comment empêcher l'attentat ?

Au matin, ils discutèrent de ce qu'ils devaient faire. Watson voulait toujours se rendre au Grand-Châtelet ou chez le lieutenant criminel afin que l'on recherche Constance.

— Ce n'est pas une bonne idée, lui objecta Holmes. Chaque jour des dizaines de Parisiens meurent de faim ou de maladie, ou sont tués par des gueux. D'autres quittent la ville sans prévenir quiconque. Pourquoi les gens de justice s'intéresseraient-ils plus particulièrement à nos logeurs ? Et s'ils le font, s'ils interrogent les domestiques, ceux-ci révéleront que tu avais menacé Bonacieux. C'est toi qui seras le premier suspecté.

— Que faire, alors ? demanda l'archer, désespéré, après avoir reconnu le bien-fondé des paroles de son ami.

— On va les chercher toute la journée s'il le faut. Mais tu dois aussi songer qu'ils auraient pu partir ensemble…

— Impossible !

— On verra bien. Rendons-nous déjà à la Maison aux Piliers pour apprendre ce qu'a fait Bonacieux hier.

Ils partirent peu après.

À l'Hôtel de Ville, Gower interrogea plusieurs personnes déjà rencontrées. Mais la réponse fut toujours la même : personne n'avait aperçu maître Bonacieux. Il n'était pas venu à la Maison aux Piliers. Où pouvait-il être allé ?

Ils revinrent aux Halles et recommencèrent leur enquête, y passant des heures sans aucun succès.

Holmes se persuadait de plus en plus que le couple était parti, néanmoins il fallait aussi imaginer le pire : que par un malencontreux hasard ils soient tombés entre les mains de truands et aient été tués.

Watson en convint. Il avait l'expérience de la guerre et avait trop vu de villages et de fermes pillées pour ignorer meurtres et massacres. Ils se rendirent donc au Grand-Châtelet afin de savoir ce que devenaient les morts découverts dans les rues. On leur répondit que, parfois, ils étaient simplement jetés dans la Seine, sinon on les portait au cimetière des Innocents ou au cimetière Saint-Jean où on les mettait dans des fosses.

Ils filèrent aux Saints-Innocents. Trois fosses étaient ouvertes et des charrettes déversaient leurs lots de cadavres que des moines et des fossoyeurs alignaient correctement. Ils examinèrent les corps déjà en place et ceux des charrettes. Ce macabre examen dura longtemps, mais aucune dépouille n'était celles des Bonacieux ou de leurs domestiques. Il en fut de même au cimetière Saint-Jean.

Vêpres avaient sonné depuis longtemps quand ils décidèrent de rentrer. Holmes proposa alors de passer à l'hôtel de Lusignan.

— Tu penses qu'ils auraient pu s'y rendre ?

— Je ne sais.

— Pourquoi aller à la maison Mélusine, alors ?

Il n'en éprouvait aucune envie. Un sinistre pressentiment lui serrait la poitrine.

— Tant de malheurs s'accumulent sur cet endroit, dit-il. J'ai l'impression qu'il attire la mort et le mal, et qu'en y allant nous provoquerons de nouvelles infortunes.

Holmes haussa les épaules.

— La connaissance est préférable à l'ignorance, répliqua-t-il simplement.

Watson grimaça.

Lorsqu'ils furent arrivés à la poterne de la rue des Bons-Enfants, Holmes tenta de l'ouvrir, mais elle était bien close. Ils firent le tour de l'enceinte afin de se rendre à celle du jardin. Fermée aussi.

Holmes examina un moment les alentours pendant que Watson allait au bout du cul-de-sac tenter de découvrir un autre passage.

C'est alors que le clerc distingua les traces rouges sur une touffe d'herbe. Il la toucha avec ses doigts.

Du sang, et pas très vieux.

— As-tu vu quelque chose ? demanda Watson qui revenait bredouille.

— Non, rien.

Il était inutile de lui en parler.

— Rentrons, il faut prendre les clefs de l'hôtel chez Bonacieux.

— Tu penses que Constance pourrait se trouver dans l'hôtel ?

— La disparition des Bonacieux ne doit pas nous faire oublier l'attentat contre le roi. Il nous faut ces clefs avant samedi.

À la maison du Gros-Tournois, ils racontèrent leur quête à la chambrière et au concierge, puis soupèrent de quelques restes.

Personne n'avait fait de repas et d'ailleurs les domestiques n'avaient pas d'argent pour acheter les vivres qui étaient hors de prix. Comme ils en parlaient, tourmentés quant à leur avenir, Holmes leur donna quelques deniers.

Ils montèrent ensuite dans la chambre de maître Bonacieux qu'ils fouillèrent consciencieusement, mais sans trouver les clefs.

— Elles sont donc forcément dans ce coffre, dit Watson.

— Sauf si maître Bonacieux les avait avec lui.

L'archer lui jeta un regard désespéré tant il craignait que Constance ne soit froide et morte dans la maison Mélusine.

La huche était de très grande taille, en chêne massif, et munie de poignées aux parties latérales. Construite en planches épaisses avec des ferrures maintenues par de gros clous pointus, elle était fermée par deux solides cadenas. Avec de larges pentures gravées de petites fleurs et de boutons, le meuble paraissait impossible à briser. Holmes, après l'avoir examiné, s'aperçut même qu'il était doublé intérieurement de fer, car une plaque de métal dépassait le long du couvercle.

Quant aux cadenas, leurs clefs se trouvaient à la taille de Bonacieux.

— À ton avis, comment faire pour rompre ces fermetures ? demanda Holmes.

— Pas facile ! Même avec une masse. En tout cas, ça prendra des heures. Quant à casser le dessus ou un côté à la hache, ça me paraît impossible.

Au bout d'un instant, Watson suggéra :

— Si on faisait venir un serrurier ?

— Au cas où la justice se mêlerait plus tard de la disparition de Bonacieux, on passera pour des voleurs.

— Ça changera quoi si on brise le coffre ?

— Rien, c'est vrai, mais le serrurier peut nous dénoncer le jour même où il viendra ouvrir. Si on force le coffre et que les domestiques ne disent rien, personne ne le saura.

— Entendu ! J'irai demain acheter un marteau et un burin, décida Watson.

— On dispose encore d'un peu de temps. Il suffira de le forcer samedi. Demain, nous ferons le tour des portes de la ville. Si on ne retrouve pas leur trace, on brisera les cadenas.

— Admettons que les clefs ne soient pas à l'intérieur.

— Avec le marteau, tu te procureras aussi un grappin et des cordes.

— Tu veux qu'on grimpe sur l'enceinte ?

— Vois-tu une autre solution ?

Watson soupira :

— Ce sera une rude besogne.

— Celui qui a tué les bouchers y est bien arrivé. Je compte sur ton aide, ironisa Holmes.

Ce même jour, Gilles Girard s'était rendu chez Lusignan afin de lui apprendre que la confrérie des bouchers était en émoi. Après la mort de Haussecul et de trois garçons bouchers, c'était à présent les maîtres Thibert et Le Pontonnier, ainsi que deux compagnons, qui venaient de disparaître. Ils s'étaient rendus on ne savait où, mais donnaient régulièrement de leurs nouvelles. Or, depuis cinq jours, ils étaient devenus silencieux. On les cherchait partout.

L'information ébranla Lusignan. Nul doute que les bouchers s'étaient rendus chez lui. Mais alors, que leur était-il arrivé ? Étaient-ils tombés sous les coups des Anglais de lady Mortimer ?

— On ira à mon hôtel jeudi soir, comme prévu, dit-il. Prends tes armes.

36

Nouvelle nuit sans sommeil et un lever bien avant la pique du jour. Ils descendirent après s'être équipés de leurs protections de mailles.

Edward craignait maintenant le pire. La seule question qu'il se posait désormais était de savoir si la disparition des Bonacieux avait un rapport avec le complot contre le roi.

Lui en était persuadé. Restait pourtant une faible éventualité que ce soit lié à l'attaque contre la maison. Donc aux bouchers. Mais pour quelles raisons auraient-ils meurtri les Bonacieux ?

Ils avaient décidé de faire le tour des portes de Paris afin de savoir si oui ou non le couple était sorti de la ville. Les gens qui s'en allaient n'étaient pas si nombreux et, s'ils l'avaient fait, on devait se souvenir d'eux.

Ils partirent en direction de la porte Saint-Honoré. Holmes n'avait pas emporté sa haquebute qu'il jugeait inutile et surtout trop lourde à transporter une journée entière, mais Watson avait pris son arc et sa trousse de flèches.

Ils arrivèrent à la porte alors que le capitaine de la milice l'ouvrait avec sa propre clef. Ce bourgeois, mercier de son état, connaissait les Bonacieux. Il était de garde depuis le lundi et jura ne pas les avoir vus ni l'un ni l'autre.

Comme Watson ne pouvait marcher longtemps, les deux Anglais convinrent de se séparer. L'archer se rendrait aux portes Saint-Denis, du Temple et Saint-Antoine, les plus proches, et le clerc interrogerait les gardes des portes Saint-Victor et Saint-Jacques. Les seules non murées de la rive droite. Ils se retrouveraient ensuite à *La Coupe d'Or*.

Holmes fila donc vers la Croix du Trahoir, puis vers Saint-Germain-l'Auxerrois tandis que Watson montait vers la porte Montmartre (qui était fermée) pour rejoindre la porte Saint-Denis.

Se déplacer se révélait de plus en plus difficile. Non qu'il y eût une affluence particulièrement importante, mais de nouvelles chaînes avaient été installées et les gens devaient passer en file par endroits. Il en était de même sur les ponts.

Parvenu sur la rive gauche à basse none, Edward emprunta la rue Saint-Jacques. À son extrémité se dressait la vieille porte construite par Philippe Auguste, avec ses deux tours et son pont-levis.

Là, il interrogea longuement les gardes et les officiers, décrivant Constance et Jacques Bonacieux avec force détails.

Personne ne se souvenait d'eux.

None approchait et son ventre criait famine. Il acheta des tripes à un marchand à la sauvette et s'installa devant un cabaret qui avait dressé des tables dehors. Là, il but une mauvaise cervoise coupée d'eau, mais, compte tenu de sa faim et de sa soif, ce repas lui parut le meilleur qu'il ait jamais avalé.

Il repartit ensuite pour la porte Saint-Victor. Ici encore pas un seul homme de garde ne reconnut ses descriptions des Bonacieux. Cela ne surprit point

Edward. Tout d'abord, il ne croyait plus guère au départ du couple et, ensuite, si les Bonacieux avaient quitté la ville, ils auraient franchi la porte la plus proche de leur logis, c'est-à-dire Saint-Honoré, sauf s'ils voulaient se diriger vers le septentrion, le levant ou le sud. Mais que seraient-ils allés faire dans ces directions où les routiers faisaient la loi ?

Il revint donc sans se presser sur l'autre rive. La chaleur était accablante et il transpirait à grosses gouttes sous sa robe. Sa jaque de mailles pesait aussi lourd qu'une armure d'acier.

Watson n'était pas à *La Coupe d'Or*.

Assis à une table, Edward demanda une bonne bière qu'il savoura avec plaisir. Mais, au bout d'un moment, il commença à s'inquiéter : Gower aurait dû se trouver là bien avant lui. Peut-être était-il déjà venu et reparti, songea-t-il. Il n'avait pas pensé à le demander.

Il interrogea le cabaretier et une des servantes, mais ni l'un ni l'autre n'avait vu son ami.

Pourquoi tardait-il tant ? Edward avait beau s'efforcer de se rassurer en se disant que Watson était capable de faire face à n'importe quelle agression, il n'arrivait pas à chasser son malaise.

Il entendit vêpres carillonner à Saint-Honoré, puis au loin à Saint-Germain-l'Auxerrois.

Le son des cloches provoqua une nouvelle bouffée d'inquiétude. Et s'il était revenu directement au Gros-Tournois ? se dit-il.

À peine y avait-il songé qu'il se leva et partit.

En entrant dans la salle de la maison, il vit la chambrière assise sur un coffre, elle pleurait.

Elle leva les yeux sur lui :

— Avez-vous retrouvé dame Constance ? demanda-t-elle.

Il secoua la tête.

— Messire Watson est-il là ?

— Non.

Elle eut un regard étonné.

— Il était avec vous, affirma-t-elle.

— On s'est séparés. Est-il repassé ?

— Je ne l'ai pas revu depuis ce matin.

Le concierge, qui se trouvait au jardin, arriva.

— Maître Holmes, un jeune garçon est venu porter ce pli voilà peu.

Il tenait une feuille pliée et se tourna vers la chambrière :

— Tu étais dans la chambre, Anne, j'ai pas eu le temps de te le dire.

Holmes saisit fébrilement le papier et le lut. Ni le concierge ni la chambrière ne savaient lire.

Je viens d'apprendre que maître Bonacieux est parti avec Constance à Troyes. Il aurait reçu une nouvelle charge d'importance. Je vais chercher Constance. Je reviens au plus vite.

Watson.

Pas de monogramme. Comme la dernière fois, ce pli était un faux que son ami n'avait jamais écrit. Mais il signifiait beaucoup : Watson était certainement prisonnier, et ceux qui l'avaient pris avaient aussi saisi les Bonacieux. Ces deux-là avaient forcément été l'appât. Donc ils étaient encore vivants. Peut-être.

Mais pourquoi prendre Watson ?

C'est alors que la vérité le frappa.

Lady Mortimer avait besoin d'un archer particulièrement adroit !

Il songea à Chouart. Chouart, nouveau venu qui s'entraînait au *Jardin des archers*, mais qui se montrait bien inférieur à L'Aigle et à Watson. Chouart venu à *La Coupe d'Or* et qui avait entendu les remarques ironiques sur Gower et Constance. Chouart qui avait ensuite arrêté de s'entraîner… À coup sûr parce qu'il savait que Watson serait contraint de tirer sur le roi d'Angleterre.

Et Holmes ne doutait pas qu'il le ferait si Constance était menacée devant lui.

Surtout, il ne voyait qu'un endroit où ils pouvaient être prisonniers : la maison Mélusine. Il aurait été trop dangereux de les déplacer au dernier moment.

— Est-ce une lettre de dame Constance, maître ?

Plongé dans ses pensées, Holmes n'avait pas fait attention à la question que la chambrière lui posait pour la troisième fois.

— Non, Anne, c'est de messire Watson. Mais ce n'est pas lui qui l'a écrite.

Il lut le message à leur intention.

— Donc dame Constance est vivante ! s'exclama la jeune femme, soulagée, en regardant le concierge.

— Cette lettre est un faux, affirma-t-il. Mon ami Gower ne l'a jamais écrite.

— Je ne saisis pas, maître, fit le concierge.

— Je crois qu'on a enlevé dame Constance et son mari, puis Watson. Il s'agit d'un traquenard dont je ne comprends pas tout.

— Dieu tout-puissant ! s'exclama le domestique.

— Vierge Marie, aidez-nous, murmura la jeune femme.

— La benoîte Vierge nous aidera si nous nous aidons d'abord, répliqua le clerc.

Il s'adressa au concierge :

— Il faut que j'ouvre le coffre de maître Bonacieux. Il doit contenir les clefs de l'hôtel de Lusignan.

— Personne n'a les clefs du coffre, maître.

— Je sais. Il faudra le briser. Je le ferai demain.

— Pourquoi voulez-vous les clefs de l'hôtel de Lusignan, maître ?

— Parce que c'est là-bas qu'ils sont.

— Il faut prévenir le prévôt, proposa Anne.

— Non. Si les archers du Châtelet interviennent, ceux qui ont pris dame Constance et messire Watson les tueront. Pour les délivrer, je dois agir à ma façon.

Le jeudi matin, Edward se rendit rue de la Ferronnerie, près des Halles. La rue longeait le cimetière des Innocents et, depuis Saint Louis, les ferronniers avaient remplacé les charrons.

Holmes examina les ateliers dont plusieurs étaient fermés. Finalement, il jeta son dévolu sur un homme qui martelait des ferrures.

— Que le Seigneur soit avec vous, dit-il.

— Dieu vous garde, maître, répliqua l'homme en reconnaissant un clerc, malgré le chapeau plat que portait Holmes.

— J'ai perdu la clef de mon coffre, expliqua Edward, je n'ai plus qu'à casser les cadenas. Il me faut donc un marteau. Vous m'en vendriez un ?

— Possible.

— Comment dois-je m'y prendre ?

— Le coffre est-il solide ?

— Je le crains.

— Alors il vous faut aussi une barre, comme celle-là.

Il alla prendre une tige de fer à l'extrémité pointue et la lui montra.

— Essayez de briser l'intérieur du cadenas avec, sinon il faudra détacher les ferrures.

— Combien, les deux ?
— Le fer est cher.
— Deux deniers parisis.
— Trois deniers tournois.

Holmes n'avait pas envie de discuter, il paya et prit le marteau et la barre.

Il allait s'éloigner quand l'artisan l'interpella :

— Si vous n'y parvenez pas, il vous faudra scier les cadenas. Ramenez-moi ces outils et je vous vendrai une scie.

— Vendez-la-moi tout de suite.

— Une bonne scie est bien plus chère. Celle que j'ai vous coûtera une livre et ne vous servira à rien si vous brisez les cadenas.

Holmes hésita, mais il se dit qu'il arriverait certainement à casser les ferrures avec le marteau.

— Entendu, je reviendrai si j'en ai besoin.

Chez Bonacieux, il monta droit dans la chambre du maître. S'asseyant devant le coffre, il frappa d'abord sur les cadenas comme lui avait dit le ferronnier, faisant un tel vacarme que le concierge vint voir.

Au bout d'un moment, bien qu'entièrement déformé, le premier cadenas restait obstinément fermé. En dépit d'un bras douloureux à force de frapper, Holmes s'attaqua au second.

Sans plus de succès.

— Maître Bonacieux avait acheté les cadenas les plus solides qui soient, expliqua benoîtement le concierge, qui regardait.

Chassant un début de découragement, Holmes s'en prit à la penture du cadenas. Après des dizaines de frappe, il parvint à la tordre et découvrit qu'elle tenait grâce une contre-penture intérieure. Impossible de l'arracher.

Fatigué, il posa ses outils.

— Pourquoi ne pas percer ou briser une planche du bois ? suggéra le concierge.

— Essayons.

Se servant de la barre de fer comme un pic, il la planta entre deux planches et frappa. Peu à peu, des éclats de bois se détachèrent, mais après une heure de travail, le trou obtenu révéla qu'il y avait bien un doublage de fer.

Épuisé, Holmes s'arrêta tandis que la chambrière arrivait.

— Voulez-vous boire, maître, et peut-être manger ? Vous devez avoir faim. None est passée depuis longtemps.

Edward s'y résigna. Une pause lui permettrait de réfléchir.

Il descendit avaler un morceau de pain et des confitures avec un pot d'eau. Démoralisé, il songea qu'il ne parviendrait pas à ouvrir ce maudit coffre avant la fin de la journée, et peut-être jamais. Or le temps filait.

Il décida d'aller acheter la scie, tout en gardant le marteau et la barre.

L'outil lui coûta donc une livre. L'artisan lui montra comment s'en servir.

Il revint peu avant vêpres et se mit aussitôt au travail.

Les dents de la scie mordirent effectivement l'anneau du cadenas, mais la coupe fut extrêmement lente et surtout épuisante. Cependant, une heure plus tard, le fer céda après quelques ultimes coups de marteau bien appliqués.

Ayant repris courage, Holmes s'acharna sur le second verrou dont le sciage fut plus rapide.

Enfin il put soulever le couvercle.

Le coffre contenait surtout des vêtements, des tissus et des fourrures, mais il n'eut pas besoin de tout sortir. Une petite niche intérieure rassemblait quelques pièces d'argent et d'or, et surtout les deux clefs de l'hôtel de Lusignan.

Soulagé, Holmes les saisit.

Le concierge était resté près de lui, il lui demanda ce qu'il comptait faire.

— J'irai ce soir, et j'espère bien les trouver.

— Vivants ? s'enquit le vieil homme d'un ton à la fois sinistre et dubitatif.

Edward hocha la tête avec une grimace.

— Voulez-vous que je vous accompagne ?

— Non, Michel. Je n'ai besoin que de ma haquebute.

La nuit n'était pas encore tombée et son repas matinal était bien loin. Il s'aperçut que son ventre criait de malefaim, aussi descendit-il à la cuisine. La chambrière s'y trouvait, assise sur une escabelle, en train de pleurer.

— Avez-vous trouvé les clefs ? demanda-t-elle en levant des yeux humides.

— Je les ai, je partirai entre chien et loup.

— Et si vous ne revenez pas, que deviendrons-nous ?

— Je reviendrai. Qu'y a-t-il à manger ?

— De la soupe, maître, et un peu de lard.

— Servez-m'en, avec de la cervoise.

Il s'en alla une heure plus tard, emportant avec lui son arquebuse chargée, une lanterne non allumée et sa dague.

37

Personne dans la rue obscure. Depuis l'arrestation de L'Isle-Adam, le quartenier avait ordonné qu'une lanterne soit placée devant chaque maison ainsi qu'un seau d'eau en cas d'incendie, mais le règlement n'était pas respecté dans la rue Champfleuri.

Edward arriva dans la Grande-Rue-Saint-Louis où quelques lumières brillaient quand même devant certaines portes. Il resta un moment à observer les lieux. Le silence régnait, aucun passant. La porte Saint-Honoré se trouvait dans l'obscurité mais, sur le chemin de ronde de l'enceinte, il vit brûler un fanal.

L'hôtel de Lusignan, en face et sur sa gauche, semblait vide. Les fenêtres étaient noires… sauf une brève lueur provenant du cul-de-sac.

Il se figea et s'attacha à la ruelle. Plus rien pendant un moment, puis, de nouveau, la lueur.

Il décida d'aller voir et traversa la rue. De l'autre côté, il s'approcha prudemment de l'impasse et entendit quelques bruits étouffés. Au coin, il risqua un regard et distingua une ombre au pied de l'enceinte. Une silhouette tenait une lanterne sourde. Une seconde se trouvait presque au sommet du mur. Il la vit passer par-dessus un merlon.

Qui étaient ces deux-là ? Les bouchers et les gens d'Agathe Mortimer disposaient de clefs. Pas eux.

Ce ne pouvait qu'être ceux qui avaient laissé une corde dans la cache de la toiture. Ceux qui avaient tué Haussecul et ses compères. Lusignan ? Mais celui-ci devait détenir des clefs de sa propre maison. Qui donc alors ?

Holmes se dit que finalement cela importait peu. Il possédait les clefs de la poterne de devant. Cela lui suffisait.

Nos deux ombres, c'étaient bien sûr celles de Robert de Lusignan et de Gilles Girard. Ils se trouvaient là depuis un moment, à guetter le moindre bruit. Ne remarquant rien d'anormal, le chevalier avait lancé son grappin entouré d'étoffe qui s'était accroché à un bois du hourd. L'opération avait fait du bruit, mais on n'avait pu l'entendre de l'intérieur de la maison. Lusignan du moins en était persuadé.

Ensuite, il avait grimpé silencieusement, attendant d'être en haut pour écouter à nouveau. Puis il avait secoué la corde, signal d'appel pour son compagnon.

Quand Gilles parvint à son tour sur le chemin de ronde, le chevalier lui fit signe de ne plus bouger. À partir de maintenant commençait la partie la plus périlleuse de leur expédition.

Robert de Lusignan avait déjà donné l'assaut de nuit à des forteresses et il savait qu'il était toujours possible de tomber dans une embûche. Il avait prévenu le jeune drapier qu'ils risquaient de trouver du monde dans son hôtel. Peut-être les bouchers, plus certainement ceux qui s'étaient débarrassés de Thibert et de sa clique. Appartenaient-ils au parti de lady Mortimer ? Possible. S'agissait-il d'une autre faction ? Tout aussi vraisemblable. Clément Girard était peut-être venu là avec son guide et tous deux pouvaient être tombés entre les mains de ceux qui occupaient les lieux.

Quoi qu'il en soit, ils devaient prendre leurs précautions.

Ils restèrent un long moment à écouter, mais seul le crissement de quelques insectes troublait l'air. Aux fenêtres, nulle lumière. Finalement, Lusignan descendit par l'échelle du chemin de ronde et s'approcha prudemment de la façade. Sa corde était toujours en place. Il revint de quelques pas en arrière et fit un signe de la main. Gilles Girard descendit à son tour et rejoignit le chevalier.

Ce dernier tira sur sa corde, vit qu'elle tenait solidement et commença à grimper.

— Une arbalète est pointée sur chacun de vous, prévint une voix claire. Ne bougez plus. Et toi, sur la corde, reste immobile ou mon vireton partira tout seul.

Lusignan et Girard se figèrent. Pris !

Que faire contre des arbalètes ? Ils portaient tous deux des cuirasses maclées de fer mais, à courte distance, le vireton d'une arbalète avec un arc en acier les percerait.

Attendons de voir les armes qu'ils ont, décida Lusignan.

Il tenta de négocier :

— Nous ne sommes pas vos ennemis, dit-il.

Il entendit qu'on approchait et murmura une prière, songeant que sa dernière heure était peut-être venue.

— Le plus simple est de se débarrasser de ces deux singes, proposa une voix.

— Non ! cria Girard.

— Grey voudra savoir qui sont ces coqueberts. Toi, détache ta ceinture et mets-toi à genoux. Et toi, l'autre acrobate, reste sur ton fil.

Girard obtempéra et La Roche s'approcha de lui. D'un coup de pied, il éloigna le baudrier et le fourreau, puis, tenant son arbalète d'une main, il tira son épée de l'autre.

— Le jongleur, descends maintenant, et détache ensuite ton baudrier. Mon compère a toujours un vireton prêt à percer ta panse.

La rage au cœur, Lusignan s'exécuta. En débouclant sa ceinture, il s'aperçut que celui qui le menaçait tenait une arbalète à moufle. Une arme très puissante. Le carreau le traverserait s'il tentait quelque chose.

— Debout maintenant, le béjaune, et avancez vers le passage, là-bas.

D'un geste il avait désigné la porte brisée qui séparait la cour et le jardin.

À coup sûr ces deux-là les attendaient dans la cour. Lusignan se maudit de ne pas avoir exploré la totalité du jardin avant d'entamer l'escalade. Et surtout de ne pas avoir emporté d'arbalète. Ils auraient repéré ces marauds et le combat se serait déroulé à armes égales. Il s'était persuadé à tort que, s'il y avait des gens dans l'hôtel, ils se tiendraient à l'intérieur.

Mais tout n'était pas perdu. Il ne s'agissait pas de bouchers et celui qui le menaçait avait parlé d'un nommé Grey. C'étaient certainement des gens de lady Mortimer, donc des amis. Enfin, il l'espérait. Car ce pouvait aussi être des gens d'Exeter.

Ils traversèrent la cour et marchèrent jusqu'au perron. La porte de l'hôtel était ouverte et ils entrèrent.

— Vous voyez cet escalier ? s'enquit La Roche. Descendez-le, et n'oubliez pas qu'on est derrière vous avec nos arbalètes. Pas la peine de tenter de fuir, la cave n'a pas d'issue.

Holmes fit le tour de l'hôtel et se rendit à la poterne de la cour. Il y resta un moment à écouter, l'oreille collée contre le bois, puis introduisit la clef dans la serrure après l'avoir couverte d'huile en vidant le contenu d'un petit pot qu'il avait pris la précaution d'emporter.

Le pêne glissa sans bruit.

Il poussa doucement, puis s'arrêta quand il entendit parler.

Comme il avait l'ouïe fine, il écouta avec attention. La voix paraissait éloignée :

— ... bougez plus. Et toi, sur la corde, reste immobile ou mon vireton partira tout seul.

Il poussa un peu plus la porte et se glissa dans la cour, restant dans l'ombre et refermant l'huis.

On continuait à parler. Cela venait du jardin. Il devina que les grimpeurs avaient été pris. Tant pis pour eux, il s'en moquait. Seul comptait Watson.

Profitant de ce que la cour était déserte, il se coula jusqu'au perron. La porte étant ouverte, il entra.

Si Gower se trouvait prisonnier dans l'hôtel, il ne pouvait qu'être enfermé dans la cave, s'était-il dit en se souvenant des deux celliers avec leurs verrous extérieurs. Il descendit rapidement l'escalier, sachant son temps compté.

En bas, une lanterne allumée, avec une grosse bougie, trônait sur la margelle. Il se précipita vers les celliers. L'un était ouvert, mais le verrou était poussé au second. Il tira la clenche de fer et la porte.

— Holmes ! s'exclama une voix dans l'ombre.

38

Gower sortit et se jeta dans les bras de son ami.

— Je savais bien que tu me délivrerais !

Deux personnes apparurent alors, elles aussi enfermées avec l'archer : Constance et la cuisinière.

— Dieu vous bénisse, maître Holmes ! s'exclama Constance dans un sanglot, tout en s'agenouillant, imitée par la cuisinière. Nous avons eu si peur !

— Bonacieux ? s'enquit Edward, étonné de ne pas voir le logeur.

— Mort ! Filons ! fit Watson.

— Non ! Ce n'est pas terminé. Où est ton arc ?

— Dans le cellier à côté.

— Va le prendre.

Gower y courut et en ressortit avec la longue pièce de bois, la trousse et des cordes.

— Retournez dans le cellier, ordonna Holmes à l'adresse de Constance et de la cuisinière.

— Non ! supplia dame Bonacieux.

— C'est pour votre bien, vos geôliers vont revenir et nous devons les accueillir dignement.

Il poussa les deux femmes dans la cellule et referma la porte sans mettre toutefois le verrou.

— Allons nous cacher derrière le puits, fit-il à Watson, et prépare-toi. J'ai chargé ma haquebute.

La lanterne posée sur la margelle éclairait à peine le sous-sol.

— Avancez à main droite, jusqu'à la deuxième porte. C'est un cellier vide. Entrez-y, ordonna Chouart.

La Roche et lui se tenaient quelques pas derrière leurs prisonniers quand une flèche siffla. Chouart parut bondir sous le choc puis s'écroula. Le second routier subit le même sort dans l'instant.

Alors Gower Watson se dressa derrière le puits, un nouveau trait déjà encoché.

— Faites ce qu'on vient de vous dire ! commanda-t-il aux deux prisonniers.

— Qui êtes-vous ? lança Lusignan, devinant que la chance tournait.

Certes cet homme disposait d'un arc et savait s'en servir, mais il était seul ! Il avait tué les deux bélîtres par surprise. Ce ne serait pas pareil avec lui !

Holmes surgit alors de derrière le puits. Le clerc posa sa haquebute sur la margelle et ouvrit la lanterne.

— Ceci est une haquebute, dit-il. N'obéissez pas et je fais partir une balle de fer qui vous éclatera le ventre. Mais avant qu'on ne vous enferme, vous allez me dire qui vous êtes.

Surpris, Holmes avait reconnu le vieillard à la barbe blanche aperçu au *Jardin des archers*, le jour de Pentecôte. Le serviteur coiffé d'un chapeau de feutre noir qui paraissait perpétuellement aux aguets.

— Je suis ici chez moi ! rétorqua Lusignan avec insolence.

— Vous seriez Robert de Lusignan ?

— Je le suis !

Le clerc demeura perplexe. Lusignan, ce vieillard ? Ses malheurs pouvaient-ils l'avoir transformé à ce point ?

— Et vous ?

De son canon, il désigna le second prisonnier.

— Gilles Girard, je suis drapier.

— Je vous connais donc ! sourit Holmes.

— Comment ?

— Aucune importance. Que vais-je faire de vous ? Je ne sais trop.

— Nous avons révélé qui nous sommes et nous ignorons tout de vous, déclara Lusignan.

— C'est juste. Mon nom est Holmes, Edward Holmes, et mon compagnon se nomme Gower Watson. Voyez-vous, nous sommes anglais et nous ne voulons pas voir mourir notre roi.

Lusignan et Girard restèrent silencieux. Que savait donc ce maudit Anglais ? Était-il au service d'Exeter ? Auquel cas, leur sort serait bien pire que celui que leur réservaient sans doute les deux estropiats étendus sur le sol de la cave.

— Girard, où êtes-vous allé quand vous avez quitté Paris avant Pentecôte ?

Éberlué, le drapier regarda Lusignan et ce fut ce dernier qui répondit avec ironie :

— Vous ne savez donc pas tout ?

— Pas encore.

— Il est venu rencontrer le dauphin. Mon futur roi. Je suis revenu avec lui, fit Lusignan.

— Je m'en doutais. Vous vous êtes alliés avec lady Mortimer…

— Oui, monsor, mais mon père y a été contraint sous la menace.

— Expliquez-moi cela.

Dans la salle sépulcrale, Gilles échangea un regard avec Lusignan qui hocha du chef. Celui qui les gardait en joue était visiblement au courant de beaucoup de choses, alors pourquoi ne pas tout révéler ? Ces deux-là leur avaient à coup sûr sauvé la vie et ne semblaient pas particulièrement hostiles.

— Voilà plus de deux mois, deux hommes et une dame ont rencontré mon père. Je n'ai pas assisté à cet entretien, mais il me l'a narré. L'un des visiteurs était le fils d'un intendant anglais chez qui mon père s'était rendu pendant des années pour acheter de la laine.

— Savez-vous son nom ?

— Langlay. Il se nommait Langlay et venait d'un domaine nommé Helmsley Castle.

Holmes hocha lentement la tête. Il s'attendait à ces révélations.

— La dame était lady Mortimer. Elle connaissait l'importance de mon père au sein de la bourgeoisie de Paris. Elle lui a demandé de rencontrer ses amis et de leur faire cette proposition : ils l'aidaient à tuer le roi d'Angleterre et, quand son frère monterait sur le trône, les Anglais abandonneraient Paris définitivement. Le dauphin Charles pourrait y revenir. La paix reviendrait alors en France. J'ai été chargé de proposer ce plan au dauphin qui a donné son accord.

— Pour manger avec le diable, il faut une longue cuiller, observa Edward.

— Mon père et ses amis ne l'ignoraient point. Mais lady Mortimer a assorti sa proposition d'horribles menaces envers notre famille. Mon père n'avait pas le choix.

— Et vous, messire de Lusignan, d'où sortez-vous ?

— Le dauphin Charles souhaitait la présence à Paris d'un de ses fidèles à la mort du roi d'Angleterre.

— Pour faire entrer les troupes armagnacs ?

— Non, messire. Pour faire entrer les troupes françaises, répliqua fièrement Lusignan en croisant les bras.

— Est-ce vous qui avez tué le boucher Haussecul dans cette maison ?

— C'est moi ! Haussecul a massacré ma famille et j'avais juré de lui faire payer ce crime. À lui et à ses compagnons Thibert et Le Pontonnier. La colère me serre la gorge en le disant, mais je crains qu'ils n'en aient réchappé.

— Ils n'ont pas réchappé, messire, intervint Watson. Ces fredains (il guigna les cadavres) m'ont contraint par la menace à venir ici et m'ont enchartré. Pour me convaincre de ce dont ils étaient capables, ils m'ont montré l'intérieur de ce puits en y descendant la lanterne.

Lusignan plissa le front de perplexité.

— Il y a une grille au fond… observa-t-il.

— Je sais. Ils ont jeté dans ce puits les corps de quatre maroufles surpris ici. Ils reposent sur la grille, juste au-dessus de l'eau, et j'ai reconnu le visage d'un boucher aperçu à la Grande Boucherie.

Il n'ajouta pas avoir aussi vu celui de maître Bonacieux et de son valet, car il ne voulait rien dévoiler sur Constance, laquelle était toujours cachée avec la cuisinière dans un cellier.

— Maître Thibert et Le Pontonnier ont disparu depuis plusieurs jours avec deux compagnons. Personne ne sait ce qu'ils sont devenus à la Grande Boucherie, intervint Girard. Messire Lusignan pensait qu'ils l'attendaient ici.

— Ils vont attendre longtemps, ricana Gower.

— Pourquoi ces deux marauds vous ont-ils pris ? Vous étiez tout de même dans leur parti, interrogea Holmes.

— J'ignore qui ils sont, affirma Lusignan, sinon qu'ils ont parlé d'un Grey qui aurait à décider de notre sort.

— Cet homme, expliqua Holmes en désignant La Roche, était au service de lady Mortimer. Nous l'avons rencontré dans l'hôtel des abbés du Bec. L'autre venait s'entraîner à l'arc depuis quelque temps au *Jardin des archers*. Certainement devait-il être celui qui aurait tiré sur notre roi.

— Ils ne nous connaissaient pas, et nous non plus. Nous ignorions à quelle faction ils appartenaient, aussi n'avons-nous rien révélé sur nous, expliqua Lusignan.

— Admettons, fit Holmes. Mais alors, pourquoi êtes-vous venus ici ce soir ?

— Pour ma part, je voulais en finir avec Thibert et Le Pontonnier que je pensais trouver. Et Gilles, parce qu'il recherche son père.

— Votre père ? demanda Watson.

— Oui. Ce Langlay est venu le chercher vendredi. Mais mon père n'est jamais revenu. J'ai pensé qu'il était prisonnier ici, peut-être avec Langlay. Je me suis trompé, puisque ces deux-là étaient de son côté.

Watson marqua une hésitation avant de révéler :

— Je crains que votre père ne soit mort.

— Était-il le seul interlocuteur des bourgeois auprès de lady Mortimer ? s'enquit Holmes.

— Oui, ses amis préféraient rester dans l'ombre.

— Il était donc devenu un témoin gênant, affirma Gower. Venez jusqu'au puits. Et vous, messire de Lusignan, n'imaginez pas que je puisse avoir un instant d'inattention dont vous pourriez profiter.

— Je ne tenterai rien contre vous, promit le chevalier. Je ne crois pas que vous soyez mes ennemis.

Gilles Girard approcha.

— Holmes, peux-tu lui donner la lanterne, qu'il l'attache à la corde et la fasse descendre ?

Gilles commençait à comprendre. Les mains tremblantes, il prit la lampe et en passa la poignée dans le crochet de la corde après avoir retiré le seau de bois.

Se penchant, il laissa filer la lampe et avec effroi, reconnut son père en chemise. Ses assassins lui avaient ôté sa robe. Il compta six autres cadavres et se releva d'un bond, livide.

— Mon père… balbutia-t-il en se tournant vers Lusignan.

— Qu'allez-vous faire de nous ? demanda le chevalier d'une voix égale.

— Je ne prends pas parti entre Armagnacs et Bourguignons, messire, déclara Edward. Nous avons été mêlés à cette intrigue par hasard et découvert qu'on voulait tuer notre roi. Ce crime n'aura pas lieu. Si vous me jurez sur la très Sainte Vierge Marie que vous ne poursuivrez pas votre sinistre dessein, je vous laisserai partir.

— Pour ça, je vous le jure, et Gilles aussi certainement. En ce qui me concerne, je suis vengé, même si je regrette de ne pas y être parvenu seul. Mais lady Mortimer voudra vous punir pour l'avoir mise en échec.

— Je saurai me défendre. Partez donc maintenant.

Le jeune Girard fit quelques pas vers l'escalier, n'arrivant pas à croire que ce cauchemar se terminait bien, du moins pour Lusignan et lui. Il s'arrêta, songeant à ce qu'il avait vu au fond du puits :

— Il faudra que je revienne chercher mon père, prévint-il.

— Nous laisserons les portes ouvertes. Mais ne revenez pas avant deux ou trois jours.

— Pourquoi ?

— Nous attendons les amis de lady Mortimer.

— Je peux rester avec vous, proposa Lusignan.

— Non, on vous recherche dans Paris. Tâchez plutôt de partir au plus vite.

Le chevalier se dirigea à son tour vers l'escalier, mais, ayant rejoint Gilles Girard, il demanda aux Anglais :

— M'autorisez-vous à parler de vous au dauphin ?

— Si vous voulez.

Les deux hommes saluèrent, jetèrent un dernier regard aux cadavres et disparurent dans l'escalier.

En quelques enjambées, Watson atteignit la porte du cellier où se trouvaient la cuisinière et dame Bonacieux, l'ouvrit et les fit sortir. Constance se jeta dans ses bras et le couvrit de baisers.

— Comment avez-vous été prises ? demanda Holmes à celle-ci.

— Nous étions au marché des Halles quand un gentilhomme m'a abordée…

— Le même qui m'a approché ! intervint Watson.

— Il s'est présenté comme le neveu du curé de Saint-Honoré. Il rendait visite à son oncle quand des voisins sont venus lui dire qu'un homme venait d'être poignardé devant la porte de la maison Mélusine. Hélas, il s'agissait de mon mari ! Cet homme m'a dit s'être rendu chez nous me prévenir et avoir été informé que j'étais aux Halles. C'est comme ça qu'il m'aurait retrouvée.

— Vous avez été bien naïve, lui reprocha Holmes. Comment aurait-il pu vous découvrir dans la multitude des chalands s'il ne vous connaissait pas ?

— Je m'en suis rendu compte après, mais j'étais tellement troublée par cette nouvelle… Je lui ai demandé s'il savait où était le valet de mon mari, mais il l'ignorait. Il a proposé de nous escorter à l'hôtel de Lusignan dans lequel on avait transporté le corps. J'ai seulement demandé pourquoi on ne l'avait pas ramené chez moi, mais il m'a dit qu'il l'ignorait aussi. Ce devait être ceux qui l'avaient trouvé qui avaient agi ainsi. Je lui ai fait confiance puisqu'il se disait le neveu du curé. Comment aurais-je pu imaginer la suite ?

— Vous n'avez pas pensé que votre mari avait laissé les clefs de l'hôtel chez vous ? Comment aurait-on pu transporter son corps à l'intérieur ?

— Je me suis posé mille questions, mais tout était si soudain, si incompréhensible, surtout après les récents événements. J'avoue avoir cru à tout ce que m'a raconté ce gentilhomme.

— Ensuite ?

— Dans la maison Mélusine j'ai découvert d'autres hommes. Ils ont fermé la porte et nous ont menacées. Ils nous ont dit qu'ils allaient nous garder enfermées, que nous serions libérées dans quelques jours, mais que si nous tentions de crier ou de résister, nous serions esforcées et tuées.

Watson serra les poings.

— Le gentilhomme qui nous avait trompées m'a demandé de retirer ma guimpe. J'ai pensé au pire, mais il ne voulait que cette étoffe. Ensuite, on nous a emprisonnées là. (Elle désigna le cellier.) Dans le noir, avec seulement un peu d'eau. Nous étions persuadées de notre mort prochaine. Puis, hier, la porte a été ouverte et on a fait entrer messire Watson. On nous a alors donné un pain de seigle et encore de l'eau. J'ai repris courage en étant près de messire.

Elle lui jeta un regard adorateur.

— Et toi, comment es-tu arrivé là ? demanda Holmes sur un ton légèrement persifleur.

— Je me dirigeais vers la porte Saint-Denis quand j'ai été abordé par un gentilhomme à cheval.

» — Cherchez-vous dame Bonacieux ? m'a-t-il dit.

» Interloqué, je l'ai examiné et reconnu. Taille moyenne, visage carré et cheveux blonds, c'était celui qui m'avait attaché dans la grange au marché aux chevaux.

» — Vous êtes Ralph Grey ! n'ai-je pu m'empêcher de dire en m'apprêtant à tirer l'épée.

» Il ne s'attendait visiblement pas que je connaisse son nom, tout dans son expression l'a montré, mais il n'a pas perdu son sang-froid et m'a dit en me tendant la coiffe de Constance :

» — Dame Bonacieux est entre mes mains. Si dans une heure je ne suis pas près d'elle avec vous, elle sera livrée à des hommes de Rodrigue de Villandrando qui aiment la chair fraîche.

» “Je vous laisse le choix, a-t-il poursuivi. Vous m'accompagnez et la retrouvez, ou vous refusez et vous la condamnez à l'enfer.”

» J'avoue avoir eu du mal à me maîtriser. Il aurait été à pied, j'aurais tenté quelque chose, mais il montait un cheval. Peut-être aurais-je pu le meurtrir, mais que serait devenue Constance ? Il a vu que j'étais vaincu et m'a dit de passer devant, et d'aller à la maison Mélusine.

Watson planta ses yeux dans ceux de Holmes :

— J'espérais bénéficier d'une occasion de la libérer, et je l'aurais peut-être obtenue. Mais surtout je comptais sur toi !

Il poursuivit :

— Dans la salle de l'hôtel de Lusignan, j'ai retrouvé celui qu'on avait vu à l'hôtel des abbés du Bec (il désigna le cadavre de La Roche) et surtout mon ami Chouart qui s'est moqué de ma naïveté. Je me suis juré qu'il paierait ses sarcasmes, voilà qui est fait !

» Grey m'a alors expliqué ce qu'il attendait de moi. Je resterais ici enfermé avec dame Constance que j'allais rejoindre. Quand le roi Henri passerait dans la rue, je le meurtrirais d'un trait mortel, pendant que Chouart s'occuperait de Bedford. Je ne pouvais refuser, il m'a rappelé ce qu'il ferait à dame Constance en cas de refus. La Roche m'a même affirmé dans un rire infâme qu'il serait le premier à remplacer son mari, car le pauvre ne serait plus guère utile.

» J'ai demandé à le voir et à voir Constance, et ils m'ont conduit dans la cave. C'est là qu'ils m'ont montré le puits, et les cadavres parmi lesquels j'ai reconnu maître Bonacieux. Quant aux autres…

Retentit alors un effroyable craquement venant justement du puits. Ils se précipitèrent.

La lanterne étant toujours au crochet, Watson la fit descendre tandis que tous quatre se penchaient sur la margelle.

Les corps avaient disparu !

En vérité la grille, certainement rouillée par les années, s'était effondrée sous le poids des cadavres. Elle avait basculé et on apercevait vaguement les corps tombés au fond.

— L'eau va être gâtée, grimaça Holmes. Où se déverse-t-elle ?

— Peut-être à une fontaine ou une source hors de la ville, suggéra la cuisinière.

— Il faut reprendre les corps… mon mari… murmura Constance.

— Cela me paraît difficile, sinon impossible, dame Bonacieux, observa Holmes. Il faudrait plusieurs cordes et descendre jusqu'en bas. Nous ne pouvons le faire nous-mêmes. Regardez, déjà un corps a été emporté par le courant. Ils vont tous être entraînés par cette source souterraine.

Ils restèrent un moment silencieux, jusqu'à ce que le cadavre de Thibert disparaisse à son tour dans un tourbillon rougeâtre.

— Il faut se débarrasser des dépouilles de ces deux fredains, dit alors Holmes.

— Tu veux qu'on les jette dans le puits ? s'inquiéta Watson.

— Non ! On va les porter dans un des celliers. Plus tard, on les fera ensevelir.

— Allons-y.

Ils traînèrent les corps après que Watson eut récupéré armes et bourses ainsi qu'un collier d'or que portait La Roche, à coup sûr le butin d'un rapinage.

— Dame Constance, et vous, Catherine, messire Watson va vous ramener au Gros-Tournois, déclara alors Edward Holmes. Je reste ici à l'attendre. Nous passerons la nuit là-haut.

— Pourquoi voulez-vous demeurer dans cette maison maudite ? protesta Constance. Tout est terminé !

— Rien n'est terminé, répliqua Edward Holmes en secouant la tête.

Il se tourna vers Gower :

— Rapporte nos manteaux, nous dormirons dessus. Pour rien au monde je ne passerai la nuit dans les lits de l'étage ! Et apporte aussi de quoi boire, je ne veux plus de l'eau du puits. Et de quoi manger, n'importe quoi !

La cuisinière promit de leur donner un des pâtés qu'elle conservait dans la cave, si messire Watson parvenait à l'ouvrir, car maître Bonacieux avait gardé les clefs.

— Dans le puits, les corps sont dénudés ou sont en chemise et en chausses, observa Holmes. Les gens de lady Mortimer ont dû les dévêtir et les dépouiller avant de les jeter ici. Montons, on devrait retrouver ce qu'ils ont rapiné.

Ils découvrirent en effet les vêtements des victimes entassés dans la cuisine, avec, sur une desserte de pierre, les bourses, escarcelles, couteaux et clefs, y compris celles de Bonacieux.

39

Gower partit, laissant Edward seul. Le clerc explora une nouvelle fois la maison vide, vérifia les fermetures et ne laissa ouvertes que la poterne et la porte d'entrée. Puis il sortit et alla s'installer dans le jardin, de l'autre côté de la porte brisée qui communiquait avec la cour. Il avait décidé qu'ils passeraient la nuit à la belle étoile, hors de cette maison qui appelait la mort.

C'est là que Watson le rejoignit. L'archer apportait un demi-pain, un gros pâté, deux gourdes de cervoise et leurs manteaux.

Holmes le héla, à peine entrait-il dans la cour, et lui montra leur campement improvisé.

— Attendre les visites à l'extérieur, comme ont fait Chouart et son compère, reste le meilleur moyen de ne pas se faire surprendre.

Watson en convint, mais ajouta en riant que les estropiats avaient quand même mal fini.

— Parce que je suis entré sans qu'ils s'en rendent compte, pendant qu'ils étaient occupés. Cela ne nous arrivera pas si nous montons la garde à tour de rôle.

— Qui va venir, selon toi, et quand ?

— Grey ou Langlay. Peut-être les deux. Quand ? Certainement avant l'entrée du roi, donc avant samedi. Cela ne m'étonnerait pas qu'ils arrivent demain matin.

Ils soupèrent de bon appétit. La nuit était douce et silencieuse. S'ils n'avaient su que, sous eux, plusieurs cadavres baignaient dans l'eau du puits et que tant de gens avaient été assassinés dans cette maison, ils auraient pu se croire au paradis.

Mais, en vérité, ils se trouvaient en enfer et Holmes ne l'ignorait pas. La maison Mélusine était maudite, ainsi que toute la ville de Paris, où la famine faisait souffrir les plus pauvres et où la maladie frappait sans distinction. Combien le clerc regrettait l'Angleterre si douce et si belle !

Malgré tout, il sommeilla pendant que Gower veillait. Puis ce fut à lui de monter la garde. Quand il entendit sonner mâtines à Saint-Honoré, il se leva, tout engourdi. Après avoir fait quelques pas dans l'herbe humide de rosée, il se découpa une tranche de pâté qu'il avala goulûment. Watson dormait encore.

Maintenant, il avait hâte que l'aventure se termine et il songeait à ce qu'il en raconterait dans ses Mémoires. Il avait déjà trouvé un titre : « Une étude en écarlate », à cause de tout le sang versé.

Un martèlement de sabots dans la rue le mit soudain en alerte. Il s'accroupit et réveilla Gower.

La porte de la poterne s'ouvrit et un cheval pénétra en soufflant puissamment.

— *Quiet!* dit une voix d'homme.

Un Anglais.

Watson avait saisi son arc et encoché une flèche. Holmes sortit lentement sa dague. Personne d'autre n'avait parlé. Le visiteur était-il seul ?

Ils entendirent la porte d'entrée s'ouvrir.

— La Roche ! Chouart !

Sans faire de bruit, ils passèrent dans la cour et gagnèrent le perron. La porte était restée ouverte. Ils entendirent l'homme descendre l'escalier et le suivirent. Watson en tête, arc tendu.

— La Roche ! Chouart ! cria le nouveau venu, une fois arrivé en bas.

— Ils ne répondront pas, messire Grey, dit Watson.

L'autre se retourna, dégainant son estramaçon d'un geste prompt.

Il ne posa aucune question, mais comprit en découvrant Edward Holmes. Ce dernier saisit le mélange de peur et de détresse dans son regard.

Le silence s'installa un instant.

— C'est la fin de l'aventure, sir Grey, dit finalement Holmes, abandonnez votre brette.

L'autre se mit à rire d'un rire à la fois triste et insolent. Il baissa sa lame, acceptant la défaite. Puis, d'un bond, il se précipita sur Watson, arme brandie.

La flèche lui traversa la cuisse et il s'écroula, déséquilibré par la jambe qui ne voulait plus le porter.

— Stupide ! s'exclama Holmes.

Le chaperon de Grey était tombé par terre. Edward le ramassa.

— On va vous mettre dans le cellier où vous aviez enfermé dame Bonacieux. Essayez de ne pas mourir trop vite.

Holmes n'éprouvait aucune pitié envers cet homme qui avait tué Bonacieux et Girard, et aurait certainement ajouté à ces crimes ceux des deux femmes et de Watson après la mort du roi Henri.

— Gower, peux-tu retirer la flèche ?

L'archer se pencha sur Grey qui serrait les dents, refusant de gémir.

La flèche avait traversé le muscle et le fer était ressorti entièrement de l'autre côté de la cuisse. Watson dégaina sa dague et coupa la hampe à la pointe, provoquant un raidissement de douleur chez le blessé.

Puis il tira brusquement le bois de l'autre côté et cette fois Grey hurla et perdit connaissance.

Watson découpa un morceau de ses chausses et fit un bandage sommaire. La plaie ne saignait guère, aucune veine ou artère n'ayant été atteinte.

Ces soins terminés, il trancha le cordon de la bourse de l'Anglais, récupéra sa dague à manche ciselé et lui retira le collier qu'il portait sur la poitrine.

— Mettons-le dans le cellier, dit Holmes.

Ils l'attrapèrent chacun par une main et le tirèrent dans l'une des cellules. Edward poussa le verrou.

— Crois-tu qu'il va mourir ? demanda-t-il à Watson.

L'archer haussa les épaules.

— Si on ne le soigne pas d'ici à ce soir, certainement.

— On verra si lady Mortimer tient à lui.

Ils récupérèrent tout ce qui avait de la valeur sur les deux autres victimes, leurs armes, et partirent les bras chargés.

Holmes avait décidé qu'il ne retournerait jamais dans la maison Mélusine.

Dans la cour, le cheval de sir Grey attendait. Ils attachèrent à l'arçon tout ce qu'ils avaient récupéré, avant de monter l'animal, Watson devant, tenant les rênes, Holmes en croupe.

Ils déposèrent leur butin à la maison du Gros-Tournois et racontèrent ce qui s'était passé à dame Constance et aux domestiques. Le concierge conduisit le cheval à une écurie et ils se retrouvèrent autour d'un plantureux repas car, à peine arrivée, la cuisinière était partie faire des provisions, certes payées à prix d'or, mais Constance voulait fêter dignement leur libération.

Restaurés, les deux Anglais gagnèrent la rue du Coq, toute proche.

Le porche de la maison de la Corne-de-Cerf était ouvert mais pas la cour où se trouvaient les écuries. Holmes tira la chaînette de la cloche qu'il connaissait si bien et un maître d'hôtel vint ouvrir.

D'une bourrade, Gower le bouscula et ils entrèrent.

— Où est Langlay ? aboya Edward.

— Qui êtes-vous ? lança l'homme. Francis ! Edmund ! Alerte ! Venez !

— Écartez-vous, ordonna Holmes, et laissez passer la justice du roi !

À cet instant déboulèrent deux hommes d'armes, furieux, agressifs, épée brandie.

— Rangez-vous, ou ce soir vous serez branchés à la Croix au Trahoir poings coupés, menaça sèchement Watson sans même sortir son épée.

Et pour être certain qu'ils aient compris, il répéta sa phrase en anglais.

Les deux gardes étaient interloqués. Qui étaient ces inconnus ? Des gens de justice ?

Une troisième personne apparut, venant de l'escalier. C'était Langlay avec un valet tenant un épieu.

— Rappelez vos chiens ! ordonna Holmes en lui jetant à la face le chaperon jaune et bleu de Grey.

Langlay allait proférer une menace ou donner un ordre, mais la vue de la coiffe la laissa interdit, bouche ouverte.

— C'est fini, Langlay. Grey a tout révélé !

Le fils de l'intendant de Helmsley Castle, pétrifié, perdit toute couleur et ses épaules s'affaissèrent.

— Montons ! dit Holmes. Vous autres, faites place ! C'est moi le maître ici, désormais ! Langlay, suivez-moi dans ma chambre !

Passant devant le fils de l'intendant, il ramassa le chaperon jaune et bleu de Grey, puis grimpa l'escalier.

Ils entrèrent dans la pièce que Holmes avait occupée durant des mois. D'autres y logeaient car elle se trouvait dans un désordre épouvantable. Holmes s'assit sur son ancienne chaise à coussins garnie de bras et montra le banc à Watson. Langlay resta debout. Livide.

— Grey sera livré à Exeter s'il n'est pas mort ce soir. Pour l'heure, il a la cuisse ouverte et je l'ai laissé sans soins. Vous savez ce qui est arrivé à son frère ? Vous subirez le même sort, encore plus sauvage dans votre cas, vous, un vulgaire fils d'intendant ; et encore plus rude, si Grey meurt, car vous serez le seul responsable de cet infâme complot.

L'autre ne chercha même pas à nier. Il tomba à genoux, suppliant :

— Pitié !… Pour l'amour de Dieu, pitié !

Edward resta silencieux tandis que le bossu, aplati sur le plancher, le conjurait de l'épargner.

— Pitié ? finit-il par déclarer. Peut-être. Mais voici mes conditions : partez immédiatement aux Célestins. Vous y rencontrerez le prieur et vous achèterez cette maison pour dame Bonacieux avec le contenu du coffret de mon frère. Je veux que vous soyez de retour ce soir à vêpres, avec les actes signés du notaire.

— Impossible, maître Holmes, pas en si peu de temps… Et les Célestins ne voudront peut-être pas vendre.

— Alors vous finirez écorché et les tripes à l'air. Mais si vous avez fait ce que je vous demande, demain, vous pourrez quitter Paris librement. En abandonnant toutefois ce qui est dans cette maison, sauf ce qui appartenait en propre à mon frère, que vous remettrez à son épouse et à messire William. À Helmsley Castle, vous dresserez à mes frères un portrait honorable et élogieux de moi, car dès que j'aurai réglé certains problèmes à Paris, je me rendrai là-bas. J'entends y être bien reçu, sinon, le roi Henri connaîtra votre sinistre rôle.

» Bien sûr, vous laisserez ici la houppelande au col de petit-gris que mon frère m'avait offerte. N'oubliez pas que j'ai l'inventaire des meubles et des biens de cette maison. Qu'il manque quoi que ce soit, je vous le ferai payer.

» Vous me devez aussi deux livres. Vous les laisserez dans cette chambre, que vous ferez nettoyer.

Sans même attendre de réponse, il se leva, Watson l'imita et ils partirent.

À l'hôtel des abbés du Bec, la cour était ouverte et ils entrèrent facilement. Un valet dut prévenir l'intendant de la venue de visiteurs car ce dernier arriva rapidement.

— Allez dire à lady Mortimer qu'Edward Holmes et Gower Watson l'attendent, dit le clerc d'un ton sec.

— Milady vous connaît-elle, monsor ?

— Peu importe ! Donnez-lui ceci.

Il tendit le chaperon jaune et bleu.

— Dites-lui que je ne suis pas patient. Si elle ne se presse pas, j'irai directement chez Son Altesse le duc d'Exeter. Sir Thomas Beaufort sera curieux de connaître les intrigues de sir Grey.

L'autre écarquilla les yeux devant une pareille insolence.

— Dépêche-toi, maraud ! gronda Watson, la main sur sa brette. Crois-tu qu'on veuille moisir ici ?

L'autre recula de quelques pas, puis fila vers la maison.

En attendant, les deux Anglais se dirigèrent vers l'écurie. La mule couleur jaune sable mangeait paisiblement son fourrage devant son râtelier.

Ils n'eurent pas longtemps à patienter. Suivie de deux valets d'armes tenant des épieux, lady Mortimer franchit la porte. Elle marcha vers eux d'un pas décidé. Ses yeux lançaient des éclairs.

— Que signifie ceci ? hurla-t-elle à quelques toises d'eux en brandissant le chaperon de sir Grey.

Mais, même à cette distance, Holmes ressentit le mélange de peur et de haine qui émanait d'elle.

— Voulez-vous que je réponde devant vos gens ? demanda-t-il d'un ton posé. Voulez-vous que mon ami Watson explique ce que sir Grey voulait le contraindre à faire ?

— Taisez-vous ! glapit-elle en le foudroyant du regard.

Elle se tourna vers ses gens et leur ordonna de s'éloigner. Puis elle s'approcha de Holmes, sifflant sa rage :

— Vous allez payer cher votre audace !

— Pour l'heure, sir Grey est enchartré, mourant. La Roche et Chouart brûlent en enfer et moi, je sais tout. Voulez-vous que j'aille raconter ce que j'ai découvert à lord Exeter et à la reine Isabeau ?

Une ombre brouilla les rudes traits de l'héritière du trône anglais.

— Je ne vous crois pas, souffla-t-elle sur un ton peu convaincu.

— Peu me chaut. Le chaperon ne vous suffit donc pas ?

Il tira le collier de sir Grey glissé dans sa robe et le lui montra avant d'ajouter avec un sourire brutal :

— Le gibier est levé ! Dans l'assaut, criez à pleine gorge !

— Que voulez-vous dire ?

Sa voix n'était plus aussi assurée. Son corps s'affaissa, se voûta.

— Que vous n'avez plus pour longtemps votre jolie tête sur vos épaules, ni votre frère la sienne.

— Mon frère ne sait rien, murmura-t-elle. Tout vient de moi. Je vous en prie, je veux bien mourir, mais ne dites rien sur lui…

— Pouvons-nous parler paisiblement maintenant ?

Elle hésita et hocha la tête, les yeux baissés.

— Que souhaitez-vous ?

— Vous avez assassiné sans raison maître Bonacieux, un crime impardonnable.

— Je n'ai rien fait de tel ! protesta-t-elle.

— Grey l'a fait à votre demande. Maître Bonacieux laisse une veuve éplorée. Comptez-vous réparer ?

— Je le ferai, murmura-t-elle, frottant ses mains nerveusement.

— Avant la nuit, vous lui ferez porter trois cents livres à la maison du Gros-Tournois, rue Champfleuri.

Elle resta muette, inclinant à peine la tête.

— Mon ami Watson a été emprisonné et vous vouliez qu'il commette un crime abominable. Vous lui ferez porter cinquante livres en dédommagement, toujours ce soir.

Même imperceptible signe de tête.

— Quant à moi, je recevrai pour prix de mes services la mule sable de sir Grey.

— Où est sir Grey ?

— Il agonise dans le cachot où je l'ai enfermé, la cuisse ouverte. Quand vous aurez fait porter ces sommes, je vous dirai où il se trouve. Vous pourrez alors le laisser mourir ou lui donner des soins. Quelle que soit votre décision, vous aurez quitté Paris avant l'arrivée du roi Henri. C'est un ordre.

» Au fait, Langlay sera parti demain matin.

— Grey est un serviteur fidèle de ma famille et je ne l'abandonnerai pas. Je vous prie d'entrer chez moi et d'attendre un moment. Je vais vous remettre les trois cent cinquante livres et vous me direz où il est pour que je le fasse soigner.

Elle tourna le dos à Holmes, affichant ainsi un reste d'insolence. Après avoir rejoint ses gens, elle donna quelques ordres avant de disparaître dans le corps de logis.

L'intendant s'approcha.

— Milady serait honorée que vous me suiviez, dit-il d'un ton désormais respectueux.

Gower afficha un sourire satisfait. Cette fois le domestique ne les conduisit pas dans la petite pièce glaciale meublée d'un coffre de bois, mais dans une grande salle lambrissée richement meublée où on les laissa seuls.

Peu après, une servante leur apporta une carafe de vin, des hanaps et des pâtés chauds.

Watson se restaura tandis que Holmes restait près de la fenêtre dont la croisée aux petits carreaux colorés était ouverte. Au bout d'un moment, il vit qu'on sortait la mule jaune sable. Elle était harnachée. Il en fut soulagé, persuadé désormais qu'il n'y aurait pas de traîtrise.

Il dut s'écouler encore plus d'une heure avant le retour de l'intendant. Il tenait un sac de cuir pansu.

— Lady Mortimer m'a demandé de vous remettre ceci.

Il le posa sur une desserte.

— Où se trouve sir Grey ? ajouta-t-il.

— Dans un cellier de la cave de la maison Mélusine, l'hôtel de Lusignan. Les portes sont restées ouvertes. Il a la cuisse trouée. Prévoyez un chirurgien.

40

La mule étant suffisamment robuste, ils la montèrent ensemble sur le chemin du retour. Les deux amis se sentaient fatigués après ces affrontements et une nuit quasiment sans sommeil. Mais ils éprouvaient une telle satisfaction qu'ils parvenaient sans peine à surmonter cette lassitude. Gower Watson mourait de hâte de rejoindre la jeune veuve qu'il aimait et Edward Holmes avait le cœur empli d'allégresse pour avoir fait rentrer ses insolences dans la gorge de Langlay.

Ils laissèrent la mule à l'écurie où se trouvait déjà le cheval de Grey et entrèrent chez eux. C'est alors qu'ils apprirent l'incroyable nouvelle de la bouche de Constance :

— Dieu soit loué, vous voilà enfin ! s'exclama-t-elle. Il coule du sang à la fontaine de la porte Saint-Honoré !

— Que dites-vous ?

— Du sang, oui ! À la place de l'eau ! Il y a foule là-bas, nous y sommes allés ensemble (elle désigna ses domestiques rassemblés près d'elle). On dit que c'est un miracle qui annonce l'arrivée du roi d'Angleterre. Mais d'autres assurent au contraire que le Seigneur en est fâché et qu'Il le montre ainsi.

— Allons voir ! décida Holmes. Le temps que je pose ça dans notre chambre.

« Ça », c'était le sac contenant les trois cent cinquante livres.

Dès que ce fut fait, ils repartirent à pied et dame Constance les accompagna.

En chemin, Watson lui raconta ce qu'ils avaient fait et lui annonça qu'après avoir vu la source ils se rendraient rue du Coq.

— Pourquoi ? demanda-t-elle.

— Tu prendras possession de ton hôtel.

Elle ne comprit pas et s'arrêta.

— Celui de Mélusine ? Non…

— Rassure-toi ! Holmes a fait racheter la maison de la Corne-de-Cerf par Langlay, un des scélérats qui t'ont emprisonnée, ma mie. Il l'a fait mettre à ton nom.

— Moi ? Je vais avoir un hôtel ?

— Oui, et pas un hôtel maudit cette fois, sourit Edward. Me garderez-vous comme locataire ?

Elle ne sut que répondre, émue au-delà du possible.

— Ce n'est pas tout, ajouta Watson. Lady Mortimer t'offre trois cents livres pour se faire pardonner des maux qu'elle t'a causés.

C'était trop d'émotions et, à ces paroles, elle fondit en pleurs. Entre deux sanglots, elle murmura plusieurs fois :

— Je ne sais que vous dire…

Watson posa un baiser sur ses joues et lui rappela qu'elle devait leur montrer la fontaine.

À travers ses larmes, elle parvint à sourire et ils repartirent.

Toute une foule attirée par le miracle attendait à la porte Saint-Honoré. Les gardes faisaient passer les gens par la poterne les uns après les autres. Nos amis attendirent leur tour.

Ayant franchi le fossé par le pont-levis, ils se dirigèrent vers la fontaine au pied du talus. Là encore, la badaudaille s'agglutinait, repoussée par quelques archers brandissant des hasts. Watson parvint à écarter la menuaille et ils se retrouvèrent devant le flot, en vérité un mince filet, qui coulait de la fontaine de pierre.

L'eau était effectivement rougeâtre. Plusieurs des curieux priaient à genoux, d'autres se signaient sans cesse en parlant d'un divin miracle.

Mais pour Holmes, il n'y avait là aucune manifestation divine ni aucun prodige. L'eau était seulement teintée de sang. Du sang des bouchers Thibert et Le Pontonnier ainsi que de leurs compagnons, du sang de Bonacieux et de Clément Girard. Le flot circulant sous le puits de la maison Mélusine aboutissait là après avoir lavé les plaies des cadavres, les vidant peu à peu de leur fluide.

Il échangea un regard avec Watson qui lui aussi avait compris.

Constance, elle, n'avait rien deviné. Agenouillée, elle priait, sans savoir qu'elle voyait couler le sang de son mari.

Ils retournèrent en ville et se rendirent à la maison de la Corne-de-Cerf. À la porte Saint-Honoré, le capitaine leur avait dit que le passage serait fermé et le pont-levis dressé durant les deux prochains jours afin que le miracle ne provoque pas de troubles lors de l'arrivée du roi d'Angleterre.

Vêpres avaient sonné depuis un moment à Saint-Thomas quand ils franchirent le seuil de la maison de la Corne-de-Cerf. Watson avec curiosité, Constance avec émotion et Holmes avec satisfaction.

La porte était ouverte. Dans la grande salle à trois travées s'entreposaient paquets et malles que des valets apportaient sous la surveillance de deux hommes d'armes. Le maître d'hôtel les vit et vint à leur rencontre, s'inclinant servilement.

— Je vais prévenir maître Langlay de votre arrivée, dit-il.

Il repartit. Holmes décrivit les lieux à ses amis, les trois corps de logis, la chapelle, le jardin et les écuries.

Peu après, le maître d'hôtel revint :

— Maître Langlay vous attend, dit-il.

Ils le suivirent dans l'escalier et pénétrèrent dans la galerie qui donnait sur les trois parties du premier étage. Bien sûr, Langlay avait gardé pour lui la chambre du baron. C'est là qu'il attendait, debout, l'air malheureux.

D'un regard, Holmes vérifia que le mobilier et les tentures étaient en place.

— Donnez-moi l'acte de vente, ordonna-t-il d'un ton glacial.

Langlay lui tendit le feuillet qu'il tenait.

Holmes le parcourut avec attention. Le prieur des Célestins cédait au nom de son ordre la maison de la Corne-de-Cerf, avec ses meubles et ses dépendances, au prix de quatre cent quatre-vingts livres, à Constance Bonacieux. Le paiement avait été fait en une seule fois.

Le document était signé par le prieur, le cellérier et deux autres religieux ainsi que par un notaire, Langlay et quatre témoins. Tout était en ordre. Il donna le papier à Constance.

— Ouvrez le coffre ! ordonna le clerc en désignant le meuble de fer à trois serrures de son frère.

Langlay obtempéra. Les serrures n'étaient pas fermées.

Holmes s'approcha. Le coffre était vide, les objets précieux de son frère en avaient été enlevés.

— Je ferai savoir à lady Margery ce que possédait John. Ne tentez pas d'en dissimuler une partie.

— Je regrette que vous imaginiez que je puisse être malhonnête.

— Où sont les clefs de la maison ?

Langlay montra le lit. Un trousseau était posé dessus. Holmes le prit.

— Nous allons maintenant vérifier les autres salles.

Suivi par Langlay, ils passèrent dans le corps de logis des hommes d'armes puis dans celui des domestiques. Ils montèrent ensuite à l'étage supérieur et Holmes gagna son ancienne chambre. Tout était en place là aussi et il vit la houppelande réclamée étendue sur son lit.

— Tout me paraît en ordre, dit-il. Vous partez à quelle heure demain ?

— À la pique du jour.

— Je viendrai avec Watson faire une ultime vérification.

Ils redescendirent et Holmes alla montrer le jardin à Constance avant de s'en aller.

Dans les jours qui suivirent, dame Bonacieux prit possession de sa nouvelle demeure avec ses domestiques. Elle choisit la chambre du baron, Watson celle de William et Holmes conserva la sienne.

Finalement, le roi Henri V n'entra pas dans Paris le samedi prévu. On parlait désormais de la Saint-Martin[1] et Holmes jugea nécessaire d'aller donner des expli-

1. Le 4 juillet.

cations au chancelier Chuffart, qui avait certainement appris son changement de logis.

Il s'y rendit seul.

— Maître Holmes, je vous attendais avec impatience, dit le chanoine, confortablement installé sur des coussins. Il s'est passé beaucoup de choses depuis votre dernière visite…

— C'est juste, messire chancelier, et j'avoue avoir été très occupé. Savez-vous que j'ai retrouvé l'ancien hôtel où j'habitais ?

— On me l'a dit… articula lentement Chuffart.

— J'en suis encore éberlué ! Figurez-vous que mon demi-frère avait fait un testament auprès d'un notaire de Rouen. Ce dernier, ayant appris sa triste mort à la bataille de Baugé, est venu rue du Coq où il a rencontré maître Langlay, envoyé par le nouveau baron de Roos pour régler la succession. Le testament de mon frère précisait que l'hôtel devait être acheté aux Célestins et m'être remis. Mon frère avait laissé la somme adéquate. Nonobstant les différends qui nous opposaient, Langlay et moi, l'intendant a dû s'exécuter et me prévenir. Or, n'ayant nul besoin d'un hôtel, j'ai demandé qu'il soit donné à ma logeuse qui venait de perdre son mari dans des circonstances terribles.

— Maître Bonacieux ? J'ignorais qu'il fût mort.

— Figurez-vous que maître Bonacieux avait acheté l'hôtel de Lusignan, qu'on appelle aussi maison Mélusine à cause de son enseigne. Or, le seigneur de Lusignan était revenu à Paris !

— En avez-vous la certitude ?

— Non, mais tout l'indique, comme vous allez le comprendre. Maître Bonacieux s'étant rendu dans sa nouvelle acquisition, il y découvrit plusieurs corps meurtris. Terrorisé, il vint me chercher, mais quand je fus là-bas, je n'y trouvai aucun cadavre !

Chuffart écarquilla les yeux.

— Je crois avoir élucidé ce qui s'était passé : Lusignan avait convoqué ceux qui avaient tué sa famille et les avait occis. Mais pas tous. Les survivants sont venus chercher les corps de leurs compagnons, et lui ont tendu une embûche car il se cachait parfois dans l'hôtel. Bonacieux est revenu, hélas pour lui. Les bouchers ont cru qu'il s'agissait d'un complice de Lusignan et l'ont tué à son tour, puis eux aussi sont tombés sous les coups de ce démon armagnac.

— Comment savez-vous cela ? Avez-vous rencontré Lusignan ?

— Non, mais cherchant Bonacieux à l'hôtel Mélusine, j'ai découvert les bouchers meurtris et l'un d'eux agonisant. Il m'a révélé ce qu'il savait et j'ai facilement déduit le reste.

— J'ai appris que maître Haussecul est mort, meurtri par des truands, que deux autres maîtres ont disparu.

— Ce sont eux, mais leur communauté est si fermée et si fière qu'ils ne révéleront jamais rien de la vérité.

Chuffart resta silencieux, se demandant quelle était la part de vrai dans ces explications. Il savait Holmes adroit, mais pouvait-il avoir découvert cela tout seul ?

— Quel est ce notaire de Rouen ? s'enquit-il.

— Je l'ignore ! Langlay s'est occupé de tout et ne me l'a pas dit. Vous pourriez le lui demander, mais il vient de rentrer en Angleterre.

— Avez-vous obtenu quelques renseignements sur lady Mortimer ? On m'a dit que vous êtes allé la voir la veille de son départ de Paris.

Ainsi Chuffart avait des espions chez elle, se dit Holmes. Mais il avait prévu une réponse.

— Lady Mortimer avait rencontré maître Girard, ce fameux soir quand elle s'est fait agresser. Il n'y avait rien de mystérieux dans sa visite, même si elle était tardive. Elle souhaitait tout simplement de rares tissus de Flandre que le drapier s'était engagé à lui procurer. Il a effectivement quitté Paris, mais il est tombé entre les mains de routiers qui l'ont tué. Son fils est venu me voir afin que je demande à lady Mortimer une réparation, car il jugeait qu'elle était en partie responsable. Elle m'a remis une petite somme pour lui.

Chuffart opina lentement du chef plusieurs fois. À son expression, Holmes devina qu'il ne croyait pas tout de ce qu'il venait d'entendre. Mais qu'il était prêt à l'accepter. Et cela suffisait.

Le vendredi 4 juillet, le roi Henri V pénétra dans Paris par la porte Saint-Denis, accompagné d'un magnifique cortège avec, près de lui, son frère le duc de Bedford.

Le lendemain, ce dernier fut nommé gouverneur de Paris et la première décision qu'il prit fut que le gros tournois de seize deniers n'en vaudrait plus que quatre, le blanc de quatre deniers plus qu'un seul et la pièce de un denier une maille. Cette dévaluation appauvrit encore plus les Parisiens.

Ce même jour, un page aux armes d'Isabeau de Bavière se présenta à la maison de la Corne-de-Cerf. Il portait à Holmes une invitation de la reine qui recevait, le lendemain dimanche en son hôtel Saint-Pol, le roi d'Angleterre et son frère.

Holmes et Watson s'y rendirent donc. Ils y rencontrèrent Chuffart et bien des officiers de la Couronne. On y but goulûment, on y mangea gloutonnement (alors que la plupart des Parisiens mouraient de faim), on y rit à s'éclater la rate en regardant des jongleurs et on y dansa joyeusement au son des luths et des violes.

Holmes et Watson firent connaissance de plusieurs gentilshommes anglais. Watson reconnut Exeter, déjà vu à Azincourt. Ils virent aussi le roi, un homme maigre aux traits fins avec un visage hâve et sévère. Le régent de France portait les cheveux coupés court et rondis, sans couronne ou diadème, mais un lourd collier d'or, d'émail et de perles pendait sur sa robe cramoisie aux larges manches.

En fin d'après-midi, Holmes vit la reine Isabeau s'avancer vers lui, le roi Henri V dans ses pas. Watson et lui s'agenouillèrent sur-le-champ.

— Mon cousin, laissez-moi vous présenter deux de vos fidèles sujets, dit-elle. Maître Holmes était l'intendant de votre maréchal le baron de Roos, et messire Watson s'est battu à Azincourt comme archer. Je les estime fort.

Le roi les regarda longuement, le visage sans expression. D'autres courtisans s'étaient approchés. Finalement, Henri déclara :

— Quiconque aujourd'hui verse son sang avec moi sera mon frère si humble qu'il soit. Ce jour anoblira sa condition[1].

Il leur fit signe de se relever et leur donna sa main, couverte de bagues, à baiser.

La semaine suivante, Edward Holmes se remit à l'écriture de ses Mémoires. Il pouvait enfin conclure cette histoire appelée « Une étude en écarlate ». Il n'aurait pu trouver meilleur titre, songea-t-il en pensant à la fontaine de la porte Saint-Honoré.

1. Que le grand Will me pardonne.

LE VRAI ET LE FAUX

Robert de Lusignan est un personnage imaginaire, tout comme ses trois ennemis bouchers, mais l'hôtel Mélusine a existé. Il se dressait encore au début du XVIIe siècle au coin de la rue des Bons-Enfants. À sa place se trouve actuellement le Palais-Royal et plus exactement le siège du Conseil d'État.

Les Anglais seront les maîtres de Paris de 1421 à 1436 sous le gouvernorat du duc de Bedford, Henri VI d'Angleterre étant roi de France à la suite du traité de Troyes.

La pièce de William Shakespeare *Henri IV* traite du premier complot conduit par Edmond Mortimer, troisième comte de March, contre le roi d'Angleterre jugé illégitime, tandis qu'*Henri V* nous montre un roi d'Angleterre tentant d'asseoir sa légitimité à la fois par les armes, grâce à la victoire d'Azincourt, et par les alliances, à travers son mariage avec Catherine de France. Nous avons glissé quelques phrases de cette tragédie dans ce roman.

Le complot de Southampton eut lieu à peu près de la façon dont nous le racontons. Les partisans du quatrième comte de March, autour de sir Thomas Grey, envisageaient d'assassiner Henri V et ses frères.

Les principaux personnages imaginaires de ce roman, outre nos héros et la famille Bonacieux, sont Agathe Mortimer, Ralph Grey, Pierre Baille, Guillaume Haussecul, Louis Le Pontonnier, Martin Thibert, Aleaume Chouart, Arnaud La Roche et Henry Langlay.

Si les bouchers Simon Haussecul, Martin Thibert et Louis Le Pontonnier sont imaginaires, je les fais appartenir aux principales familles bouchères de ce temps.

Jean Chuffart, chanoine de Notre-Dame, est l'auteur supposé du *Journal d'un bourgeois de Paris*. Le greffier Clément de Fauquembergue est aussi l'auteur d'un *Journal* couvrant la période 1417-1435

Michel de Lallier et ses amis préparèrent un second complot en 1422, qui échouera. Il faudra attendre 1436 pour que, à la suite de négociations secrètes conduites durant le siège de la capitale par Charles VII, Lallier, Nicolas de Louviers, fils de Jean de Louviers, Thomas Pigache et quelques autres introduisent dans Paris les troupes royales commandées par Jean de Dunois. Michel de Lallier sera récompensé en devenant prévôt des marchands.

L'émeute lors de l'arrestation du capitaine Jean de Villiers, seigneur de L'Isle-Adam, a été racontée par plusieurs contemporains. Le capitaine ne fut libéré qu'après la mort d'Henri V. L'Isle-Adam avait fait entrer les Bourguignons dans la capitale en 1418, provoquant les sinistres massacres de Capeluche et des bouchers, mais il devait finalement se joindre aux troupes royales en 1436.

La fontaine de la porte Saint-Honoré a bien donné du sang durant trois jours à la fin du mois de juin 1421.

Le baron de Roos et son frère William ont effectivement été tués à la bataille de Baugé.

QUELQUES ÉLÉMENTS HISTORIQUES

Chronologie résumée de la guerre entre les Armagnacs et les Bourguignons jusqu'en 1421

Août 1392 : Le roi Charles VI est pris d'un accès de folie dans la forêt du Mans durant lequel il tue six personnes. Sa lucidité lui reviendra, mais les crises deviendront de plus en plus fréquentes, provoquant une régence de ses oncles, principalement Philippe le Hardi, le duc de Bourgogne, puis de son frère Louis d'Orléans, peut-être amant de la reine.

Novembre 1407 : Assassinat de Louis d'Orléans, sur ordre de Jean sans Peur, duc de Bourgogne.

Octobre 1409 : Jean sans Peur s'empare du pouvoir en s'alliant avec la reine Isabeau de Bavière.

Le fils du duc d'Orléans, Charles, ayant épousé la fille du comte Bernard d'Armagnac, ce dernier prend la tête des opposants à Jean sans Peur.

Avril-mai 1413 : Massacre d'Armagnacs par les Bourguignons conduits par Simon le Coutelier, dit Caboche.

1414 : Bannissement de Jean sans Peur par le Conseil du roi. Jean sans Peur s'allie aux Anglais.

Août 1415 : Débarquement d'Henri V d'Angleterre en Normandie.

Octobre 1415 : Bataille d'Azincourt.

Février 1416 : Bernard VII d'Armagnac est nommé capitaine général du royaume de France. Les Armagnacs sont les maîtres de Paris et du roi, enfermé dans l'hôtel Saint-Pol.

Décembre 1417 : Isabeau de Bavière, chassée de Paris, nomme Jean sans Peur gouverneur général du royaume de France.

Mai 1418 : À la suite d'une trahison, entrée des Bourguignons dans Paris conduits par le capitaine de L'Isle-Adam. Le dauphin Charles s'enfuit et se réfugie à Bourges. Massacre des Armagnacs, dont Bernard VII, par les bouchers de Paris.

Septembre 1419 : Assassinat de Jean sans Peur, duc de Bourgogne, par le dauphin Charles.

Décembre 1419 : Alliance conclue entre Henri V d'Angleterre et Philippe de Bourgogne, fils de Jean sans Peur.

Décembre 1420 : Entrée de Charles VI et d'Henri V d'Angleterre dans Paris après le traité de Troyes qui promet le trône de France au roi d'Angleterre.

Principaux personnages armagnacs cités dans ce livre

Bernard VII d'Armagnac, comte d'Armagnac, beau-père de Charles d'Orléans, fils de Louis d'Orléans assassiné par Jean sans Peur.

Le duc de Berry, frère de Charles V et oncle de Charles VI.

Tanneguy du Châtel, prévôt de Paris.

Jean d'Orléans, comte de Dunois, dit le Bâtard d'Orléans, fils de Louis d'Orléans.

Rodrigue de Villandrando, mercenaire.
Jean de Dunois, bâtard du duc d'Orléans, cousin du dauphin.

Principaux personnages bourguignons cités dans ce livre

Jean sans Peur, duc de Bourgogne.
Philippe le Hardi, son père.
Philippe le Bon, fils de Jean sans Peur.
Périnet Leclerc, fils d'un bourgeois de Paris qui ouvre la porte de Buci et fait entrer les troupes bourguignonnes dans la capitale, provoquant un immense massacre.
Caboche, écorcheur.
Capeluche, bourreau de Paris.
Jean Le Clerc, chancelier de France.
Jean Chuffart, probable auteur du *Journal d'un bourgeois de Paris.*
Jehan de Villiers, seigneur de L'Isle-Adam.

Henri V et la succession anglaise

Édouard III, roi d'Angleterre de la dynastie Plantagenêt, a eu trois enfants : Édouard dit le Prince Noir ; Lionel, duc de Clarence ; Jean, duc de Lancastre.

Édouard ne régnera pas et c'est son fils Richard qui montera sur le trône. Richard sera roi d'Angleterre jusqu'en 1399, puis sera destitué par Henri, fils de Jean, duc de Lancastre.

Henri devient roi d'Angleterre sous le nom d'Henri IV alors que le trône aurait dû revenir aux enfants de Lionel, dont sera issu Edmond Mortimer.

BIBLIOGRAPHIE

BERTY, Adolphe, *Topographie historique du vieux Paris, région du Louvre*, 1885.

—, *Recherches sur l'origine et la situation du grand pont de Paris, du pont au Change, du pont aux Meuniers, et de celui de Charles le Chauve*, 1855.

BORDONOVE, Georges, *Charles VI roi fol et bien-aimé, 1380-1422,* Pygmalion, 2006.

BOVE, Boris, *Les Palais royaux à Paris au Moyen Âge (XIe-XVe siècles)*, dans M.-F. Auzepy, J. Cornette (dir.), *Palais et pouvoir, de Constantinople à Versailles*, Presses universitaires de Vincennes, 2003.

CHÉRUEL, Pierre Adolphe, *Histoire de Rouen sous la domination anglaise au quinzième siècle*, 1840.

CONTAMINE, Philippe, *La Vie quotidienne pendant la guerre de Cent Ans, France et Angleterre*, Hachette, 1976.

DELHUMEAU, Herveline, *Le Palais de la Cité*, Actes Sud, 2011.

DESCAMPS, Benoît, *La Destruction de la Grande Boucherie de Paris en mai 1416*, Hypothèses, 2003.

DOYLE, Conan, *Une étude en rouge*, 1887.

— *Le Signe des quatre*, 1890.

FAVIER, Jean, *Paris au XVe siècle*, Hachette, 1974.

FAUQUEMBERGUE, Clément de, *Journal*, *1417-1435.*

FENIN, Pierre de, *Mémoires comprenant le récit des événements qui se sont passés en France et en Bourgogne sous les règnes de Charles VI et Charles VII (1407-1427)*.

FRUGONI, Arsenio et Chiara, *Une journée au Moyen Âge*, Les Belles Lettres, 2014.

GAULLE, Julien P. de, NODIER, Charles, *Nouvelle Histoire de Paris et de ses environs*, 1839.

GAUVARD, Claude, *De grace especial : crime, État et société en France à la fin du Moyen Âge,* Publications de la Sorbonne, 1991.

GAUVARD, Claude, ROBERT, Jean-Louis, *Être parisien : actes du colloque organisé par l'École doctorale d'histoire*, Publications de la Sorbonne, 2004.

GOBRY, Ivan, *Charles VII, 1403-1460*, Tallandier, 2001.

GONTHIER, Nicole, *Sanglant Coupaul ! Orde Ribaude ! Les Injures au Moyen Âge,* Presses universitaires de Rennes, 2007.

— *Le Châtiment du crime au Moyen Âge (XIIe-XVIe siècles),* Presses universitaires de Rennes, 1998.

GONZALEZ, Élisabeth, *Un prince en son hôtel : les serviteurs des ducs d'Orléans au XVe siècle*, Publications de la Sorbonne, 2004.

HAMON, Étienne, WEISS, Valentine, *La Demeure médiévale à Paris*, Archives nationales, 2012.

Journal d'un bourgeois de Paris, 1405-1449.

LOMBARD-JOURDAN, Anne, *Les Halles de Paris et leur quartier (1137-1969)*, École nationale des chartes, 2009.

MONATTE, Fernand, *Rodrigue de Villandrando, l'oublié de la guerre de Cent Ans (1388-1448)*, L'Harmattan, 2013.

MOUSNIER, Roland, *La Vénalité des offices sous Henri IV et Louis XIII*, PUF, 1971.

RITTIEZ, F., *Histoire du Palais de justice de Paris et du Parlement*, 1863.

SCHNERB, Bertrand, *Armagnacs et Bourguignons : la maudite guerre*, Tempus, 2009.

TOUREILLE, Valérie, *Vol et brigandage au Moyen Âge*, PUF, 2007.

ZÉVACO, Michel, *L'Hôtel Saint-Pol*, 1911.

— *Jean sans Peur*, 1911.

REMERCIEMENTS

Sans les pertinentes remarques et les talentueuses suggestions de Valentin Baillehache, mon éditeur aux éditions 10/18, ce livre aurait présenté bien des défauts. Mille mercis.

Je dois remercier mon épouse, mes filles et maintenant ma petite-fille Juliette qui restent les plus sévères juges… sans oublier mes lectrices et mes lecteurs auxquels rien n'échappe !

Aix, octobre 2013

Vous pouvez joindre l'auteur :
aillon@laposte.net
http://www.grand-Châtelet.net

DU MÊME AUTEUR

Aux Éditions Le Grand-Châtelet

La Devineresse

Aux Éditions Le Masque

Attentat à Aquae Sextiae
Le Complot des Sarmates
L'Archiprêtre et la Cité des Tours
Nostradamus et le dragon de Raphaël
Le Mystère de la Chambre Bleue
La Conjuration des Importants
L'Exécuteur de la haute justice
L'Énigme du Clos Mazarin
L'Enlèvement de Louis XIV
Le Dernier Secret de Richelieu
L'Obscure Mort des ducs
Marius Granet et le trésor du palais comtal
Le Duc d'Otrante et les Compagnons du Soleil

Aux Éditions Jean-Claude Lattès

La Conjecture de Fermat
Le Captif au masque de fer
Les Ferrets de la reine
L'Homme aux rubans noirs
Juliette et les Cézanne
Les Rapines du duc de Guise
La Guerre des amoureuses
La ville qui n'aimait pas son roi

Aux Éditions Flammarion

Le Secret de l'enclos du Temple
La Malédiction de la Galigaï
Dans les griffes de la Ligue

Rome, 1202
Rouen, 1203
La Bête des Saints-Innocents

Aux Éditions J'ai lu

Marseille, 1198
Paris, 1199
Londres, 1200
Montségur, 1201
Récits cruels et sanglants
La Vie de Louis Fronsac

Aux Éditions Presses de la Cité

De taille et d'estoc
Férir ou périr

MIXTE
Papier issu de
sources responsables
FSC® C003309

10/18, une marque d'Univers Poche,
est un éditeur qui s'engage pour
la préservation de son environnement
et qui utilise du papier fabriqué à partir
de bois provenant de forêts gérées
de manière responsable.

Imprimé en France par CPI

N° d'impression : 3023257
Dépôt légal : février 2015
Suite du premier tirage : mai 2017
X06549/05